U0553399

GOD
IS
WATCHING

苍天在上

陆天明

著

北京联合出版公司

图书在版编目（CIP）数据

苍天在上 / 陆天明著 . -- 北京：北京联合出版公司，2023.8（2025.5 重印）

ISBN 978-7-5596-6974-2

Ⅰ.①苍… Ⅱ.①陆… Ⅲ.①长篇小说—中国—当代 Ⅳ.① I247.5

中国国家版本馆 CIP 数据核字 (2023) 第 105497 号

苍天在上

作　　者：陆天明
出 品 人：赵红仕
责任编辑：周　杨
封面设计：吴黛君

北京联合出版公司出版
（北京市西城区德外大街83号楼9层 100088）
北京新华先锋出版科技有限公司发行
三河市兴博印务有限公司印刷　新华书店经销
字数307千字　787毫米×1092毫米　1/16　20印张
2023年8月第1版　2025年5月第3次印刷
ISBN 978-7-5596-6974-2
定价：59.00元

版权所有，侵权必究
未经书面许可，不得以任何方式转载、复制、翻印本书部分或全部内容。
本书若有质量问题，请与本社图书销售中心联系调换。电话：（010）88876681-8026

文学是无法拒绝人民的。这是句老话。我相信它。

——陆天明

一

黄江北曾预料，四十五岁以前，自己还会接受一次关键性的重要任命。但没料想这次任命竟然来得这么"突然"，这么急迫，并直接牵涉自己的故乡城市章台市。更想不到的是，为了这次任命，省委五个常委居然一起召见自己，集体跟他谈话。办公厅派六个缸的大奥迪专程到工地上来接他，到省委大楼时已是午夜两点三十分。上楼。拐弯。再上楼。再拐弯。一推门，显得异常疲乏的常委们已正襟危坐地等着了。谈话便从午夜两点四十五分开始，一直持续到凌晨六点左右。

关于这次谈话，省委后来是这样向中央报告的：十天前，我省章台市人民检察院反贪局在侦破市住宅总公司总经理肖长海贪污贿赂案时，意外地获得了该市女市长、著名女劳模董秀娟同案受贿八万五千元的确凿证据。两天后，经省政法委和省检察院批准，决定对董秀娟立案侦查，并对其进行刑事拘留。但是，等反贪局的同志赶到董家，这个六七十年代曾闻名于省内外的女劳模，却已死在了自己的卧室里。死因不明。为此，省委决定从千里之外的中美化学联合公司工地上，急调年仅四十二岁的工程副总指挥黄江北去章台，代理市长一职……

如此这般。

等等等等。

二

四十二岁，对一个男人来说，应该要算是一生中最威猛、最风光、最能左右逢源上下周旋的时候。这时，老的不会因为你太嫩而不屑理你，小的也不会因为你太古板而远远地躲着你。老的会因为你比他们年轻而把他们已难以挑起来的担子交付给你，而小的却会因为你比他们成熟而把自己一般不肯赐人的信任赐予你。于是你就成了不可或缺的社会胶合剂，粘连着继承着创造着综合着开启着，你便众目睽睽，众望所归，又是众矢之的。四十二岁，它先天就具有最大热交换系数，最优价格性能比，最强的啮合力和最大扭矩。无论是咬别人或咬自己，都准能一口见血。除非有病。

生理上？心理上？人格上？能力上？

三

但黄江北没病。

四

黄江北：

一九四九年九月十三日，生于章台市老城区一个铁路员工聚居的大杂院里。

一九六七年，毕业于章台市五公区第三中学。

一九六九年在插队期间参军。

一九七三年退伍，主动要求去内蒙古劳动。在那并非全是"金牧场"的地方，当过牧民、工人、车间技术员、车间副主任、技术科副科长。

一九七七年考入清华大学地球物理系。在校期间任校学生会副主席。

一九八二年，考入北京大学研究生院，攻读中国哲学。

一九八五年放弃留京名额，主动要求回本省工作，先后任省委党校教员、临水市重型机械厂副厂长、临水市人民政府政策研究室副主任。

一九八九年，调中美化学联合公司工地，任工程副总指挥至今。

该同志一九六五年在章台市五公区第三中学加入中国共产主义青年团，一九七三年在部队加入中国共产党。

五

省委孙书记说，很抱歉，事情发生得太突然，本来怎么着也应该事先派人去征求一下你个人的意见，再给你一点时间，慎重考虑考虑，但现在没时间再走这正常程序了。局面已经形成。省委已经下了最后的决心。你就别再犹豫了。干吧。省委是了解你的。也一定会支持你的。我们已经跟章台市委和林成森同志打过招呼了。你就走马上任吧。

六

燥热。

他敞开大衣。

省委大院里一些熟识的、不熟识的或半熟不熟的同志，纷纷上前来祝贺。他谦和地应付了一阵，赶快上了那辆乳白色的桑塔纳，向西大街驰去。

七

西大街，行人稀拉，阳光稀薄，过很长一段时间，才会有一辆布满尘土的老式公共汽车从这儿开过。他又一次看到那个牵着狗的少妇在横穿马路。她中等身材，总穿着一身滚花边的白绵绸睡衣，剪着那种似男孩儿，又不全似男孩儿式的短发。一双极秀气的脚，趿在一双毛茸茸的拖鞋里。那身白绵绸睡衣相当单薄，剪裁是那样的合体，把她那极为匀称的身材勾勒得轮廓线条分明。她回过头来看他，他觉得她是认真的。后来她就不见了。后来又会在不该她出现的地方出现。后来就回过头来，静静地看着他。她是那样的白净，好像永远不会沾染这尘世的灰土。他们之间绝对是陌生的，但她的笑容却绝对熟识。她从哪儿来？她又将消失在哪个街区哪个楼群哪个门洞的哪扇窗户后头……街上有人在装修店面招牌。有人在第五律师事务所门前炸油条。有两个人，或者更多，呆呆地站在油锅旁边。带着拖挂的手扶拖拉机突突地喷着黑烟、灰烟、黄烟、红烟，或者黄黄红红的杂合烟，而它们那些不同年龄段的操作手们则穿着各色各样廉价的皱皱巴巴脏兮兮的西服或运动服或对襟大褂，让沾满泥巴的拖拉机集群铺天盖地、陆续不断地向城区拥来，酷似当年盟军在诺曼底登陆，兵分了一百二十路。真的很难说。

八

他问自己：真的回章台去当这代理市长？桑塔纳终于开出了市区。公路旁阔叶杨林立。车里十分黝黯。我们勉强能看到黄江北斜倚在后座的椅背上忧郁地睁大着眼睛，注视着车窗外平淡无奇的景色。而后，车子沿着窄小而拥挤的码头街开去，不一会儿，便在一个嘈杂肮脏的内河码头旁停了下来。他寻着一个有一百二十级台阶的岸坡，走了下去。古旧的砖砌台阶残破了，洇出深色的水迹，覆盖着深色的苍苔。苍苔里居然开出一星星鲜黄的小花。他继续往下走。左面有一段陡峭的岸壁。右面也有一段陡峭的岸壁。岸壁的砖缝里长出几棵并不太粗的黄果树，黑疏的枝丫奇崛地向水面上的漩涡里伸去，有时还伸得很斜很远。这儿的风有一股咸味儿，有一股腥味儿，格外地潮湿，也格外地阴凉。岸壁上有几家仿古的茶馆，吊脚楼似的，探出到水面上。从仿古的窗棂里传出充满各种现代欲望的旋律。他还看到一截生锈的铁皮烟筒管，滴下的烟油，像一些只留下影迹的枯藤，黑黄地游延在粉白的砖墙上。很多年来，他总是喜欢到这儿来站一站。跟水走得近一点。跟一段古老的砖墙走得近一点。听到什么。想到什么。得到得不到的。找回再也失不去的。很静地站一站。

章台近来连续不断出事，不说人心惶惶，也可说人心浮躁。

葛老师的女儿跑了。她有二十四五岁了吧。一个很有头脑的女孩儿。突然出走。章台最大的一家中外合资企业万方汽车工业总公司，破土动工数年，国家连着追加投资好几个亿，至今仍不能正式投产。作为总公司中方总经理的葛老师，据说都急病了。而后是董秀娟的死。孙书记说，在一次"内阁"会议上，中央领导已经在议论万方了。万方再投不了产，这屁股就要打到省委一班人身上来了。确实也该打了。

董秀娟的死和万方迟迟投不了产有关系吗？葛平的出走仅仅是一个女孩儿青春期常见的精神障碍？永远那样从容地走过马路，牵一条华丽而又可爱的小狗，穿一身白色的绵绸睡衣？究竟出了什么事？据说董秀娟是服毒身亡的。真的？到底是自杀还是他杀？堂堂一个市长，非正常死亡十多天之后，居然还没有闹清到底是自杀还是他杀，岂不让天下人笑掉大牙？任何一个市级公安局的刑侦和法医水平都不会差劲儿到这个地步。

是因为有人需要这种"搞不清"？谁的需要？什么样的需要？如果说需要，那么能不能说董秀娟的死，也是"有人需要她在这个时候死去"？好像章台市不少的老百姓都在背后这么嘀咕。

一个市长的死，无论是自杀，还是他杀，其背后必定牵涉一长串地位身份都足够特殊的人。这应该说是常识。他们是谁？究竟为了什么，才会把这个"前劳模"女市长逼进了非正常死亡的胡同里？为了什么？

九

燥热。

十

灰黑色的江水涌动着，哗哗地拍打着那坚固的岸坡。一些老旧的平底驳轮拖着一长串运货的木船，推开那浓稠的波纹，在江面上缓缓地行进。江对岸矗立着一块巨大的标志牌，标志牌上画着一个巨大的箭头，血红地指着江水。箭头上方赫然写着这样几个醒目的黑漆大字：过江电缆。因为天色已经阴了下来，因为风推过来一团团雾似的高密度潮气，对岸那些低矮的老式建筑物和高高低低圆圆扁扁的树丛一时间都模糊了起来，不约而同地在风中一起若隐若现，仿佛在晃动，又仿佛在抻拉。

码头街上，人来车往。那些个体小餐馆、小百货商店，竞相通过各自竖在门口的或大或小的音箱，拼命地吼叫着"我是一匹来自北方的狼"或者"冬季到台北来看雨"。而在街背后那座幽暗深邃的圣约瑟小教堂里，则人头簇拥，烛光荧荧，管风琴庄严而恢宏地演奏着《婚礼进行曲》。祭台前跪着十二个年轻的姑娘，这里正在为这些女教徒举行矢发圣愿仪式。在十字架上深罹苦难的耶稣，半是欣慰半是无奈地望着教堂幽暗的房顶。祭台上放着十二套黑色的修女服，还放着十二顶雪白的花冠。这些都是为这十二个年轻的女教徒与基督净配而预备下的。

十一

半个小时前，省委办公厅的徐秘书踮着脚悄悄走进会议室，低声告诉黄江北，章台有个叫卢华的女同志打电话来找他，还留下个电话号码，请他无论如何尽快给她回个电话，她有十万火急的事要找他。

卢华就是葛老师的妻子，葛平的母亲。

她说，昨天夜间，有人在码头街上看到葛平。

葛平就是她那出走的女儿，那个刚从外国语学院毕业才两年的高才生。

"江北，你是平平平日里最信得过、最愿接近的人。也许你出面，能劝她回来。帮帮忙吧，我知道不该拿这样的家庭琐事来打扰你这样的高级领导，可我实在想不出更好的办法了。看在老葛的面子上，看在平平一向以来对你的那种至诚至高的信任上，你出动一下吧。"她说。

卢华说得对。二十七八年之前，老葛，葛会元，这个章台市当年唯一一个既到过美国又到过德国，后又被国家机械工业部留用的机械专家，由于当时那种可以想见的原因，从北京被打发回原籍，在章台五公区第三中学当数学老师兼教物理。后来当过几年校长，不仅教过黄江北那一代人，也教过自己女儿。在经常出入自己家门的那些师兄中间，葛平最敬重黄江北。敬重的原因是人多的时候这位师兄从来不在老师面前争着说什么做什么，等他来说来做的时候，往往是没人来说没人来做偏偏父亲又最需要有人来商量来帮忙的时候。说完了做完了帮完了老师的忙，他从不拿自己做过的说过的起了作用的这些事在师兄妹中间炫耀。

但他不炫耀，她却偏偏忘不了。他的确像一个大哥哥。可靠，贴心。她从来没有过哥哥。她太想有一个哥哥。

十二

其实，在许多方面，葛平比师兄黄江北更冷静理智。高高的个儿，平平淡淡地笑。总是一副好女孩儿的模样，让大院里所有的老头儿老太太揪心揪肝地喜欢。在人们的印象里，她好像永远穿着那样一条干干净净的石灰蓝的牛仔裤，让人奇怪的是，她总是拒绝穿裙子，特别不喜欢穿超短裙。按说她这年龄正是穿超短裙的最佳时候。她有一千条理由炫耀自己那两条天赋绝色的长腿，但她就像黄江北一样天生地不愿炫耀自己。不愿炫耀偏偏被人注目，这也是常事。当然，这里得有个前提，就是他或她身上得有真东西，得真出绝活儿。再穿一件特别肥大的本色亚麻衬衫，一直耷拉到膝盖上，白袜子，然后是一双非常高档的白色休闲鞋。无论在什么样的人群中，你看她时，她都像千里湖面上那片唯一的白帆。

爱谁谁吧。

十三

雨终于下开了。

没有回答。只有渐渐增大的风哗哗地越过码头街那些陈旧的房顶，击打停泊在江边滩头上的那些木制货船，击打小教堂那灰色的尖顶，击打拼命摇摆着的大树，击打江两岸这片起伏不平的土地。云层越发厚重，翻滚着扑涌过来。一扇窗户忙关了起来。第二扇窗户也慌慌地关了起来。接着便是第三扇、第四扇……

十四

  乳白色的桑塔纳在大雨中回到省委招待所那幢中西合璧式的别墅小楼前停下时，黄江北没有立即下车。他喜欢看雨中的省委招待所，这一片林木蓊郁的"庄园"，他曾来过很多次，随着每一次进入时身份、地位、将要领受的任务的不同，这个"庄园"使他心里产生的感受也会发生相应的变化。有时它显得阴晦，有时却又显得过于冷峻，有时它竟赐给那么多的温良豁达，无处不洒满九月的阳光。当然，更多的时候，它更像一个独身而富有的老姑娘，矜持古怪却又空虚得令人难以自持。这些年，黄江北随着自己身份地位的变迁，几乎住遍了这个"第一"招待所各等级的房间，从三人间，到双人间，再到单人间、高间、套间，以至到这次省委办公厅给超规格安排的"豪华高套"，全轮了个过儿。特别要说明的是，不管以什么身份、住什么等级的房间，每一次住下后，他都要找个时间，特地到那个专门接待中央首长的小楼附近走一走。那是在另一个院子里。那是被另一道围墙隔开的，是一面大略有所起伏的缓坡，草皮茵茵地绿，那里的树木更加浓密。春天肯定有杏花有梨花，稍后些日子，便有苹果花和海棠花悄然开放。耸天的法国梧桐和古老的亭榭和静谧宽平的车道和紧闭的大门。他都要在那大门前站一会儿。

  他知道更多的时间里，那门里并没有人居住。他知道更多的时间里，那儿比任何地方都要宁静。高大的阴暗的阔叶林里会长出一种橘红的石菖兰。即使在没有花开放的季节里，那重重叠叠、高高低低、深深浅浅的一片又一片的绿，便是永恒的一朵花。有雾或没雾的早晨，在这儿总能听到那一声声清脆的鸟鸣，这是童年。他说不清自己为什么一定要到这大门前来走一走，体会一下这儿特有的宁静和从容，还有一种想象中的博大和恢宏。然后，车子就开了过去。特别是那二楼上的那个向南凸出的房间，沐浴在夕阳的金黄里。那花岗岩的墙面和宽大的木格和被厚重的绿丝绒严密封锁起来的棕色窗户，已是中年老年了。

很长时间以来，黄江北最向往的，就是找一个阳光明媚的休息日，让自己躺在一大堆刚出版的物理学著作之中（请注意，一定得是"物理学"方面的著作），随心所欲地闻着那宜人的油墨香味儿，从这本书翻到那本书，漫无边际地、不负任何责任地、不计任何后果地接受那一个又一个新思潮、新观念的冲击，寻找这些新思潮、新观念和现实存在之间的关联。他曾经非常喜欢过两本书，一本是大卫·雷泽尔（D. Layzer）的 *Cosmogenesis*（也有人把书名译作《创世论——统一现代物理·生命·思维科学》），另一本是艾什卡（W. R. Ashky）的《大脑设计》（*Design for a Brain*）。物理学原本是他的长项，而控制论和生命科学，又是他一向最感兴趣的两个领域。（其实他在大学里学的是地球物理学，专攻风暴潮，一个很专门的分支。夏志远经常跟他开玩笑，说他就是那两年北大哲学学坏了，使他从自然界的风暴潮卷入政治"风暴潮"。）他一直希望能从这三者的充分结合中，寻找到一把能透彻地解析这个世界的新"手术刀"，一片远非伽利略所能想象得到的精确无比的透镜。越过科学世观的沼泽，再往前进入更为泥泞的人文世观天地。

伟大的艾什卡居然把那么大的一块理论（绝对有效地把控制论长驱直入地推进到了生物学、心理学、经济学和社会科学诸领域），叙述得如此清晰，如此简明，简单明晰到一后面就是二，二后面呢？你立即惊喜地跟他一起叫道：三！

能把政治做到如此简明清晰吗？他已经有很长一段时间没有能如此从容地享受这种遐想的乐趣了。

他太忙了。

十五

夏志远是黄江北紧急"召"来的。他是黄江北清华时期的同班同学。从学生会时期起，多年来一直"跟随"黄江北，当他的助理，转战东西南北，一直干到那个中美化学联合公司工地。借用北方"胡同串子"们嘴里的一句话来给他俩的关系定位，那就是真正的"铁哥们儿"，"铁磁"。

楼上的二〇五房间，金黄的柚木地板和棕黑的菲律宾木墙裙，全套的水曲柳磨光钢琴漆家具，宽大的老板桌上全套的欧式办公用具，还有那纯羊毛藏红地毯……夏志远很舒服地穿着袜子在地毯上走来走去，连拖鞋也不穿。他半年前离开中美化学联合公司工地回到了章台，关系都办回去了，当时提出的理由是回章台解决个人问题。他比江北还大两岁，一直还单身着，有个女朋友，叫单昭儿，原是章台市委机关的一朵花儿。跟志远处了多年，关系不错，就是不结婚。这不怪人家，全怪夏志远自己。他实在是太喜欢昭儿了。他不愿委屈了她。他觉得昭儿能跟自己这么个"黑脸汉子"好，并坚持多年不变心，可以说已经受了相当大的委屈。真结婚，就得好好地为她办一下，得认真对得起人家。必须是在一个特别合适的时间、特别合适的情况下，把所有该找的朋友同事亲戚甚至老同学，都找齐了。还不能花昭儿的一分钱，得全花他的。他准备把爷爷留下来的那两间旧房彻底装修一下，设计图都找人画了好几种，最后，他又信了某一份小报的话（这个大学毕业生也不知什么时候得的这"毛病"，特信各种报纸上的知识性小栏目），说，男的过了四十才结婚，就得十分注意对方的年龄，否则对优生很不利。如果这时女方已经过了二十五岁，那就索性等到二十八。如果女方已过了二十八这条大杠，那么三十三岁那年则是最佳生育期。当时昭儿刚过二十五，他就非得让人等到二十八。这一等，出事了，不是人变心，而是让她那个特有能耐的表姐田曼芳煽动下海了。市委机关干部都不当了，这让夏志远先就想不通。为人一向厚道正统的老夏，觉得下海固然可以，但总不能放弃市委机关的工作不干啊。那毕竟是市委机关啊（单昭儿在机关里还是个优秀党员哩）。另外，他怎么琢磨，都觉得昭儿一定是嫌他工资低，才下海的。这使他本来就多少有一点自卑的大男人心理，越发平衡不了，倔，犟，吵嘴，干仗，大爆发过一次，两次，很伤了昭儿的心。一回，两回，冷淡了，不理老夏了。两人都扬言要另择佳偶。但两年过去了，谁也没"择"，不见行动，光棍依然孤独着。但老夏不能就此安心，因为他写过去的认错信，全部让昭儿原封不动退了回来。他觉得他必须采取重大措施，向对方表明自己的心迹了，再不这么做，可能就要晚了（昭儿快到二十八了）。他这才执意要调回章台，能靠近昭儿，以便就近做更深入细致的"思想工作"。

"截住平平了？"夏志远问。

"跑了……"黄江北疲惫地坐倒在真皮沙发上。

夏志远一愣："你就那能耐？"

黄江北："不说这档事了……"

夏志远："哎哎，就这么让她跑了？"

黄江北："那你说怎么办？"

夏志远："赶紧采取措施啊！"

黄江北："我已经请这儿的有关部门协助查找。有什么消息，他们会立即通知我的。现在谈我们之间的事……"

"我们之间……什么事？"

"你别急……"

"什么别急。我还得赶末班车回章台哩。"

"我已经在这儿给你安排住的地方了。晚上，去同和居，我请你吃涮锅……"

"别跟我来这个。到底有啥事，快说。"

"你瞧你这德性……"

"喂，老兄，我先把丑话搁头里，今儿个你谈什么都行，就是那一档子事，请免开尊口。"

"哪档子事？说得那么吓人。"

"别装蒜！"

"嗨，嗨，你还没说，我咋知道了？"

"你不知道就算了！"

"志远……"

"去去去，别跟我拍拍打打的！今天你说破大天去，也不行。除了这一档事，别的都好商量。就这档事，不行！"

"可我就是为了这档事才急着找你。"

"那我们甭谈了，再见。"

"志远……"

十六

夏志远调回章台，便在市政府机关工作。今儿个一大早，他还在床上哩，市政府值班员的电话铃声愣把他从梦乡中惊醒，告诉他，黄江北同志请你立即到省一招会面。放下电话，他傻坐在床上，当时就觉得事情不妙。这两天，章台市内流言满天飞，众多的流言之一，就是省委可能要调黄江北回章台来当市长。有人对此说法嗤之以鼻，认为绝对不可能。章台虽说是个地级市，而且还不是个省辖市，但在该省地位历来特殊。从大的方面讲，原因有二：一，该省许多老同志出自章台地区。（章台市所辖四县是典型的穷山区，也是当年的革命老区，多年来出了许多干部，分布全国，留下的那部分，便多数到了省上当领导。）从积极方面说，这给章台市的领导增加了许多便利。省里有那么多"章台籍"的领导关照，出差错的可能就会小一些；物质上经济上缺点什么，伸伸手开开口，在指标之外多少总能得到一些照顾。面子嘛，难免。但也有难办的。"章台籍"的头头脑脑不管怎么注意组织原则，有时总也免不了做些一竿子插到底的事。他们太了解自己家乡的事了，总有人往他们家跑嘛。别人不跑，还有亲戚老乡嘛，随便一开口，说到某县某乡某村的某个干部应该怎么使用怎么调配，某件事怎么处理；他说他不代表组织，只是个人意见，你说你听还是不听？下面哪个乡长村长不高兴了，随便拿起电话或托哪个卡车司机捎个话，都能在省里某个头头面前把状告上了。随后就有话发下来，怎么怎么办怎么怎么处理，处理完了请给我回个话。他也一再声明这只是个人意见，不代表组织。你说你听还是不听？二，自从有了"万方"，在经济上，章台的地位和知名度陡升。国家投资好几个亿的合资大厂，本省第一个特大型汽车联合企业，办得怎么样，的确具有经济政治双重的特殊意义，所以在章台做市委书记、市长就得特别有点功力功底。黄江北？黄江北有什么功力功底？人们不信省里会派他来主政。夏志远也不信。他不信，不是不相信江北的能力，而是不愿相信这是事实。老夏不希望江北回章台来坐这个"蜡"。

回章台的半年，使他太清楚章台的复杂，难缠。在这儿当主政官，要承担的责任太不一般了。除此以外，他还有一点私心，就是一旦江北回来主政，跑不了又要拉上他这个老同学。已经给江北当了一二十年助理的他，实在不想再当这个助理了。半年前，黄江北就不太愿意他离开，是他跟黄江北愣"吵"了一架，才脱身的。他无法再"忍受"这个黄江北。这家伙太不安分了，太玩命了，绝对没明没黑地死干。在他身边，太累。特别气人的是，他把你使得团团乱转，累得你东倒西歪没点人样，而同样在干着的他，却跟个没事人似的，照吃照干照逗乐，美滋滋地照旧雄赳赳气昂昂。那精气神儿，就像是一天吃一盒虫草人参蜂王浆似的，愣让你没脾气。夏志远知道他是装的。其实他也累。能不累？更累。但他能装得出来。你装个试试？

让你带一个庞大的车队，上千里之外的富拉尔基重型机器厂拉巨型催化罐，一路来回折腾十五昼夜，回工地，上澡堂子里哗哗啦啦地冲一阵，紧着再扒拉两口饭，那头又催着你去参加某项工程论证会了。这边论证报告刚起草完，那边电脑打字室的人已经在等着了。两个小时后，拿着刚复印出来的还带着复印机"体温"的备份文件，又得走了，得上北京找建行领导要指标外的外汇额度啊……如此这般，长年累月，他总拽着你同行。这种助理，谁受得了？更让人心理不平衡的是，同样折腾这一二十年，自己把什么都耽误了，最想搞的业务没搞成，最想娶的女人没娶上，可黄江北，可以说折腾得更厉害，却什么也没耽误，大学上了，硕士学位也拿了，官当了，老婆还娶了，连闺女都有了。真可说是满掐满掐一个全活儿！特别要提到黄江北这个闺女，的确是他的一大骄傲，特懂事、特可人心，长得还特像黄江北，都十五六了，还老缠着她这个"老爸"撒娇，实在让孤身一人的老夏馋死。后来黄江北就说，别馋了，让我闺女给你当干女儿吧。可干女儿顶啥子事嘛！逛商场能挽着干爸的胳膊、贴着干爸的耳朵根儿说悄悄话吗？您说这人跟人，怎么就那么不一样呢？当然，除了以上所说的这两点有关儿女私情的理由，老夏执意不再给黄江北当助理，执意要回章台，还有更深一层的原因。对于这一点，老夏不否认，黄江北也有所察觉。甚至可以这么说，黄江北比老夏本人更敏感、更计较这方面原因的产生和发展。但这个原因到底是什么，夏志远自己说不太清楚。黄江北是猜到了却又不愿说破。

现在黄江北果然要回章台当代理市长，夏志远当然不用黄江北说也明白，他要找他只有一件事，那就是要他再给他当助理。章台市市长助理。

干不干？当然不干。这次要干的话，半年前又何必要闹那一场呢？半年前，夏志远提出不干，让黄江北老大不高兴。

"我知道你老兄早就不想在我身边干了。我不勉强你。但你怎么也得等工程干出个眉目来再说。"那天，黄江北沉着个脸，过好大一会儿才应道。

"别说这种没良心的话。我怎么不想在你身边干了？我干得还少吗？你说我都替你干了多少年了？"

"所以你不想再往下干了嘛。"

"我的大领导，别说这种话了，行不行？我到底是因为什么才要求走的，别人不清楚，您还不清楚？单昭儿跟我之间的这场别扭，已经白热化地闹了两年零七个月。我要再不回去就着她一点，这事就肯定没救了。你能忍心看我就这么打一辈子光棍？我比你还大两岁，你的小冰都上中学了，可我……连个蛤蟆蛋还没捡着半个哩！够惨的了！你也让我滋润一回……"

"单昭儿那里的工作，我去做……"

"你去做？你还能替我去结婚？"

"你看你，说着说着嘴里就又没边儿了。"

"事情都到这份儿上了，你还叫我怎么个有边法？放我走吧。"

"我觉得……你还有什么原因……"

"我一个大草人，还能有什么原因？就是要回章台讨好那位单小姐！"

"把话说清了，我就让你走。"

"什么话？有什么话？你瞎上什么纲连什么线？"

"不说清了，别想走。没门儿！"

"黄江北，这可是二十年了。这一回我这么跟你说吧，你说行也得行，不行也得行，反正我走定了。"

"想跟我来横的？你试试！我也告诉你，二十年了，我说不行就不行！"

"嗨，说你胖，还真喘上了。我走定了，看你能把我怎么的！"

"走？你敢！"黄江北说着，拉长了个大脸，一转身就走了。

就这么闹僵了。那一夜，从来不失眠的夏志远整个儿度过了一个罕见的辗转难眠长夜天。心里难受！他知道，黄江北是舍不得他。这些年，别人只看到姓黄的噌噌噌的一个劲儿地往上走，以为特别顺当，只有老夏清楚，黄江北这些年太难了，他太需要有一个了解、熟悉、体谅自己的人在身边。他需要一个能听他说说心里话的人在自己身边。他有心里话要说，他还没像有些当官的修行到那个份儿上，心里根本没自己的话可说了，只知道看上面的眼色，只知道吃喝、转圈儿。他还没这么干瘪。这么多年他俩一直同甘共苦，他们之间的同甘共苦从表面上看是以他服从他的形式存在的，但实际上，关起门来，只剩下他俩的时候，根本没有谁服从谁的问题。他俩在精神上是平等的。只是一对老同学，没有半点上下级的影子。他可以在黄江北面前说任何想说的话，可以跟他吵，拍桌子。也许正是因为有了这一点，他才能在他身边安然地做了近二十年的助理，大大小小各式各样的助理。后来……后来……他和黄江北之间真产生了什么"过节"？也就是黄江北要他"说说清楚"的东西。

有吗？黄江北从来没有在他面前称大倨傲过。他也从没背着江北做过对不起他的事。但，二十年前的他和他，跟二十年后的他和他，真的一点变化都没有？他执意要离开黄江北，执意不愿再替他当这个助理，真的只是为了单昭儿？为了四十岁后的自己去得一份以前所没有过的平淡安逸？是吗？他决定第二天一大早再找江北好好地说一说，推心置腹地说一说。

他怕江北起早就让人叫走了，就早早地上他宿舍堵被窝去了。没想铁将军把门，江北天不亮就去机场赶航班，上了广州。更出乎他意料的是，一夜过后，江北已经同意放他了，并连夜把工地上的几位老总的工作都做通了。而后，又把人事处的同志从被窝里叫了起来，办各种各样的调动手续。他怕一旦自己去了广州，别的老总又有变卦，就赶紧地在去机场前，让人把所有的手续都办好。既然狠下心放老同学，就得保证他走成。自己手里不是还有这点权吗？那就保证他走得顺当，走得舒服，走得毫无挂碍，甚至把送志远回章台的车都跟车队定妥了，才回宿舍休息，而这时已经离天亮只有半个多小时了。回到宿舍里，他根本没睡。

已经没这可能了。他只是给自己煮了一小壶咖啡，他不喝速溶的，喜欢自己煮来喝。他觉得面对着酒精灯那飘忽的蓝色火苗，听着小壶里轻微的翻滚声，闻着壶嘴里散发出来的哥伦比亚咖啡豆的浓香，那样更有情趣，更是一种休息，一种消遣，一种放松，一种难得的思考。小口地抿着咖啡，把几件在外换洗用的内衣内裤塞进那个很旧的旅行包，又给志远在纸上留了几句话。

志远：

你要我办的事，我全给办了。满意了吧？天要落雨，娘要嫁。我还能怎么样？你没把话给我说清楚，这笔账我还是要跟你算的。你别拿单昭儿来跟我玩什么障眼法。我直说了，最近这两年，你对我产生了某种成见。正是因为这种成见，你才不想再在我这儿干下去了。

你先别急于否认。

我不想勉强你。也不能勉强你。你毕竟不是别人。我不能对你施加那种我本可以施加的行政制约权。那样做，就太没意思了。

但我要对你说，你错了，错定了。

下面的这些话也许是多余的，但我觉得还是要说：不管怎么样，我永远感谢你这么些年来对我的支持和合作。老同学，你永远是我最好最好的朋友。这一点，不管到什么时候，我都不会发生任何动摇。

今后，有什么要我办的，只管开口。只要我办得到，我将一如既往地为你老兄去办。这样做，绝不是为了报答你这么些年来对我的支持。对待你的那些支持，是绝对不能使用"报答"这样的概念的，否则，对你对我都会是一种巨大的曲解和侮辱。

珍重。

江北于即日

十七

今天，夏志远也带了一封信来给黄江北，而且是一封写得很长很长的信，详细地叙说了他这次不可能替黄江北当这个"市长助理"的理由。他知道自己嘴巴上的功夫不如黄江北，便把事先想到的几条理由，斟酌再三，写了下来。

说了归齐，现在的问题根本不在我当不当这个"市长助理"上，而是你，黄江北，压根儿就别回来当这个章台市长。

眼下的这个章台市长，压根儿就当不得，所以也就不存在我那个当不当"市长助理"的问题。章台目前的状况太复杂，太微妙。咱们什么都别说，光说董秀娟这档子事，她死了这么长时间连个自杀还是他杀都没闹清，鉴定自杀还是他杀，可以说是刑事侦查中最简单的一个活儿了，可是在章台就愣是闹不清，你说这里有没有名堂？从去年以来，上头那帮子明细人，见了"章台"的事都恨不能躲得越远越好。这帮子人平时一个个都特能耐，特想升官；这会儿干吗不来当这章台市长？非得你来？他们聪明，都躲了！你好嘛，不仅不躲，还直扑着这堆大火翩翩而来。我说你就是傻！你以为你能耐大？你不用吃五谷杂粮？你以为你黄江北手里攥着个清华北大的学位证书，就能包打天下了？你不就是个黄江北吗？告诉你，别说一个黄江北，就是再加上黄江东、黄江南、黄江西，你也包打不了这个天下！你还真以为你能改变什么？傻！

看完志远的这封信，江北真的沉默了好大一会儿。信里写到的，其实他都想到了，也都考虑了。

"现在的问题很简单，省委五个常委坐在我面前，我能说不干？我说得出口吗？我该这么说吗？当然，不否认，市长这个职务对我来说确实具有极大的诱惑力。我确实想当一个市长。一个城市，深刻悠远的文化背景，强大活跃的经济杠杆，众多复杂的生存意味，一种浓缩，一种强化，一种升华，一个全方位的超越，甚至再生。归根结底，面临一个人生的历史的社会的和新浪潮到来瞬间的挑战……当然还要提到那个被许多人嘲笑的字眼儿：'责任'。那年我们在北京，和国务院政策研究中心的一帮子年轻人讨论法国人让·施赖贝尔写的那本书《世界面临挑战》。书的最后，就有这么一段话。它说：'这个世界今后必定还会存在种种狂热、偏激、腐败和痛苦，但是，我们不能因此就说，我们不再相信、不再希望通过我们自己的努力，让这个世界摆脱几千年来蒙昧和落后的史前状态……'我们都为此激动过。当然，你现在可以嗤之以鼻地说这是一种陈旧的激情，可笑幼稚的罗曼蒂克。但我要说，这是一种召唤。我对这种召唤，不能无动于衷。我做不到。它对我的确有巨大的吸引力，巨大的诱惑，无法抗拒的诱惑。是一种生命力的诱惑，生命的张扬。志远，只可惜这次对我的任命，只是个'代理'市长。这个'代理'二字，实在太微妙了，含义实在太多了。一旦干不好，也许就会失去我已经得到的一切，一落千丈。所以我比任何时候都更需要一个头脑十分冷静而又十分了解我弱点的人，在我身边。他能在我遇到种种困难的时候，刻意维护我；又能在我头脑发热的时候，敢于大声对我说一个'不'字，让我保持必需的清醒。你知道我这个人好冒泡好冲动。你说我回章台后，上哪儿去找一个敢对我说一个'不'字的人？现在还有谁会对一个现任市长当面说'不'字？就是有，一时半会儿也难以找到。但我必须马上和这样的同志一起开始工作。只有你能做到这一点，没有人比你更了解我的弱点，没有人比你更清楚我缺什么。你正直、热情……又特别能吃苦，思考问题特别周密细致……"

"嗨嗨嗨，在臭我呢？"夏志远不客气地打断了黄江北刚刚发动的"糖衣"攻势。

"志远，我这说的全是真心话；我只要你再给我当一年的助理，一年后，我保证放你，彻底放。也保证给你一个好的安排。这么跟你说吧，到时候，你想去哪儿我都能满足你。你知道那年我在中央党校学习过一年，我那儿的同班同学，现在分布全国，都是市长、市委书记那一类的角色，还有提了副省部级的。你说你想去哪儿吧。"

"我想去哪儿？我想回我老家去喝棒子面粥！"夏志远突地一下站了起来。

两人正谈到这儿,电话铃响了。黄江北不想让任何人打断他和志远这一刻的谈话。拿起电话,很有点不耐烦,对接线员小姐说道:"我这儿正忙着,不管什么电话,都过半小时后再接过来。"

接线员小姐细声柔气地说:"对不起,黄市长,是省委孙书记要跟您说话。"

黄江北忙改了神色。几分钟后,黄江北放下电话,神色显得有些苍白、紧张。他告诉夏志远,今天一早发现,章台市公安局局长于也丰死在他自己家里,死因不明,他杀自杀难定。省公安厅和国家公安部派出的刑侦专家已经出发,省委要求黄江北天黑前一定赶到章台,会同省、部来的同志,一起听取章台市有关方面关于董、于两案的案情汇报。

还要说什么呢?还能说什么呢?

十八

二十五分钟前才有人告诉郑彦章,于也丰死了。他的第一个反应是,直着嗓门问道:"什么时间发现的?谁发现的?"对方支吾,就是不肯说出具体时间和具体人名。他接着又吼出了他那句几乎为全章台市人民都熟悉的口头禅"玩你个里格楞去吧!"就撂下电话机,"嗵嗵嗵"向楼下跑去。他那个年轻的助手苏群正在办公室里摆弄照相机,他嗵的一下捅开办公室的门,冲苏群吼了一句:"别里格楞了!"没等苏群反应过来,他已经下到二楼,把交通科的门捅开了,吼了一句:"出车!3208。"上面给反贪局一共才配备了两辆破车。3208是其中的一辆。然后他捅开经济一科的门,吼了声:"有关材料,送秘书科。"然后捅开秘书科的门:"汇总有关材料,一式三份。"然后去他那个小储藏室取了个什么东西大步向院门外走去。他从不在院里等车,他让车来追他。出了反贪局大门六七十米有一个十字路口,有一回,他已经走过了那十字路口,追上来的车没找见他究竟往哪条岔路上去了。绕半天,还比他晚了几分钟到现场,他回来以后,就这么一句话:"你们玩什么里格楞呢?"把司机和交通科长一起给撤了。反贪局的人没一个不怕他,一多半的人还多少有些恨他。他对此现象说:"当头儿的不遭人怕、不遭人恨,那赶紧回家哄老婆玩去。搞什么里格楞！"大概也正因为如此，都五十好几、小六十了，"里格楞"了这么些年，才奔了这么个小小不言的反贪局局长（正科级）"宝座"。对此，他也有一个闻名遐迩的说法："别瞧着我这窝小（反贪局统共才七八个人、三四间办公室），通章台还就我能坐得了反贪局长这把交椅！"这话传出去，让市委林书记把他叫去好一通训斥。林书记问他："就你坐得住？我呢？我也不成？"他笑笑道："成，怎么不成，那咱俩就换换，您来当反贪局局长，我去当市委书记。成不成？"一句话，又把林书记噎得够呛。

所以他也只能在"正科级"宝座上待着甭动了。所以有人叫他"老小孩儿"，有人叫他"老屎橛子"。有人问他对此"美誉"有何看法，他冷笑笑："哼，老小孩儿……哼哼哼，屎橛子……只要你不犯在我手里，什么都好说！听明白了？"

真好说？

十九

3208载着郑彦章、苏群赶到于也丰家，那儿已是人山人海了。不仅有早来的几十辆警车，还有附近"倾巢"出动的居民，里外三层地把于家小楼围了个水泄不通。也许是因为公安局局长家出了事，虽然是人山人海，但人群中，却没一个大声喧哗，没一个随意起哄，甚至没一个敢胡乱走动的。一种怪异的沉默，紧张地笼罩着，好像是一大片刚过了火的黑森林，静静地游荡着一股浓烟。

二十

案发现场在于家的小客厅。于家的这座小楼盖得很怪，房间奇多，楼道奇窄，弯弯曲曲地显得特别的长。在二层和三层之间还有个夹层，在一层和二层之间也有个夹层。夹层的房门都包着铁皮，铁皮上钉着一排排大拇指大的铁钉。所有的房间开间都特别小，包括客厅在内，一个个都跟极精致的木制鸟笼似的，让人在有限的空间里，享受那制约下的尽可能多的舒适。但客厅里的吊灯绝对是深圳中外合资的。于也丰这会儿仍斜躺在那张中外合资的意大利豪华型黑真皮大沙发里，通过夸张的脸部表情和背弓扭曲的身姿，显现出临死前因深度中毒所造成的种种痛苦。有人用一块白布把他盖了起来，但不知为什么，却又偏偏暴露出了他那张肯定会让所有人都感到恐怖的脸。

郑彦章一路往这儿赶的时候，一直在担心现场是不是得到了最好的保护，更担心会不会又让人做了手脚。他这种担心并非是平白无故杞人忧天式的多虑。上一回董秀娟的死亡现场，他就觉得被人做了手脚。明明是一起畏罪自杀的案子，硬要往他杀案上引，搞得至今不能定性。今天的情况，一开始就更蹊跷。最高方面早就明文规定，像这样有可能涉及经济问题的案子，公安刑侦方面必须会同反贪局的人一起去现场勘察，但事实上，案发后过了这么长的时间，这种通知和邀请才姗姗到来。为什么？如果现场再一次让人动过了，那么已然扑朔迷离的章台，会变得更加迷离扑朔。

3208驰到离于家大门几十米处，就没法再往前挪动了。他们只得下车步行，由一个持枪的法警开道，推推搡搡磨磨蹭蹭好不容易进了于家大门，来到小客厅门口，又被市刑侦队的一个年轻小队员拦住了。大概是刚从警校毕业，初来乍到的还不认识人，又挺钦羡老刑侦队员身上那点绝对与众不同的洒脱劲儿，气儿特盛地满不凛地用力推了郑彦章一把，唬道："嗨，哥们儿，往哪儿溜达呢？"那位持枪的法警赶紧上前去说明情况。小家伙稍收敛了一点，但还是不认账，把着门说："市里刚下了通知，要我们封锁现场，不让任何人进。"

苏群笑着上前拍了拍他的肩膀说："哥们儿，上面说的'任何人'，是指咱哥们儿以外的主儿。"

那小家伙瞪起眼："跟我这儿起什么腻，有事找我们头儿说去。"

正愁着没法跟这小愣头儿青掰扯，小家伙提到的那个头儿、市刑侦大队的大队长宋品三闻讯赶来了。

宋品三比郑彦章要小二十岁。郑彦章在五公区当派出所所长那会儿，宋品三的脖子上绝对还挂着红领巾，或者还没挂上，并正为此大伤着脑筋哩。以往，章台的公安干警基本上都是复转军人。现在，复转军人仍然是公安干警的主要来源，但宋品三是学生出身，没当过兵，他是章台公安系统从学生中直接招考、自己培养训练的第一批。当年办了个短训队，人称"黄埔一期"。他就是这个"黄埔一期"的。后来这个短训队又不定期地办过几回，后来便演变成了正规的警校。到刚才那个小家伙毕业的时候，已经是"黄埔十三四期"了。章台市各区县公安局的领导班子里有不少人都是当年的"一期"生，就连警校的三位副校长，有两位都是那"一期"的。而宋品三被老少校友们誉为最有可能进入市局领导班子的"后备力量"，虽然他现在还只是个刑侦大队的大队长。

这小子行，脑袋瓜子来得快，不仅眼里嘴里有活儿，身上手上，哪儿都有活儿。说得干得，催得紧了，真还能来两笔，也就是人说的那种"文武全才"，很得几层领导器重。在这岗位上，最要命的一条得听话，让怎么干就怎么干，还必须是绝对的。这小子，就能做到这一条。

因为连日连夜地忙碌，此刻他眼睛里布满了血丝，疲惫的表情里甚至还显出某种暂时的憔悴。也许因为意识到自己有可能进入市局班子，这些日子以来，他特别地勤奋，也特别地谨慎。他知道，这一两年对于自己的一生来说，很可能是关键。他已经破过几个大案了，现在对自己来说最重要的是不出娄子。在稳重中，继续稳重稳重再稳重。机遇好的话，再破两个（不，一个也足够了）大案或特大案，那就齐活儿，真是想什么有什么了。

"对不起对不起，林书记刚打来电话，要我们立即封锁案发现场，说是要等新来的黄代市长和省厅、公安部派出的专家，到齐了一块儿看现场。"

他说得非常客气。虽然说起来，他这刑侦大队大队长和市检察院反贪局局长是平级的，但是，郑彦章当年曾到"黄埔一期"给他们讲过课，怎么说也是老师辈儿的。这公安系统的人也怪了，特别讲究这情分和资历。对于同行中年长的，都特别尊敬，别说是老师辈儿的，就是比自己早一天穿警服的，感觉上也会有所不同。再者，郑彦章最近连着办了肖长海、董秀娟两个大案，上上下下的影响力剧增，这一点绝对不是闹着玩的。虽然老头儿的年龄已经到杠杠了，按有关规定，他已然不可能再有所升迁，但还是得罪不起的。最后一点也不是不重要：老头儿的脾气特别"各色"，也容不得他宋品三稍有怠慢。谁要敢怠慢他郑彦章，甭管您是谁，老头儿都敢当面弄得你下不来台。这样的事已经不止发生过一次了。

郑彦章撇撇嘴，笑了笑，应道："行，等齐了就等齐了吧，只要现场没让人动过就行。"

宋品三心里一咯噔。但表面上还是若无其事地敷衍道："郑局长，您要这么说，我们刑侦队就没一点活路了。好像我们刑侦队经常在伪造现场？这罪名可真不轻啊。"

郑彦章忙摆摆手："开个玩笑，开个玩笑……"

宋品三笑笑："郑老前辈，您跟我们这样的无名鼠辈开这玩笑，我们可受不了。"

苏群紧塞上一句："董秀娟出事的那天，你们也这样封锁现场好几个小时……"

宋品三板起脸给了小苏一句："当时封锁董家现场，也是市里的命令。怎么，我们刑侦队不该执行市委的指示？"

苏群还想反驳，郑彦章却听到小客厅里好像有什么响动，忙对苏群做了个很激烈的动作，让他立即闭嘴，别出声儿，而后一下冲到小客厅门前，回身问宋品三："小客厅里有人？"

宋品三不屑地一笑："鬼哦。"

郑彦章激烈地指着小客厅的门："你听！"并且又很用力地做了个大强度的手势，让所有在场的人都别作声。

现场马上静了下来。

郑彦章再次侧耳倾听。

但隔着门扇，那小客厅里，此时却死一般寂静。

身材矮小、貌似瘦弱的郑彦章稍一迟疑之后，突然以谁也想不到的那种敏捷和果断，推开了把门的那个小家伙，拧开了客厅的门。

客厅里没人，只有死了的于也丰。但是，沙发跟前那盏低低的从天花板上垂挂下来的提拉灯，却在长长的灯线上微微地晃动，后窗户上的窗帘也在微微地晃动，打开着的百叶窗同样在微微地晃动。它们确乎都像是刚被人触碰过。但屋里又确乎不见半点人影。

宋品三故意反问道:"人呢,郑老前辈?"

郑彦章仍不甘心地打量着室内的陈设。

这时,苏群突然拔腿向屋后跑去。同时在场的那几位,闹不清发生了什么,愣怔了一下之后,也跟着向楼后跑去。

屋外,大雨哗哗。

苏群估计刚才在现场发出声响的那个不速之客,是越窗跑了。追到楼后,也不见人影,但是在小客厅的后窗台上却发现了那家伙越窗时留下的脚印,脚印的脚尖冲着窗外。苏群指着脚印问宋品三:"对这个刚出现的脚印,你怎么解释?脚尖冲外,说明那家伙的确是从屋里跳窗时留下来的。现场已经封锁了,屋里怎么还会有人?"

宋品三笑笑:"小伙子,别激动。我不明白,这脚印为什么一定是刚才这会儿留下的?为什么不可能是昨天,甚至是十天以前或更久以前留下的?"

苏群微微一笑:"我可以负责任地告诉您大队长,几十分钟前,这窗台上还光溜溜的,一无所有哩!"

宋品三哈哈一笑:"证据!"

苏群继续微微一笑:"我陪郑局长进这院子,特地绕到这后窗外来看了一下,那时这窗台上还根本没这脚印!"

宋品三继续哈哈一笑:"我要证据!"

苏群说:"我们当然有证据……"说着就拍了拍身上的照相机。苏群没想到,他这个举动,实在是捅了一个不大不小的娄子。上一回勘察董秀娟现场时,郑彦章和反贪局的那些同志是最早进入现场的,因为没想到董秀娟会出那样的事,就没带相机,没留下现场最原始的照片。等他们再度进入现场发现现场被人"再造"过了,却又拿不出有力的原始证据来比照揭示,做了一回哑巴吃黄连的窝囊事。这一回郑彦章留了一份心,从反贪局办公室往外跑时,就让苏群带了个专业用的相机。但这件事不能这么公开进行,因为市里有指示,要等新来的黄代市长和省、部两级的专家到齐了再勘查现场,那么,在此之前的一切勘察举动,包括拍照之类的,当属违反规定。宋品三就有权,也有这个责任加以制止。果不其然,宋品三立即要没收苏群手里的照相机。

苏群怎么肯交？宋品三立即转过身来，严厉地看着郑彦章，等着郑彦章作答。

郑彦章叹了口气对苏群说："把相机交给宋队长。"

苏群一愣。

郑彦章不紧不慢地又追加了一句："给吧给吧。"

说着，满不在乎地挥挥手，便向门外走去。出了大门，老头儿悄悄地把大衣衣襟敞开一点。苏群惊喜地瞧见，那里还藏着一架相机。老头儿怕小伙子声张，忙把他又往远处带了带，交代道："我现在马上去找林书记，让他特批我们现在就进入现场，查清刚才发生的那档子事，你在这儿给我盯着点儿。只要有人进出现场，就给我拍下来。别一根筋的，让姓宋的再把这一架相机也给闹走了！"苏群忙接过相机，说道："放心吧，吃一堑，长一智，傻骆驼还长仨心眼儿哩！"他俩当然不知道，他们刚一出于家大门，宋品三就派人盯上他们了。不等郑局长发动着车，把车倒出胡同口，宋品三已经把电话打到林书记那儿去了。

林书记因为血压、心脏、神经衰弱等方面的原因，长期住院。宋品三打电话来的时候，他正和市检察院的张检察长在谈郑彦章的问题。

接了宋品三的电话，他更加生气了，指着电话机对张检察长说："你那个郑彦章马上就杀到这儿。我说了等那个黄代市长和上面派来的专家来了一起看现场，他就是不听，非要带着他的人，先进现场勘察。怎么回事嘛？从董秀娟出事以后，我已经跟你说过多少次了，这个郑彦章不能用。你们要采取措施嘛。小董这档子事，就是砸在他手里了嘛。小董到底什么问题？没闹清楚嘛。不能定案嘛。就算他郑彦章手里拿到了什么证据，也应该跟我们市领导打个招呼嘛。好，他逞能，一下子捅了出去，捅到省里，捅到中纪委，就差没捅到联合国。小董这么个女同志，二十多年的劳模，没经历过这种场面嘛，怎么受得了？她一死，我们就非常被动，给上上下下造成这么种印象，好像章台这地方没个好人了，就是洪洞县了。搞得上下左右都人心惶惶，是非不分。这到底是拆台还是补台？我一再跟你们强调，在政法战线上工作的同志，就是给党把大门的。可以能力不强，也可以经验不足，但党性一定要强。一定要听招呼。党性不强不听招呼的人，就是再能干，资格再老，也坚决不能用！这是有过许多教训的！你们要听话嘛！"

"董秀娟一案，我们院领导也有责任……"张检察长诚恳地说道。

"今天只跟你谈郑彦章的问题。该下决心的事就不能拖，不能由着这个老郑把事情往大里闹。不能再让局面失控了。"

"您的意见是……"

"把郑彦章从反贪局请出去！没有张屠夫，不吃混毛猪嘛！"

二十一

章台市远郊山里有个挺穷挺穷的大县叫林中县。林中县有个历史挺久远的大镇叫窑上镇。窑上镇上有个远近闻名的中学叫窑上镇中学。林中县不出金银不出铁，不出木材不出粮，就出了这么一所好中学。有一帮响当当的名牌教员，穷死苦死不出林中县，铆足了劲儿年年给本县教出一批名牌学生，组队"北伐南下"，考入北京、天津、上海、南京、广州……各名牌大学。八九十年了，几乎年年如此。这不仅在章台一市四县几十所中学里是独一无二的，就是在全省，那几所直属省教委领导的重点中学，多年来能一直保持如此成功的高考率的，也属罕见。是奇迹，绝对是奇迹。窑中年年往外送学生，年年只见有走的不见有回的。成了的不回，败了的也不回。有人说当年在北洋政府总理衙门行走的就有自窑中毕业的学生。

随"张南皮"（张之洞）出国跟各列强办交涉的几位译员里，有一位就是当年窑中最早一届的毕业生。几十年来，林中县的人穷死了，再没别的路往外走，把孩子"送进窑中"，几乎成了林中县所有家庭对于未来的唯一寄托，唯一奔头，唯一曙光，唯一的唯一，所以，在林中县，谁要是向人介绍自己是"窑中"的教员，对方绝对能把你当县委委员一样隆重看待，甚至超过那什么委员。您不信？我给您举个例，比如说在"文化大革命"中吧，谁把县委委员当个人？但你敢这么对待窑中的教员吗？反了！有一伙北京来的愣头儿青（红什么兵吧），不知深浅，一脚踏进窑中，见此处依然跟个世外桃源资本主义堡垒似的，一再地书声琅琅，一再地人影憧憧。于是无名之火冲天而起，冲进教务长室一边发布停课令，一边抓起教务室里正在开会的几个教员就往外走（其实他们真误会了，在教务室里的那几位教员正在研究窑中是不是也该跟着全国形势停课闹一回革命的问题）。还没走出校门，就被窑中的学生拦住了。几十分钟后，镇上无组织的居民蜂拥而至，直求那一帮红什么兵放人。几个小时后，有人要抓窑中教员的消息传遍林中县，有马车的赶着马车往窑上镇赶，有拖拉机的开起拖拉机往那儿赶。自行车队跟个蚂蚁群似的漫过坡地，拥向窑上镇。不到吃中午饭时分，便把窑中围了个水泄不通风吹不进。到晚半晌，步行大军匆匆赶到，有人说林中县三十万人那天起码去了二十八万七千六。当然是夸大了。但我说去了二十八万七千五是确实的。没有人敢跟伟大首都的红什么兵吵架，更不敢跟他们辩论（辩得过吗）。我们真心拥护党中央真心拥护伟大领袖毛主席真心拥护伟大的"文化大革命"。"无产阶级文化大革命万岁万岁万万岁。"我们全县都是造反派，不信，您瞧，县长打倒了，县委书记也打倒了。您还要打倒谁，尽管说。今天没打倒，我们明儿个一早就去打倒。但只求小将高抬贵手，把教员给我们留下。窑中的教员你们不能带走啊……七天七夜，整整围了七天七夜，林中县的老百姓就是不走。就是这一句话，请你们把教员给我们留下。事后，窑中的全体教职员工，抱头痛哭，一起发誓，今生今世不为林中县的百姓呕尽最后一滴血誓不为人。

这就是林中县。

这就是窑上镇。

但是，那一天，窑上镇中学却出事了。当严谨地、安顺地、堂而皇之地响了几十年的上课铃，像往常一样准时准点地响起来以后，所有的人却都觉出，窑上镇中学出事了。训练有素的全体学生们虽然像往常一样，不差丝毫地踏着清脆的铃声跑进教室，像往常一样毕恭毕敬地做好了一切上课前的准备，操场上、水房里、动植物标本室里、女生娱乐角……那一切供学生课余活动的场所立马空了。但一分钟、两分钟，甚至过了三分钟，不见一个教员进教室。从来不在上课铃响过以后在教室里交头接耳的窑中学生，那天交头接耳起来。从来不在背后议论老师的窑中学生，那天忍不住议论起来。但他们依然在等待，依然毕恭毕敬。

又过了一分钟、两分钟，甚至又过了三分钟，还是不见有一个教员走出办公室。后来有两位中老年教员觉得这么做实在有些过分了，怕事情闹大了没法收拾，便打熬不住地拿起教案本，想去教室上课，但还没等他们走到办公室门口，却被一些青年教师挡了回去。这时，学生才开始骚动起来。

而这时，几位教员代表，在邵达人老师、华随随老师的带领下，正在校长办公室和老校长办着交涉。华随随原先是这儿的教师，去年调往离窑上镇五里地的梨树沟小学当校长。梨树沟小学一共有学生二十三名，她这名校长兼教务主任，兼总务主任，兼科任教师，兼班主任，还兼了必不可少的总务员。可惜她还没参加组织，否则她还得兼个校支书之类的职务。其实在对她的正式委任书上写的只是"负责老师"。但梨树沟的乡亲们却依照他们几十年来的老习惯，把每一个愿意到他们这个穷得不能再穷的小山村里来教他们的娃儿们的教员，统称作"校长"。

这是百姓的"任命"。就像这儿早十几年就解散了人民公社，把大队改成了村，但他们却至今依旧喜欢把村址称作"大队部"，称村支书为"大队支书"。那是一种习惯。习惯了，不好改。

二十二

林中县已经有好几个月没给教员们发工资了。梨树沟小学还有个特殊的问题，校舍严重失修。去年冬天就没敢在教室里上课，一直到现在为止，孩子们都在露天地里上着课。冬天，在大山沟里，露天上课，刀似的西北风，可以想象。今年头一场霜已经下了，满山遍野的柿子和山里红都已经红透。头一场霜后跟着便可能有头一场雪，难道还要孩子们在露天地里承受？教员们听说，省里拨了一笔款子下来，专给修缮校舍的，可那钱呢？弄哪儿去了？不得问问清楚！别地方的教员老实，林中县的教员自古以来就被当地的老百姓"惯坏"了，养成一个打破砂锅问到底的传统。你拦不住。

老校长是个好人，最受人敬重的省政协委员，得票最多的市人大代表。他当然不知道这笔钱弄哪儿去了。他还从未经历过今天这样的事。

窑中的教员还从未用停课来"威胁"过人。就像能进窑中读书是每一个林中县学生的光荣一样,能被选中到窑中来教书,也是林中县所有教师的最高荣誉。窑中的教员从来都看重这个荣誉,用自己的勤谨刻苦和毕生的敬业,回报这份荣誉。

"你们……你们……有什么样的要求、什么样的意见都可以提嘛,不能停课不上,不能误人子弟!"老校长紧张得嘴唇发白,浑身打战,说话都结巴了,也把不住分寸了,"咱们窑……窑中自打建校这八……八九十年,从来……从来都没停过课,连日本人在的时候都没停过课……"

"日本人占领时期没停课,您还以为是个光荣?"心直口快的华随随一点不留情面地堵了他一句。老实巴交的老校长脸立马红涨起来,但身子却不颤了。

不一会儿,市教育局局长方少杰闻讯,带了几个办事员,匆匆赶来。

"华随随,又是你!"他一进门,就冲着华随随嚷了一句。窑中是章台市的骄傲,当然更是市教育局的"掌上明珠",方少杰自然不能容忍这儿有稍许的变故。方少杰、邵达人,还有那位比他们要年轻许多的华随随,和夏志远、黄江北一样,都是先后从五公区第三中学毕业的校友、师兄妹,所以方少杰对华随随说起话来很随便。

"又是我怎么了?不该来给您这位局长大人提两毛钱意见?"你随便,我更加随便。

"提意见可以,但说话要注意影响,提意见要讲证据。你们口口声声说有人挪用了专项教育基金,有根据没有?挪用专项教育基金这样的话,是能随便放在嘴巴上乱说的?"

"事实?你们还要什么样的事实。请走出机关大门,到贫下中农身边来瞧一瞧,我的公仆大人。梨树沟就是一个铁的事实!几十个孩子大冬天在露天忍受着西北风的肆虐,这样的事实还不够?要不要把你们局机关领导的孩子也请上几位到我们梨树沟小学去享受享受这样的事实?"

这边华随随寸土不让地正向那位做了局长的老校友发起强大攻势,把老校长急得不知所措的时候,一个姓白的中年教员匆匆跑了来,把邵达人叫到校长室外头,悄悄地告诉他一个刚从"路透社"得到的特大消息:黄江北要回章台来主政了。白教员说得气喘吁吁。

"江北？什么江北？"心还惦记着校长室里头那摊事的邵达人，一时半会儿竟然没反应过来。

"哎呀……江北……黄江北啊。你怎么了？"

"黄江北……黄江北又怎么了？这时候你跟我扯什么黄江北！"

"他回来当市长了！"

"胡嘞！"

"你瞧你还不信！在省委组织部干部调配处工作的那个老同学刚打来电话，告诉的这个消息。正式任命已经下达。上头给咱们市新调的市长，就是黄江北！"

"哦，老天……老……老天……"达人一时间竟然也结巴起来了。

"你说怎么办？"

"还有怎么办的？快告诉同志们，不跟老校长扯了。进教室上课，一切等江北到任后再说。事情有希望了！"

二十三

白色的桑塔纳稳稳地驰出省委招待所大门，雨已经明显地小了下来，但云层还在增厚。车没走经二路。按常规，去章台，该走经二路，出了经二路，就上了直达章台的三七八国道，一趟平泱，大道通天。车也没走纬二路，那是三七八国道修起来以前，人们来往章台与省城之间必走的一条老路。过老城区酒仙桥、蕲春堂、民生馆，绕过西公园后门，出宋家集，直奔章台。但黄江北今天也没这么走。出省招，到第一个十字路口，他就让车往东南方向拐了去。这方向跟章台所在的方位，满拧。

街道两边的商店渐渐稀少，树木渐渐高大，路面也渐渐整洁。他们正在向城内一个高级住宅区驰去。

离开省招的时候，黄江北突然接到省政府办公厅主任的一个电话，说是田副省长要见他，请他务必在去章台报到前，去田家一次。据说，调黄江北去章台，是田副省长力荐的结果。前面讲过，有相当数量的章台籍的老同志在本省任职，这位田副省长便是其中之一。

"谢恩师，带什么贡品了没有？"夏志远好一会儿没吱声了，看着车开进那一片被越发稠密的林木掩映的住宅区，在那幽静的林荫道上绕行着，这才不冷不热地给了一句。

"贡什么品！去谈工作……"

"谈工作就不要带贡品了？哈哈，您别天真了。"

"田副省长也是咱章台人，老家好像就在林中县西马乡上八里村。作为常务副省长、省委常委，他又分管着章台那一片地市县的工作，召见一个要去自己家乡工作的年轻同志，难道还要……"

"跟章台籍的老领导就不要拉拉关系了？你没听说过，现在在理论界有这么一种新提法：关系也是生产力，而且是真正的第一生产力。"

"志远，你……你这家伙回章台这半年，怎么满脑子的歪门邪道。怎么回事啊？邪性！"

"是吗？邪性？"夏志远冷笑道。

车在田副省长家门前停下了。这是一幢五六十年代盖起来的小楼，质朴而又典雅大方，独门独户还带着一个老大不小的院子。小楼的清水红砖墙上攀满了粗壮的常青藤，入秋后，硕大的叶片一起酱红了起来，齐刷刷地装扮出一面面醒目高大的软雕塑作品。而那几十棵比楼顶还要高出多半截去的大树，又明显地给这里的一切增加了少见的田园风情。

漆成深棕色的大木门前，已经停放着好几辆高级轿车了，甚至还有两辆明文规定只准省部级干部乘坐的奥迪二点六。在另一边的围墙跟前，则还斜斜地依靠着不少辆铃木、本田摩托车，给人的感觉，仿佛是挺进了一个机械化特种部队。

"你真觍着个脸，就这么空着双手往里走？"夏志远一把拉住已然伸腿要跨出车门去的黄江北，"你没看见这楼里有客人……"

"他有客人跟我有什么关系？"

"你没听说，田副省长的大儿子从独联体回来了。这位小田嗅上了一个俄罗斯小蜜。你看门前这车那车的阵势，很可能是在为这个未来的洋媳妇开家庭派对，把她介绍给这儿上层社会中的达官贵人名流士绅。这种场合，老的小的跟前，你可以摆出一副挺革命的样子，不去伺候，人家一时半会儿也奈何不了你。可在这位洋小妞面前，你要一点表示都没有，人家可就要说你不懂事了。拿着！"说着，从自己的旅行包里取出一包东西，递给黄江北。

"什么玩意儿？"黄江北一边问，一边拆开了那包东西精美的外包装。

一件高档的女羊绒大衣。本是夏志远特意带给单昭儿的。

黄江北犹豫了一下："有必要送这么贵重的东西吗？我犯得上跟那么个小女孩儿摆谱吗？把我那个手提箱递给我。"

黄江北打开自己的那个手提箱，手提箱里有几件他买给夫人和女儿的东西。但那都是些对于中国女同胞来说比较实用的衣物，比如说，一双中档的皮鞋，一条白色的加长围巾，一顶天蓝色的绒线滑雪帽，等等，都是只值三四十元的东西，又未加精美包装。翻了一下，黄江北自己也觉得难以拿出手去。

夏志远微笑着再次把羊绒大衣递了过去。

黄江北尴尬地一笑："这件大衣……你是准备送给单昭儿的吧？"

夏志远把装大衣的塑料提兜重新整理好，说道："那你就别管了。"

黄江北犹豫了一下："行，就算你替我买的，咱们回去再算账。"

夏志远故意说："那你就记记清楚，这件羊绒大衣，明码标价，一千七百八十八元八毛整。这叫'一起发发发'。"

黄江北好像被火烫了一下似的："一千七百八十八？喂喂喂，一件大衣一千七百八？"

夏志远指着黄江北的鼻子说："领导干部，一千七百八又怎么了？还有一万七千八、十万七千八的哩！你逛过高档商城没有？"

"不可能。再高档那也要不了一千七百八！你真把我当土包子耍呢？一件大衣一千七百八……哈哈……"

夏志远急了："喂，你到底要不要？老田在里头等你哩。"

黄江北还有点想不通："一件大衣一千七百八？"

"你要舍不得就算了！"

黄江北咬咬牙："好吧好吧。一千七百八就一千七百八……王炳乾一个月才给我开支几个钱,你狗日的夏志远这么宰我……"

夏志远一把揾住衣服:"黄大市长,你这么说就不地道了,别以为我在黑你,我这儿还揣着发票哩,我可没强迫你要这件大衣。你要不嫌丢人,就提溜着你那三十五元一双的中学生皮鞋进去,我决不勉强你。"

黄江北无可奈何道:"行行行……一千七……一千七……妈爷子!一件大衣一千七!王母娘娘的头发丝编的?"

二十四

雨在一个多小时前就完全不下了,但天色却沉沉地灰暗下来。不大一会儿工夫,便越发地浓重。黄江北拿着那件羊绒大衣进田家大门,也已经有好几个小时。小楼所有的窗户里都亮起了灯光,明黄明黄地辉煌,但又十分柔和。送黄江北去章台的那辆白色桑塔纳,几个小时来一直静静地停在马路对面一个很少有人使用的公用电话亭边上。车里,车载收音机正轻轻地播放着舒曼的《莱茵交响乐》,司机已经睡着了。

夏志远沉湎在华丽而富有浓郁北欧地方情调的乐曲声中,耐心地等待着。上车前,对那个当不当助理的问题,他并没有最后表态。当时情况紧急,容不得他说什么就跟着一起上了车。看样子,江北这一回死活都不会放过他。跟他再干一回吗?推得过去吗?黄江北面对着五个省委常委他无法推诿,自己面对一个黄江北就推诿不了?单昭儿老说自己没出息,没有足够的男子汉阳刚气,可是……可是……她又哪里知道这里的复杂呢?完全不是屈从黄江北的问题,他和他之间完全没有谁屈从谁的问题,现在是该不该再跟着黄江北干的问题。黄江北说他老夏这半年有大的变化。他哪里知道他自己这两年也发生了某种让老夏担忧的变化。这种变化一直在困扰着夏志远,一种朦胧的感觉。

说不清……说清了,也许会太伤害黄江北了……先不说也罢。

但不说,又怎么跟江北表这个态呢?能拖一天、两天……十天八天……还能拖过一月两月?黄江北这么个火急火燎的人,怎容你拖着不表态?

黄江北啊黄江北，你干吗非得要拽着我？干吗非得要为难我？但话又得说回来，就算江北不这死乞白赖地拽我跟他一起干，这一两年来在我心中产生的对他的这些带根本性的看法，这些带根本性的重大感觉，就永远包藏在肚子里，不跟他亮了？我这么做，能算是真正的好朋友的做法？不愧对这二十来年我们之间珠玉般绝对坦诚清澈的交情？但怎么跟他说呢？我……我的这些看法，真的很准确很到位很有把握而又恰如其分？我想得很清楚了？难啊……

不一会儿，夏志远看见大门里出来一个人，定睛一看，是黄江北，便忙推推司机。司机赶紧坐了起来。

黄江北上车时，神色板正，好像遭遇了很大的不愉快似的。

司机以为是自己一时瞌睡误了黄市长什么事，忐忑着，忙启动了车。

二十五

车飞快地驰出了省城。黄江北裹着那件旧大衣，神情一直板正得令人费解。

公路两旁很快出现了缓缓起伏的山地，远村，暮色越发地浓重，偶尔才有一辆晚归的马车，驮着高高的干草，沉沉地走在归途上，并稀稀落落地撒下一路干草。

"怎么了，黄大市长，还在心疼那一千七百八？瞧你这抠门样儿。得了得了，不要你利息，分十年偿还，行了吧？"夏志远打趣道。

黄江北苦笑笑，从大衣里掏出一包东西。

夏志远接过一看，竟还是那件羊绒大衣，原封没动。

夏志远一愣："喂，老兄，你没舍得送？我说……我说你这个人真够可以的！"

黄江北苦笑着摇了摇头。几小时前，他进了田副省长家，就没想到会在那小楼里遇见那么多本省的名流。一些部门首长不说，单单本省各大企业、各大公司的首脑人物，起码就有一二十，甚至还有一些军分区的人。外省驻本省办事处的负责官员几乎全部到齐。使他意外的还有省歌舞团、省梆子剧团、省电声乐团、省新时代音像公司的一些著名演员签约歌手、不著名但长得特别漂亮的演员歌手、不著名也不漂亮但特别会来事特别会出洋相的那些演员歌手，也几乎都到齐了。他这个新任章台市市长，在门厅里站了足足有十来分钟，居然没人理会。到处是开启香槟酒时发出的乒乓声。高档发烧音响里播放的是俄罗斯当代红歌手布加乔娃的激光唱盘。田副省长非常喜欢俄罗斯歌曲，也非常熟悉布加乔娃这个名字。他知道普希金曾在一篇著名的小说里写到过这位农民起义的领袖（是《上尉的女儿》？他觉得是）。由此，他对今天的这位"布加乔娃"自然有几分本能的亲切。对大儿子带回来的这位俄罗斯姑娘也一见如故。所有的人都没把穿着普通、神情拘谨的黄江北当一回事。后来还是一位头发花白已经退下来的章台籍老同志下楼来传达田副省长的什么话（好像是希望楼下把音响放得稍稍轻一点，或者改放一盘《红莓花儿开》一类的俄罗斯抒情歌曲是否更好一些等等等等），走过来问了一句，这才慌忙地把他引见给田副省长。几分钟之内，"章台市新任市长也来了"的消息居然不胫而走，像火焰般跳动的嘹亮的歌声突然消沉。

人们交头接耳，纷纷把目光投向二楼，许多要人都找出种种借口来和黄江北打招呼。这又一次使得黄江北感到意外。凭他这些年从政的经验，在这样的场合，这样规格的聚会中，像他这样一个"代理市长"，按说不应该得到如此"青睐"。人们注目章台，为什么？也许所有在场的人想到的是刚死去的那位女市长和接着又死的公安局局长，是章台未来的胶结和他个人前程的未知。也许人们只是想瞧一瞧是什么样的愣头儿青傻小子，居然敢在这节骨眼儿上去接章台的烂摊子。岂不应了北方山里人的一句俗话："傻小子睡凉炕，全凭火力壮。"

那件衣服他犹豫再三，最后也没拿得出手。他看到了比他先来的那些人送给小田和那位俄罗斯女孩儿的礼物，觉得自己只带这么一件羊绒大衣，实在……实在是太寒碜了。稍举小例试加说明，比如小田的一个朋友，自称是省交银集团驻香港总代理，送的是一套女装皮货，从皮帽、皮靴、皮包到皮手套、皮大衣、皮围脖……光其中一件北极狐皮大衣，就值港币十二万，合人民币也要十万多元。还有一个家伙是省东方工业公司副总经理，给小田和那个俄罗斯女孩儿送了一把钥匙。绝不绝？一把很普通的钥匙。实际上，这家伙为他俩回国同居，在四星级的丽都皇家饭店租了一套房间，一天的租金就是三百美金，一下就付了两个月的定金，折合人民币二十万。这把钥匙，借用这位副总的原话来说，就是：开启那套豪华套间，通往"如胶似漆的夜晚和颠鸾倒凤之幽境"用的；除此以外，还给他俩包租了一辆奔驰六〇〇，一个月光租车的钱就是一两万。

这一帮家伙太厉害了……而且还都相当年轻，一个个都只有三十来岁、四十出点头，有的简直还只有二十七八岁，都那么自信，那么富有成就感，一个个脸上都好像写着"我不当家谁当家，我不进天堂谁进天堂？"

"我只有把您这件羊绒大衣悄悄地带了回来。志远，真对不起您啊……早已看不见码头街背后的那个小教堂了。但我能想象那主教大人的法衣里穿着一件从响水湾咸水湾买来的牙买加真皮背心。也许我迷糊了。"

黄江北当然有很多的想不通："这些年，咱们在工地上累死累活，一口干馒头一口凉白开地干着。风里雨里，为了一点外汇指标，能跟项目经理吵得眼睛冒火嗓子眼儿滴血。可他们，为一个非法同居的俄罗斯女孩儿，随便那么一掏腰包就是几十上百万港币。凭什么？他们凭什么一夜之间就成了驻香港总代理，凭什么一夜之间成了什么开发公司总裁副总裁，凭什么？我们工地上哪一个老大学生、老研究生、老博士生，不比他们强？你夏志远干了这么多年，你摸过十二万港币一件的皮大衣吗？十二万，还是港币！妈爷子……"

"你还泛什么酸。你现在大小也成了个市长了。往后，你那宝贝闺女也会一夜间成了章台市驻港总代理什么的，拽啊拽的，给你拽个几百万港币回来，搁在你那老式的床头柜里。"

黄江北冷冷地哼了一下："她敢那么干，我劈了她。"

"哈哈，哈哈哈……到时候还不知道谁劈谁哩！"夏志远仰天大笑。

这时，突然来了个急刹车。黄江北猝不及防，差一点撞在车玻璃上。他责备司机道："你怎么开的车！"司机惶惶地解释道："有人截车……"黄江北和夏志远坐直了身子，向车外看去，只见车外有一老一少两汉子，扒着车窗，一边向里张望着，一边问道："请问，黄市长在车上吗？"那老的脸上腿上都还带着新伤，好像在哪儿刚摔了一大跤，衣服上还有蹭破的口子。暮色中，一眼之下，黄江北只觉得那老者脸熟，但却怎么也想不起来到底在哪儿见过。他当然想不到这位上了一点年纪、个子又不高的人，正是刚被市委林书记撤了反贪局局长职务的郑彦章。

二十六

郑彦章下午匆匆赶到医院，在高干病区一号楼的过道里遇见刚跟林书记谈完话出来的张检察长，就觉得张检神情有点不对头。张检平日里待人（特别是对待郑彦章这样的老同志）特别随和、特别没架子，今日却挺不高兴地把郑彦章一把拽到拐角处，没头没脑地冲着郑彦章来了句："你跑这儿干吗来了？"

"我又怎么的了？"

"你说你怎么的……"张检整个儿一个雷阵雨天。

"我到底怎么了？"

"怎么了，你自己还不清楚？跟林书记谈完了，上办公室来找我。"

"什么事？"

"到我办公室来了再谈。"

"一会儿，还得去看现场……"

"你还看什么现场？你不用看现场了。"

"为什么？"

"为什么为什么？你哪来那么多为什么！"急性子的郑彦章一下子真让检察长闹糊涂了，正要缠着检察长问个明白，只见苏群慌慌张张向这边跑来。他是坐出租赶来的，让车直接开到高干病区楼前，扔下钱，连发票都没顾得上要，三步并作一步地就直往楼里冲来。在楼道口值班室里值班的恰好是卢华，她忙站起来去吆喝阻拦，却被他一把推开，就上了楼。

"那……那……后窗台上的脚印……突……突然不见了……"这回，郑彦章真呆那儿了。

二十七

刚才，郑彦章走后，苏群掖起照相机，悄悄绕到楼后，想赶早把那个脚印再拍一个下来留作证据。从各方面的迹象看，这个出现在后窗台上的脚印很可能是一个新谜的突破口，无论如何得留住它。没想还没等他走近那后窗户，先是小客厅里的灯突然全灭了，紧接着整幢楼里的灯也灭了。于是傍晚的院子里，立即一片朦胧昏暗。同时，楼里传出宋品三的喊声："怎么搞的，谁把电闸拉了？快合上闸，合闸！"楼里顿时升起一片骚乱声，还有人踏出许多杂乱的脚步声，向楼后跑来。苏群忙隐进树丛暗处，把相机藏到树杈上；但那些人跑来后，却什么也没干，只是在楼后瞎嚷嚷了一通便散了，紧接着楼里楼外的灯就亮了，烟消云散风平浪静，让苏群好一阵疑惑。他想到这很可能是个调虎离山、金蝉脱壳的表演，忙拿了相机再去后窗台上看，果不其然，那脚印不见了，连擦拭的痕迹都没留下一点。真是干得相当地老到、漂亮，绝对地内行。

二十八

后来，张检察长这样跟郑彦章谈："从今天起，你就不要过问董、于两案了。"

郑彦章问："什么意思？"

张检察长答："没别的意思，只不过调动一下你的工作。院领导、市里的领导对你老郑这些年的工作，还是肯定的，认为你还是有成绩的。这一点是抹杀不了的，也没人要抹杀……"

郑彦章真有点傻了。这算什么？撤职？就这么免了？了结了？一辈子？

"我说了，不是撤职，只是调动一下工作。老同志嘛，我相信能正确对待。还可以发挥余热嘛。有什么想法，说说。"

郑彦章张了张嘴。说什么？咦！

"市委领导让我来征求一下你的意见……"张检也不敢抬头看老郑，只是下意识地在手里摆弄他那个极老式的打火机。这打火机他都修过几百回了，有多少人都说过，张检，给你弄一个新式的使使吧。一个打火机，算不了行贿，也拉不了你这个老检察下水，无非图个方便。您也别老做出副让我们天天回忆旧社会的模样，瞧着难受。他还是不要。

郑彦章也嘲笑过他，老郑用的打火机可是最时髦的。这老头儿啥也不凛，用个时髦打火机又咋的啦？我还要穿牛仔服跳扭屁股舞哩！您别说，他还真敢！

但这时，他却突然站起，向门外走去。张检察长忙追到门外，拉住了他，不高兴地批评道："你这是什么态度嘛！组织上来征求你的意见……"郑彦章猛地转过身来，怔怔地看着对方，把一张瘦小、黝黑的脸憋得通红，又让它慢慢青白，依然一声没吭。郑彦章平时挺能说，小组会上发言，东南西北地抡起来，你要不给他提着点醒，他能一个人整抡一下午。但每每到这种时刻，他就一句话也说不出来了。不是不想说，而是说不出。憋得两肋生疼，两眼发黑，心咚咚直跳，一口气接不上一口气，还是说不出个话。回到自己的办公室，发了好大一会儿呆，听着苏群在边上激愤万分地嚷嚷着，也还是不说话。苏群说："什么调动工作？明明是撤你的职，在搞打击报复嘛。他们怎么可以这么干？我们做错什么了？当时案情涉及一个市长、市委常委，按中央的有关规定，我们可以直接找省委和中纪委反映问题嘛。我们找的是共产党的省委，找的是共产党的中央纪律检查委员会，没去找国民党嘛！我们怎么错了？"

这时，郑彦章突然说道："能马上替我搞到一辆车吗？"

苏群问："您要去哪儿？"

郑彦章："先别管。"

苏群说："车，还不容易？咱们叫一辆出租……"

郑彦章这时显得特别冷静："不能叫出租。"

苏群问："为什么？"

郑彦章啐道："糊涂！不能让任何人知道我们去了哪儿，出租车司机也不行！"

苏群忙问："什么时候要车？"

郑彦章站起来收拾办公桌里的东西："多问的！马上就要，越快越好。"

那会儿他想的就是，搞一辆车到半路上来截黄江北。他要抢在那些人之前，向这位新到的代理市长报告有关情况。他还打听到了黄江北今天来章台乘坐的是一辆白色的桑塔纳，一路上让苏群瞪大眼睛，别放过每一辆白色的轿车。但，车开出章台不久，他俩就发现，有两辆警车紧着追了过来。苏群借来的这辆车，实在太旧，不管郑彦章怎么加大油门，也摆脱不了后面的追赶。他们想干什么？苏群悲愤地看看郑彦章，又回头去瞪着那两辆警车。郑彦章不回答，也顾不上回答。他不想责备那些警车上的同志。那些同志，一多半他都很熟，或者比较熟，有一些从小是在他眼皮子底下长大的，甚至受过他的培训，他跟他们的父辈都是老交情，他们无非是奉命行事。是给他们下命令的人，不想让郑彦章做出更多的违背他们意愿的事，居然动用警车和警员。操！但这时刻不是说理的时刻。不该说理、没法说理的时候，就别去说理，就不能玩那个里格楞。郑彦章当即把一小包东西塞给苏群，让他好好藏着，待有机会了，把它交给新来的黄代市长。

"什么东西？"苏群心里一紧，这架势简直跟交代后事一样了。

"别多问，拿着！"说话间，郑彦章突然打了下方向盘，车子猛地拐下公路。剧烈的拐弯和凶猛的颠簸，差一点把苏群撞昏过去。

车开到了一片小林子边上，速度减了下来。郑彦章忙打开苏群那边的车门，催促他："快下车……"

苏群一时很惶惑："下什么车？下什么……"

"快下！保管好那包东西，找个机会交给新来的黄市长。"

郑彦章使劲儿地喊了一声，用力把苏群推下了车，又加大油门，向前开去。

苏群在地上打了两个滚，刚想站起，只见那两辆警车呼的一下开了过来，他忙又猫下腰，蹿进路边一个草堆后头。

由郑彦章驾驶着的那辆老旧的客货两用车，摇摇晃晃、一颠一簸地扎到一条并不宽的土沟里，熄火了。警车很快追了上来，几名警员跳下车，冲过去，把那辆老爷车团团地包围了起来。有人试探了一下低声叫道："郑局长，您没事吧？""郑局长……"车里没回应。

有个姓赖的警员逼近那辆老爷车，小心翼翼地又叫了声："郑局长……"还是没回应。一个上了点年纪的警员在一番犹豫之后，冲过去，拉开驾驶室的门一看，里面根本就没有人。

有个年轻的警员赶紧提议："他跑了，快分头去搜，他跑不远。"

那个姓赖的警员横了他一眼："搜？搜你个头！他是人犯？你带着搜捕证？"

"可市里有令，让我们一定截住他，他身上带着重要材料哩。"那个年轻警员不服气。

姓赖的警员马上又给了他一句："你给我好好记着，命令是让我们截住他，没让我们搜。"

"吵个鬼！"那个上了点年纪的警员不耐烦了，便指着那几个年轻的警员说，"你们把郑局长的那辆破车开回去，我和老赖在这儿再找一找。"

那几个年轻警员看着天色将黑，本来就不想在这荒郊野地里待着，一听这话，赶紧开起车走了。

那个上了点年纪的警员和那个姓赖的警员却并不急于找人，他们心里明白，郑局长没走远，就在近处猫着哩。他们打心里不愿意带走郑局长，更不想让郑局长手里的那点宝贝材料落到那些人手里。他们对章台市这两年出现的种种乌七八糟的事早就恼火透了。他们因郑彦章揪出那个莫名其妙巨富起来的肖长海，敲开董家那扇早该有人去敲的"门"，在章台这一潭已然显得暗绿浓稠的水泊里搅出了这一番波澜，心里感到无比地痛快。他们跟他们那些住在大杂院里的亲戚邻居，就着咸水煮花生，喝着二锅头，一边骂着娘，一边感慨万千地直嚷嚷："操，老郑头干的那才是人干的事，真他妈的不易啊！"两位各自点着一支烟，冲着荒野上渐渐大起来的风，狠狠地吸了几口，装腔作势地四下里转了那么一圈，再去车后撒了泡尿，就算完事。临走前，那个上了点年纪的警员还这么嚷嚷了几句："郑局长……我俩走了，您该干吗干吗。跟您这么说吧，局里大多数干警，包括那几位局领导，对这几档子事，心里都明细着哩，不过也是没辙罢了。您老有什么用得着我们的地方，您就只管吭气儿。上我家来找，上小赖家，都行。我要不在家，给我老伴留个话也行。我老伴原先在我们公检法系统文工团唱过梆子戏。您见了准认识……这两壶水给您留这儿了，还有两张煎饼和一点卤肉也是捎给您的，您就凑合着点吧，我们先走了，您自己多留点神。有什么动静，我们会想办法跟您通气儿的。"

二十九

黄江北的车疾速地往章台市开去，听完郑彦章和苏群的讲述，黄江北有好长一段时间没作声。他突然显得不像一开始那样热情了，显然也没有那种愿望，立即听取郑彦章的情况汇报。这一点微妙的情绪变化，不仅夏志远感觉出来了，就连郑彦章和苏群也觉出来了。

"我今天不是来谈个人问题的……假如您有时间……我想在您听取他们的汇报以前，先向您汇报一些重大情况……"郑彦章忍住腿上一痉一痉发出的跳疼，解释道。

黄江北得体地一笑："几分钟后，车就要进入市区了……"郑彦章迫不及待地打断这位代理市长的话："您可以让车停一下，给我一点时间……"黄江北继续微笑道："老郑同志，不管是你个人的问题，还是案子的问题，我都非常有兴趣听。但现在，市委的一些主要领导和从省公安厅和国家公安部赶来的同志都在市里等着我。能不能容我正式接手工作以后，稍稍安排开了，专门抽一个整块时间来听您谈。咱们从从容容地谈，彻彻底底地谈。您看……"黄江北把最后的那个"看"字说得很轻很温柔，拖得很长，但即便如此，郑彦章的脸色还是一下灰暗了下来。

他那本来就显得瘦削而狭长的脸，变得越发难看了。苏群仍很不甘心，急切地向那位代理市长探过身去，热切地争取道："黄市长……有些情况特别重要……"但没等他把话说完，郑彦章就很不耐烦地制止住了他："别说了。"而后铁板着脸，对黄江北说："那好吧，就不给您添麻烦了，我们这儿下车。"

夏志远忙说道："别下车，跟车一起进市里嘛。"

郑彦章冷笑道："不方便吧。"

夏志远忙给黄江北使眼色，希望黄江北能说一两句挽留的话。出乎意料的是，黄江北却这样说："那好，咱们市里见。"

居然就让腿上带伤的郑彦章在离章台还有十来公里的地方下了车。

三十

桑塔纳开走了。

郑彦章久久地看着远去的车影，默默无言地陷入一种莫名的悲怆和失望之中。而在行驶中的桑塔纳车里，夏志远也好像有些生气。黄江北悄悄地瞟了夏志远一眼，掏出一小片口香糖，递给夏志远。夏志远没理他。过了一会儿，夏志远突然要停车方便，并拿眼色示意黄江北，让他也下车。

到了车下，避开司机后，夏志远疑惑不解地对黄江北说："郑彦章一直是董秀娟案的主办人，没有人能比他更了解董案的内幕了。他今天主动找你，肯定是有重要情况要汇报，你怎么能……怎么能表现得那么超然？再说了，就算你觉得车上不是谈这种话题的地方，你总得让人跟车一起回城里。这么一个老同志，腿上还有伤，你就忍心让他走着回去？"

黄江北看看手表："回去再跟你解释，行不行？"

夏志远只是拿眼瞟着黄江北，做出一副非要黄江北回答的架势。

黄江北无奈地笑道："说章台目前情况十分复杂，这是你的原话不是？"

夏志远很干脆地答道："是。"

黄江北细细地掰着手指，跟夏志远分析："复杂的含义是什么？我的理解无非就是有人出于私心，不顾国家和老百姓的利益，拉小圈子啊，树小山头啊，搞宗派啊，明争暗斗抢地盘啊……如果这些我没说错的话，在这种情况下，我这个新上任的代理市长最聪明的做法是什么？绝对地按组织原则办事，绝对地不让自己下车伊始哇啦哇啦，一屁股陷在某一派或某一个圈子之中，而失去对全局的制约权。现在我还没向市委报到，在这个时候就私下接触刚被市委主要领导撤了职的干部……"夏志远急着解释道："今天不是你找的他，而是他找的你。"

"但传出去，就很可能变成我私下召见他，想跟市委的某个主要领导过不去，这样就会关死了我沟通市委主要领导同志的大门。这对于我能不能接管好市政府的工作将有致命的、极为严重的影响，同样不利于正确解决郑彦章的问题……郑彦章这个人，我比你熟悉得多。他老人家当派出所所长那会儿，管的就是我家那一片。他后来当了省政法英模，我还听过他的报告，追着让他给我签过名。我对他的感情，可能要比你对他的深。不敢说深得太多，可能要深一些。但是，我亲爱的同志，市委免了他的职，这里就有名堂。这个名堂可能还相当大，相当激烈。我们现在说不清到底是他错了，还是撤他职的人错了。在没有搞清情况以前，我必须跟他保持一定的距离。我必须尊重市委的决定。我必须在和市里的其他领导接触以后，才能去接触他。我今天宁可忍痛看着这么个老同志一瘸一拐地走回去，而万万不能让人看到我是和他坐着一辆车进的章台。这里有政治，这就是政治。还有个情况，我本来想以后再找个合适的时间跟你说的……"

"什么情况？"

"有位省领导特地告诫我，要提防这个郑某人，说他不可重用。"

夏志远一愣："谁跟你这么说的？"

黄江北犹豫了一下没作声。

夏志远催促道："到底是谁？你要是在关键问题上，什么都不告诉我，还让我怎么当你的助理？"

黄江北又犹豫了一会儿，才在一个小本子上写了一个什么字，递了过来。夏志远拿过来一看，只见小本子上写了一个大大的"田"字。

夏志远傻愣了一会儿，又追问道："哪个田？田副省长？"

黄江北立即收起小本子，不再说任何话了。

三十一

窑上镇的傍晚总是宁静的，这包括那条卵石铺砌的老街，包括一家家合上了的门窗板和垂花门檐上的狗尾巴草，包括豆腐作坊里那两盘石磨之间永恒的摩擦和热腾腾的雾气,包括机械厂后院那条总带着点铁锈红翡翠蓝的小溪。当然也包括此时此刻发自达人媳妇脚底下那一串串轻软而急促的脚步声。烈士陵园一直关着门哩,看不见的松涛仿佛要胀破那低矮的围墙。镇政府的窗玻璃上还贴着那年民兵大演习时贴上的米字形白字条。

窑中十几个中青年教师,每人骑着一辆自行车,在邵达人和华随随的带领下,正要往外走,在校门口遇见了达人媳妇。达人媳妇让达人赶快回家去。一个多小时前,方少杰把万方总公司的总经理葛会元带到了邵家。因为外面传说,省里拨到林中县来的专项教育基金,让市里挪了去给资金特别紧缺的万方公司盖了高级宾馆,方少杰特地让葛会元来跟这些教员当面对质。多少年前,葛会元在五公区第三中学当教师时,教过黄江北、夏志远,当然也教过跟黄、夏同一届的方少杰、邵达人。他们至今仍尊葛会元为老师。他们准备一如既往地这样尊下去,不仅因为葛会元的的确确曾教过他们,更不是因为今天的葛会元当上了章台市最大一家中外合资企业的总经理,主要的还是因为葛老师的正直、宽厚和一生坎坷仍不改初衷的敬业精神,使这些以往的学生打心眼儿里愿意这么一直对他尊下去。

葛老师亲自上家来了,多少年都没来了,这会儿来了。邵达人不敢怠慢,一进家门,老远地就叫老师。老师还是那么温和,头上的白发甚至比眼前这些刚届中年的学生还少。早年的习惯,一丝不苟的积习同样体现在他外表衣着上。都知道他特别喜好穿西服,但今儿个穿的是一件料子非常讲究的名牌夹克衫,纯毛的薄呢西裤任何时候都熨烫得笔挺,更别说脚上的那双软牛皮精工制作的皮鞋,这使他总显得比实际年龄要年轻。这在他穿卡其布中山装和斜纹布裤子充当"孩子王"、"教书匠"的时候也是如此。你从他外表的整洁和细致上是无论如何也看不出他内心的激荡和粗放来的。从他外表的持重和从容也是看不出他内在的机敏和聪慧来的。不是有意地掩饰,而是多年来学会了双重地生活,终于懂得在什么情况下必须以什么姿态出现才是最得体的。这种反复的过渡变换时时都能做得非常天成无痕,连他自己都不再有所察觉,完全成了下意识的行为。但近来他却有些变异,时有控制不住自己的时刻出现。外界传说他"病"了,传说他跟万方的问题有牵连,精神开始崩溃。但他的亲人和学生们都不信,只是觉得他是太累了,有时显得迟涩、木讷、疲惫而已。方少杰向他介绍附近几个学校的教职员工在所谓专项教育基金问题上的议论时，他听着听着，突然无端地脸色苍白了，站起来，瞪大眼睛，不无惊恐地四下张望。再问他，也只说是有点头疼。让他上里屋躺一会儿，他不要，却非得从达人媳妇的搀扶中挣脱出来，摇摇晃晃地走到院子里，去摆弄邵家邻居们的那一辆辆破旧的自行车，翻来覆去地把那些破自行车一辆一辆地摆放得十分整齐，才歇手。

"葛总……也许是真病了……"一个青年教员悄悄说道。

"别多嘴。"

华随随打断那年轻老师的话，并去捅了师兄方少杰一下，让他别再啰唆，赶紧地把老师的夫人请来，别让老师真的"出了洋相"。

邵达人去搀扶老师时，只觉得老师很陌生地打量了自己一眼。这眼神里还有种种自责和疑惑。这眼神让达人的心着实很沉地停跳了一下。

三十二

几乎所有的人都这么认为，万方公司筹建几年，至今还投不了产这件事，的确压得葛会元抬不起头喘不过气，在他心里投下了巨大的难以抹去的阴影，才使这个善良的博学的坎坷的老知识分子处于精神崩溃的边缘。

这种分析不能说没一点道理。

但仅此而已吗？

三十三

天色不久就完全墨黑。眼看郑局长拖着伤痛的腿，一瘸一瘸地越走越慢，苏群便在公路上拦了一辆拉运大白菜的大卡车，那位年轻司机心还挺善，答应让郑彦章坐进驾驶室。郑彦章却执拗地不肯领这个情，只管气呼呼地拖着伤腿，往后头车厢里爬。苏群想帮他一把，他也不要。

老小孩儿！车开动起来，夹带着毛毛细雨的风呼呼地直往车厢里灌，两人偎缩在白菜堆中间，苏群总想找机会跟郑彦章说点什么，郑彦章却裹紧了大衣，闭起眼，只是不搭理，装蒜。

怪兽般的山影树影，飞一般从车的两旁掠过。

过了一会儿，灯火点点的市区扑面而来，但车子并没有拐进市区。

郑彦章睁开眼，四下里打量了一下，觉出有些不对头，便踢了苏群一脚，瞪起眼问："你跟我搞什么名堂？"

这时却轮到苏群装蒜了，也闭着眼睛，不理不睬地拖延时间。

郑彦章疑惑地看看苏群，又打量打量周围的景色，认定走错路了，赶紧扑过来，揪住苏群的领口，叫道："浑小子，你咋让车走到林中县窑上镇来了？"

这时，大卡车却已经缓缓地在窑上镇镇梢一个鸡毛小旅店门前停住了。苏群挣开老局长的手，命令道："下车。"

郑彦章虎起脸："上这旮旯里来干屁？"

苏群说："下吧下吧，找个地方，让你躲一躲……"

郑彦章说："躲？躲什么？"

苏群郑重其事地说："章台已经死了两个人了。您不希望自己成为第三个吧？"

郑彦章哈哈一笑："你说我也会自杀？我？"

苏群说："自杀，您可没那福分。轮到您头上，就会是真正的他杀！"

郑彦章用力朝白菜上劈了一掌，吼道："杀我？谁敢杀我？敢杀我的人还没出娘胎哩。"

鲜嫩的白菜帮子被他劈得稀里哗啦地掉落，那年轻司机心疼地叫道："爷们儿，你们到了，下还是不下？别在我白菜堆上唱大戏，这可是吃的东西！"

二位不吱声了。稍停了一会儿，苏群耐心地劝道："您也不能大意了，这些年您在反贪局局长位置上真可得罪了不少人。过去您在位，这些狗娘养的再恨您，总还有个顾忌。现在您已经是个平头百姓，这些人要废您，还不跟废个鸡雏似的！我原指望新来的市长会给您提供起码的保护，现在看来，事情并不像我想的那么简单……"

郑彦章提高了声音："真要出事，你就是躲娘肚子里去也没用。越躲越完戏。这点道理还要我再说？"

苏群也提高了声音："能躲一天，是一天嘛！起码等看清了这位新来的市长到底是个什么质料的东西再决定下一步棋嘛。"

这时，司机又敲车帮了："嗨，嗨，我可没工夫陪二位在这鬼地方聊大天。"

接着，小店里的人也闻声出来招呼两位进店。郑彦章只得跟随苏群爬下车去，随后便闹清，这小旅店是苏群一个亲舅开的。苏群把郑彦章安顿在一间背静而又相当干净的房间里以后，就拉着他那老舅上外头去做进一步的安排去了。一是，让老舅千万管住自己那张嘴，千万别让人知道郑彦章在这儿住店。另外告诉舅，郑彦章这人吃喝方面什么讲究也没有，就好喝一口酽茶，好吃一口肥肉片熬酸菜粉条，每顿再有两小盅老白干，整个一个齐活儿。那好办好办，他老舅连连点头。

老舅听说眼前这个小老头儿就是那个冒死把肖长海、董秀娟的问题给捅到上头去的反贪局局长郑彦章，立即做出一副五星级宾馆老板的肚量，表态：郑局长住本店所需一切费用，全免。

"得了，在我跟前充大头，以后又去找我妈算账，弄我一头雾水含冤叫屈。"

"老舅什么时候干过这号缺德事？你你你……"老舅还真有点急了。

"您瞧您，开个玩笑都不行，一点幽默感都没有。嗳，说真格儿的，费用的问题你真不用客气，我有地方报去……"

"甭再跟我谈什么钱不钱的问题了，行不行？"

"行行行，不说了，不说了。哎，还有件事，挺重要，你赶紧把他房里的那个电话给我拆了……"

"这干吗呀？店里就这一部电话机，原先安在堂前使着，我可是特地为你们挪那屋里去的……"

"你把电话安到他屋里，他能塌下心来休息？"

老舅一愣，想了想，忙笑道："有道理，有道理，还是外甥你有经验。我怎么就把这一茬儿给忘了！"突然放低了声音问，"嗳，你们这么神神道道的，是不是出什么事了？"

"这该你问吗？"

"不该，不该。"

安排妥了一切，老舅又简略地问了两句苏群家里的情况，两人赶紧回到郑彦章所在的房间，一推门，只见房间整个儿空了，郑彦章不在了。两人好不吃惊，忙一通乱找，却在桌上找到郑彦章留下的一张便条。只见那字条上写道："别麻烦了。我走了。"苏群赶紧追出去。

郑彦章已经到了公路上了，一瘸一瘸地走着，不时伸手拦截往市里方向去的车。这时，回市里的车明显多于从市里开出来的车。因为他急于回市里，步幅很大，完全不顾伤腿的疼痛。苏群也只得加大步幅，不一会儿，便大口大口地喘了起来。他问他："您这是干吗？您还想去干吗？他们……他们已经免了您的职，已经像扔一只破鞋那样，把您从这两个案子里扔了出来。就在刚才，他们还凶神恶煞地派人派车来追捕您……您这么撞上去，不正好是自投罗网吗？"

郑彦章不作声，只管向前走着。苏群上前一把抱住他，大声说道："郑局长，您能不能听我这一回？您这么跟他们来硬的，您考虑过后果没有？"

郑彦章说："小群子，你还不清楚？我们已经没有一点退路了。不把事情闹一个水落石出，到头来，有人就会说，你我诬陷了革命好干部，逼死董秀娟，连累于也丰，是你我把章台搅得乌烟瘴气、人心不定……别说把所有这些帽子一起给我们戴上，就是只给我们戴一顶，你我吃不了都得兜着走。撤职是轻的，判你十年八年诬陷渎职罪，还算是照顾的哩！你说那些人干得出来吗？"

苏群愣了一愣。问："那您说……咱们该怎么办？"

郑彦章用手指定了苏群的鼻尖，冷笑一下说："你今天是苞米糊糊喝多了还是怎么的？怎么办怎么办，那还用问？"

三十四

于也丰家，勘察完现场的那些领导、专家，在工作人员的引导下，纷纷回到大客厅，听宋品三介绍市刑侦队的看法。

"根据以上情况，我们市刑侦大队初步认定，于也丰同志是由他杀致死。此案的作案手段，和董秀娟一案极为相似。因此，不排除这样一种可能性：两案为同一人所作。而且，从现在掌握的情况看，这种可能性还相当大。凶手很可能还是董、于的熟人。我们的理由是：一，董、于两人被害的当天，两家的家人都外出了，家里都只剩下被害人自己；二，董、于两家案发时，门窗没有丝毫被撬的痕迹；三，尸检报告指出，死亡是由服毒造成的。这就是说，凶手非常精确地掌握了两家的活动规律，是在得到被害人允许的情况下进入案发现场的，在与被害人交谈过程中，伺机下毒，毒害了两位被害者……"

"各位，还有什么高见？"等宋品三介绍完了之后，林书记挪动了一下自己面前的茶杯和自己的视角，以便更好地观察与会者的面部表情。

"黄市长，您谈谈？"宋品三谦和地说道。

黄江北忙笑笑："我是大外行，还是请省厅和北京来的专家同志谈谈。咱们听听专家的。"

省厅的同志也笑道："您可不外行。听说您在中美化学联合公司工地上任副总指挥那阵子，兼管工地保卫工作。工地上发生的几个恶性大案，都是在您亲自指挥下破的，破得还特漂亮。"

黄江北笑道："嗨，工地上的案子，怎么能跟这比？纯粹业余水平嘛。我们懂什么破案。"

林书记又挪了一下茶杯："你们别为难黄市长了，他初来乍到……"

一位副市长笑道："初来乍到有初来乍到的好处，感受是全新的。也许能觉出一点我们这些久在鲍鱼之肆的人觉不出的东西。说说吧，黄市长，您还是说说。"

黄江北笑笑："非要赶着鸭子上架，那我就提个问题。我刚才看了一下董秀娟一案的现场勘察报告，又回想了一下刚才我们在这儿所看到的情况，发现两个现场都没有找到服毒用的杯子。这是为什么？凶手不大可能直接把毒药下到两位被害者的嘴里吧？"

这问题显然提得不"业余"，宋品三忙站起来答道："黄市长，您提的问题非常专业，非常内行。您说的杯子，用干我们这一行的术语来说，就是盛毒物的容器，这在下毒案里，的确是一个非常重要的，在一般情况下也是必须找到的证物。现在在两个现场都没能发现它。开始我们也感到纳闷，经过再三研究，我们是这样看待这个现象的：它再一次有力地证明了我们刚才的判断，这是一起他杀案。为什么？请各位领导、专家想一想，服毒自杀的人，在服毒以后，怎么会从容地去销毁、藏匿刚使过的容器？而且销毁、藏匿到连我们这些专业刑侦人员都找不到一点痕迹的地步，这太不可能了，也没必要嘛。他在自杀，连自己的命都不要了，他还藏什么杯子，还跟我们捉什么迷藏呢？因此，结论只有一个，在案发的当时，现场除了死者本人，还有一个人，正是这个不速之客，趁死者不备，在容器中投了毒，在离开案发现场时，为了消灭自己的罪证，带走了这个容器。这个人，就是我们要找的凶手……"

宋品三的这一番分析，听起来还是蛮有说服力的。小小的会场上顿时安静了下来。林书记扫视了一下不再作声的与会者，用判定的语调询问道："怎么样，定'他杀'，没问题吧？"

全场一片寂静。

林书记只得回过头来笑着问黄江北："市长先生，你的意见？"

黄江北仍谦和地一笑，把身子还往后让了让："还是先听听专家的意见吧。"

有一位从北京来的同志一直没怎么发表看法，这时却提议："能不能请一两位对两案持不同观点的同志来讲讲他们的看法？给我们提供一点新的思路。"

这建议立即得到省公安厅的同志的赞同："对，让不同观点的说说。正反两面的意见都听听。"

林书记很老到地接过这建议，立即向与会者投去征询的目光，说道："各位，谁有不同看法，说一说。集思广益嘛。说一说。"

会场里还是一片寂静。

夏志远悄悄地递了一张字条给黄江北，字条上写着："能不能提议请那个郑彦章来说说？"黄江北看完后，没表示任何态度，便立即把字条团掉了。

夏志远把身子往黄江北那边稍稍地靠了靠，悄悄地在桌子底下做了个很用力的手势，希望黄江北能重视他的这个建议，但黄江北依然只当什么也没看见，依然不动声色地保持着那种必要的微笑，必要的随和，必要的沉默。其实他从进会场以后，就一直保持了内心的高度紧张，十分专注地注视着会场上每一个人每一时刻的每点谈吐举止。今天这"案情会诊"，除了那几位从北京和省城来的专家以外，聚集了本市所有的主要领导。都是第一次见面。他重视这第一面的印象。经验告诉他，第一印象不一定是"真相"。但拿第一印象和以后的第二、第三印象加以比照，就能比较容易也比较清晰地判断出这个干部的为人和水平。

所以每到一个新的单位和一些同志第一次见面，他总要尽量准确地获取并留住对这些人的第一印象，包括对方打量他的那个第一瞬间所用的眼神和姿势。要知道这一瞬间，对方往往是最不设防的，除了好奇和本能，最不会掺杂价值考虑，因而此时的眼神身姿往往是人格内心最真实的表现，也最是他们自己。何况眼前这些同志将要在今后一个比较长的时间里，和自己一起来决定这个城市的命运。准确地认识他们，了解他们，自然是当务之急，急中之急，但又不能急在脸上。

这时，一位副市长提议："咱们是不是一锅烩了，把追悼会的事也给定了……"

北京来的那位专家敏感地反问："什么追悼会？"

那位副市长解释道："如果董、于二人确是他杀，就应该尽快为他们开个追悼会，以平息外面对他们两人各种各样的风言风语……"

"关于追悼会的事，我稍微地多说两句。"林书记盖上茶杯盖，进一步解释道。看来这件事，市里的部分领导早有所考虑。"这一阶段，章台市人心惶惶草木皆兵的情况，大家想必也都知道了。我曾经说过这样的话，自从出了董秀娟、于也丰这两档子事，章台市简直就成了'洪洞县'，没好人了。特别是市里的各级干部，日子难过，工作难做，到处被人议论。人人都瞪大了眼，怎么看我们这些市级领导都觉得不顺眼。林中县县中的教员一反常例，居然一再地停课闹事，又抬出一个什么挪用教育基金款的问题，就是个明显的迹象。所有这一切，都非常不正常。"

一位副市长插话道："也可以说是一个非常危险的信号。"

林书记说："万方汽车工业总公司好像也有点不太平了……"

那位副市长说:"万方一旦出了事,工人要停工,那就更不得了。"

另一位副书记说:"现在没出什么大事,都已经不得了了。万方一直是中央领导视野里的大企业。"

"所以,稳定人心,是章台市当前工作重点中的重点。有的同志提出尽快给这两位同志开追悼会,也是出于这样的考虑,就是通过尽快召开追悼会,尽快把董、于两案画上句号,尽快把全市人民的注意力从董、于两案里转移出来,让大多数人把精力都集中在自己的本职工作上。这是能否扭转目前工作颓势的一个关键……"

"董秀娟不是还有几万元的问题吗?"省厅来的同志谨慎地问道。

林书记答道:"这档子事,也还没有最后核实。我们的意思是……先把人心稳定下来,再说别的……"

省厅的同志再问:"假如,核实下来,真有问题,怎么办?"

林书记有点激动起来:"怎么办?人已经死了嘛。她已经用死来偿还自己的过失了嘛。还能怎么办?总不能把她从地底下拖出来,再枪毙一次嘛。对章台,现在稳定人心比什么都重要。人心不稳,什么事也办不了嘛。我们查证董、于案的目的是什么?还是要把章台的工作搞上去。赶快腾出手来把经济搞上去,不是为了搞乱章台。因此,不管怎么做,只要能稳定章台人心,都不算过分。现在谁也不能做火上浇油的事。市委大多数同志今天都来了,今天这个会差不多就等于是个常委扩大会了。我看就在这个会上做个决定,谁火上浇油,谁扰乱人心,就坚决撤谁的职!特别是各级领导干部和市区局两级机关的工作人员,一定要在这关键时刻,和市委保持高度一致……也请省厅和部里来的同志帮我们一起来做一做这方面的工作。同时,我们马上报省委批准。"

这时,秘书小高匆匆走了进来,附在黄江北耳边悄悄说了句什么。

黄江北略一沉吟,探过身去,轻轻对林书记说:"郑彦章同志来了,要见我。"

坐在林书记边上的宋品三也听到了这句话,马上起身,想去截住郑彦章。

林书记忙用眼神制止了他,回头低声对黄江北说:"会还没结束……你看,让小宋去跟他谈谈,怎么样?"

参加了这几个小时的会，黄江北已经觉出，眼前这位刑侦大队的宋队长在董、于两案上和那位郑彦章持不同看法。他本能地觉得由这位小宋同志单独接待那位刚被免职的郑局长，不十分妥当，便在稍稍犹豫之后，建议道："或者……让夏助理跟小宋一起去谈，也算代表我……"林书记沉吟了一下，觉得也无大的妨碍，便同意了。说话间还拿眼角扫了一下宋品三，对他做了某种暗示。大意无非是要他谨慎从事罢了。

机敏的宋品三一边往外走，一边向在门外侍立的两个警员做了个暗示。那两个警员忙跟了过去。同样机敏的夏志远忙拦住他们，对宋品三说："老弟，林书记、黄市长没让咱们去打架，我看暂时就别麻烦这二位擒拿格斗高手了。"

不等宋品三做出反应，他便挥挥手，支开了那两个大汉。

宋品三和夏志远走到院子里，意外地看到，在那儿等着他们的不是郑彦章，而是苏群。

宋品三很不高兴地回过头来问小高："高秘书，到底是谁要找黄市长？"

小高忙解释："是他跟我说，郑局长要找黄市长。"

宋品三阴沉起脸问苏群："老郑人呢？"

苏群反问道："黄市长人呢？"

宋品三不耐烦地说："苏群，你跟我们玩的是哪一招？黄市长现在忙着哩！"

苏群听着不对劲儿，只说了句："那就对不起了……"赶紧转身向外走去。

宋品三一把抓住苏群："别走啊，市领导挺想见见老郑同志。告诉我，他在哪儿呢？我派人接他去。"

苏群这时只想赶快脱身，便用力甩了一下："你想干什么？"

宋品三笑笑："干什么？小伙子，你不知道我是干什么的？"见苏群用力甩脱了自己，向大门外跑去，便冲着那两个大汉叫道："给我截住他！"两个警员冲过来抓住苏群。苏群一面叫喊，一面继续挣扎，挣扎中，苏群的手无意中碰着了宋品三的脸，这下把宋品三惹火了："你小子还打人？给我铐起来！"苏群也跳了起来，声嘶力竭地大喊："你铐！宋品三，你铐！"两个大汉一时间不敢造次。宋品三掏出手铐就要上前去铐苏群，这时夏志远忙拉住宋品三："别别别，都是自己人……"宋品三冷冷一笑："我这手铐还就爱铐自己人！您躲开！"

院子里的吵闹声惊动了正在大客厅里开会的那些领导，不一会儿，林书记等人往院子这边走来，林书记先喝住了宋品三："小宋！"苏群一见市里的几个主要领导，不知为什么心里一酸，眼圈一红，忙叫了声："林书记……"林书记呵斥道："闹！挺有造反派的劲头啊！还有一点国家工作人员的模样？放开他。苏群，郑彦章人呢？"

苏群犹豫了一下后，说道："他本来是要来的，是我不让他来。我想还是由我先来替他跟领导约个见面时间为好……"

"为什么？"林书记追问道。

苏群迟疑道："不……不为什么……"

宋品三忙上前呵斥："无理取闹！"

苏群一下急了："无理取闹？跟你明说了吧，我们怕你们！不敢让他来……"

"怎么了？谁要把他怎么了？"林书记不高兴地闷了苏群一句。苏群不再回嘴了。停了一会儿，林书记平静下来，说："听人说，郑彦章带着你，四下里散布说你们手里有证据证明董、于二人是自杀，还能证明有人伪造了两案现场？"

苏群不作声。

"能把这些证据拿出来让我们瞧瞧吗？市里的主要领导都在这儿。省里部里的专家，也在这儿。还有新来的黄代市长……"林书记和颜悦色地劝说道。

苏群依然不作声。

林书记笑了笑："怎么，连新来的黄市长和北京的专家都信不过？"

苏群还是不作声。

"想单独跟黄市长谈？可以嘛。等散了会，找个时间，你把老郑请来，让黄市长单独跟你们谈谈。"林书记继续笑道。

黄江北觉得自己该出来打个圆场了，便说道："好啦好啦，先回去吧。"

林书记说："小宋，送送这小伙子。"

苏群忙说:"谢谢,我自己能走。"

宋品三上前推了苏群一把:"别客气嘛,走吧走吧。"

苏群大叫了一声:"林书记……"宋品三赶紧把苏群往外推去:"怎么了怎么了?谁又咬了你了?"

苏群用力转过身来看着省厅和北京来的同志,大声叫道:"我自己走。"

他的确怕宋品三和他的人跟在自己身后。这时,省厅和北京来的同志回过头来,用一种很含蓄的眼神,把一种要求明确地传递给林书记,希望他出面制止宋品三对苏群的强横。林书记只得向宋品三挥了挥手,制止了他。苏群独自向门外走去时,宋品三向那两个警员示意了一下,那两个警员当即跟了过去。黄江北立即也向夏志远暗示了一下,夏志远也马上跟了过去。林书记笑了起来,对那两个大汉和夏志远同时挥了挥手,说道:"这干吗?都别送了。"

苏群赶紧抽身走了。

不知道为什么,这时林书记却回过头来,认真地看了一眼黄江北。

黄江北觉得林书记是有话要单独跟他说。果不其然,散会后,林书记对黄江北说:"能再耽误你一点时间吗?"黄江北忙笑道:"林书记,您以后要是老用这种口气跟我说话,我可活不长。您折我寿哩!"林书记疲乏地笑笑。

黄江北体贴地说:"我看今天这一天您真够呛的了。您休息吧。有事,我明天一早去医院找您。"

林书记摇了摇头说道:"我没事,你是不是急着要回家看老婆。回章台的头一晚上,我就拽着你死不放,我这老头儿是不是也太有点不近人情,太不理解你们这些年轻人的心了?"

黄江北大笑:"什么年轻人?我女儿都十五六岁了!"

林书记拿起那个总是随身带着的自备茶杯,交给秘书,让秘书替他把它放进手提包里,然后对黄江北说:"市长先生真要不那么急着回家看夫人,那就上我家去坐坐,认认门儿。今天我也不回医院了,咱们好好地唠上一唠。"

林书记让黄江北跟他乘坐同一辆轿车,驶进一个五六十年代建起的工人新村。夜深人静,除了不多几盏昏暗的路灯以外,新村里树影幢幢,阒无人声。高级进口轿车低速行驶仿佛一股纯净的炼乳从光滑的玻璃表面上淌过。林书记喜欢这种纯净和平静,也无限感慨人家(国外)工艺水平的高超。没法说，也不好说。他常常不说。晚上行车，他常叮嘱司机多留点神，越是夜深人静以为路上没行人恰恰越容易出事。另外还得防备截车的"亡命者"。在离林书记家还有几十米距离时，警惕性挺高的司机突然刹住了车。林书记问："怎么了？"司机迟疑地回过头看了看林书记，说道："好像有人在您家门前来回溜达着……"

林书记忙抬头看去，果不其然，在自己家门前徘徊着一个人影。林书记迟疑了一下，说："你看……那人是不是有点像郑彦章？他想干什么？"

"我去看看。"黄江北说着就要去拉车门。

林书记想了想，说："还是让附近派出所来个人吧！"

黄江北说："不用。"

这边车里还在商量着犹豫着的时候，那人却已经发现了书记的车子，照直向这边走过来了。走近一看，果然是郑彦章。

黄江北怕郑彦章意气用事，做出什么对林书记不敬甚至过激的举动，忙下车去迎住他，问候道："是你啊，这么晚了还不休息？"

郑彦章不正面回答黄市长的问候，只是客气但却冷淡地问道："请问，林书记在车里吗？"

黄江北先把车门关上，而后贴近郑彦章低声解释道："老郑同志，今天在公路上委屈你了。当时我不可能留你下来谈任何事。我想你能理解。咱们另找个时间，好好聊聊，今天实在是太晚了……"

郑彦章却说："黄市长，您多心了，我不是来找您的。我也不会再去找您了。"

说着便伸手要去开车门，跟林书记说话。黄江北本能地去制止他开车门。两人的手在门把上碰在了一起，黄江北还想说一点劝阻的话。林书记已经从车里下来招呼郑彦章了。

在林家那简朴陈旧的客厅里，郑彦章只是僵僵地站着不坐，声明道："林书记，我不耽误您太多的时间，我只说两句。第一，我不是坏人……"林书记笑着挥了挥手，学着郑彦章平日的语调说道："别那么里格楞嘛。坐，坐下慢慢说，我这儿不卖站票，干吗摆出一副势不两立的样子？谁说你郑彦章是坏人了？啊？"

郑彦章还是站着："第二，我从来没想过要跟您、更不要说跟市委唱对台戏。我是您一手提拔起来的，从一个普通工人，到派出所所长，到反贪局局长。别说讲党性，就是讲良心，我也从来没恨过您。鞍前马后跟您干了这么些年，要说一点意见都没有，那是假话。但是要说我一心想撇开市委，想借董秀娟、肖长海、于也丰那几个人的问题，给自己捞点什么，要给咱章台市组织脸上抹黑招苍蝇，这绝对是冤枉。我已经到退的年龄了，干好干赖，我这官都已经当到头了。就是一个小学生也应该想到，我郑彦章真要想给自己捞点什么，应该对您一千个叫好一万个依顺。这才能给自己留条后路，还跟您较什么劲儿呢？"

林书记声色不动："我说过你在跟我较劲儿吗？没有啊。你这个郑彦章啊，什么时候才能真正改了你这个火爆的臭脾气？我跟你说过多少回，这个脾气要改。在你身上耽误事的，不是别的，就是你这个臭脾气。还不服气？刚才是你派那个苏群上于也丰家大闹公堂的？你四处张扬，说你已经掌握了确凿证据，可以证明章台市有人在掩盖董、于两人的真正死因。有这么档子事吗？干吗不吭气了？能把这证据让我看看吗？"

郑彦章避开林书记这时直射过来的目光，缓和下口气说道："请您原谅，我现在还不能让您看。我也没说我手里就有这样的证据……"

林书记一步不让："为什么不能让我看看？林某人不可靠？"

"没这意思……"

"你在怀疑我？"

"不是怀疑……"

"那是什么？"

"林书记，您为什么一定要把董秀娟、于也丰的自杀搞成是他杀？董秀娟畏罪自杀，说明她的问题绝不只是受那一点贿。她的问题暴露后，于也丰接着自杀，说明事情非同小可。他们的背后牵连的绝不只是肖长海这么一个小小的住宅总公司经理。这两年，我们章台唯一的中外合资企业，万方汽车工业公司经营相当不景气，而董秀娟就是分工抓合资企业的领导，这里她搞了什么鬼？于也丰在万方公司和住宅总公司的赞助下办了个建筑公司，搞多种经营，安置家属子弟就业。这个三产企业的头儿，就是于也丰的大儿子。

这位大公子原先是市局治安科的科长，当了经理，也不按中央规定脱警服，经常穿着警服，带着一帮治安警察跟人谈项目，软硬兼施地敲人竹杠……还有人反映，去年万方公司为美方专家盖的那个宾馆，就是于也丰的这个大公子承包的活儿，经费有一部分就是董秀娟从教育基金款里挪用的……当然这些问题都还没能最后敲实，但老百姓在背后总在叨叨这些事。不把这些事闹个明白，您要人心稳定，他也稳不了啊。您捂着这脓包不想让人痛心疾首大声疾呼，它总有一天也会烂穿了头自己爆发的，到它自己烂穿的那一天，那……就更不好收拾……"

"多谢指导。"

"林书记，我的确没别的意思，董秀娟、于也丰这两档子事，今后不管是谁在位置上，总得跟老百姓有个交代！躲是躲不过去的！"

"我明白了……"

"您是我的老领导了，我是真为您着想，也真是为您着急！"

"说完了没有？"

"说完了……"

"你可以走了。"

"林书记……"

"你可以走了。"

"林书记，我不是要跟您过不去……我只是……"

"你可以走了！"

郑彦章沉默了。他只得走了，在默默地又无奈地呆站了一会儿后，他走了。

三十五

走了。走了。大街上阒无人迹。还有装运垃圾的大卡车。还有一只黑猫站在小教堂高高的围墙上，直直地注视着眼前这个沉睡中的城市。还有歌舞厅门前的霓虹灯在冷落地闪烁了最后几下之后，终于熄灭。还有一群穿着休闲服的青年男女，唱着RAP，和着那狂热明快的节奏在扭动，嬉笑。在嬉笑中，向前走，向前走，看着好像是停下了，其实他们还是在向前走。用现存的心，用已有的灵魂和总要冷却的欲望和总要转移的意向和一瞬间的顿悟或毁灭，走下去。扭动。

三十六

郑彦章走后，林书记闭着眼，一动也不动地仰靠在老式沙发里；此刻的他，显得那样的苍白那样的衰老。黄江北迟疑了一下，便站起来，轻轻提议："林书记，您歇着……"林书记伸出手，做了个让黄江北坐下的手势，缓缓喘出一口气说道："别急着走，我有话跟你说。"

黄江北当然不想走。经验告诉他，这样一位在市一级主要领导岗位上把了几十年关的老手，绝不会只是出自某种礼节性的需要才迫不及待地连夜把他叫到自己家里单独会面。一定有什么重要情况要相告。非常机密的情况，必须在他上任的第一天就得让他掌握的情况。什么情况？一时间黄江北觉得自己的心跳加剧。如果说，上任的第一天，在田副省长家他感受到的只是诧异和意外，在于也丰家感受到的是嘈杂和急切，只有在此刻，他才真正感受到了作为一个"市长"、一个行政主管所应有的神秘和崇高：是的，如果他不是"市长"的话，市委书记林成森同志绝不会这样挽留他，这样信任地以机密相托。一刹那间，他忽然觉得获取了一种从未体验过的人生感觉。当"市长"的感觉？"主宰者"的感觉……他微微地激动起来。不一会儿，这种激动自发地汹涌，像海啸造成的冲击波似的一波连着一波排闼而来，冲击得他几乎难以自抑。但他还是控制住了自己。非但控制住了自己，而且保持了必要的平静。静静地坐在这位老同志的面前，紧握住支撑在自己双膝上的手，等待着，等待着自己成为章台市市长以来，第一个重要时刻的到来。

过了一小会儿，林书记从老式沙发里坐了起来，十分平静地对他说："听我说，江北，董秀娟、于也丰的确是畏罪自杀。"

黄江北一震，差一点要叫起来。他觉得屋里的空气顿时都凝结了封冻了抽尽了，他感到窒息，他甚至微微地渗出了些许冷汗。他锐利地打量了正襟危坐在自己正对面的这位市委书记一眼。他所看到的情景告诉他，这位市委书记没有在跟他"开玩笑"。市委书记的眼神和脸部表情是极严正的，但又在微微战栗。

这时，林书记的老伴进屋来给他送药，使屋里的气氛稍得缓解。老伴熟练地伺候林书记把一大把五颜六色的药吃了下去。走之前，故意把一只闹钟放在他俩中间，还故意把闹钟的钟面对着黄江北，闹钟已经指着半夜两点多了。林书记从沙发背上直起身，毫不掩饰地瞪了他老伴一眼，说道："对付我的客人，你倒是越来越有办法了。拿走！"老伴微微红起脸，忙把闹钟拿走了。

又静默了一会儿，林书记说道："现场也是我让他们按他杀的模样摆弄过的……"

"为什么？"

"你先别忙着问为什么。我把你叫到家里，主动告诉你这情况，就说明我一定会向你做进一步的解释的。现在我要你记住这一点，是我主动告诉你这个情况的。我没有向你，章台市的代理市长、本市另一位主要负责同志，隐瞒任何情况。我要说明的是，我这么做不是为了干扰破案、包庇可能存在的腐败分子，而是……完全出于不得已……而是……出于一种……一种……真正搞清问题所需的权宜之计……我要你替我证明这一点。"

黄江北觉得自己手心也在出汗了。他问道："什么情况，居然使您……您……如此为难？"

"你先回答我，你听明白了我刚才说的那一层意思了吗？"林书记固执地问。

"明白了。"黄江北咽了一下干渴的唾沫，答道。

"这个情况我当然不会向省委和中央隐瞒的。此刻，宋品三也在向省公安厅和国家公安部的同志谈这个情况。他此刻向他们递交一份真实的现场原始勘察报告。从大的方面来说，我们目前不能让更多的人知道这二位是自杀而死的。这理由，刚才在于家大客厅里我已经说得很清楚了。但还有一点我没说。在那样的情况下，我不能说。虽然当时在场的都是市里的领导，即便是那样，我也不能说……郑彦章就是因为不懂这里的复杂性、艰巨性，又不听我劝告，只知蛮干，才把这件事搞得如此被动。"

说到这里，林书记突然激动了，但老练的他立即停止了叙述，争取一个空隙，平息自己的激动。果然，他很快又平静下来，等了好大一会儿，才又继续说下去："董、于两人的死肯定还牵涉其他一些人，在没有搞到充分的证据以前，千万不能惊动这些人。你在海边待过吗？赶海是一件很有趣也很有收益的事。但赶得不好，就会反被大海吞掉。董、于两案深浅不知，我不想赶海不成反被海吞掉。我们要对章台市的全盘工作负责。"

董、于两案背后还牵涉什么人？黄江北的心在怦怦地跳着，他等着林书记向他揭开这最重要的"一幕"。

但林书记却不说了。等了一会儿，他还是没往下说。这么敏感的问题，黄江北当然不便去探问。况且又是初来乍到。又默坐了一会儿，林书记换话题了，他好像不准备在今晚涉及这个要害问题了。黄江北不免有些失望，但他一点没让自己表现出来。过了一会儿，林书记突然这样问道："江北，你这次回章台，是打算实打实地在这儿真干，还是把这儿当个跳板，过渡过渡，就走？"

黄江北笑了笑应道："我还往哪儿过渡？四十好几了，当然是想埋头来认认真真做一点事情……"

林书记感慨地叹一口气："四十多岁。好时候啊！"又沉默了一会儿。

林书记苦笑了一下说道："我这个人也是多问。你真是来过渡一下的，也不会告诉我……"

黄江北忙说："绝对没有这样的事。省委领导跟我谈话，就是要我安心在章台配合你工作，打好章台的翻身仗……"

"翻身仗……"林书记叹了口气。

"省委领导没有那种全盘否定章台工作的意思……他们只是认为……认为……"黄江北忙又解释。

"不用跟我找补了。章台的处境……我明白……章台也该有你这样的新鲜力量来主事……你来了就好……好……"林书记十分诚恳地说道，并用力伸过手来拍了拍黄江北的手背。眼眶似乎还湿润了起来。

这时，黄江北突然觉得在这样的气氛下，不妨大胆探问一下，也许不会给对方造成什么唐突之感。机会难得，值得冒一下险。于是，稍加盘算后，他故意用一种漫不经心的口吻，问道："听您说的那意思，好像……董、于背后还有什么名堂？"

林书记一怔（这说明快六十的他绝不迟钝），眼光极敏锐地向黄江北扫视了一下（这一扫视，还真让黄江北怀疑起自己此举是否得体，还真有点后悔了哩）。好在林书记并没有表示出任何责备他轻慢的意思，只是慢慢软下身子，往沙发背上一靠，长长地叹了口气说了句："复杂啊……"

黄江北把上身往前探了探："是不是……跟上头什么人有关联？"

"现在还说不好……"

黄江北再问（一不做二不休了）："郑彦章是什么意思。他跟您谈过他的看法吗？"

林书记再次扫视了他一眼，接着便沉默了。不回答。回避。显然又是个敏感区。雷区？黄江北稍稍显出有些尴尬，忙说："在这件事上我能为您做些什么？"

林书记忙摆摆手说："不要用这种口气跟我说话。你是市长，行政主管……"

黄江北忙直起腰："林书记，咱们就别说那么些客套话了。您说，您需要我做什么？我应该做些什么？"

林书记犹豫着。

"怎么，您信不过我？"黄江北把身子往林书记跟前再靠了靠。用一种带点玩笑的口吻试探道。

又是一阵沉默。

"你……怎么看待我这个老头儿？"林书记突然这么问道。而且还很认真地看着黄江北，等着回答。真是有点猝不及防。

"您要听真话，还是套话？"黄江北觉得此时只有一种办法应对，那就是以真诚换真诚。这是他多次为自己解脱突然遭遇困境时积下的一个行之有效的经验。有时用它来对付十分狡黠的家伙也能收到暂时的成效。

林书记说："套话怎么说，真话又怎么说？"

黄江北说:"要听套话,那就是您这么个老同志,多年勤勤恳恳地处在第一线的领导岗位上,年高德劭,深孚众望,的确不愧万民衣食父母,举世楷模等等等等;要听真话,只有一句:我还不了解您。但我会拼命地去了解您,配合您,让自己认真贯彻好市委的意图,做好我这个代理市长的本分工作。在思想水平、政治修养和工作能力等方面,尽快地缩小和你们这些老同志之间的差距……"

"套话,还是套话。"林书记笑着挥了挥手,好像在驱赶什么苍蝇似的。

"绝对是真话。您还不了解我。恐怕也并不是真正十分了解中青年这一代。我这么说,请您别在意。其实,中青年这一代人,并不是都很狂的。我这个人骨子里其实就挺正统。您有什么想法,放心大胆跟我说。从做领导工作的经验来说,我没法跟您相比,但有一点,您尽可放心,黄江北绝对不是一个拆台的人。我初来乍到也需要您指点嘛。这不是客气嘛。"

"千万别说指点。咱们商量着办,啊?商量着办……"

"您说。"

"我说一个想法。一个安排……不一定对……"

"您说。"

"我要说错了,你可以不听……"

"林书记,您就别把我当外人了!"

"章台市一下死了两个领导干部,事情闹得很大,你在这个时候来代理市长,可以说,受命于危难之际……从常规的心情看,你一定很想把这些案子抓个水落石出,以便尽快地对上对下有个交代。但我希望你从今往后,别过问案子的事。这案子的确非常复杂,我现在只能告诉你,董、于两人的事情可能还牵扯一些很有来头的大人物,牵扯一些你我都动他不得的人……"

"您有证据证实这些大人物插手了董、于两案?"

"要有真凭实据,我干吗还这么躲躲闪闪、哆哆嗦嗦?你以为我这么包着藏着董、于的真实死因,心里好受?"

"这么说,是有人逼死了董秀娟?"

"我让你别再问这档子事!你别再卷进来了。这事,从前是我抓的,你就还交给我来抓。我已经陷进去了,下一步还不知会怎么样,你就别再往里陷了。你就豁出命去替我把章台的经济抓上去。但凡能做到这一点，也就算你给章台五十万父老乡亲办了一件大好事。到那一天，我这老头儿陷在那泥坑里，不管落个什么下场，都会给你烧上三炷高香，磕仨响头……"说到这里，林书记神色黯淡，眼圈突然地红了，站起来，向窗前走去。黄江北心里一阵难过，一时间竟也不知说什么才好。看来事情真的比自己想象的还要复杂得多得多，看来老夏的担心并不是过虑，更不是杞人忧天，看来要有水牛掉到井里的那种思想准备，真要在章台作持久战的打算了。

…………

三十七

市政府的车把黄江北送到家门口。这是个老旧的大杂院，自打中国有铁路的那一天起，这儿住的全是铁路员工家属。黄江北住的仍是他祖父留给他的房子。这些年他虽然当了领导，但一直是在外头干，不是章台的干部，章台的房管部门似乎也一直没考虑给他调配一下房子。市政府小车队的那位司机看看这黑咕隆咚的房子说："黄市长，这回您得挪挪窝了吧，一个市长，住这儿，也太惨了点，没必要这么雷锋嘛。"

黄江北不置可否地笑了笑。他不想一回来就谈自己的住房问题，特别没必要跟司机同志谈这个问题。今天市政府派到省里来接他的副秘书长，一见他说的头一件事就是"市里给您找了一套三室一厅的公寓房，您先凑合住着"。他忙摇头说："我现在够住的了，挺好，千万别麻烦。"副秘书长没再跟他说什么。这位副秘书长接待过很多位新上任的市领导，他们中的很多人都是在嘴巴上客气，客气了一阵就不客气了。只要不是太过分，住房总是越大越称心，他懂。但他岂知，这一回黄江北是决心要在这个大杂院住下去。黄江北有个打算是这位秘书长先生不知道的，回到故乡城市来当市长，有利也有弊，利弊恐怕都在一点上，就是熟人太多。熟人多，固然进入情况就快，办事也方便，但找你走关系通路子托人情事的人也就多。搞得不好，就被这种"人情风"刮倒，淹没，一事无成。所以他想好了，三年内（如果能干到三年）绝不在生活方面提任何要求。他知道中国的老百姓是非常看重这一点也是非常计较这一点的。只有做一个具备强烈的真诚的平民色彩的而又自律的市长，才能真正使这五十万江东父老信服。他愿意为得到这一种必不可少的信任，付出任何代价。岂止一点住房？黄江北走进院子，院子里出奇地冷清、幽暗，所有邻居家的窗户居然没有一扇是亮着的，连黄江北家的窗户也黑着。他没想这里还有什么名堂。他只是在更黑的大门洞里站了一会儿，竭力让自己从刚才跟林书记的那场惊心动魄的谈话里摆脱出来。他轻轻地敲了敲自己家的门，里面一点动静都没有。他以为尚冰和女儿小冰都睡了。她们也该睡了，都什么时间了。但没料想，门是虚掩着的，他诧异地轻轻一推，门竟然吱吱呀呀地敞开了。他愕然了，这娘俩睡觉怎么都不关门？就在他迟疑的那一刻，屋里突然大放光明。十六岁的女儿小冰叫嚷着扑了过来，接着便是尚冰。黄江北事先一点风声都没跟尚冰透露。他要回来当市长的消息还是天黑后夏志远来通报的。当时，尚冰和小冰都被震住了，惊诧得高兴得都有些发蒙了，一直觉得好像在做梦似的。小冰好几回都瞪大了眼睛悄悄问尚冰："妈，我怎么……就成了市长的女儿了？"尚冰嘴里说："别听你夏叔叔的，他没个正经，又逗我们哩。"心里却乱得跟十七八个小兔出了笼似的。她当然明白平日里老爱开个玩笑的老夏不会拿这么重大的事来逗她娘俩。但是……但是……但是什么呢？难道江北就真的要回来当这市长了？她慌得都有些不知做什么才好。

特别奇异的是，当他们一家三口怕吵醒惊扰了邻居，尽量小着声儿地说话问答，东屋西屋的窗户却一个接一个地亮了起来。老邻居们似乎也已经知道了这个"好消息"，但他们非常懂事，不来打扰他们三口，通情达理地把这第一夜的欣喜留给这一家三口。他们只是开亮了各家的灯，用一点明净的静悄悄的灯光，向远道回来就职的黄江北表示他们的欢迎和问候，自然也表达了各自的担忧和疑虑。

小冰终于回自己的小房间睡去了。黄江北帮着尚冰收拾好屋子，回到大房间里。尚冰去摊床。黄江北走了过去，轻轻抱住尚冰。早就在等待中的尚冰趁势便依偎在江北宽大的怀里，并反过身来伸出一只手，紧紧地搂着江北，热切地期待着江北更热烈的爱抚。

但期待中的爱抚却没出现。

尚冰悄悄地打量了一下黄江北,看到黄江北呆站着,眼睛怔怔地注视着黑黑的窗外,不知在想着什么。

三十八

也许在老城区鼓楼的城头上,也许在上清观的大殿后头,也许就在一辆报废了的公共汽车车厢里,有一群鸽子,睡着了。

三十九

第二天一早,他俩是被小冰叫醒的。死丫头在外头敲着门喊叫:"嗨嗨,老头儿老太太,太阳晒屁股了,别搂着了,注意群众影响。"尚冰咯咯地笑着先起床,等黄江北起床时,却发现自己的皮带不见了,便提着裤子到处找,到处嚷嚷:"谁拿我的皮带了……"找到厨房,要掀尚冰的上衣,上她腰间查寻。尚冰便一边笑着一边躲着:"去去去,女儿看着哩,别下流……"黄江北用力去扯尚冰腰间的皮带,说道:"什么下流,我不能提着裤子上班!你干吗偷我的皮带?"

尚冰一边挣扎着红着脸解释:"谁稀罕你的皮带呀!刚才起得急,拿错了呗。"

这时正在外头刷牙的小冰,满嘴糊着牙膏沫,在厨房门口敲着门框:"嗨嗨,光天化日的,干什么呢?告诉你们要注意点群众影响,别老给党脸上抹黑。"

黄江北放开尚冰,向女儿扑去:"小丫头,叫你贫,看我怎么收拾你!"小冰笑着叫着:"妈耶,不得了啦,大灰狼来了……"看见夏志远走进屋来,便又叫:"夏叔叔,快救救您干女儿!"尚冰跟老夏打过招呼,赶紧上屋里快快地把床铺先收拾好,归置掉脏衣脏袜什么的。黄江北这才放开女儿,把夏志远让进屋笑道:"这娘俩,一早起来就联手欺负我一个弱男子……"

夏志远往后一仰,无奈地大叫道:"你,弱男子?天哪,我可真要晕倒了……"

黄江北亮出至今尚未系裤带的腰部:"你看看,我这个市长,在家里连根裤腰带都保不住。"

尚冰大红着脸,把皮带扔还给黄江北,远远地啐道:"你要死!在老夏跟前瞎说什么呀!"

一会儿工夫,早饭弄好了。夏志远指着尚冰端上桌来的那几样早点,小米粥、炸焦圈,加两样六合盛酱菜,笑着对尚冰说:"您就这么接待我市新上任的市长,不担心他有朝一日打击报复您?"

尚冰一笑:"什么市长不市长,我可管不着!您怎么的,要不要专为您老夏再买两块炸糕去?"

夏志远忙说:"别别别……市长吃忆苦饭,我们小当兵的还敢吃什么炸糕哟,凑合吧。"

说着,便端起了粥碗稀里哗啦地喝了起来。其实他知道,在大杂院长大的黄江北,每每地还偏爱吃这一口以小米粥和炸焦圈为主食的北方早点。

吃罢早饭,夏志远便要走。他艳羡黄江北家这一派祥和融洽的亲情味。

黄江北问:"你上哪儿?今天跟我去万方公司看看。"

夏志远问:"我干吗去万方?"

黄江北说:"你是市长助理,你不跟着谁跟着?"

夏志远说:"别开玩笑了,我就是来告诉你我的最后决定的。昨晚我想了一夜,江北,这回我真不能再替你当这个助理了……"

黄江北说:"得得得得……"

夏志远说:"什么得得得,你听我说完。"

黄江北说:"昨天晚上你已经以助理的身份参加了于也丰的现场勘察……"

夏志远说:"别那么不讲理,好不好?昨天我只是搭你的车回章台……"

黄江北冷笑一下:"于也丰现场是一般人能进的?你看了现场,掌握了我党高度机密，还想往哪儿开溜？"

夏志远大叫："有你这么讹人的？谁要掌握你党高度机密？现场是你拉我进去的。"

这时，黄江北把一个大信封放在夏志远面前。夏志远狐疑地问："又要玩什么花活儿？"

黄江北淡然一笑道："自己看。"

夏志远忙拆开信封一看，里面装着一份市委文件，《关于任命夏志远同志为章台市市长助理的决定》。这下他可真急了："你征求我同意了吗，就乱下文件？"

黄江北笑笑："省里就是这么对待我的。彼此彼此吧。"

夏志远冲到黄江北面前："什么彼此彼此。您老兄想当这个官我不想当。我们不一样！"

黄江北笑笑："那怎么办？你去找市委、找组织部的领导谈吧……"

"不是我要你们发这文件的，我找得着吗？"

"你不去找，那就算你接受这任命了。"

夏志远气愤至极："你们这些当官的怎么可以这么不讲道理？你……你这是要官逼民反，要逼我去天安门广场！"

黄江北笑笑："你去吧，那儿正缺个凑热闹的二傻子哩。"

夏志远哭笑不得地叫道："黄江北，这可不是闹着玩的。我求你了！"

黄江北笑笑："夏志远，我也求求你了！"

夏志远跌坐在黄家那张旧的木扶手沙发上，无可奈何地叫道："天下当官的里面，怎么会有你这种赖皮货！"这时，尚冰走进房来，说："怎么了，什么好事，这么嚷嚷？"

夏志远忙从沙发上站了起来："还好事呢。黄夫人，你老公自己往泥坑里跳，非得还要拉我给他垫背。你快来救救我吧。"

黄江北笑着对尚冰说："别理他，快去拿点红葡萄酒来，咱们祝贺志远荣升章台市市长助理一职。"

等尚冰把酒拿来，夏志远故意倒在那把旧沙发里，无奈地大叫道："黄江北，黄江北，你永远是我的克星！"

四十

  林中县城关镇郊外有一个古校场,据说是早年左宗棠练兵、点将的地方。又说一万年前黄河绕道从这儿走过一回,留下了一片干旱、盐碱和稀拉瘦高的丛林。中美合资的万方汽车工业总公司现在就新起在这片万年古河道上。据说当年左家军点将台的旧址,就是现在公司总部大楼所在的地方。这可不是偶然的巧合,在为总部大楼选址时,美方那位精通汉语还读过不少中文线装书的总经理,煞费了一番苦心,特地找到了这个点将台旧址,点着名儿要把公司总部大楼建在这个旧址上。在中国古代那些名将中,他独独欣赏曾大举西征的左宗棠,实在让人有点不可思议。是以此自诩今日的"东渐",还是仅仅在表示对某种人类属性(进取、扩展和强力)的赞同?这天,葛会元、田曼芳和中美双方的几位专家在总装分厂检测一个新落成的总装试验台,这位总经理却没在场,他回美国述职去了。由美方投资集团组成的一个"董事会",已经无法忍受万方这么迟缓的(也是惊人的)筹建进度,紧急召他回去,研究对策。如果找不到什么好的解决办法,就想终止合作了。而此时,总装分厂正在验收一个测试台。硕大的水泥台子上,试验装置在高速旋转,发出匀和而又巨大的轰鸣声。美方首席专家手里拿着一个测速计,屏息静气地盯着水泥台子。葛会元手里也拿着一个测速计,同样在屏息静气地盯着那个微微抖动的水泥台子。也许是因为过于紧张,他感到一些不舒服,悄悄地从上衣口袋里掏出一片什么药片,吞了下去。

  测速计上的指针疯了似的在抖动着。

  田曼芳紧张地看着那个转动中的试验装置。

  突然,水泥台基的一侧出现了一条裂纹。

  葛会元和美方首席专家几乎同时叫出:"停机!""STOP!"不一会儿,公司里的一些高级技术人员和其他人员闻讯纷纷跑了过来,很快便把现场围了个水泄不通。

  田曼芳带着机关的一些人员,急急地维持着秩序。

美方首席专家把测速计交给一个中方技术人员,说了句:"太遗憾了,葛先生。我想这对我们双方都是很不愉快的。"

说着,便带着美方人员愤愤地走了。人群中立即低低地升起一阵不安的骚动和喧哗。几位高级工程师怔怔地看着葛会元,葛会元苍白着脸站着。他下意识地从衬衣口袋里把一小包药拿出来,又放进去。放进去,又拿出来,不断地倒腾着。

"怎么办?"田曼芳低声问。

"拆。"

"拆了重做?那工期又得往后拖多久?不就这么一条小裂缝吗?您跟那个老外再商量商量……看看还有没有别的办法来补救。"

葛会元猛地抬起头:"你以为这是锅台?"

田曼芳脸色微微一红,但还是坚持道:"葛总,您在那几个老外面前说话还是挺管用的。您跟他们商量商量,看看还有没有别的什么补救办法……"

葛会元再度抬起头:"田副总经理,我再说一遍,这不是做饭的锅台。"

然后回过头去追问一个中方技术人员:"浇铸这总装试验台的这批水泥,是你负责进货的?"

那个中方人员叫田恩富,惶惶地答道:"是……是我……"

葛会元追问:"实施浇铸前,你让中央实验室替你检查过这批水泥的质量没有?"

葛会元为保证基建质量,花了不少钱,还从一汽二汽找了一些有经验的工程师来,特辟了一个中央实验室,来检验所有要用的原材料和零部件。

田恩富嗫嚅道:"这批水泥是带着化验单和合格证来的。"

葛会元再追问:"公司规定,每批原材料使用前,必须重新严格检验其成分,你知道这个规程吗?"

田恩富声音更低微了:"它有合格证……"

葛会元大声说:"我问你,你按规程要求重新检验过没有?"

田恩富不作声了……

葛会元涨红了脸:"你没检验。告诉人事处,你被辞退了。"

田恩富的脸色一下黑了:"葛总……"

葛会元斩钉截铁道："你被辞退了！"周围许多人都听到了这个决定。骚动的人群顿时静寂下来。

葛会元回到自己的办公室后，仍处在一种难以自抑的激愤状态之中。他坐立不定，烦躁不安。他不住地用一块湿抹布擦拭着自己那个宽大洁净的经理桌，不停地开关抽屉。他想不起来自己到底要从抽屉里取什么东西，只是有一个无法排除的念头在强迫着他去开抽屉、关抽屉；关抽屉，再开抽屉……经理室门外的秘书室里，已经有不少人在等着他接见，但都让那个女秘书挡在了外面，此时都乖乖地在那儿等着，不敢随意喧哗。

葛会元走后，田曼芳立即把田恩富带到了自己的办公室里，她问田恩富："你进的这水泥到底是多少标号的？"

"进货单上写得清清楚楚，六百五十号……"

"设计要求，得多少号？"

"六百号就足够了，我使的这还高出五十号哩。您要不信，您可以看进货单哪。"

"进货单管个屁用！你为什么不按工艺监测中心制定的规程，在投入使用前，让公司中央实验室再检验一下这批货？"田恩富没作声。

"你从那厂子的推销员手里得了多少好处？你跟我说实话！"

"没有……"

"去办退职手续。"

"曼姐！"

"那你跟我说实话。"

"这批货是从上八里村水泥厂进的。这好处费，我能跟天要，跟地要，您说我能跟上八里村的爷们儿要吗？我就是有那个贼心，也没那个贼胆啊。再说了，我也……我也不能检查他们的货的质量，这里的利害关系，别人不清楚，您应该清楚……我要这么做了，二叔他能饶得了我吗？"

"我早就跟你们说，进了公司就得以公司为重。这儿不比你们原先村子里的那个砖瓦厂，更不是过去你带着那几个老娘儿们在村南头办的那个鸡场。在这儿千万马虎不得！这是在造汽车！这是高科技，这里还牵扯到国际信誉。毁了一个总装试验台，公司要损失多少万，你知道吗？三百七八十万！"

田恩富的腿一下软了:"曼姐……曼姐……您一定救救我……曼姐……"

"丢人现眼!起来!"

田恩富所说的那个上八里村水泥厂,的确是个不好碰的单位。倒不是这个水泥厂碰不得,而是这个村子太让人有顾忌了。前面我们曾说到过章台这地区出老同志,上八里村便是其中一个最为突出的地方。它是章台最著名的老区,只它一个村子,就输送了一大批省军级老同志。

现在省里主管工交财政金融,又分管章台地区的田副省长,就出自这个村。田恩富说到的那个二叔,是这个村办水泥厂的厂长、田副省长的一个远房表亲。多少年来,在章台、在林中县,当然也包括全省范围,如何对待上八里村的问题,往往要和如何对待革命老区、如何对待革命事业这样一些重大立场问题联系在一起。久而久之,上八里村人也就习惯把自己和"革命"等同起来,超前地享受着一些连"革命"本身还不应享受到的那些权益。大家总是出于善意宽谅它。大不了,不就是一个村子嘛,就是养着它,又能花国库多少钱?想想它在过去那个年代里所付出的代价(鲜血,流亡,逮捕,烧掠,等等),这一切又算得了什么呢?

田曼芳匆匆走进葛会元办公室外间,那些原先在这儿等着见葛会元的人立马一边叫着"田总""田总",一边一窝蜂似的把她包围了起来。田曼芳干脆利索地处理完这些人手里所有的事,把他们一个个打发走,便向里间走去。她刚开口,葛会元就截住了她的话头:"曼芳,你什么也不用说了,这一回,田恩富不走,我走。田恩富这样的员工不清理,我这个总经理没法干下去。当初咱们就不该让田恩富这样素质的人进咱这个公司。我不说他们的为人怎么样,但是他们的的确确太缺乏必要的文化技术素养,这帮人早晚是公司的一个祸害。今天这件事,只不过是一次不大不小的爆发;不清理这样的员工,万方就会毁在这样一次又一次的爆发中,还想什么生产万方牌汽车?做梦!"这几年,为这种只能说是莫名其妙的事,他这个中方总经理已经伤透了脑子。万方本不该放在林中县,这儿不具备建设这么一个大型汽车制造联合企业所需要的各种条件,特别是不具备它所需要的人力资源。大批有文化素养、技术素养的工人都从外地调?实际上这是不可能的。实际上大量像田恩富那样只在本村干过一些砖瓦厂、养鸡场的农民,换上一套西服,一夜间就成了这儿的"骨干"。什么都能凑合,这能凑合?凑合得下去吗?但偏偏要把万方放在这儿,偏偏要把大量"田恩富"式的"骨干"塞给他。他心疼啊。可他又有什么办法呢?他能说一个不字?他说不字,有谁听呢?他当然可以不断地去找那些能听得进意见的领导反映情况。但是……但是……他的确恨自己。他的确觉得自己不具备这种能量。他的确觉出自己是……老了……

田曼芳耐心地向他解释,刚才这件事恐怕还不能全怪罪田恩富……他一听便烦躁,立即打断田曼芳的话说:"我谁也不怪,我只怪我自己。一切都是我不好……"田曼芳犹豫了好大一会儿才说:"葛总,您别这么说。这批水泥是从上八里村进的……上八里村……那是田副省长的老家。"

"谁的老家也得按规程办。国家拿出几个亿给我们,不是让我们在这儿拉关系、攀亲戚,我们是在搞工程!你已经看到了,搞工程,掺不得半点假。你掺假,它就要给你裂缝、爆炸、坍塌……"葛会元数落着。他心里堵得慌,他想数落一番,更想好好地把自己臭骂一顿。

田曼芳知道,一时半会儿恐是没法跟这位固执的老总就田恩富的问题谈出个结果来,相反,越谈还可能越尴尬,坏了他俩之间的合作关系,便稍稍沉默了一会儿后,改口道:"您看这事怎么了结?"

葛会元今天却一点不让步:"我说过了,田恩富不走,我走。"

田曼芳说:"葛总,这个田恩富也是从上八里村来的,您还是考虑考虑这里的利害关系……"葛会元没等田曼芳说完,就陡地一下站了起来,灰白起脸,一声不响地瞠瞠地看着田曼芳,过了好大一会儿,突然转过身,走出了办公室。

外间的女秘书忙进来问:"葛总怎么了?"

田曼芳顾不上正面回答女秘书的话,只应付了句:"没什么没什么……"就急忙追了出去。等田曼芳跑下公司总部大楼,葛会元的车已经开出大门,向公路上开去了。她便慌忙上了自己那辆蓝色的马自达车,追了有六七公里,才超了过去,猛地一打方向盘,在他车前十来米的地方停住了,逼得葛总只好停了车。

四十一

"林中县的投资环境……好像并不好,不要说在全省,就是在咱们章台市所属的四个郊县中比一比,也说不上有什么优越的地方。当时为什么要把这么大一个汽车工业公司定点在这儿?"在开往万方的路上,黄江北问道。

"为什么?有后台呗!"司机撇了撇嘴。

"是吗?"黄江北注意地反问道。他早就发觉,这些一直在首长身边开车的司机,掌握大量一般人没掌握的情况,对许多问题的看法,很具"一针见血"的水平。

但当黄江北再问是什么样的后台支持促成这件事的,司机只苦笑叹了口气,就没再作声。这司机还挺有分寸,知道"顾问"到什么份儿上,就该适可而止了。

"万方有个姓田的女经理。那人怎么样?"聪明的黄江北又换了个话题问道。

自打上车以后一直还没开过口的夏志远澄清道:"你说的是田曼芳吧?"

"好像是叫什么芳。"

"嗨,这可是个角儿!她愣是靠着在田副省长家当保姆,爬上来的。"一提田曼芳,那司机又来劲儿了。

夏志远轻描淡写地解释道:"说她当保姆,不确实。她跟田家有点亲戚关系。那年,田的夫人病了,住院,她去照顾了一段时间。严格说起来,不能算是保姆。"

"一段?"司机不敢苟同地哼了哼,"她在田家整待了两年。两年回来,好嘛,什么都有了。大学文凭、科级待遇……"

"她的科级待遇,去田副省长家以前就有。她大致的简历是这样的,高中毕业以后,在乡卫生所当过两年护士,后来又去县供销社当了两年会计,在县土地局还干过一段,那会儿就给提了个副科长。她的厉害在于,舍了副科长不当,上田副省长家去照顾田夫人。在副省长家两年,她一边照顾病人,一边苦用功，自学参加成人高考。她的那张经济管理专业的大专文凭，还应该说是真刀真枪在考场上凭自己的本事拿的。她后来一步步当上万方公司的副总经理，跟田副省长多次打招呼，不无关系，但跟她自己的那点能耐和超人的努力也不是没一点关系……"夏志远如数家珍地介绍道。

"能耐？有能耐的人多了去了！怎么偏偏她就能当万方副总经理？不还是有人瞧上她了，在上头替她说了话！"司机说得狠狠的。

夏志远笑笑，不反驳了。过了一小会儿，那司机摇了摇头感慨道："说起来这女人也的确能耐。省市一级领导的家，整个平蹚。咱们谁行？"

黄江北笑道："你也行。你上哪个领导家，也平蹚。"

这会儿，司机笑了："那是。领导要坐我车，不理我行吗？坐她的啥？她怎么就那么牛皮？"

"哎，哎，别那么说人家女孩儿。"黄江北忙提醒道。

司机却一撇嘴道："嘿，还女孩儿呢？早就是女孩儿她妈啦！"

黄江北这时突然直起身问道："嗳……她长得怎么样，漂亮吗？"

夏志远哈哈大笑起来："喂喂喂，我的市长大人，有你这么了解一个女干部的吗？"黄江北脸微红了，狠狠地给了夏志远一拳。夏志远和司机都哈哈大笑起来。

四十二

黄江北一行人赶到万方，天色便阴沉了下来；听完汇报，研究完试验台事故的处理方法，已快到午饭时分。田曼芳按惯例事先向公司膳食科打了招呼，并在贵宾餐厅为黄江北一行人订好了座。走出总装分厂大门时，黄江北突然回过头来告诉田曼芳："我们不在这儿吃午饭，别准备。"

田曼芳忙说："我们已经准备了。"

黄江北说："我们还有点别的事，就不在厂里吃了。"

田曼芳说："再有事，也得吃饭啊！万方公司的饭里有毒？"

黄江北笑道："我们跟人约好了。今天真不在厂里吃了。"说着，便丢下田曼芳，转身走去，搞得田曼芳心里很不是滋味。

田曼芳今天早上才得知新市长要来的消息。接完电话，她莫名其妙地激动了好大一会儿，匆匆向办公室门外跑去，出了门，却又想不起来究竟为什么要往外跑。上午黄江北的车开进公司总部大院那一刻，她又莫名其妙地战栗起来。她自己也为自己感到尴尬。以往不管迎送上头来的哪位领导哪个部门的官员，她总是走在最前面，一举一动总是比公司里的任何人都显得潇洒、热情，而又得体适度。她是天生不知拘谨为何物的人，也是天生能把最拘谨的人融化掉的人。但今天是怎么了。过了好大一会儿，她才重新平静下来，才又显出她平素的那种泱泱风度来。座谈时，她竭力要求自己别老盯着黄江北坐的方向。但强大的好奇心，却使她没法克服想认真打量一下这位新来的年轻市长的向往。不知为什么，他比想象的还要年轻得多、自信得多、沉着得多、有气度得多。直觉告诉她，她这一回真的遇见了一个与众不同的人。她曾"不安"地预感了这一点，现在又直觉到了，还需要在深入的接触中去核实检验吗？她没工夫细想了。她三次上前去为他面前的茶杯续水，他每次都得体地在桌面上轻轻地叩击两下，以示感谢。这真是个连一点小节都不肯马虎放过的年轻领导。她心里忽然地又沉重起来。一点细节都不肯放过，他能活得轻松吗？她又忍不住地打量了他一眼……但这会儿，在一顿很不起眼的中午饭问题上，他为什么对自己显得那么冷淡和疏远呢？在以往，凡是到万方来检查过工作、做过调查研究、蹲点采访录音录像的人，没有一个不对这个三十刚出点头的"曼芳副总经理"留下极为深刻印象的。涌上他们脑海的第一个问题，往往是：万方这么个"老大难"单位里，怎么会产生田曼芳这么个能干漂亮的女副总经理？既然拥有这样一个副总经理，这个单位又怎么会糟糕到如此地步？随后的一声叹息，就很难说得清是为这个公司而发，还是为这个女子而发。但不管如何说不清，凡是依然在悉心关心万方的人，都会继续不断地经常想到那个叫"田曼芳"的副总经理，甚至还有这样的人，离开万方很长一段时间了，还会托人带信来给她问好。黄江北却故意冷落她。为什么？回到办公室，她赶紧给膳食科打了个电话，取消中午的那两桌酒席；放下电话后，从来不让自己感到落寞的她，今天却感到落寞了，感到无所适从了，站在那儿，一时间竟不知做什么才好。

四十三

　　但她错了。黄江北没故意冷落她，更不是要在她面前摆什么市长的"谱"。黄江北这人最瞧不上的就是那种心里身上本没谱，却偏偏要摆谱的家伙。越没谱的人，才会越想摆谱。一个从里到外都洋溢着大将风度，又手握实权的人，还需要在自己的名片上印上那么些不三不四、不大不小的官称吗？还老怕别人不把他当个玩意儿，整天地跟人计较这个态度那个立场吗？一个真正支配自己和他人时间的人，是连手表也不用戴的。你信不？您瞧上帝他用得着戴手表吗？用不着！

　　我要把黄江北的"阴暗心理"说穿了，各位兴许还不信。黄江北今天对田曼芳的"冷淡"，实际上是他一种隐性心态的表现，表现了他潜意识层面上一向以来对这一类漂亮能干女子的"向往"和"惧怕"。阴差阳错，这四十多年来，造化之神从来也没让黄江北真正和这样一个火辣辣的漂亮女子一起工作生活过（请注意，他总是在各种各样的工地上，在大老爷们儿堆里）。他从来都是凭着别人对这一类女子的种种"传说"，在想象着这样的女子。他总觉得这样的女子是不会愿意来接近他这样的"工作狂"的。这种无法克服的"自卑"，常常下意识地转化为对她们的"冷淡"、回避。田曼芳哪里知道，黄江北在"冷淡地"跟她分手后，其实很长一段时间里都在回味着刚才给他留下的种种印象，在琢磨着这样一个疑问：这个出生在林中县一个偏远山村里的小女子，既没上过正规大学，也没接受过专业训练，今天在和那几位美方人员对话时，居然说得一口地道的美式英语，这本领是从哪儿来的？好女子不会是一团谜，有人这么说。好女子肯定是一团谜，又有人这么说。谁对？不知道。黄江北只能告诉你，尚冰是个不可多得的好女子。这一点是绝对的。尚冰的心清澈见底，这也是绝对的。

四十四

自从葛平出走后，葛会元家今天是头一回恢复了往日的那种生气。

得知黄江北和夏志远要来家里看望老葛，卢华特意调休回来伺候老葛的这二位"高足"。于是厨房里响起了多日不闻的剁馅儿的声音，还有夏志远那粗重的嗓门："嗨，二位，喝泸州老窖，还是衡水老白干？"黄江北正和葛会元在客厅里聊天儿，随口应道："不喝不喝。什么酒也不喝。下午还要找人座谈。葛老师身体也不好……"卢华从厨房里探出头来劝道："喝两口中国红吧。"

葛会元兴奋地说："喝老窖。今天无论如何也得喝点老窖。江北、志远都来了，难得。"

卢华啐道："你就给我省着点吧。又没那酒量，还老窖哩！你们俩起来一下，让我收拾收拾……"黄江北忙帮着把沙发罩抻平："师母，您就别忙了，我和志远又不是外人。"

卢华笑道："哪是为您二位啊，一会儿还有一位大姑奶奶要来哩。"

夏志远正在和饺子馅，问道："哪个大姑奶奶？"

小妹（葛会元的小女儿）说："万方公司的大姑奶奶，还能有谁？"

"她不会来的。今天我们师生聚会，我就没请她。"葛会元说道。

"不请自来，那才是她哩！你等着瞧，一会儿，她准来。市长在这儿，她能不来？不来，就不是她了。"卢华总是那么快人快语。都五十出头了，还那样。

黄江北停下手里的活儿，问道："这个田女士有那么厉害？"

卢华急口应道："我这么跟你说吧。把十个你们葛老师那样的人捆在一块儿，也斗不过她一个……别看人家当年只不过是在领导家当了两年保姆……"

"你又来了。"葛会元说道，"田副省长的夫人是她一个远房的姨。姨生病了，她去帮着照顾一下，也不能就说人家是保姆。就算是当过保姆，也不该说人一辈子嘛。我十二三岁那会儿,不也在一家酱菜作坊里当过几天学徒嘛。后来到美国留学,不同样替人擦汽车洗盘子?那不也是用人干的活儿?"

"万方公司就是让他们这帮姓田的拖垮的。你还要替她说话?"卢华冷冷说道。

葛会元脸色突然苍白起来:"公司不景气,责任在我,我是总经理,我无能!怎么可以怪罪一个女同志?"

小妹忙过来,拉走父亲,回头来劝卢华:"妈,你这是干吗呀!今天高高兴兴的!"卢华不作声了。

这时,外头敲门声骤起。

卢华苦笑:"瞧,姑奶奶到。"说着便要转身去开门。黄江北忙给夏志远使了个眼色。夏志远笑嘻嘻地拦住卢华,轻轻地说了声:"我来,我来。"

门开了。

外边站着的,果然是那位丰腴婀娜的田曼芳。她磊落大方地提着一套印花搪瓷饭盒,笑嘻嘻地调侃道:"好啊,葛总,关起门来闷得儿密,有好吃的,只请市长、市长助理,没我们这些当兵的份儿。您这可太不哥们儿了!"葛会元强打起精神:"快进快进……"田曼芳先把那套印花饭盒放到中间小屋的小圆桌上,说道:"黄市长,您这头一回来公司视察,就只吃私人不吃公家,可给全市人民树立了光辉榜样……"

夏志远笑道:"别光辉,下一回,就上你家吃大户。"

田曼芳笑道:"对不起,洒家还没个家可让您夏大助理吃。"

黄江北笑道:"怎么会没家?两地分居着?"

在场的其他人一时间似乎都有些不大好意思正面回答这个问题。

田曼芳却满不在乎地自我解嘲道:"曾经有过一个家,后来……没了。现在好,光棍一条,三顿饱,一个倒。一人端上饭碗,全家不饿。"

黄江北忙应和:"这倒也好……"

田曼芳大笑:"还好呢?都苦死了。黄市长,什么时候,您也抽点时间光顾光顾我们这些单身女人宿舍,体察体察我们这些单身女人的疾苦……"

夏志远忙说:"那可不行。像黄市长这样老实巴交的英俊小生上田女士那儿,风险太大。我们必须向党向人民负责,保护好新上任的市长。实在需要的话,还是让我去冒风险……"

田曼芳微红起脸:"夏助理,你要愿意上我那儿冒风险,我倒是没什么,可就是有一个人,不会轻饶了你!你等着瞧。我让单昭儿来收拾你这花心汉子。好了,不打扰你们师生聚会了。这个嘛,一点小意思,给各位助助兴……"

卢华微笑道:"怎么,怕我怠慢了黄市长?"

田曼芳笑笑:"怕您让黄市长吃得太好了,送点清淡的来爽爽口。"

说着,打开饭盒盖。几个人一起低头看去,只见一个盒子里装的是金黄的小米粥,一个盒子里装的是撒上了青生生香菜叶子的北京六合盛酱菜,第三个盒子里装着的是热腾腾的焦圈。

在场的人都有些意外。

是啊,从未和黄江北交往过的她,怎么知道黄江北就喜欢这一口的呢?夏志远大笑着,揪住黄江北不放,一定要他"交代"是不是跟田曼芳早有热线勾搭。黄江北大红起脸,只是一个劲儿喃喃道:"哦,这个田曼芳不简单……真不简单……"

下午的座谈会,开得不顺。开场后好半天,没人发言,都僵在那儿,气氛显得特别尴尬紧张。葛会元的脸色更不好看,拿茶杯的手也一直在颤抖。后来,田曼芳动员了几句,甚至说到,如果大家觉得因为有公司领导在场,不能畅所欲言,她可以回避。别人对她的话还没有做出反应,葛会元却突然站起来,怔怔地看了一眼与会的人,转身就走出了会议室。当然,这不仅无助于改善会议气氛,甚至更恶化了大家的心绪。

散会后,黄江北和夏志远又回到葛会元家,向卢华了解平平的消息。卢华说,昨天家里除接到过一个没人说话的神秘电话外,再没别的有关平平的消息。家里也没人知道她为什么要出走。最后,黄江北试探着问,能不能找个地方,让葛老师上外头好好地休养一段日子,彻底检查一下身体?没想卢华对这提议反应那样强烈。她特别反感有人提出让老葛检查"病"。"老葛没病。一点病也没有,就是太操心太劳累了。现在公司内外有人故意造出舆论来说老葛有病,是别有用心的,是想把没搞好公司的责任全推到老葛一人身上,是要赶走老葛……"她总是这样反击。今天虽然没说得那么激烈,但也明确地向黄江北表达了同样的意思。

黄江北自然明白这又是一个极为敏感的"雷区"，便知趣地不再往下说了。过一会儿，进里屋又安慰了葛会元几句，回头又叮嘱卢华和小妹，一旦有平平消息务必及时告知，便和夏志远下楼去了。

夏志远等车缓缓驶出万方公司本部大院，对黄江北说："万方的情况不容乐观啊……葛老师的这个状况，我真怕他顶不下来……"黄江北做了个手势，让他别再往下说了。他不想让司机或别的什么人知道葛会元的病况。在章台市，这也是一个在背后有不少人议论的焦点话题：当年选择葛会元那样的老知识分子来挑万方公司这样的重担，是不是一个失策？解决万方问题的关键是不是就在于撤换葛会元？这时，司机把一个十六开大小的纸包递给黄江北。

黄江北随手摸了摸纸包，问道："什么东西？"

司机解释道："下午，你们去开会以后，一个不认识的人偷偷塞进车里的。"

"哦，偷偷塞进来的？那么神秘。看看，什么东西。"

黄江北把纸包交给夏志远。夏志远打开纸包，里面是一本名册——万方公司全体高级职员名册。

"我没跟谁要过这个名册。"黄江北随手翻了翻那名册说道。

司机索性打开车内的顶灯。夏志远翻开名册细细地查看起来。

很快发觉，这名册有名堂。送名册的人是想通过名册说明某个问题。有人（也许就是那个送名册的人）在一些人的名字前面，画上了小红圈。不用仔细看也能看出，凡是被画上小红圈的，这些人都姓田。第一页上，姓田的还不算太多，红圈也少，但越往后，姓田的越多，红圈也越发多了起来，到最后几页，姓田的几乎要占了一半以上。

什么意思？

"收起来，回去核实一下再说。"黄江北轻描淡写地吩咐了一句，便把上身往车座靠背上一仰，闭目养神去了。

车前行了没多远，公路上突然出现了黑压压的一大群人。不等司机刹住车，那些人便纷纷向车跑了过来。等他们走近一看，原来是邵达人、华随随带领的一批教员和学生。人群中有人大声问道："是黄市长的车不是？"还有人大声叫："我们找黄市长……"没等夏志远下车去招呼这些教员，黄江北就先下车，迎着邵达人和华随随他们大步走了过去。居然在公路上和这批中学时代的老同学相遇，黄江北不只是意外，而且相当高兴。他正想着要找个机会去窑中会会他们。赫赫有名的"窑中风波"势必会进一步扩大章台的人心不稳。

要让章台人心稳定，当然也得窑中稳定。那天他和林书记就谈到了这一点，表示要尽快抽时间去会见窑中的教员，当面听取意见，做一些双向调节的工作。林书记对他的这个想法当即表示了支持。

公路上自然不是深谈的处所，但老同学们一见自己，竟然如此激动，却是黄江北万万没有想到的。华随随只说了声"你好"，就好似一个受了莫大委屈的孩子，转过身去哽咽了，带动得好几位老同学也立即低下头去，红了眼圈，好大一会儿不说话。还有几位年轻教员看见老教员如此激动，便都知趣地不再吭声，只是偶尔拿眼角好奇地瞟瞟眼前这位新市长，一时间气氛变得异常沉重。不一会儿，还是邵达人咕哝了一句"至于吗"，并先和黄江北寒暄起来，才慢慢把大家的情绪调整了过来。黄江北觉得事不宜迟。他回头问了一下老夏，今天晚间市里有没有什么重要的安排。老夏想了想，告诉他，除了行政科要找他谈一下关于他生活住房安排方面的问题，别的还没什么太重要的事。

黄江北当即对夏志远说："那我今晚就跟达人、随随他们去窑中住了。告诉行政科，生活方面的事，一定得按我的意见办。没有我的同意，不许动我现在的住处。一定转达到。"

夏志远笑道："你不想要新房子，让他们给我得了。"

黄江北也笑道："我不要，你也老老实实给我待着吧。"而后又把老夏拉到车跟前，放低了声音吩咐道："明天早一点派车来接我。"

夏志远说："没话带给尚冰？才让人家做了一夜鸳鸯，第二夜又要人独守空房了。你也太残忍了。"

黄江北轻轻捶了他一拳，笑道："帮我给她打电话吧。另外，你回去连夜核实一下这份花名册的真实程度。"

夏志远一怔："真要核实它？"

"对。"

"为什么?"

"详细的,回头再跟你说。有可能的话,顺便也查实一下,万方这些中方高级职员的文化程度、工作能力,怎么进的公司;特别给我注明,从工作实践情况来看,有多少人是称职的,有多少人是根本不称职的……"

"什么时间要?"

"明天一早送到我办公室。"

夏志远叹口气:"好吧……你的活儿永远是急茬。"

"另外……"

"还另外?"

黄江北压低了声音:"替我悄悄地去看望一下郑彦章……"

夏志远又一怔:"林书记不是不让你过问……"

黄江北说道:"我说我要过问了吗?我只是让你替我去看望他一下。"

"那……"

"别再问了!"

四十五

小冰兴高采烈地叫着"妈……妈……"跑回大杂院,发现家门还锁着,真有点泄气了。大概有一个多月了,她发现,原先总能准时回家的妈妈,变得总是"晚点",而且常常不是晚一点点。今天原以为,爸爸回来了,妈妈应该会早点回家,却没想还是个"铁将军把门"。懒洋洋地取出钥匙开了门,只见桌上留着一小块蛋糕和一张字条。字条上写着:

乖女儿,我可能要晚回来一会儿。先替我把炉子生着,烧一壶开水,替爸爸把茶沏上。茶叶罐就放在五斗橱最上面那个抽屉里。辛苦你了。

妈妈又及:请把冰箱里那一包鸡腿拿出来先化着。

小冰一边吃着蛋糕，一边拎着煤炉向后门口走去。突然，她好像想起了什么，放下煤炉，跑回房间。她打开各种柜子、抽屉，翻找着，特别注重在尚冰的一堆书本、稿纸中寻找着。她好像没找到要找的东西。她又有些泄气了。

她懒懒地坐在小板凳上想了想。突然，眼睛一亮。匆匆把最后一口蛋糕塞进嘴里，锁上门，向外头跑去。这时，恰好是下班时分，天色还亮着。马路上正值交通高峰，车水马龙，一片忙乱，公共汽车里也特别拥挤，一个不三不四的年轻人故意地挤蹭着小冰微微隆起的胸部。小冰大红着脸，忙退让了一下，那家伙却不依不饶地又向她挤来。小冰猛地转过身，向那个家伙狠狠地瞪了一眼，低声地但却厉声地呵斥道："要占便宜，回家找你姐去！"那家伙灰溜溜地缩进了人堆里。

下了车，小冰匆匆向马路对面跑去。这时，附近邮政大楼上的钟当当地敲了六下。小冰加快了脚步，刚走近一幢灰色的小楼，只见尚冰和一个中年男子一起从那小楼里向外走来。这小楼就是尚冰上班的单位——城市规划局。小冰忙躲到人行道上的一棵大树后头。这时，她离她妈大约也就一二十米的距离，虽然听不到他俩说些什么，但却可以很清楚地看到他俩。那男子热情地把尚冰送到路边，很热情地跟尚冰握了握手，又跟她很热情地说了一会儿话，显出一副不愿马上分手的样子。尚冰也好像有许多话要跟对方说似的。就这样，两人站在马路边，又说了好大一会儿话才分手。那男人目送着尚冰，等尚冰走远了，才依依不舍地回转身去。

尚冰骑自行车，当然赶在小冰之前回到了家。门是锁着的。进了房间拉开灯，见房间里翻得一塌糊涂，桌上的便条和蛋糕却不见了，冰箱里的鸡腿还没取出，知道自己那位"小马大哈"已回来过了，便粗粗地把敞着的柜子门、打开的抽屉和零乱的书桌归拢归拢，从冰箱里取出冻鸡腿，就赶紧向厨房走去。厨房里，煤炉已不见了，她又忙向屋后走去。屋后，是一小片荒地，两棵细高的黄楝树，一堆残破的旧瓦片，这时都沉浸在浓浓的暮色之中。尚冰叫了几声，不见小冰回应。她刚要转身上别处去找，却看见在那堆残砖碎瓦后头坐着个人。她犹豫了一下，壮起胆子走近前去细看了看。果不其然，那人就是小冰。那个还没生起的煤炉黑黑地蹲在她身边。

尚冰松了一大口气，忙问道："不生煤炉，你闷坐在这儿干吗？蛋糕倒知道吃，鸡腿怎么不知道拿出来先化着？"

小冰不搭理妈妈。

尚冰弯下腰问："又怎么了？学校里出什么事了？"

小冰仍不搭理。

尚冰推了推女儿："你要急死我？到底出什么事了？"

小冰突然站起，扔下煤炉，跑了，把她妈生生地晾在了一边。

四十六

再往前走就是梨树沟了。天色几乎已经完全黑了下来，原先商量好的，都回达人家，就在达人家吃晚饭，让达人那位回族妻子给做宁夏拉面，多多地拌上些油泼辣子，给几头生蒜，吃得满嘴咝咝地出气儿。但华随随偏不同意，偏偏要大伙儿跟着黄江北先到她的梨树沟小学去。她说她的理由：第一，晚上还有课，不能落下了；第二，正想让黄市长瞧瞧林中县山里的孩子，这一两年是在什么条件下念书的，梨树沟最典型；第三，只有她那儿有今年刚刨的新红薯，新花生，新从树上摘的红枣、核桃，样样管饱。没人拗得过她，小妹妹嘛，况且梨树沟的情况的确要比其他学校更急迫，先去她那儿也是对的。没有人再提异议。华随随便先拦了辆卡车，去梨树沟准备晚饭布置现场。黄江北等人慢慢前行。

华随随比黄江北、邵达人小，还不止小一点。他们读高三，她刚初一。但她这个初一新生当时就十分了得，一来就当上了升旗手（这可是个巨大的荣誉。在别人是得连年的市级三好才能问津的）。每天升国旗时，近千名比她大、比她高、比她有学问能折腾甚至成就显赫的大哥哥大姐姐，居然都得恭恭敬敬地听这个小黄毛丫头的口令立正行礼转弯稍息。当然有人不服气。后来听说她是近郊一个贫下中农的孩子，小学五年级时就是全国少先队代表大会的代表，去过北京，而且以会考总分第三的成绩考进这个仅次于窑中的市重点中学五公区第三中学。据说，团市委和市教育局在她一考进三中时就内定要三中领导重点培养这个"好苗子"。于是不少的同学不再跟她过不去，但还是有不少高中的如黄江北、邵达人之流的傲慢者继续不服。但慢慢地，傲慢者们发现自己还是得服。这个家在远郊区的小丫头只能住校，但学校又没有学生宿舍，她就住在体育室的体操垫子上。一个星期回家一次，每次带一布袋红薯干加一点苞米粉，一点自家腌的萝卜干，吃六天。每天打扫操场楼道，从不懈怠。后来的一天，她在发令升旗时，居然鼻子流血晕倒在旗杆下面，引起全场轰动。校医说她严重营养不良，她却还坚持要在当天考完她最喜欢的英语和语文，不拿八十八分和九十八分誓不罢休……只是到初三以后，她的功课才慢慢显得不如从前那么好了。而她的红薯布袋却依然在周会课上被老师们用作教具给新来的同学示范。她依然要晕倒，依然要为全校打扫操场，但那时黄江北、邵达人他们已经离校了。

坡路越走越陡，黄江北开始喘。"歇会儿吧？"邵达人劝。黄江北摇头。

梨树沟小学的操场上堆放着大垛大垛的老玉米秆儿、高粱秆儿和一堆一堆的玉米棒子、高粱穗子。每到秋收夏收，这操场就不再是操场。但这会儿，在那些玉米高粱垛跟前却席地坐着几十个正在上课的孩子。每个孩子的膝盖上放着一小块木板条当课桌，每个孩子的身旁放着一盏小马灯。寒冷的山风使那几十盏马灯不住地晃动着，孩子们在瑟瑟地发抖。一阵风刮来，那块临时支在两个三脚架上的旧黑板嘎吱嘎吱地摇晃起来，眼看就要掉下来了。黄江北忙上前扶住它，华随随也忙去扶住黑板，所有的孩子依然一动也不动地在冰冷的场地上坐着迎受寒风，直直地看着面前的黑板。黄江北看看嘴唇被冻裂了的孩子，看看那一群群黑压压地站在小学校院墙外头默默地看着他的山民，慢慢地缩回了手。他忽然想起自己已经有很长很长时间没进山来了。一大锅白皮红心的红薯真有些烫手。

"为什么要放在晚间上课？"在回县城的路上，黄江北低声地问道。

邵达人告诉他，有两种情况。一种是教员白天上其他地方挣钱，只得把课放在晚间上；另一种情况是，本村太穷，孩子白天得帮着家里挣钱，教员只得到晚间再把孩子找回来上课。梨树沟属于第二种。

"怎么能允许教员白天打工挣钱，晚间再来上课？你拿了国家工资哩！"黄江北问。

"问题就在于你国家没给工资。"华随随气呼呼地答道。

"怎么不给工资？"

"林中县好几个月没给教师发工资了。"

"是吗？"黄江北着实吃了一惊。他停下脚步，又认真追问道："真没发？"

"谁跟你开这种玩笑？"华随随没好气儿地答道。

"几个月没发了？"

"你真够官僚的……"华随随又给了一句。

"随随！江北刚来嘛。"达人打断随随的话，随后告诉黄江北，"有四五个月了。各校情况不尽一样，最短的也有三个月没发了，最多的甚至有半年没发了。"

黄江北真的非常吃惊，他真想再问一句，那些县委县政府机关干部是否按月发了工资。但一转念，考虑到这问题"挑衅""挑拨"色彩太浓，显然不是他当市长的在这时该问的。但他提醒自己，回到市里，一定要问清这个情况，如果县里的干部都按月发了工资，怎么可以不给教员们发？怎么能这么干？

"这么说吧，下个月再不给开工资，我白天也得去找个地挣点饭钱了。"华随随说道。

"你还能挣什么钱呢？"知道她在说气话，黄江北便顺着她的话头，笑着问了一句。

"干不了别的，还干不了三陪？陪不了年轻的，还陪不了那些满把攥着臭钱的臭老头儿？"华随随答得生硬。

"随随，你今儿个吃枪子儿了，逮谁刺谁。有病？"邵达人抢白了华随随一句，然后告诉黄江北："随随挺不容易的，主动要求到梨树沟教学，工资福利都要降掉许多，再加上连着几个月不给开工资，还硬挺着，一天课都不落。有的教员就受不了了。像原先在梨树沟的那位，就是跟人去城里租柜台做买卖走了；有的做不了买卖就去打临工上仓库扛大包……哎，真是干什么的都有。这儿离县城才五里，还想看看离县城十五里、五十里那些大山沟里的学校吗？"黄江北站了下来，默默地回过头去看了看身后远处的群山。

群山无言。

过了一会儿，华随随问："我能说几句吗？"

黄江北说："说。有啥说啥。"

邵达人提醒道："别发牢骚。"

华随随白了邵达人一眼，说："市长都没跟我限这限那，你比市长还市长？"

敦厚的邵达人忙笑道："你说你说。我只是想，江北跟咱们在一块的时间有限，咱们得拣紧要的说。只图一时痛快，说些牢骚怪话，不解决问题。是不是？"

华随随气愤地说："你别老抹稀泥，该发的牢骚就得发。教师的工资说是开不出，可你上县委招待所去瞧瞧，天天十桌八桌的酒席开着，大鱼大肉地吃着。从全国各地拨来的教育基金款，愣就是有二十万下落不明……章台市林中县好不容易把万方公司这么个合资项目搞到手，这几年，章台市林中县的老百姓谁得到过这个公司一点好处？靠着万方公司长起将军肚、把中山装换成西服的，我看只有上八里庄那些姓田的一帮人……"

邵达人忙说："随随！你越说越没边了……这跟姓田不姓田，有什么关系！"

华随随一步不让："没关系？没关系，为什么你就进不了万方公司？"

邵达人紧着拉回话头："今天只说咱们学校的事，跟别的不相干……"

华随随反驳："你认为不相干，我认为相干……"

"随随，你就是不懂事……今天扯那些，不是明摆着让江北为难吗？"

黄江北挥了挥手，做出满不在乎的样子说："今天咱们的原则是有什么说什么，童叟无欺，一视同仁。"

"那我就说了。"华随随喘了一口气，继续说道，"林中县的几位领导，原先一人一辆皇冠，后来中央提倡坐国产车，一人又买一辆奥迪。您瞧，不提倡，一人一辆；一提倡，一人两辆。再过些日子，省里再发个话，号召我省全体干部发扬爱省精神，都来坐万方出的省产车。得，一人再来一辆。爱国爱省，爱到最后他们一人三辆车，可咱们呢？黄市长啊，我这话说起来不好听，可话糙理儿不糙啊。你们这些当官的只要少买一辆车，咱们这些孩子就不用在露天地里，一边喝着西北风，一边上课啊！也够给咱们全县的这些孩子王发俩月工资的。我们不是想夺过你们的车来让我们坐。我们这些当孩子王的既没那种贼心,更没那种贼胆,只求你们一人少买一辆车。别管是皇冠、奔驰、奥迪、雪铁龙,还是北京吉普巡洋舰,你们一人使一辆,行不?剩下那一辆的钱,救救咱山里的这帮穷孩子,救救咱山里的这帮穷教员!行不行?"说到这里,华随随忍不住抽泣起来。别的教员也难过地低下了头。邵达人背过身去偷偷擦泪。黄江北的眼圈也红了。

这时,一个大约有四五辆轿车组成的车队直奔他们而来,雪亮的车灯光晃得他们睁不开眼。第一辆车开过他们十来米,停住了,接着,第二辆、第三辆……也相继停了下来。有人下车来了。待他们走近了一看,是方少杰领着林中县的县委书记、县长、教育局局长等一行七八个人,匆匆来接黄江北了。方少杰是黄江北、夏志远在清华时的同学。

方少杰热情地握着黄江北的手,笑嗔道:"你这家伙到林中县来视察学校也不跟我这个管教育的招呼一声。"

黄江北说:"没视察,顺便捎带着看看……"

"哎呀,好啊好啊,总算回来了,来来来,我给你们介绍一下。"接着,方少杰逐一向黄江北介绍了林中县的那几位领导,最后说:"黄市长和我,还有夏助理,都是同一年考到清华去的。他是我们那一届的佼佼者,全才。后来又钻到北大去搞文了,哲学硕士。了不得啊,篮球乒乓都打得相当好,舞也跳得很出色……"

"我跳舞?舞还跳我哩!"黄江北淡淡地一笑,打断了这位长得高大白净的大学同窗的赞美词。

那位上了点年纪的曲县长应声道:"黄市长的学识才气,我们早有所闻。"

方书记忙说:"还没吃晚饭吧?是不是回县里吃了饭,我们再向您汇报……"

"今天不汇报,随便看看。"

黄江北说道,然后又问:"你们来了几辆车?"

曲县长笑道:"咋的了?您的司机把您扔下不管了?好办好办。您坐我的奥迪,我和方书记挤一辆车……"

黄江北笑道:"我想先借各位的车,把这些老师送回去。怎么样?"

曲县长略略一怔。方少杰却乖巧,领悟也快,忙接过黄江北的话头应道:

"对对对。让列宁同志先走。先把老师们送回去……"曲县长立即显出不高兴的神色。他倒也不是不愿让自己县里的这些教员使一下自己那辆新买的奥迪100，他只是看不惯这一帮人，总喜欢做一些超越常规的事。黄市长想用领导的车送你们，无非是新官上任的一点姿态而已，说是一种手腕也未尝不可。你们还真坐？就说坐，也得客气几句。不说几句感谢的话，起码也得推辞一下吧？好嘛，连句推辞客气的话都没有，只说了句"真不好意思，今儿个咱这些小老百姓可算叨光了"，就一头钻进车里走了。真不识好歹不知天高地厚。曲县长最不能看这种自恃读了几天书，就再不知天有多高地有多厚的人。越是这样，越不能惯他们那毛病！他常这么愤愤然悻悻然。

四十七

没耽误多少时间，那几辆车又都赶了回来，把黄江北和那几位领导同志送回县城。车直接开到县政府招待所门前才停下。而后一行人说说笑笑向县招的小餐厅走去。黄江北问，去餐厅干什么？县委方书记说，吃饭啊。黄江北说，我已经在梨树沟吃过晚饭了。曲县长说，梨树沟的饭怎么能算是饭？胡闹胡闹。黄江北想了想，转过身跟一位司机悄悄说了句什么，这才笑着应道，好吧好吧，客随主便，不吃不恭敬，吃。快走到餐厅门口了，县教育局的孔局长抢前一步，一把撩起餐厅门上挂着的长长的软塑条门帘，恭恭敬敬地肃立一厢，伺候几位领导进门。

黄江北却回过头来指着餐厅对面屋顶上那鲜亮的卡拉OK霓虹灯，问曲县长："这也是你们县政府的三产？"

"嗨，什么三产六产，领个证儿弄个仨瓜俩枣的，贴补贴补县里的招待开支。就那么回子事。请进请进。"

这位年龄和林书记差不多大的老资格县长嘟哝着，说话倒也跟多数老资格的同志在年轻同志跟前时一样，干脆爽直，少有顾忌。

小餐厅那张大圆桌上已摆好了一桌极为丰盛的酒菜。

方书记殷切地说:"黄市长,您坐上宾席。咱这小破县城的条件可不能跟外头大地方比,您将就。菜不好,酒不好,就一条,心好。"

曲县长说:"让黄市长看看咱们的穷酸样,明年在做财政预算时,多给咱们林中县照顾点。请,请。"

方少杰又接着说:"江北啊,今天老同学我借花献佛,为你接风。改天,咱们上家里再好好聚聚……来,大家举杯……"

黄江北忙做了个手势,请方少杰稍稍再等一会儿,因为他还请了几个重要的客人一起来就餐,很快就到。

没过多大一会儿工夫,那位司机把黄江北请的客人送来了。他们是市财政局、县财政局、市银行和县银行的一把手。突然把这几位财神大爷请来,已让在座的人感到意外,但特别让各位感到意外的是,黄江北还请来了万方公司的那位著名的女副总经理田曼芳。意外归意外,但在座的这些"爷们儿"虽然意识到,黄江北请田曼芳,绝不只是为了给今天这一桌酒席调剂个气氛,增加点色彩,肯定有文章在里头,但对餐桌上增加田曼芳这样一个女角,还是感到由衷的高兴。

田曼芳自己也不明白黄江北为什么要请她来参加这个酒宴。不过她还是很高兴能接到这样的邀请。高兴的不是这个场面。这些年,无数次的应酬,已成了她的家常便饭。如果不加节制,她几乎每天的每顿饭都得在应酬中度过。办公司就是应酬,天经地义。还得热情洋溢,谦恭得体,慷慨大方,幽默随和,这一切她都做得非常出色。但因此也让她烦透了,哪里还谈得上什么激动和高兴。但今天她真的高兴,她愿意再见到黄江北。

发生试验台事故后,留守在万方公司的那位美方首席立即把情况向设在波士顿的总部做了报告,波士顿方面的答复非常干脆,如果中方对这起事故的责任者依然不能做出果断的处理,不从根本上解决管理上的软弱和不科学,那么美方将根据协议的有关规定,终止合作,撤出全部人员,冻结投资,立即派人来进行善后处理。

美方首席对葛会元说:"葛先生,这是波士顿方面的最后决定,请您明白事情的严重性。"

这位美国的技术专家对葛会元一直怀有极大的敬意,对葛会元三年来在合作中所表现出的敬业精神和专业知识,由衷地钦佩。但是他也非常想不通,作为公司的中方总经理,为什么居然连田恩富那样的事都不敢做出果断的处理。他常常怀疑葛会元是不是真正的总经理。他特地把葛会元请到自己住的房间里,冒昧地向葛会元提出这个问题:"像田恩富那样的事,您还需要研究什么?您在现场已经做出了非常正确的决定,立即免去田的职务,为什么兑现不了?究竟是什么样的一种力量,使得您这么个总经理说的话都无法兑现?作为总经理,您怎么可以忍受这种有职无权的局面?这在我们美国是不能想象的。为什么要架空一个总经理?既然要架空他,又为什么要让他当总经理?更不可思议的是,您……对不起……怎么会愿意当这么一个被架空了的总经理?"

葛会元说:"你们有些不合理的事,同样也是我们所无法想象的。"

美方首席说:"但是有一条我们是坚定的,那就是绝不允许谁损害公司的利益。"

葛会元说:"在这一点上我们也是坚定的。"

美方首席就更不明白了,激动地站了起来:"那么您为什么不勇敢地行使您手中应有的总经理的职权?到底是什么在妨碍您行使总经理的职权?对不起,我真的非常不明白。"

葛会元不作声了。他没法向对方作进一步的解释。

葛会元走后,不大一会儿工夫,田恩富拿着一些贵重的礼物,来找美方首席,想求美方首席替他到葛总面前帮着说句话。美方首席立即把田曼芳请了过去。

美方首席说:"请你告诉这位先生,他起码得拿四十万美金来,才能赎回自己的罪。一个试验台的价格准确地说,是四十六万三千美金,我只向他要四十万,用你们中国话来说,就已经很够哥们儿了。"

一点不知趣的田恩富还一个劲儿追问那个老外到底开价多少,惹得田曼芳勃然大怒,让他滚了出去。回到自己的办公室,田曼芳正想狠狠教训田恩富一通,葛会元怒不可遏地走了进来。葛会元脸色苍白,浑身哆嗦,直直地盯着田恩富,突然冲过来,拿起那些贵重的东西,一件一件地向窗外扔去,一直扔到最后一件东西时,田恩富忍不住了,扑了过来,抱住那东西,叫道:

"葛总……葛总……这可是道光年间上海制壶名家瞿子冶亲手做的一把紫砂茶壶啊……扔不得……扔不得……"但制壶名家亲手做的壶还是给扔了出去。田恩富惊叫了一声:"天哪……天哪……"忙跑下楼去,在楼下暴跳如雷地号叫着:"葛会元,你狗娘养的,你以为自己是个什么东西了?睁开你老眼瞧瞧吧,全公司上上下下大大小小,但凡是个人,谁把你当个啥来着?你竟敢摔我的瞿壶,你竟敢摔我的瞿壶……"不一会儿工夫,就围了一大群人过来。

田曼芳冲下楼,让人强行架走了这个不知廉耻的家伙。田恩富跌跌撞撞地挣扎一路,还不断回过头来拼命号叫:"他摔了我的瞿壶……他摔了我的瞿壶啊……"

葛会元回到自己办公室里,浑身依然在战栗。他赶紧从抽屉里找出药片,吞了两片,过了一会儿,渐渐平静下来。这时,田曼芳推开葛会元办公室的门,走了进来。

办公室里没开灯,葛会元在黑暗中呆呆地站着。

田曼芳安慰了他两句,但葛会元不作声。

田曼芳说:"我一定处分他……"

葛会元苦笑着摇了摇头:"他姓田……"

田曼芳说:"您别这么说。"

葛会元说:"我并不愿意这么说,是这个世界在逼我这么说。是逼的。"

田曼芳替葛会元倒了杯水:"葛总,我一定把那个狗东西处理了。"

葛会元说:"你可以处理他,因为你也姓田。我处理不了,因为我不姓田。"

田曼芳难堪地劝道:"葛总,您千万别这么想……"

葛会元突然两眼炯炯地看着田曼芳:"我的田副总经理,难道我愿意这么去想?请问,我们到底是在十六七世纪,还是在二十世纪?我们到底是在二十世纪的九十年代,还是在二十世纪的二三十年代?我们是在办一个最现代化的高技术产业,还是在折腾一个封建行会?就是解放前的青洪帮,也没这样护着同宗同姓同乡同好的短的啊。"

正在这时候,黄江北派来的司机告诉她,新来的市长在县招待所等着她哩。

四十八

　　一阵忙乱。加椅子,加杯筷碗碟。几位刚到的同志终于坐定,黄江北站起来给在座的人斟酒。席上级别最低的孔局长几次站起来要从黄江北手里接过酒瓶,说是应该由他来给各位领导斟酒才是,但黄江北没给,坚持着由他自己来斟。酒斟完了,黄江北这才慢慢坐了下来。他端起酒杯,恭敬地给在座的各位敬让了一圈,才说道:"首先我要谢谢各位的盛情款待。章台是我的老家,林中县又是咱们章台地区的一个革命老区。许多年来,咱们章台、咱们林中县方方面面都做出了不小的贡献。这一次,组织上让我回章台来工作,担负这么一个责任,我心里的确是感到相当沉重。省委领导跟我谈话以后,我也是犹豫再三,斟酌再三。按我的能力、资历,本来是不该接受这样的重任的……"

　　"黄市长,您太……"孔局长刚开口,曲县长立即冷冷地扫了孔局长一眼,孔局长忙知趣地把尚未来得及说出口的奉承话咽了下去。

　　"今后,方方面面,首要的是希望能得到各位的支持……"黄江北接着说道。

　　方少杰忙说:"这一点还有什么问题?咱们不支持咱们章台子弟回来当章台市长,还去支持谁呢?"

　　方书记附和道:"那是绝对没说的!"

　　方少杰马上站了起来:"来,为在新任市长领导下,实现章台地区的新腾跃,干一杯。"

　　黄江北没动:"少杰,让我把话说完了再干。今儿个我去了梨树沟,先说一句心里话,看完那些学生和教员,我心里挺不好受,不知道各位去过梨树沟没有,去了以后是不是也有类似的这种感受?"

　　场上的气氛开始有点紧张起来。

　　"在座的各位,除了曼芳同志,其他的,不是我的前辈,就是我的同辈。像少杰那样,和我在一个中学又在一个大学里生活过多少年的就更不用说了。

所以，有两件事我要请在座的各位帮忙。如果各位帮了我这个忙，咱们就痛痛快快地干了这一杯！"

老资格的曲县长略有些不高兴了："黄市长，您对我这儿的工作不满意，就开门见山批评，别拿吃饭喝酒说事，影响消化。"

黄江北说："不不，我一点都没有批评谁的意思。各位在基层工作这么多年，的确是很难，我只不过求各位为我做两件事……就是为了这两件事，我才把市县两级财政的头头脑脑，又把市县银行的两位行长请了来。一起商量着，看看能不能尽快把这两件事办好。"

方书记忙说："您说您说。"

"第一，尽快替梨树沟把校舍修好，在寒潮到来之前，一定让娃娃们搬进教室去上课。"

"一定，一定。"方书记说。

"嗨，我以为是哪档子事哩。这事您找我这个当县长的啊，干吗非得在这饭桌上扫大伙儿的兴。我替您办，行了吧？来来来，动筷子。"曲县长说。

"明天天黑以前，修整梨树沟小学那几间危房的资金、材料，统统落实到位……"

曲县长哈哈一笑："明天？黄市长，您可真是上了笼屉就要馍熟啊。实话跟您说吧，梨树沟小学危房问题我们已经跟乡里谈过好几次了，要那么容易解决，早解决了。"

黄江北问："问题卡在哪儿？"

曲县长弯起一根被烟熏黄了的手指，用指关节用力地敲了敲桌面："钱啊。梨树沟归他们乡里管，乡里怎么也周转不出这点钱。"

黄江北说："梨树沟的问题，能不能请县里直接解决？"

曲县长笑笑："我管了梨树沟的问题，别的小学的问题我管不管？我把所有民办小学的问题都管起来了，我还干不干别的了？"

黄江北委婉地解释道："我不会要求你们把所有小学的困难都在一两天里解决了，但能不能把梨树沟的问题当作一个特案处理……"

曲县长笑笑："别人可不管你什么特案不特案……"

方书记不想让曲县长当面跟黄市长顶撞下去，便暗地里拉了他一下，应道:"行,没问题。明天天黑以前,我们一定办妥这件事。"

"在梨树沟小学的危房修好以前,请你们协同梨树沟乡的同志,从乡政府借两间房给学校。别让孩子大冷天的,还得在露天地里上课。"

方书记忙应和:"行行。一个星期内,我和老曲保证梨树沟的孩子再不会在露天地里上课。"

黄江北强调道:"不是一个星期,而是明天天黑以前落实。"

曲县长眯细了眼:"黄市长,林中县像梨树沟这样的村子有好几百个……咱们总不能把所有的乡政府都腾出来当课堂。"

"我们先解决梨树沟小学的问题。其他小学的问题,限年底前解决。到年底,哪个乡没解决本乡小学的困难,那就不能客气了,就得请乡长、乡党委书记搬到露天地里办公,把办公室腾给小学校。"

曲县长急了:"你把那些乡里村里的干部都惹翻了,我们这些当县长、市长的还怎么干?黄市长,你大概还没有地方工作的经验吧?话说,狗的嘴,人的腿,这几百上千个乡干部、村干部就是咱们这一号当县长当市长的嘴和腿。得罪谁,也别把这些辛辛苦苦给咱们当嘴当腿的同志给得罪了!"

黄江北放下酒杯:"您的意思是,年底前不可能解决咱们林中县山区那些小学校的危房问题?"

曲县长答复得很干脆:"难。"

"明天天黑以前肯定没法解决梨树沟孩子露天地里上课的问题?"

"黄市长,不是我们不想解决。我们也心疼这些娃娃,可总不能为了几个娃娃把那么些村乡两级干部全得罪完!"

"看来各位仁兄是不想让我喝这杯接风酒了。"

方少杰忙出来打圆场:"二十四小时有困难,三十六小时,或者四十八小时,行不行?我们市教育局也拿点钱,一起来解决梨树沟的问题。这件事我有责任,是我工作没做好。"

"主要责任在我……"孔局长说道。

方书记说道:"不要追究什么责任了,搞得那么紧张干什么。我们一起努力,尽量争取在二十四小时内解决。要是实在有困难那就按方局长给的期限,不超过四十八小时……"

方少杰忙摇摇手："这可不是我的期限，我们还是一起努力按黄市长的期限办。"

黄江北马上拍板："那就四十八小时，行吗？"

曲县长无奈地笑道："试试吧……还有什么事啊？黄市长，要喝您这杯酒，还真不易呢。"

黄江北也笑了笑："第二件事，跟您曲县长关系就不太大了，是有关万方公司的。田副总经理，这件事，事先我没跟你也没跟葛总商量。你要觉得不妥，等一会儿你说说你的意见。万方公司那个总装试验台的事故，想必各位都听说了。为这件事，美方一气之下，要撤走他们的全部人员。现在必须尽快弥补这个失误，但万方资金上有点缺口，我要替万方公司向两位银行行长、向两位财政局局长借一点钱……"

"万方公司从我们那儿已经贷了不少钱了……田副总经理，我没说瞎话吧？"市行行长说道。

田曼芳脸微微一红："不好意思……"

黄江北说道："这情况我了解。希望各位财神爷再给帮帮忙。大概还要多少才能把这个缺口堵上？"

田曼芳想了想："三百来万吧……"

"三百来万？"几位行长都叫了起来。

黄江北让田曼芳说个精确数字。"三百八十万。"田曼芳说道。

市财政局局长笑道："三百八十万。田副总经理，您可真会报价，这跟四百万有什么区别？"

田曼芳也笑道："您大人要觉得没什么区别，那就给我四百万吧。"

市行行长是个瘦高个儿，眼神和善，但说出话来，却没一点含糊的地方："去年这个时候，也是在这个小餐厅里，当着田副省长的面，省行和我们市行一笔拆给你们七千万头寸，还不到十二个月，你们连三百来万都挤不出来了？"

"省行市行有人常年驻在我们公司，在资金使用方面监督我们。"田曼芳不紧不慢地还了一句。

县行行长说："田副总经理，当着黄市长的面，咱们就别说那话了。银行驻公司的监理人员能看到的恐怕是你们的第二第三套账。真正的账，我想他们大概是看不到的。"

"您要这么说，看来我也只有走董秀娟那一条路了。"

县行行长忙笑道："别别别……别人死得，您田女士可千万不能走那条路。您要走了那条路，下一回上面要找女市长、女省长候选人，可就没处去找了。"

田曼芳不紧不慢地笑道："行长这么抬举我，等一会儿，我可得好好敬您一杯。"

黄江北笑了笑："你们二位就别打嘴皮子仗了。不管万方以前跟你们几位手里借过多少钱，这一回看在我的面子上，再借一回。说好了，只此一回，下不为例。我打借条，田曼芳你给我立军令状。三百八十万款到之日起，三个月后，我们还请在座的各位来为你第一辆汽车出厂剪彩。这第一辆汽车，不送领导，不卖大款，捐给林中县教育基金会。三个月后，我要拿不到你这第一辆汽车的钥匙，田曼芳，不管你是姓田还是姓地，你就是姓金姓银姓火箭大炮，我也轻饶不了你。到时候你就乖乖地给我交你办公室抽屉上的钥匙吧。"

田曼芳陡地站起："一言为定。"

市行行长叹口长气道："田女士，不是我扫你的兴，这种一言为定的话，你们万方恐怕说过不止一回了吧？"

田曼芳很坚决地说："你们听我说过吗？没有吧？今天新任市长作担保，我田曼芳当各位大哥大叔的面立军令状。各位大哥大叔，不给我田曼芳这点面子，也得给新市长一点面子吧？不就是三百几十万的事嘛，还要黄市长求你们几回？"让田曼芳这么一逼，几位行长只得慷慨表态：只要你田曼芳保证三个月后能让我们这些章台老乡亲听到你万方的汽车响，我们这些当行长的，就是当了裤子，也一定给你把钱凑齐了！

"来，举杯。"黄江北站了起来。

"慢。"方少杰拿过酒瓶，"江北，这杯酒不能就这么平平淡淡地喝了。几句话你给田小姐争得了三百多万贷款，得让田小姐做点贡献，让她挨着个儿地敬我们每人一杯！"

黄江北微笑道："让她挨着个儿地敬你们，不是存心要她趴下吗？对女士你也太残酷了。"

方少杰不依不饶地坚持道:"以区区一个趴下,换三百八十万,还划不来?您要给我教育局三十八万,我马上就趴给您看。"

田曼芳还是用她那不紧不慢的样子站起来对黄江北说:"黄市长,看来方局长今天是非得让我趴给他看了。行,我头一杯就敬他老人家。"

说着,她突然走到一旁的女服务员身边,拿了二十只小酒盅来,在方少杰面前一溜放了十只,又在自己面前一字排开,也放了十只,然后,一一全斟满了酒:"方局长,请。"

"请……"方少杰一边说,一边很大度地给自己面前留了一杯,把其他九杯分给在场的其他各位男同胞。

"别呀。"田曼芳又把那九杯酒端回到方少杰面前,"这是我们上八里庄田家人喝酒的规矩。不干就算,要干就是十盅。不信,你问问曲县长,他老人家带着工作队在我们上八里庄搞过社教,我们上八里庄的田家人喝酒,是不是有这么个祖传的规矩?"

曲县长开心地大笑道:"有,有。田副省长每一回上我们这儿来,也都是这么跟我们干的。"

方少杰一下窘迫了:"田小姐田小姐……这可是酒……"

田曼芳喷喷地一下连干了五杯,并端起了第六杯:"方局长,我是女人,您可是大老爷们儿。请。"

方少杰尴尬万分:"一杯……我只有一杯的量……"

田曼芳喷喷喷地又把其余五杯全喝了个一干二净。餐厅里立即沸腾起一片叫好声。

在场的人纷纷拿起方少杰面前的酒杯,向他逼去,倒把田曼芳让在了一边。这时,黄江北不无诧异地看了看被淡淡的酒意晕红了脸的田曼芳,目光无意地从她那尤其饱满而结实的胸部迟涩地掠过,一瞬间他居然觉得这女人异乎寻常地挺拔,而又再次把目光回旋到她那富有表情并确实秀丽的脸庞上逗留住了。敏锐的田曼芳立即注意到了黄江北这异样的一瞥,在本能的羞涩中,带起几分真挚的感激,回看了一下黄江北。一接触到田曼芳那灼热的视线,黄江北忙掉转了脸去。

四十九

夏志远在反贪局、在郑家都没能见到郑彦章，连着找了几个地方又没能找到苏群，又不想再去市府大楼，就掉转车头向市邮电大楼驰去，想在那儿找个地方，给葛会元打个电话，向他核实一下那本花名册上的情况。这会儿，他就是回市府大楼，也没他打电话的地方。行政处的同志曾告诉他，最快也得明后天才能腾出一间办公室专给他使用。他倒是跟那位行政处长客气了一句，说专用不专用无所谓，有个地方搁张办公桌就行。那处长拍拍他的肩膀头笑道，老哥，市长助理是一人之下，万人之上啊。对待您的态度，就是对待黄市长的态度，谁敢怠慢？以后，您哪，多多包涵就是了！

邮电大楼底层的大厅里，入夜了还来打电报挂长途的，真不少。

夏志远填完了长途电话挂号单，也交了预付金，正等得无聊，四下里张望，一回头却看见黄小冰抱着书包、棉大衣在一个角落里局蹐地坐着。小丫头整个一副整装待发的"非洲小难民"的模样，干啥呢？他叫了一声。小冰忙惊起，一看是夏叔叔，立马蹿出门去。等夏志远追出，早不见了人影。夏志远正要去找，大厅的喇叭里叫开了："谁要万方公司。三号。万方公司。三号。"

他要的电话挂通了。夏志远只得回到大厅里，向贴有三号标记的玻璃电话亭走去。

小冰跑进附近的小胡同里后，三转几转，把自己也转迷糊了。她自己也说不清楚到底想干什么。如果是要离开家，究竟去哪儿？不知道。

甚至为什么一定要离开这个家，也说不清。妈妈最近经常和那个叫满风的男人来往，他是市科技出版社的一个编辑。妈妈好像是要出一本什么书，总是借口"谈稿子"，去找那个姓满的。他俩还经常在出版社近边的一家小馆子里吃饭。这在从前，是难以想象的。别说跟一个年龄跟自己相仿的男人下馆子，单位里集体组织文体活动，妈妈都不肯在剧场里和男同事单独坐一起，现在居然单独跟一个男人去下馆子，居然经常在下班后上那男人家去

"谈稿子"。还有几次，小冰甚至看到，妈妈还给那个姓满的家带蔬菜去，里脊肉、猪肝、红皮虾、活蹦乱跳的鲤鱼、昂贵的荷兰豆和小蛇似的鳝鱼。有许多菜，妈妈根本不舍得买给她吃，却舍得一兜一兜地买了往那姓满的家里带。小冰简直不敢想象妈妈在另一个人家里说着笑着，洗菜，切菜，炒菜……伺候另一个男人的那种样子……怎么会出这样的事……怎么对爸爸说？假如妈妈从来就是个只顾自己的"荒唐女人"，心里从来也没有过这个家，没有过爸爸和她，那倒也好办了。那就摊牌！那就当场对证！那就大闹一场大哭一场，哪怕大打出手……但是这个妈妈曾经是这个世界上能有过的最好的一个妈妈！十五六年来，没有这个妈妈，可以说就不会有爸爸这么发达的事业，更不会有小冰的今天。妈妈和爸爸一样都是清华的毕业生，但是为了这个颠沛的家，为了这个家里其他两个人，她几乎放弃了自己的一切。失去这样一个妈妈，这个家还有什么意思？怎么去对爸爸描述这正在发生的一切？又怎么忍心看到爸爸的绝望震惊悲怆……还有那种不可收拾的剧怒……是的，轻易不发怒的爸爸，一旦发起怒来，简直会跟五十层大楼骤然间倒塌一样，那轰然的震动和满天升腾的尘土是没有任何东西能阻挡得住的。他也许会把妈妈撕烂的，再把他自己也撕烂……她不能看着这样的悲剧发生，但也无法忍受妈妈这种"偷偷摸摸"的举动。

"我该怎么办？怎么办？怎么办……月亮，你带我走吧。"

五十

六点二十六分……二十七分……二十八分……六点三十分整。卢华、小妹，还有葛会元，都停住了呼吸，把目光盯在了电话机上……三十一分……三十二分……电话铃没响。他们松了一口气，但同时又被一种无法言喻的失落和忧虑，深深地揪住了。她没打电话，该不会是出什么事了？让什么团伙劫了？让什么车撞了？卢华坐不住了。这两天，每到晚上六点三十分，准有个神秘的电话打来，没有说话声，只有唏嘘的喘息声和压抑的呜咽声。全家人都认定是平平。家里六点半开晚饭，是多少年来由葛会元定下的习惯，铁定了的。只有这个家的人才知道，六点半，不出天大的事，家里所有的人都会在门厅的小饭桌旁聚齐。那是全家最高兴的时刻。在继后到来的半小时或四十分钟里，爸爸可以不像爸爸，妈妈可以不像妈妈，女儿可以不像女儿。你可以讲述一切，批评一切，传达一切，议论一切，可以提任何建议，"一不留神"甚至能从爸爸嘴里掏听到他老人家"私房钱"的数额。两个娇女儿，一对慈蔼的老人，你能想象这个晚饭"六点半"时全家的亲和劲儿吗？肯定是平平，只有她才会连续地在这个时间里用无声的电话来表达自己无奈的问候。她不敢出声，她觉得只要自己一出声，肯定经不住爸爸妈妈的追问，她肯定会说出自己的下落，交代出走的原因……但她现在不能说。

她不愿爸爸妈妈在已受到的惊吓之外经受更多的惊吓。她担心有人会窃听她们家的电话。她不能让那些人听了去，从而预先知道她现在要做的事。一丝一毫的迹象都不能显露。她必须这样做，必须……她只能用这样打电话的方法，暗示给家里的人，让家里的人知道，她在外头活得好好的。她在严格地按照自己的计划行事，虽然外头的夜晚更冷，外头的雨更猛，外头的咸菜总有一股霉味儿，外头的人总爱用眼角瞟你……但她必须坚持做到底……必须……但今天为什么不来电话了呢？面条凉了，卢华还在长吁短叹着。

"没事的……她在外边，做事总不能像在家里那么准时……"葛会元劝道。

"你什么都没事。林中县的领导为黄江北接风，黄江北把谁请去做万方公司的代表了？他把那个田曼芳叫去了……他这么干，是什么意思？他想说明什么？难道上头已经免了你总经理的职了？"

"免什么职？免谁的职？"一听这嘈杂的吵闹声，葛会元心里就按捺不住地烦躁起来，不想再和卢华说下去，起身向里屋走去。

"没免你的职，田家的那个小保姆凭什么作为公司的代表出席那边的宴会？总经理还没死哪。她一个副总经理算个什么？"卢华觉得这件事太重要了，得把它搞搞清楚才行。

"哎呀，一顿饭的事。有什么大不了？"

"你别什么都不在乎。这一段，是人都在说万方。好像章台市出问题，全赖万方。万方没搞好，又全赖你葛会元……"

"是我没把公司搞好，这责任的确在我……我是公司中方最高领导。"

"傻！这些年，这么多人插手万方，都想做你这个总经理的主。这种情况不改变，就是派个政治局委员来当这个总经理，万方也好不起来！你想想，你这个总经理处理一个小小的田恩富都要有那么多顾虑，还能干个啥嘛！"

葛会元浑身战栗起来，脸色也变得青白："你……你少说两句……行不行……少……少说两句……行……行……行不行……"

五十一

县委招待所小餐厅里的那顿晚餐结束后，时间已经很晚了。黄江北肯定回不了市里去了。县里的领导想把黄江北请到县招待所去住，田曼芳当然想把这位年轻的新市长请到万方公司专为接待外国专家盖的贵宾楼去住，双方各有各的打算。林中县的方书记觉得曲县长刚才在梨树沟问题上硬顶了黄江北，伤了这位新市长，怕给以后本县的工作埋下隐患，想把黄请到县招待所，细细地解释，做些弥补工作。田曼芳也想利用今天晚上难得的机会，再跟黄江北接触一次。试探？还是"考察"？怎么说都行。一个直觉在告诉她，黄江北正是她等待了多时所盼着的那样一个人。今天晚间黄江北在林中县小餐厅里的一番作为（她过去习惯把类似的行为称作"表演"，但她不想这么说黄江北），已验证了自己过去对黄江北的许多直觉和预感，是准确的，或是比较准确的。但仅仅凭这一些还不够，还得有一两次单独的接触，细谈，长谈，或深谈。如果"考察"下来，黄江北真的如她期望的那样，这就好了，下一步所有的事情就都好办了。上帝啊，那就让我们都来为章台和万方所有的老百姓祝福吧。但她和那位方书记都没料想到，黄江北对双方都婉拒了，态度还很坚决。

"对不起，今晚说好要跟几个老同学小聚，就不麻烦各位了。"

"我开车送您。"田曼芳还是不想放过今天晚上的这个机会，变了一个"招数"。没想那个讨厌的曲县长在一边尽起哄："好好好，女士亲自开车送，好，非常好。"

说得黄江北不敢应承。田曼芳只得又说道:"县太爷,您等着,一会儿,我也过来送您。别看万方公司眼下特困难,这点汽油钱,还掏得起。"

曲县长笑道:"别别别……我这一脸老丝瓜瓤的,送着也没多大意思,还是送黄市长……还是送黄市长……"

黄江北赶紧笑道:"不用送,几步路,溜达着就到了。各位,明天一大早我就直接回市里去了,不再去各位府上告别。今天餐桌上所议定的事情,有劳各位父母官多多操心。曲县长,梨树沟小学,我就特别地全权拜托你了。"说完,他一个人真就那么溜达着,向邵达人家走去。

车启动后,方书记问曲县长:"对这个年轻人,印象如何?"

曲县长有点犯困,一时没听明白,打了一个格愣,反问:"哪个年轻人?"

方书记笑道:"黄代市长啊。你看他最后又特别地拜托你一下,看这样子,梨树沟这档子事,咱们还真得抓紧给办。人家还真不依不饶哩!"

曲县长不在意地摆了摆手:"嗨,少年得志,新官上任,烧包。过俩月,泥里水里滚几下,就知道基层是咋回子事了,就再不这么烧包了。"

"我看这位江北同志不像你说的那么简单。你看他万方方面只请了田曼芳,没请葛会元;学校方面的事,他也是只说给梨树沟的孩子找几间房,而绝口不提现在到处在传说的那笔教育基金款的事。他下车伊始这头一把火,就烧得很有分寸和步骤。"

"什么分寸、步骤,一点小聪明,一点小机灵……"

过了一会儿,方书记微微一笑道:"那位田女士,今天的表演也很出色。"

曲县长哼了一声,把脸一沉,身子往后一靠,没再搭话。

五十二

黄江北没有直接往达人家走去。难得在林中县县城深夜独步街头,今晚一杯水酒居然办成了两件不大也不能算小的事,虽然在餐桌上稍稍多喝了一两杯,头稍稍有点晕,脚下也稍稍有点飘,但他还是很高兴。

这县城只有鼓楼对面的县百货公司算是一幢新建筑,此刻只有一些小吃店还独挑着晃眼的白炽灯,在张罗着并不热闹的夜市生意。看着那些在黑夜中挨挨挤挤摩肩接踵高矮不齐甚至相当一部分都有些歪歪斜斜的老式居民房,黄江北心中忽然涌出一股莫名的激浪,热热地燃遍周身。

现在只要需要、只要他愿意,一个电话,一声招呼,他就可以发动起这儿所有的派出所、居委会、联防队敲开所有的门,点亮所有窗户里的灯,号召起所有的人拥向某条大堤或某个火场,或在中心大街上集合待命,让万人空巷,万巷空人,黑夜不黑。而几天前,他对于这个城市这个县来说,还只不过是个滞留在外地工作的普通居民而已。前些日子回来探亲,拿着菜篮,和尚冰一起上菜市场买菜,在人群中挤轧,有谁会想到几天后他就会成为他们的市长呢?

我有权让他们动起来,我能让这一市四县背后的那几座大山晃上一晃。我面对着他们,真要负起什么样的责任?我能在这片土地上留下什么样的痕迹?我指挥五十万人能做些什么?哦,这美妙的夜晚,这到处在向他显示机会和充满各种可能的夜晚……忽然间,他看到了田曼芳。

这时他走到一个大型菜市场后头,这里离邵达人家已经不算很远了,突然看到,田曼芳在一个小巷子口站着。身后不远处,停着她那辆蓝色的马自达。

黄江北虽然感到意外,但是第一个直觉告诉他,这个闻名遐迩、众说纷纭的女人是特地绕道在这儿来等着他的。虽然他觉得她这种"百折不挠"的做法未免过分,但说一句实话,他还是很高兴再次看到这位体态丰盈,精力充沛,而衣着又尤其得体的女子。因为这并无别的妨碍。

是的,头还稍稍有点晕。

"我正巧也从这儿路过……没想到能在这儿遇见您。"田曼芳迎了过来。

黄江北笑道:"是吗?那可真是太巧了。"他没揭穿她在说谎。无关紧要嘛。

"是你自己的车?很漂亮啊。"

"二手货,挺便宜的。自己有一辆,方便一些。"

"现代派的口气。"

"现什么代啊。黄市长,今天真是要谢谢您了。"

"谢什么谢。让万方早日投产，是章台每个干部的责任嘛。"

"有句话不知道我该说不该说……"

"只要别让我再替你们借钱，别的话，你随便说！"

田曼芳犹豫了一下："上我的车，我送你一段，在车里说，行吗？"

"你还真有什么长篇大论？要那样，咱们改天再聊。行吗？"黄江北不想进她的车。刚才在方、曲二位面前他已经表示过不要她开车送。

虽然这只是小事一桩，但他觉得还是谨慎些为好。无聊的人传起无聊的话，有时能惹一大堆无聊的麻烦。

"不不，我只有一句话。"

"请说。"

"那就恕我直言。我觉得，您今天应该让我们的葛总来参加今晚的酒会……您让我参加……"

"这有什么不妥之处吗？"

"您最好还是跟葛总解释一下……"

"谢谢你的提醒。"

"我是不是太狂妄了，居然教训起市长来了。"

"市长也是可以教训的嘛。欢迎今后多多指教。"

"真的？"

"真的。"

"我觉得您今天让我参加这酒会，好像不是出于疏忽，而是某种需要……"

"别把问题复杂化。葛总是我的老师，他身体不好，我只是想减少他一点应酬活动而已……"

"那我就多心了。不过最好您还是抽个时间跟葛总打个招呼。这种事，有人不计较，有人还是挺计较的……"

"谢谢。"

田曼芳看看手表："哎哟，太晚了。能再占用您一点时间吗？"

黄江北慢慢地摇了摇头，没再答应她的要求。

但第二天一大早，当黄江北回到市里，市府大楼门前寂静得只有雾气从树梢轻轻擦过的细微声时,他看见田曼芳已经在市府大院的黑铁门旁等着他了。

田曼芳昨晚一夜没睡。她要求自己平静下来,但偏偏又平静不了。

不,你得镇静,镇静,镇静。但她还是激动。光着脚,在地毯上来回地走着。她告诫自己,得放慢接触的频率,不能操之过急,不要干扰他正常的工作。他初来乍到,一定很忙,别搅得人家讨厌自己,欲速而不达。更不能盲目挥鞭,导致南辕北辙。现在这个头开得相当好,不是一般的好。现在可以认定,他是一个正直的人。这一点太重要了。但仅仅了解到这一点还不够……他还应该算是有魄力的。了解到这一点还不够……他很想在章台做成几件事,不只是来"保身价、等升官"的。这也非常重要。但还不够……所有这一切加在一块儿,对于她所想要求于他的,仍可以说是很不够很不够……还有许多的空白。比如关于他的政治背景(从某个方面讲,这一点比别的情况都更重要);比如关于他的谋略水平,行政手段,知识结构等等等等。能把宝押在他身上吗?冰冻三尺非一日之寒,非一日之寒啊!她反复告诫自己,沉着一点。但她还是赶来了,赶在一个不会有人来打扰他和她的清晨,来了。

五十三

一进黄江北的办公室,黄江北没来得及拦阻,田曼芳拿起放在茶几上的那两个暖瓶,就下楼去打开水了。不一会儿,打回开水来,忙着给黄江北沏茶也给自己沏了杯茶;接着脱掉大衣,就要去收拾有些零乱的办公室。

黄江北忙说:"田副经理,这怎么可以?放下放下,快放下。"

田曼芳笑了笑:"你没听人说,这个田曼芳是当女佣出身的吗?跟我客什么气呀。"说着,几个转身下来,这个办公室果然旧貌换新颜。"怎么样,调我到您这儿来当个清洁女工吧?"

黄江北一时间居然有些拘谨了:"别开玩笑,快坐……"田曼芳最后又调整了一下几把皮靠椅的位置,站得远远的,打量了一眼整个办公室的布局,这才端起一杯茶,在离黄江北最远的一把椅子里坐了下来。

这时黄江北才恍然觉得,跟昨天晚上所见到的那个田曼芳相比,今天的这个田曼芳好像完全换了个样儿似的。紧身的西服裙被深色的曳地长呢裙代替。原先作为公司工作服穿在身上的那件大翻领两用衫,也被一件最时新的宽松式浅色麻织中长外套所代替;外套里面穿着一件三翻领高档毛衣,米灰色的衬底上,排列着一些乳白色的横长条。这使原本就修长而丰满的她,显得既典雅,又高贵,还不乏那种她刻意追求的醒目。当然,同样不能不提一下的是她脚上穿着的那双黑尖头的中筒皮靴,这使她在成熟女子特具的那种清秀丰润之外,又平添了几分少见的英武之气。

人们只知男人要求女人的,有清丽和温柔,岂不知女人的成熟和刚毅也能"俘虏"一大批男人。历史使男人在今天充当社会主角,这种主角的位置往往让他们活得非常非常的累,累也得强撑着。排遣这种社会角色所附生的重负的方式多种多样,更因人而异。但很多人却把疲累的身子弯向女人,祈求温柔的爱抚(显性层面的表达),也期盼刚毅的庇护(隐性层面的躁动)。这种庇护有时哪怕只出现一分钟也会使处于极度疲累中的男人得以极好地恢复心灵(如果一味祈求女人长期的庇护,将会被认定是无能,吃软饭)。当然这种庇护还得以不伤害男子的自尊为前提,这便是父系制。"我为什么面对眼前的这位,要想这些事?难道眼前的这一位是清丽温柔刚毅兼具的一个特例?"黄江北在一瞬间的凝视中,竟如此突突地想道。

这种直直的打量,也许稍稍地多用了几秒钟。等黄江北意识到这一点,忙转移开视线时,他自己已经感到有些不那么自在了。倒是早已习惯了男人这种注视的田曼芳,要显得坦然得多。

黄江北忙说道:"喝茶……喝茶……要跟我谈什么事……"

田曼芳低下头:"对不起,又来打扰您……"

"上午我已经有一些大的活动安排。长篇大论地谈,今天恐怕还是不行。"

"我不会占您太多时间,您别急着赶我走。"

"我可没有那意思。但……咱们可以开门见山吗?"

"黄市长,您……在咱们章台能待多久?怎么了,您笑什么?"

"昨天一个领导同志也这么问我来着。我笑你的水平怎么这么高,跟那位领导同志问同样的问题。"

"别挖苦人。"

"我说的是真话。但我要告诉你,你问了一个连我自己也不知道答案究竟在哪里的问题。"

"不会吧……您自己总有个打算吧。是长久地干下去,非干出个名堂来不可;还是像某些同志那样,下来挂个职镀镀金,待个一年半载,拍拍屁股就走了。"

"田曼芳,有你这么说事的吗?进门来就要翻新市长的档案,掏他的老底儿,你是不是也有点太那个了?"

"您要是真的来镀金的,我就不跟您谈了。"

"威胁我?"

"不敢。"

"我们的干部制度你清楚。我们的命运都掌握在上级组织部门手里。我说我能在章台待十年、二十年,管用吗?就是这么说了,你信吗?"

"你说什么我都信……"

"轻信是女人和当官的最忌讳的一大毛病。你没听说过这个教导?"

"谁的教导?伟大领袖毛主席的?"

黄江北笑了:"他老人家才不管这般烂事哩!"

田曼芳严肃起来:"这么多年来,章台换过不少书记、市长,待的时间最长的是两个人。一个是现在的田副省长,当年他可在这儿真干了一二十年;再一个就是现在的林书记,从一开始待着就没动过。其他的,就跟走马灯似的来回换……"

黄江北小小地抿了口清茶,诚恳地说道:"曼芳同志,办好章台的事,急需大家的真诚合作。搞好万方公司更是我这个代理市长的当务之急。国家给万方投资了几个亿,到现在为止还没听到一点响动。能不能办好万方公司,几乎已经成了上面衡量章台市市长政绩的一条最主要的标准。派我们来,就是要搞好章台的嘛,至于我们个人能力可能有大小,水平可能有高低,但要搞好章台的决心还是充分的,对这一点我劝你不要有什么怀疑。我可以这么对你说,你要是能拿出一套真能见效的改造万方公司的方案,我愿意听你谈,要花多长时间都行。你说要找什么专家来一起论证，我去找。你说到哪儿谈，我去包最好的宾馆套间……"他说着，从抽屉里拿出一份报纸的清样，递给田曼芳。

"你看，这是我要《章台日报》头版头条发的一个重奖启事，我拿一百万元重奖，征求改造万方公司的可行方案。不愿要奖金的，我给一套三室一厅的住房和桑塔纳汽车，给章台市终身荣誉市民的称号。是农民，立即全家户口农转非。是工人，立即提干。如果方案试行有效，本人立即进万方公司董事会……"

田曼芳拿过那份清样略略地看了一眼，苦笑道："我要是给您泼一点冷水，您不会让我滚蛋的吧？"

黄江北说："泼。"

田曼芳犹豫了一会儿："算了……不泼了……"

黄江北笑道："怎么回事？快说。"

田曼芳抬起头："您真觉得，章台的问题，万方的问题，只是缺少高明的方案吗？中国不缺能人，章台也不缺能人。已经被许多百强市百强县证明行之有效的方案我可以给你拿一百套出来，别说全部学，就是学它十分之一、百分之一，章台市早就不至于沦落到今天这地步，需要劳您大驾来拯救生灵于涂炭。万方也早就把那难产了又难产的万方牌汽车生产出来了。恕我直言，你要是还跟其他人似的，玩这种重奖启事，形式主义的东西，它可以热闹一阵，可以上工作简报，让上头觉得您黄江北在章台没闲着，忙活得挺来劲儿，但也就如此而已，它不会给您带来任何实际效应。章台缺的不是热闹，不是方案，章台已经够热闹的了，死人活人，还要怎么的？它现在需要的是真刀真枪的改变。而您这一套，产生不了任何真正的改变……"

黄江北微微一笑："是吗？"

"您要不信，那……咱们就走着瞧。"田曼芳说着，居然就站了起来。

"怎么，这就要走？"

"我对重奖启事不感兴趣。"

"那你说说看，怎么做才算是真刀真枪的改变？"

"真想听？"

"你这个同志挺各的。"

"既然市长先生真想听，我不妨说一点半点献献丑。我只是万方公司的一个小萝卜头，章台市怎么变，我管不着，也不该我管。至于万方公司……说起来也很简单，就看您这位当市长的有没有那么大的魄力去办。一句话，把公司里所有姓田的高级职员都辞了，万方的事就好办了。当然，首先要辞掉那个叫田曼芳的女人。"

黄江北沉默了一会儿："你这么说，很幽默，但是我这人比较死板，不喜欢别人在和我讨论重大问题时，玩那种无聊的小幽默。"

田曼芳突然站了起来："我刚才说的，让您觉得无聊了？可笑了？真抱歉……可我却想哭！"

"对不起，你能不能跟我解释一下，为什么只有清除高级职员中所有姓田的同志，为什么还得首先罢免你这位姓田的副总经理，才能搞好万方公司？"

"您真不明白这里的原因？"

"也许是我太孤陋寡闻了。我不记得古今中外哪一个成功的企业家说过，企业高级管理人员的姓氏，会对企业的经营状况有重大的影响。我这人从来对别人姓什么，不感兴趣……"

田曼芳冷笑："不见得吧。昨天好像有人给您送了一份万方公司高级职员的花名册，您看到在万方的高级职员中，姓田的那么多，马上让您身边那位姓夏的高级助理去查实。您对万方公司的高级职员姓什么，还是表示了高度的关注。"

"你很会搞情报。你田曼芳在监视我？"

"干吗要监视您？那份花名册就是我派人送给您的。"

黄江北要求自己不动声色地追问："为什么？"

田曼芳回答得直截了当："就是希望您能向这种不正常的状况提出宣战……"

"说下去。"

田曼芳犹豫了一下，起身推开通外间秘书室的门，看了看。外间有人。秘书小高已经来了，他正在那儿整理旧报纸。黄江北立即明白她的用意了，便走到门口吩咐道:"小高,请你到机要室去看看,有什么新来的电报。"

小高答应了一声,立即走了。黄江北顺手带上门,对田曼芳说:"说吧。"

田曼芳稍稍整理了一下自己想说的话,用一种自己认为比较得当的语调说道:"有人想把万方公司变成他的私家企业,变成他个人的小金库……"

黄江北扬起眉毛:"谁?"

田曼芳无语。

"到底是谁?"

"我已经说得太多了……"

"我已经把我的秘书小高支走了,现在这屋里只剩下你和我了。你这位同志总不能希望我再把我自己也支出去,让这空屋子来听你陈述吧。说吧,到底是谁在把万方变成他的私家企业、个人小金库?"

"我……是我田曼芳……行了吧?我能吸支烟吗?"她哆嗦着从烟盒里取出一支细长的坤烟,伸手去拿桌上的火柴时,黄江北却一把按住了火柴,不让她点烟。她却固执地从自己的小皮包里又找出一枚十分精致的金壳打火机,把烟点着了。只吸了一口。静场。过了好大一会儿,黄江北说:"我想我们应该另找个时间细谈。你看呢?有我办公室的电话号码吗?这是我家里的电话号码,我随时恭候你的电话。"

田曼芳又呆坐了一会儿,突然掐灭了烟,拿起黄江北给的那个电话号码,拿起大衣和皮包,一扭头便跑出了办公室。等她刚跑出门,黄江北马上拿起电话,让夏志远马上过来一下。夏志远拿着一个文件夹,匆匆向黄江北办公室走来时,在楼道里正巧看到同样急匆匆下楼去的田曼芳向电梯间走去。

"田曼芳上你这儿来了?"夏志远把一些要黄江北批阅的文件放到黄江北面前的那张特别宽大的办公桌上,同时又装得挺漫不经心的样子,问道。

"啊,怎么了?"

"我警告过你,少跟这个女人来往!"

"她是来谈工作的……"

"你看她那一身打扮,是谈工作来的?"

"别无聊了,今天上午你有什么安排?"

"你先告诉我,一大早的,你把田曼芳叫到办公室来干什么?"

113

"你是不是有点过分了？"

"过分？你知道这个田曼芳是个什么样的人吗？"

"又来了。别再跟我谈什么保姆不保姆了……"

"我不是瞧不起她的贫寒出身。尊敬的黄市长，我夏志远九岁那年还跟着我老娘去铁路上捡过煤渣，你说我能瞧不起出身贫寒的阶级兄弟吗？我要你注意的是，田曼芳这女人的人品。你别瞧她三十多岁的人，那张小圆圆脸笑起来还真跟个小甜妹似的，心里整个一包臭豆腐乳！你没听人说？正式宣布董秀娟当市长前，她比谁都嚷嚷得凶，说董秀娟没文化，只知道苦干傻干，根本不能当市长。好像只有她才是当市长的料。可一宣布任命，她对董秀娟的那亲热，天天来缠着。头一个月里，几乎就没离开过她的家。帮董秀娟找人装修房子，帮董秀娟的儿子调换到重点中学去，亲自到劳务市场帮董秀娟找家庭服务员，陪着董秀娟去美容院做头发，上国贸商场挑大衣……就说这间办公室，原先就是董秀娟的，这里的一切，都是这个田曼芳给帮着布置的。皮圈椅，老板桌，还有这个仿康熙粉彩百子戏莲大立瓶，这幅八尺中堂立轴，都是她特地坐着飞机去北京前门大街琉璃厂老古玩店里挑来的。那个磁劲儿，就只差赶着比她大八岁的董秀娟叫亲娘了……董秀娟哪见过这阵势，果不其然就上了套，一个劲儿说她好，没过几个月，就让她当上了万方的副总经理。等董秀娟一出问题，她又比谁都骂得凶，好像她田某人，从来就没觉得这个姓董的是个好玩意儿……现在她上赶着又围着您老弟转开了，小心着点吧，小心这种专吃新领导的女人。小心她有朝一日，把你也揉巴揉巴，全吞了！"

黄江北微笑着往皮靠背椅上一仰，问道："你跟她什么关系，怎么这么了解她……好像她跟单昭儿是亲姐妹似的……"

"你算说着了边儿。她跟单昭儿家就是表亲关系，她俩表姐妹称呼。一早她俩还在上中学时，我利用寒暑假回章台的那点时间，没少给她俩补习数学和物理……"

"然后，你就勾搭上了她那位既聪明又文静的小表妹单昭儿，是不？勾搭人家表妹，也没必要把人家的表姐说得一无是处嘛……"

"别扯淡了。单昭儿就是听了这位表姐的煽动，放着市委机关干部不当，定要辞职下海,去替她经营那个水上大酒家的。当时真把我气晕了,和单昭儿大吵了一场,关系一直到现在也还解冻不了……听说,你昨天晚上还把她叫去,代表万方参加了林中县领导专为你举行的接风酒会?什么意思?准备让她接替葛老师,当万方的总经理了?"

"你消息不慢啊。"

"师母一早给我打电话问这档子事。你到底是什么意思?"

"这件事,我当然是有用意的。万方的领导班子问题,是必须要解决的大问题。葛老师的身体和他过于软弱的性格,都很令人忧虑。但目前,解决这个班子的问题的时机还不成熟。在真下决心之前,我一定会跟你商量,今天先不谈。决定万方班子这么大的事,要报请市委常委讨论批准,不是我一个人想怎么干,就能怎么干的。放心,就是我对田女士情有独钟也无可奈何的。还有疑虑的担忧的吗?"

"那么着急地叫我来,干什么?"

"算了,没事了……"

"怎么了,跟你争论一下,连活儿都不叫干了?"

"我本来是想让你去了解一下田曼芳。看来,让你干这件事不太合适……你对她先入为主的东西太多。"

"我也觉得不合适。"

"志远,谢谢你经常这么跟我吵架……"

"得得得。反正,就跟你吵这一年,多一天,我也不干。"

"去找过郑彦章没有?"

"找过。没找到。"

"没找到?为什么?"

"就是找不到他。我也奇怪。"

"躲起来了,还是让什么人搞走了?"

"好像是躲起来了。"

"怎么知道是躲起来了,而不是让什么人搞走了?"

"昨天晚上好不容易见着了他的小助手。从那个小助手谈的情况看,郑好像是躲着不想见我们……还找不找他?"

黄江北想了想，答道："暂缓几天吧……别逼烦了他，适得其反。"

"林书记那边有什么进展？听说那天追悼会最后也没能开得起来……这个句号好像不是那么好画……"

"何处合成愁？离人心上秋。纵芭蕉不雨也飕飕……"

"你嘀咕什么呢？"

黄江北轻轻地叹了一口气，不再出声了。

五十四

田曼芳出了市政府大楼，发动着自己那辆蓝色马自达，刚走出十来米，突然又改变主意，把车倒了回来，再次向黄江北办公室走去。

对田曼芳的再度出现，黄江北、夏志远都吃了一惊。

"对不起，黄市长，我能再跟您说几句吗？"田曼芳坦然地请求。黄江北立即瞟了夏志远一眼。夏志远马上向外走去："你们谈……你们谈……"门关上了。

田曼芳慢慢脱下那双意大利进口的高档鳄鱼皮手套，歉然地说道："您别嫌我烦，一会儿走了，一会儿又来了……"

"说，只管说。不过请简短些，上午，还有好几个安排在等着我。"

"行，行……"

"说吧。"

"刚才我没回答您提的最后那个问题，是因为我有顾虑。"

"我想……我的问题大概也提得过于冒失了一些，不是时机。"

"您的问题的确很中要害、很尖锐……"

"现在你准备回答我的问题了？"

"嗯……"

"如果你还有什么顾虑觉得暂时不便谈，也不要紧，再想想。"

"我……我……我也想问您一个问题……"

"又要摸我的底？"

"有人说，您是田副省长的人，是他老人家亲自把您点将到章台来的。这种说法准确吗？"

"能允许我问你一个问题吗？你是谁的人？"

"我在问您哩。"

黄江北站起来，厉声道："我在问你！"田曼芳一怔。她不知道，黄江北居然还会在这种情况下发火，她有些害怕了。

黄江北慢慢地缓和下神情："曼芳同志，你不知道你这么提问，带有明显的侮辱性？有的人以自己能附属某个高级领导的山头，成为某个领导的人而高兴，但我认为这是对我的人格侮辱！"

"我只是想问问……"

"问问，谁在这么瞎说？这就是你的顾虑？"

"不完全是……"

黄江北立即打断她的话，说道："好了，你不用解释了，今天已经没有谈话的气氛了，咱们改日找时间再谈……"黄江北拿出他长期在工地上和搞技术出身的干部工人打交道的痛快劲儿，给了田曼芳一个不轻不重的下马威。果然让这位总是在人前得到许多青睐的田副总经理有些慌了神，忙要作解释："黄市长……"黄江北决定在今天不再给她机会，便说道："田曼芳同志，我的耐心是只用在那些真心愿意跟我合作、一起来改变万方、改变章台面貌的人身上的，如果不是这样，我就要明确告诉你，章台市没有黄江北，章台照样会一天天好起来，同样的原理，万方公司没有个田曼芳，它也会一天天好起来的！"这时，桌上的电话铃响了起来。接完电话，黄江北回过头来问田曼芳："对不起……我刚才说到哪儿了？"田曼芳微微地红着眼圈，低头不语。

黄江北歉然一笑道："我……刚才是不是太粗暴了……"

田曼芳说道："不，是我不好……对不起……"

黄江北站了起来："亚洲开发银行的副总裁明天到咱们市里来谈投资项目，今天上午我约了几个有关部门的同志开预备会，刚才他们来电话催我了。咱们再找时间谈……"

田曼芳坚决地："我再说一句，行吗？"

黄江北拿起秘书给准备好的卷宗急急地向外走去："下一回吧。"

田曼芳一步抢在他头里，叫道："黄市长，我再说一句。行吗？"

黄江北在办公室门口站住了，回过头来，以一种极大的威严看着田曼芳。田曼芳战栗了一下，说道："您提的问题太重大了……我没思想准备……您让我准备准备……另找个时间，咱们再谈……行吗？您能再给我一点见面谈话的时间吗？"

黄江北立即道："绝对可以。我想我们是可以坦诚相见的。"

"那行……那我走了……再见……"田曼芳微红着脸，拿起她的大衣、皮包，匆匆走了。

这时市政府大楼的会议室里熙熙攘攘，中空的椭圆形大会议桌旁已经坐满了各区县局以及市政府各有关部门来与会的领导。已经耽搁了些时间的黄江北，拿着卷宗和茶杯，匆匆向会议室走去。秘书小高追了过来，让他回去接个电话。

"谁打来的？"黄江北一边问，一边仍向会议室走去。

"不知道，对方不肯说名字。"小高说道。

"嗬，还挺牛，不理他。"

"她好像有什么急事……"

"散了会再说。"

"她……是个女孩儿……"

"女孩儿又怎么了？你这个小伙子，这样当秘书可不行啊。"黄江北打趣道。刚说完，黄江北心里突然一格愣，忙回转身来问："女孩儿还是女人？是万方田副总经理的声音？"

"不像，听声音，年轻多了。田曼芳的声音我熟，不是她。"

黄江北眉尖一挑："年轻的？声音稍稍有一点沙哑？很标准的普通话？音调柔柔的？"

"是……好像是这样……"

黄江北突然着急起来："挂了吗？"

小高答了句："没有……"黄江北忙回转身就向办公室冲去。他料想这电话是葛平打来的。

五十五

的确是葛平。她被困在省城火车站了。刚才,她挤到那烟雾腾腾的售票口前,想打听打听去北京的车次和时间,放钱的皮夹子被人掏走了。待她有所觉察追出售票处,那个可疑的男人早已跑得无影无踪了。

她去车站派出所报案,治安警要她留下家庭地址和工作单位。她只得胡编了一个,赶紧离开了那两个虽然油滑、但心眼儿挺好的治安警,离开了那个她挺想依赖、但暂时却又不能依赖的地方。她饿了,身上只剩下最后的几块钱。内河码头街小吃店门口,大锅里卤煮着的红油肘子,腾腾地冒着大股大股的热气,大股大股的香气。她犹豫了好大一会儿,最后的决定是,用这最后的几块钱,去打电话。她想求援。她顶不住了,她没法再在火车站这成群结队的民工潮里游动了。她没法再听这南腔北调、再闻那几个月都不洗一次澡的人身上所发出的体臭和汗臭,而且掺和着烟油和牙垢和大蒜和大葱和韭菜馅儿饼和煎小鱼儿和白煮羊头的腥臭味儿。他们拿异样的眼光打量她,有的还以为她是干那个的,贼皮狗脸地嬉笑着问打一炮得多少钱,她有没有长包的旅馆房间……她实在受不了了……但是电话接通后,从电话那头传来了那个熟悉的亲切的可以让人从中闻到干净衬衣香味儿的而又对她从来就寄以重大希望的声音以后,她冷静了。退缩吗?退缩吗?退缩吗?不去北京了?就这样算了?委屈的委屈了,受罪也受过了。白天照样出太阳,夜晚依然有月亮。即便没有太阳月亮的日子,跟她一个年轻的大学毕业生又有何相干?但是……爸爸……还有自己的委屈……她一次次地问自己。她一次次地责备自己,她一次次地藐视自己,一次次地重新整合自己。

她只有低声抽泣……正因为这样,不管黄江北在电话这头怎么努力地追问,他都没有得到葛平一点回答。

"平平,到底出什么事了?告诉我。不管什么事,有我给你做主,你信不过别人,还信不过我吗?你这样解决不了任何问题。听话,先回来,你爸爸妈妈和小妹都快急疯了……"还是没有回应,但可以清楚地听到对方在电话里低微的啜泣声。

"平平,我再说一遍,我现在是章台市市长,不管你出了什么事,我都能替你做主,你放心大胆地回来。你爸爸是我最敬重的老师,三年自然灾害期间,我家穷得不行,我饿得都走不动路了,实在没那个决心再上学了,是你爸爸替我交的学费,是你妈妈用你们全家省下来的口粮,硬是让我坚持着上完了中学,才有了以后的那个清华本科生和北大研究生。这些你都是清楚的。你家的事就是我家的事,你的事,也就是我自己的事。过去你一直把我叫哥,现在有什么事不能跟我这个当市长的哥说呢?平平,你还要我说什么?平平……平平……"

"咔"的一声,电话挂断了。黄江北沮丧地放下电话,呆坐了一会儿,又拿起电话,让市政府总机立即查一下,刚才那个电话是从哪儿打来的。不一会儿,答复来了,是从省里挂过来的长途。黄江北又让市政府的接线员小姐和省长途台联系,查一下刚才这个电话是从他们那儿哪个区的邮局打出来的。

"请急办。"

这时,办公桌上另一部电话响了起来。电话里传来小冰的声音:"爸爸……您有空吗?我要见您……"黄江北哭笑不得地说:"天哪,你昨天晚上去哪儿了?你妈妈说,你一夜没回家。你们……你们怎么都爱动不动就往外跑?你现在在哪儿?"

"您别管我在哪儿,您现在能出来见我吗?"

"我的好闺女,全市各区县局的主要领导这会儿都在等着你爸爸,能让我先去跟他们谈谈,再找个时间跟你谈,行吗?今天咱爷俩一定见面。你要不愿意回家,就上我这儿来,咱们一起吃晚饭,还像你小时候那样,手拉手去吃上海大排面。现在去上课,好吗?放心,我一定不告诉妈妈。好,晚上见。"放下电话后,他又立即给家里拨了个电话,但家里没人接电话。他略有些懊丧地放下了电话,下意识地收拾掉那烟灰缸里的纸灰,忽然觉得十分疲乏,便闭上眼睛,倒在皮沙发里,靠了一会儿。忽然间他觉得身后有什么东西梗着,折起身拿出来一看,是田曼芳忘了拿走的那副高档真皮女式手套。他随手把它往茶几上一扔,但不知道为什么,总想再看看它。它是那样的纤巧柔软光滑而又精美，实在叫人怜爱。他忍不住地又拿起了它，下意识地轻轻捏了捏。这时，有人敲门。黄江北一怔，忙用一张报纸把那手套盖了起来。

敲门的是秘书小高："黄市长，大伙儿都在等您哩。"

"好。我马上就去。"黄江北立即站了起来。

小高走后，黄江北忙自嘲般地笑着揭开报纸，把那双细软的高档皮手套锁进抽屉里，又往尚冰单位打了个电话，把女儿的下落告诉了尚冰，让她别太着急了，这才匆匆向会议室走去。

五十六

江北打来电话时，那个让小冰恨透了的满风先生就在尚冰办公室的电话机旁边坐着。他一早就来了，来找尚冰。用小冰"长期"观察所得的结论来表述他今天的行为，就是来"纠缠"妈妈的。有一点小冰没看错，满风的确是来"纠缠"尚冰的，最近常来"纠缠"，但不是小冰所断定的那种"男人对女人的纠缠"，更不是那种"已婚男人对已婚女人的非法纠缠"。小冰的结论，纯属少女萌动期的过敏反应症表现，甚至说它是青春期妄想症也未尝不可，只不过是轻型的，要严重了，绝对得找心理医生瞧瞧，或者打打青少年热线电话什么的，也管点用。尚冰和满风这档子关系的事实真相是，长期以来是尚冰在纠缠人家满风，只是到了最近这几天，才倒过来变成满风死缠尚冰不放。他俩纠缠来纠缠去，跟什么"男人女人""已婚未婚"没有丝毫关系，只是为了尚冰的一部书稿，一部关于风暴潮理论的书稿。说俗了，就是研究大海里那一阵阵狂风巨浪的。但因为成稿时间久了，近些年又没有时间去修改补充它。尚冰担心它的学术价值有些滞后。想请这位清华时期的老同学作个判断，如果可以的话，请他们"捎带着"把它印成铅字，用单行本的形式把它留在这个世界上。虽然这个世界上的书，已然多得让人根本看不过来，但对于尚冰毕竟还是第一本，也许还会是最后一本。如果觉得不可以，也请老同学"指点"一下，看看从哪方面着手去修改补充为好。

满风在调回章台以前，一直在搞海洋学研究，基本上没离开过这块天地；对国际上这方面的研究动态和新发展，不能说了如指掌，也可说是历历在目。他自己在这方面也有较深的学术根基和一定的造诣，绝对是个能帮得上忙的人。书稿拿去了，也看了，满风觉得它的确"陈旧"了些，但满风还是想帮这个忙。用时行的一句话来说，就是哪怕只有百分之一的希望，也要做百分之百的努力。他把书稿推荐给室领导，又推荐给社领导，想把方方面面的意见都听到以后，再来跟尚冰商量怎么修改它。没想这里却出了个大问题。那天出版社的总编一脸疑云地拿着那部书稿来找他，叫满风好不忐忑，便怯怯地问："尚冰同志的这部书稿您……审读完了？不行吧？"没想总编大人根本不跟他谈什么稿子行不行的问题，只是追问，这部手稿的作者到底是谁。满风说，作者是尚冰，市政规划局的一个工程师。总编大人问，真是那个尚冰写的？满风奇怪了，说："不是尚冰还能是谁？你们听到什么风声了？最近两年，知识产权方面的官司挺多，但这个尚冰我绝对可以为她打保票，就是全世界的人都在抄袭剽窃盗版偷印，她也不会这么干的。我宁可相信我自己有一天会抄袭剽窃，也不相信她会干这种事。她是人群中最正统的人，是女人中最纯真的女人。"

"她爱人姓什么叫什么？"总编大人接着往下问。

"黄，黄江北。"

"这个黄江北在哪个单位工作？"

"哪个单位……好像……原来……在什么中美化学联合公司的工地上当副头……最近干什么……没听她讲过……"

"书呆子，最近咱市里来了个新市长，知道吗？"

"新市长？干吗？他也想出书？他行吗？一般市长，连讲话稿都得让秘书写，他还有空写书？别逗了！"

"你知道新来的市长叫什么吗？"

"他爱叫什么叫什么。我管得着吗？"

"他就叫黄江北！"

"有那么巧的事？"

"别那么巧不巧，赶紧去查一查，这个黄市长是不是就是你那位老同学尚冰的老公。"

"别逗了,那怎么可能,绝对不可能。我和这个黄江北是老同学,在清华那会儿,我比他俩高一届,正经是他俩的老师哥。黄江北当了市长,还不跟我通个气?起码也得请我一顿啊。今天下午我还见了尚冰嘛,她根本就没说起这事嘛,不可能。绝对不可能。"

"你行了,我已经让总编室的小周去查实了,你这位老师妹尚冰的老公就是新来的黄市长。"

"黄?黄……"满风呆住了,过了好半天,才喃喃地说了一句:"这俩家伙太不够意思了……就算黄江北当了市长,跟这部稿子有何干系?"

"这部稿子你能肯定是尚冰写的?"

"尚冰是这么跟我说的……"

"我问你,尚冰在清华学的是什么?"

"建筑。"

"这部书稿写哪方面的?"

"海洋风暴潮非定常准平衡的线性模型理论。"

"一个学建筑搞建筑的人,能写得出一部海洋学方面的书,她成仙了?"

"一般情况下是不可能,但也不是绝对不可能。这在科学史上,完全可以找到许多同样的范例……比如……"

"你就先别比如了,我再问你,黄市长在清华学的是什么?"

"跟我一样,学的是……是地球物理……"

"海洋学是地球物理学中的一个分支吧?"

"是的……"

"黄市长学的就是海洋学专业?"

"是的……"

"这部书稿的作者署的笔名是'由工',我请你把黄字去头去尾,是什么字?"

"由……"

"你再把江字去掉个偏旁看看是什么字?"

"工……"

"现在你再想一想,这个由工到底可能是谁?"

满风不作声了。过了一会儿，他又问："这个由工到底是谁，有那么重要吗？"

丁总编简直哭笑不得："书呆子！你真是个书呆子！如果这部稿子真是黄市长写的，不管它够得上还是够不上出版水平，都得不惜工本给他出。还得快出、出好。如果不是黄市长的东西，那对不起，这年月，出这样的学术书籍，赔得太多，不具备相当高的学术水平，就是夫人太夫人，也得考虑考虑。没钱为她们倒贴老本。所以，你必须搞清楚，这个'由工'到底是不是黄市长本人。别弄错了，得罪了市长。明白这里的利害关系了没有？别说我庸俗，这也是让钱给逼的。"

于是满风立即去找尚冰，倒过来拼着命地"纠缠"尚冰，了解这个"由工"到底是谁。但尚冰怎么也不肯说这个"由工"到底是谁。从满风嘴里得知出版社领导的想法后，居然提出要撤稿。她说"我不想靠江北的地位职务去出书。江北也不会同意这么搞的。这件事我是瞒着江北做的，更不能这么搞"。

满风诧异地问："你没跟黄江北商量过？"

尚冰说："他总说他这部稿子的一些学术观点已经落后了，有些方面的求证还不太完善……"

满风一听，立即反应道："那这部书稿真是黄江北写的？"

尚冰忙说："不是。"

满风说："你刚说'他总说他这部稿子的一些学术观点怎么怎么了……'这意思不是很清楚吗？"

尚冰大红起脸忙说："我没这么说。"

满风说："你别书呆子气了，是黄江北的稿子就好办了。我们社领导说了，只要是黄市长的东西，请专人来修改。而且署名问题也说好了，你不用担心，不管改动有多大，仍然只署黄江北一个人的名……"

尚冰说："那江北更不会同意了。"

满风说："你们傻什么？你就是让那位参与修改的同志署名，他也不会署啊。谁敢跟市长在同一本书上署名？这不是自找难堪吗？"

尚冰更坚决了："那我肯定撤稿了！"

满风再三劝说也无济于事，只得如实向社领导汇报，社领导也急了，还狠狠批评了他一顿，让他一定把书稿再拿回来。他只得赶早又来找尚冰。

"尚师妹，我跟你说实话，担负为黄市长修改书稿这伟大任务的就是在下小的我。这你们还有什么不放心的？我实话跟你们说，我特别想干这个活儿。我也有条件干好这个活儿。你听我把话说完。第一，回章台市以前，我一直在搞风暴潮研究，我有这本钱为咱们这位英明伟大的黄市长改好这部稿子。而我也真心愿意为黄市长做好这个工作……"

"不行……那更不行……"尚冰还是这么说。

"你听着！第二，我这么做也不是全为了你，更不是为了江北。你知道我有个残疾的儿子，我母亲身体这两年也很不好，为了照顾他俩，我放弃专业，调回根本见不到海、也谈不上什么海洋研究的章台，来改行当这么个文字编辑。我对我自己的今后，已经没有别的想头，只想安安稳稳地过下去。我到出版社这半年多，还没发过一部书稿，这是我有可能干成的第一个活儿。我能不能干好这第一个活儿，关系到我今后能不能在出版社、在章台这块地面上真正站住脚，关系到我满风后半生的长远生计……第一个活儿就能为市长大人效劳，更是我的荣幸，可说是三生有幸。我一定会抓住这个天赐良机，也请二位老同学给我这个机会，不管这个市长姓黄还是姓蓝，我都会鞠躬尽瘁，保证干得让你们每一个人都心满意足……"说着拿出一份协议书放在尚冰面前，把钢笔递到尚冰手里，要尚冰当场把出书的协议签了。

"不行不行……"尚冰脸红了。

"尚冰，你还要我怎么求你？"满风无奈地叫道。

五十七

市政府的大会议室设在楼后的一幢单列的大平房里。黄江北一走进会议室，就看见了林中县的那位曲县长。黄江北主动先过去打招呼："曲县长，您来了。"

曲县长欠了欠身笑道："黄代市长啊，怎么迟到了？让咱这些当兵的等你……"

　　黄江北歉然地说道："对不起，耽搁了。梨树沟小学的事，办得差不多了吧？"

　　曲县长说："我的黄代市长，您别逼得这么厉害嘛。章台市已经莫名其妙死了两个干部了，您再这么逼下去，我可就成了那第三个了。"说着，哈哈大笑起来。他每次叫"黄代市长"，都故意把"代"字喊得特别地响，引起与会的那些领导一阵阵异样的注意。敏感的黄江北当然也注意到了对方这种故意的"不敬"，但鉴于"辈分"和自己的地位，只得掩饰起内心种种不快和尴尬，依然做出一副十分坦荡的样子笑道："你可是答应我在四十八小时内解决的。"

　　曲县长笑道："看来我们的黄代市长这回是非要逼死这个曲老头儿不可了。"

　　这时，秘书小高走进会议室，附在黄江北耳旁，轻轻地说道："黄市长，您的电话。"

　　黄江北不高兴地说："什么电话也不接了！"

　　小高忙说："林书记的电话。"

　　黄江北便只得向与会者招呼道："真对不起，还得请大伙儿等一会儿，我去接一下林书记的电话。"

　　刚走到会议室门口，市财政局局长急急地跟了出来，低声说道："黄市长……能耽搁您几分钟吗？"

　　黄江北没停下脚步，一边紧着往办公室走，一边应道："对不起，财神老爷，林书记有个电话在等着我，咱们边走边说吧。"

　　"万方公司的借款基本上已经就绪，只剩下过个手续，就行了……"

　　"那好啊。"

　　"另外……"

　　"别吞吞吐吐嘛，是不是那档子财务拨款的事……有什么挤着了？"

　　"也不算是什么挤着。您不是让我们起草一个通知在这个会上印发下去……"

　　"是啊，印出来了？"

昨天夜里，黄江北琢磨了许久，从梨树沟现状和林中县那位曲县长的态度举一反三，如果不从规章制度上有所制约，要在不长的期限内使全市各区县的干部都重视解决教育问题，真还不太可能。这样下去，大量教员就会流失，勉强留下来的也无心钻研教学，所谓提高教育质量、培养跨世纪人才就只能是一句空话。从根本上提高本地区人口素质，适应已经到来的新世纪的挑战，也十分渺茫；更谈不上根绝愚昧落后和残暴。教育问题绝不只是一个教育的问题，必须从现在起不惜下大气力力促各级干部狠抓这件事的落实和改观。他越想越激动，连夜从林中县打回电话来找这位财政局局长，让他连夜起草一个文件，在今天的会议上印发下去，通知各区县局，从今年起，要把财务拨款和清还教师工资、修整危旧校舍挂起钩来。凡是拖欠教员工资、不积极组织力量整修危旧校舍的，今年财政拨款一律冻结，一律不许购买小汽车之类的"奢侈品"。黄江北以为这位局长已经把文件打印出来了，很高兴地说道："好啊，一会儿我还要重点讲讲这档子事。我讲完了，你这个财务大臣也讲讲，好好强调一下这件事。"

市财政局局长却说："黄市长，那……那个通知还没印……"

黄江北一愣："为什么？"

市财政局局长说："这件事……我觉得怎么也得跟林书记通个气……"

黄江北一下站住了："你觉得，这件事，我这个当市长的做不了主？"

市财政局局长忙说："不是那个意思。不过，通个气，总比不通气来得好……"

黄江北仔细地打量了一眼这位在章台市机关已经干了二十来年的老同志，故意用一种轻描淡写的口气说道："老耿啊，我虽然还不是市委常委……"市财政局局长忙说："不是这意思，我绝对没这意思……"黄江北继续说道："我不是常委，但在常委会上，林书记已经明确，财政这一块，分归我管。我虽然暂时还不是市委常委，但省委也明确，我可以与闻市常委的工作，参加常委会。这个精神你们财政局没传达？没传达的话，我现在正式给你传达。"

市财政局局长连连点头："传达了，传达了……"

黄江北平静地笑了笑："那还有什么问题？"

市财政局局长迟疑了一下："黄市长，您千万别误会，我绝对没有小瞧您的意思。我绝对不敢，我这个小小的财政局局长有八个脑袋也不敢这么胡来。不过……咱章台历来的习惯，财政上的事都是要跟林书记通个气的，以前历任市长都是这么做的，他们都跟林书记配合得挺顺当的。当然，如果您觉得可以不必这么做，那……我就去打印那份通知了……我只是觉得……觉得……"

黄江北捺住性子："谢谢你的提醒。通气的事，我这个代理市长会去办的。但那份通知，请你还是照我说的去做，上午散会前，一份不许少地给我印出来发下去！"

市财政局局长再一次迟疑地说道："好的……好的……"目送着这位年纪还不算很大、但背却早已略略有一点拱起来的财政局局长走远，黄江北忽然想到，再过十年，自己是不是也会像他一样站不直了呢？他苦笑了笑。

五十八

其实，这位循规蹈矩的财政局局长在向黄江北提出"应向林书记报告此事"的建议之前，就已经向林书记报告了此事。林书记就是根据他的报告，才急匆匆地从医院里打电话来找黄江北的。

"江北吗，会还没开始吧？今天血压有点偏高，大夫不让我下床，我就不来参加会了……"林书记一边说，一边做了个手势，让护士把冲着阳台开的那扇窗户关上，他觉得有点冷。

"今天是第一次全体联席会议，您……还是来说几句吧。"黄江北诚恳地邀请道。

"我已经跟张副书记、李副市长都打了招呼，他们会尽心尽力帮着你张罗的。你就开始大胆干吧。"

"或者……让张副书记主持今天这个会。"

"不，你主持。你是市长嘛。"

"我……"

"丑媳妇总要见公婆的嘛，总有头一回嘛，上轿吧。老曲来了吗？"

"来了。"

"老曲这同志很有吃苦精神。像他这样资历的老同志，在别的地区早不在县里干了。他一直还坚持着，尤其在林中县那么个穷地方，一待就是三十多年，很不容易啊。要多看到他这些长处，多给他一点工作上的支持。林中县情况比较特殊，梨树沟那样的村子，在他们那儿还多的是，冰冻三尺，你一口气，吹不化。听说你想让财政局下个文，凡是拖欠教员工资、不能及时解决孩子露天上课问题的地方，一律冻结新年度的财政拨款，还不准许他们购买必需的交通工具，有这么回子事吧？你这样做（说到这里，他真的动了感情），那些教员、学生娃娃们倒是谢谢你这个黄青天了，可让那些在基层工作的同志往后怎么弄啊？江北啊，这些基层干部不是不想解决教员工资问题，更不是忍心看着孩子在露天地里上课。据我了解，他们正在采取措施，逐步逐步地解决问题。之所以到现在为止还没能解决得了，是因为有许多具体问题牵扯着，一时解决不了啊。基层的事情不是我们想得那么简单，也不像社论和教科书里规定的那样一加一就肯定等于二。不一定啊！太不一定了。你以后会慢慢明白这里的道理的。处理解决基层问题，千万不能生硬地搞什么三十六小时四十八小时限期解决那一套。你的心情和愿望，我都能理解，但是你伤了这些基层同志的积极性，市委就被架空了。江北啊，这就不是小事了。这是个基本的原理，我想你是会明白的……"

"林书记……"

"你先别急，让我把话说完。拖欠教员工资、学生风里雨里还在露天地里上课的现象，据我所知，在我们章台地区，并不普遍，大概只剩林中县还有一点。所以，你这么硬干，别人会认为，你这位新来的代理市长是在跟老曲一个人过不去……"

"您也这么认为吗？"

"但实际造成的后果就是这样。你伤了老曲，更没人愿意到林中县那样的地方当头头了。"

"如果……如果有人真的为了这么点事撂乌纱帽，那……我去兼林中县县长！"

129

"江北啊，你能兼县长，还能兼它十二个乡的乡长？你兼得了它十二个乡的乡长，还能兼它几百个自然村的村长？老曲在那儿干了三十年，县乡村三级基层干部里，不少都是他的人。他一旦说不干，那是要影响很多人的情绪的！到时候，别说都给你撂乌纱帽，有一半的人给你撂，你也受不了。"

黄江北不作声了。

林书记叹了口气："怎么，还想不通？不要想不通了，快去主持会去吧。这件事，我一早跟市委的几个常委都通了气，他们都不太赞成你跟老曲来硬的，他们的意思是让我跟你再说说。怎么样，你就把它当一个市委常委的决定来执行吧？"顿了一下，林书记接着说："江北同志，饭要一口口吃，路要一步步走，你这个代理市长，也得一点一点地往起当。这是没有办法的事啊，这是不以你我的意志为转移的。对市委的这个决定，你还有什么意见吗？"

不说了。还能说什么？黄江北板着脸走出值班室，财政局局长还在门外等着他。黄江北只当没看见他似的，铁青着脸从他身边走了过去。财政局局长蔫不出声地忙跟了过去，一直跟出大楼，黄江北还是不理他。快走到会议室门口了，黄江北才突然站了下来。财政局局长也赶紧站住了。

黄江北生硬地告诉他："耿局长，麻烦你了，那通知，就按你的意思办，不印了也不发了。"

财政局局长慌张地道："黄市长，您千万别误会了，这可不是我的意思。我没任何意思，绝对没有……"黄江北没再理睬他，径直推开会议室的门，大步走了进去。

到中午开饭时分，曲县长和几位郊区县的领导说着笑着走进市政府食堂的小餐厅。只见小餐厅里空空荡荡的，只有屏风后头的那一张圆桌上了菜。曲县长等人正疑惑不解时，一位副市长走了过来。副市长热情地做了个手势，邀请道："入席，入席……"

曲县长问："李副市长，怎么就我们这几个？"

副市长解释道："黄市长说了，家在市内的与会者，一律在大食堂就餐。"

曲县长笑着摇了摇头："这小伙子，还真有点名堂，还想在那几块会议伙食钱上抠出座金山？来来来，咱们吃咱们的！"

黄江北拿着饭碗，在市政府机关大食堂打饭的窗口前排着队，他感觉到机关干部们悄悄打量他时，眼中似乎都带着一种昨天还没有的目光。他们都知道"财务通知被硬性取消"的事了？也许是自己过敏了。别太过敏，当官有时得傻一点，有时得装作什么也没瞧见什么也没听见，把瞧见的听见的都往心里去，活得也就太累了……故而他不仅没作声，而且装得什么事也没发生似的。吃完饭，回办公室，发现市政府大楼门前聚集着一小群人，吵吵嚷嚷得挺厉害。黄江北正要去看看，小高匆匆走了过来，他便问："那边在吵什么？"

小高急急地回答道："林中县的一帮教员，吵着要见您，跟他们说了，您今天有会，中午得休息一会儿，下午还有外事活动。这帮人就是不听……他们说，您昨天跟县里的领导定好四十八小时之内解决梨树沟小学的问题，可一直到现在为止，县里根本没什么动静。没动静不说，曲县长今天上午还打回电话去，态度突然变得非常强硬，还特地让县教育局局长到窑中去挨个地把他们训了一顿，还说，别长了几根黄毛就以为自己已经是个刺猬了，谁要是再借几个学生在露天上课的那点小屁事，闹得全县都不得安宁，就要让县公安局出面来收拾这档子事了。"

黄江北的脸色再一次地阴沉下来。不远处的吵嚷声再次传了过来，好像是吵得越发地激烈了。

小高低声问："让他们来见您吗？"

黄江北犹豫着。可以看出，他内心十分矛盾。过了好大一会儿，他吩咐小高："跟他们说，我不在。"说着，便阴沉着脸，大步走进市政府大楼。不管在楼道里，还是在电梯上，也不管是谁跟他打了招呼，他都一概不搭理，进了办公室，便用力碰上了门，连电话响了，他也不接。但这一回，电话却跟他一样顽强，坚持响个不停。他只得接了，很不耐烦地摘下电话，往桌上一扔，话筒里却立即传出林书记的呼叫声："喂……喂……喂！"黄江北听到了，但没有理睬。他脸色青白地站在窗前，视而不见地望着窗外。窗外，灰暗的云层低低地封锁了整个城市的上空，好像是要下雨了。不一会儿，瓢泼般的大雨果然袭来，大股大股的浓烟既从水泥厂也从热电厂那庞大的烟囱里，向阴霾的空中翻卷而去。

131

五十九

深夜。黄江北睡不着。

六十

深夜。梨树沟的孩子们夹着破旧的书包,提着破旧的马灯站在破旧的房檐下,躲避着那无孔不入的大雨。

六十一

深夜。大山坡上孤独的老树迎着狂风暴雨,在索索地战栗着。

六十二

尚冰一觉醒来,看到东边的云缝里刚渗出一丝丝蛋青色;院子里那棵香椿树,和院子外头的那几棵黑榆、白榆,还和其他地方所有那些黑槐、黄槐、黑杨、白杨都还没从黑暗中区分出它们各自的轮廓来,却发现黄江北已经不在床上了。她忙下床去找;看到他在外间屋里,裹着厚厚的毛毯,呆站着,怔怔地望着窗外。

"出什么事了?"尚冰忙替他披上衣服,担心地问。

"没事。"黄江北说着,又回到床上躺着去了。没等尚冰做完早饭,他穿起大衣就要走。尚冰赶紧把还没煎老的鸡蛋盛到碗里(江北喜欢吃煎得挺老的鸡蛋),劝道:"吃一口东西吧……"

黄江北说："再说吧……"

尚冰说："什么叫再说，鸡蛋已经煎了……"她匆忙往鸡蛋上倒了些蒜泥辣酱，再给两片面包抹上些油泼辣子，端过去时，黄江北已不在屋里了。

黄江北想了一夜，决定去省里找田副省长。田分管章台市，他要向他申述这一切。空空荡荡的大街上下着小雨，淅淅沥沥地叫人心烦。走进长途汽车站的售票厅，肮脏的大厅里躺满了等车的人和不愿意把住房钱交给旅馆经理的流浪者。售票窗口都还关着，窗口上挂着"上午八时半开始售票"的牌子。黄江北看看墙上的电钟，现在还只有六点多钟，懊恼的他这才想起，自己足有十多年没乘坐过这种长途客车了，早已忘了它的种种规定，包括售票时间。两个小时的时间怎么度过？首要的还不能让这儿的人认出他来。他裹紧了大衣，从那些在地上横七竖八躺着的人的空隙处，小心翼翼地下脚，慢慢向外走去。这时，夏志远打了个的匆匆赶来，见了黄江北就急问："出什么事了，一大早的，把我叫到这鬼地方？"黄江北做了个手势，让他别嚷嚷。

两人走出售票厅，然后，黄江北才告诉他，他要到省里去一趟。

夏志远说："坐长途车走？干什么？表示你多么平民化？"

黄江北说："别瞎搅和。我只是不想惊动任何人……你替我找个理由，去应付他们一下。上午找不见我，他们就会瞎乱猜想，别让他们知道我去了哪儿，我一两天就回来。"

夏志远笑了笑："有趣！走。"

"上哪儿？"

"八点半才开始售票哩，急什么？找个地方喂肚皮啊。你也没吃早点吧？"

"别走远了，万一赶不回来买不上票……"

"瞧你的，有我老夏，你还怕坐不上长途车？不用亮你市长的牌子，我也保你上车走了。不信？"

这一点，黄江北信。他可太了解他了。夏志远跟黄江北一样，也是章台土生土长一个"土人儿"。老爹也是干铁路的。所以他常跟黄江北开玩笑说，咱俩该着，都是李玉和的后人，铁梅她哥。夏志远在章台满世界都有熟人，这里事出有因，一来，夏家是个大家庭，叔、伯、姨、舅、侄、甥……满满腾腾好几十口子,就在这么个几十万人口的小城市里,几代发展下来,了得?这么说绝不夸张,您上章台任何一个部门行业去,都能碰见老夏他们家的"亲戚"。没有"亲戚",也肯定有他们家"亲戚"的哥们儿朋友铁磁相好。再者,夏志远这人生就的好跟人交往,俗称"见面熟"。又好为人办事,讲义气(不讲义气,能死了心地跟黄江北干这么多年),还不贪,所以别人也好跟他来往。到一个地方,不用多长时间,推心置腹的真心实意的"狐朋狗友"满世界的都是了。他要替您搞一张车票简直小菜一碟。这么说吧,只要他开口,连司机座他都能替您弄来。当然,那您得保证一车人的安全准点到达。

夏志远说着话,把黄江北带到长途汽车站附近的一家茶楼里,找了个背静的双人座位坐下。夏志远知道黄江北爱喝绿茶,便先点了壶雨前,要了两个刚出炉的芝麻糖火烧,要了两个素菜包子,要了二两三鲜春卷,并专为黄江北要了一小碟北京酱菜,还为他自己要了一碟大葱段儿、一小碟黄酱、一小碗莜麦面,并问黄江北:"够了不?"

黄江北笑道:"我是饭桶?"

夏志远认真地说道:"早饭一定要吃好,否则一天都没劲儿。"

黄江北说:"何止早餐,我看你一天三餐都挺精心在意的。"

夏志远故意叹了口气:"可怜我们这些没老婆的,再不在吃上下点功夫,那活着还有什么意思!"

不一会儿,茶和点心一样一样地端了上来。黄江北却只喝茶,不动筷。

"喂,领导同志,您只管放心大胆使用您的咀嚼和吞咽功能,这顿早餐,我埋单。决不坑您。"

这里他说的"坑",原是有出处的。那年,黄江北带着夏志远和另外几个同志出差到苏州,一座美食城啊,又是头一回光临,您说夏志远能按捺得住吗?一心只想去观前街老古吃食店里好好地"参观学习"一番。偏偏黄江北一点空隙都不给,把个办事的日程排得针插不进水泼不进,别说"参观学习吃食店",到达三四天了,连苏州闹市口的门冲哪儿开的都还没捞得上见一眼,直恼得夏志远心里跟个什么似的,借《金瓶梅》里的话来说就是,"你六娘要把你肉也嚼下来"才解气哩。一直到临走的前一天晚上,黄江北还安排几位去市物资局谈一批螺纹钢的批发价问题。谈完出来已是夜市都快收摊儿的时间了，而明天一早就得开路去广州物资局谈判（坐硬座。连卧铺都不舍得买。这个黄江北）。夏志远心有不甘，连夜带着那几个技术员满大街小巷地乱窜，好不容易找到一家真有"太白遗风"的酒店，拣各样特色风味点上来，而后一个电话，把已经在床上躺下了的黄江北从招待所叫了来。黄江北懵懵懂懂地跟着吃完喝完，夏志远先把那几位技术员支走，而后掏出计算器算完账，把账单往黄江北面前一搁，自己拍拍屁股也走人了。这一顿凑了个整数二百元。黄江北瞪直了眼睛也只好掏，心疼了一路。以后每每跟夏志远一块儿出来吃饭，总要先问清了，今儿个您还坑我不坑了？请早说，我得准备钱啊。

听夏志远说这回不坑，黄江北默默地笑了笑，还是只喝茶，不吃点心。他不想吃。夏志远夹了个素菜包子到江北面前的小碟里，说道："你不觉得，你现在去找那位田副省长诉苦，太早了点？"

黄江北说："我不是去诉苦，我要寻求支持。这样下去，我没法子。"

"有一点你搞清了没有？这儿发生的一切，和你要去找的那位省领导，有没有什么直接间接的关系？"

"你说田副省长？"

"万方公司偏偏安排了那么多姓田的人……而且大多还是上八里庄的乡亲……"

"我问过田曼芳，她说，万方公司里安排那么多上八里庄姓田的人，和田副省长没有任何关系。田副省长对这件事很恼火。为这件事，多次批评过有关人员。"

"你就那么相信这位田女士？"

黄江北立即扬起眉毛，反驳道："我们要在章台干下去，不能谁都不信任！"

夏志远淡然一笑："田曼芳不等于章台人民。这还要求证？"

"我找葛老师也核实过。葛老师说，田副省长曾经为这件事把他叫到省里，很严厉地批评了他。"

"那么到底是谁把那么多根本不具备现代企业管理素养的田家人搞到公司里去的？"

"直接策划这件事的，是两个人，一个就是那位曲县长。作为田的老部下，又作为田家乡的父母官，他觉得田既然为家乡争取来了这么一个合资项目，他也就应该为田老家的人安排些好位置……"

"可他是地方官，他没权安排万方的人事……"

"说到这一点，就和我们的葛老师有很大的关系了。他不敢得罪这位地方官。万方初创阶段，他需要地方的支持，他没那个勇气对曲说一个不字。为了这一点，葛老师一直非常非常内疚……"

"还有一个人是谁？"

"据说是田副省长的大儿子，就是那个在俄罗斯做生意的田卫明。"

"这么个才三十郎当的小屁孩儿，忙着在万方安排那么多同宗同族人，想干吗呢？"

"这就不太清楚了。反正这一批年轻后生好像都有一些自己的打算。"

夏志远夹起一个春卷狠狠地咬了一口，说道："你知道，我有时候特别想要什么吗？"

黄江北问道："什么？"

"想要包公手里那把龙头铡！"

"神话。"

"是神话。但你说怎么办？"

"所以，我觉得，最后拿起快刀，能砍断章台这一堆乱麻的人，恐怕只有这位田副省长……"

"别着急。再想一想……让我们认真地把这位田副省长和章台目前所发生的这一切事情的关系，捋捋清，再找上门去……"

"那就太晚了！"

"太晚，也比飞蛾乱扑灯的好。小姐，埋单！"

"我去不说别的，只是汇报情况，总不会碍事吧。让他多进入一点情况，总有好处……"

"他了解这里的一切。"

"谁？"

"省里的那个田。"

"何以见得？"

"如果他没有定见，他就不会在你到章台报到前，就警告你要提防郑某人。给我的直觉，他在章台的许多事情上，比你我卷入得要深得多。所以，我劝您哪，暂时谁也不找，静观事态进一步发展，再做下一步的决定。"

黄江北不作声了，跟着老夏往外走。本来就有低血糖症的黄江北，也许是因为这两晚都没能好好睡，早起又没吃什么东西，只灌了一肚子的"雨前"，挤在公共车里，便觉得头一阵阵晕了起来，还要吐。好不容易坚持到站，由夏志远扶着，进了办公室，倒把小高急坏了，赶紧地冲了杯加糖的热牛奶，还拿了几块巧克力夹心饼干，让黄江北吃了，躺下；不多一会儿，种种症状便明显减退。小高说是要请个大夫来瞧瞧。黄江北坚决不让惊动别人，坚持再躺一会儿，就肯定能自如地活动了。

再过了一会儿，情况果然如黄江北自己说的那样，能起来自如地走动了。小高便松了一口气。看着小高收拾杯子瓶子等，夏志远好奇地问："你还天天喝奶粉？"

小高说："我不喝……"

夏志远问："你不喝，你怎么会备着奶粉、白糖、饼干什么的？"

小高微微红起脸说："我听说黄市长有低血糖的毛病，我想备着点……也许用得着。"

夏志远真挚地夸道："噢，好秘书。"

小高却赶紧拿起收拾好的各种东西，提着热水瓶，知趣地带上门走了。

六十三

田曼芳昨天晚上也一夜没睡。她没回万方。早先她在市内跟人合伙办了个挺有点名气、挺有点特色的饭店——水上大酒家。那儿，有她一个小院，昨晚她就是在那个小院里过的夜。清早起来，当那布置陈设得颇为精雅的小后院依然被一片灰蒙蒙的晨色弥漫笼罩着的时候，一贯早起的单昭儿端着个杯子，上院里来刷牙，看见田曼芳屋里的灯还亮着，便好奇地走了过来，想替她关灯。田曼芳向来是个"夜猫子",即便在万方,只要上午没会,她总要睡到九十点才起床。至于晚上,那就不好说了。特别是回到水上大酒家,不到KTV包间里最后一个客人埋单,她决不会提前一分钟回后院休息。她房里的灯,总要亮到后半夜,但一清早还亮着的事,几乎是绝无仅有的。单昭儿从窗户里看去,只见田曼芳和衣躺在美人榻上,不仅没睡还显得十分疲乏地在翻看着一些大厚本的精装书。榻前的茶几上、地毯上,散放着不少这样的书。单昭儿真是百思不得其解了,只得走进屋去问:"你疯了?一夜不睡!"田曼芳疲乏地笑笑,扔开手中的书,坐了起来。单昭儿拨拉拨拉那些书:"又在深沉啥呢,怎么想起看什么海洋学的书来了?那么有学问哩!"田曼芳笑笑,赶紧把书从单昭儿手里夺下:"嗨,不是没事吗?瞎看看……"

单昭儿一把又夺回书来,笑道:"瞎看看?昨晚你肯定是等谁来着,没等着,是不?等谁呢?又看上哪个男人了?"

"死妮子,我看上过谁了,说我又看上了?中国还有男人吗?不是歪瓜裂枣地一副邪性样,就是油头粉面的从脚后跟里都在往外冒奶气。早绝望了。"田曼芳故意长叹道。

"哎!那就给你找个高鼻子蓝眼睛、浑身长毛的大鬼佬……"单昭儿把那些书一起都扔到田曼芳身上说。

"你让我活遭罪?那一身的狐臊臭……"田曼芳捡起一本掉到地上去的书。

单昭儿故意问道:"那怎么办呢?"

田曼芳笑道:"那有啥,把歪瓜裂枣们、油头粉面们,还有浑身长毛的大鬼佬们都找来,让我这漂亮文静又能干的小表妹,一个人慢慢受用。"

单昭儿笑着扑过去厮打:"你就那么残忍……那么残忍……"

田曼芳笑着喘着:"别闹了……别闹了……"单昭儿依然缠着,要田曼芳承认,最近看上一个搞海洋学的专家了,昨晚就是在等他的电话。田曼芳吐了一下舌头:"等专家?你别吓唬我了。"

"那你说嘛,到底在等谁?"田曼芳捶了单昭儿一下,啐道:"你烦不烦呢?我都老成这德行了,还等谁?这辈子谁也不等。没人可等。"

单昭儿一下挺没趣地耷拉下脸,一边转身向外走去,一边嘟哝着:"不说真话算了。"

田曼芳忙上前抱住她:"瞧,开个玩笑,小嘴又嘟起来了。"

单昭儿翻着白眼:"去去去。你烦不烦呢!"

田曼芳大笑:"好,好,我交代,如实交代。昨天晚上,我的确在等一个男人,一个曾经学过海洋学的男人……行了吧?"

两人说着笑着,天就大亮了。单昭儿挽起自己长长的黑发,回自己的房间去收拾床铺。田曼芳懒懒地把那几本书归置到书桌上,又在那张美人榻上躺了下来。昨晚她几次三番命令自己睡觉,但就是睡不着。几次三番脱了衣服,上了床,关灯,都因为辗转难以入眠,而再次起床开灯穿衣。没人许诺会在今夜打电话给她,更没人要求她连夜熟悉"海洋学"。她自己也不知道为什么要搞来这些根本看不懂的书,像真的似的,左看右看,还看个没完……他生气的时候,显得格外真挚……他虽然总想显示自己是个随和的人,但实际上,始终控制着、左右着谈话局面的还是他……像他那样,心里还有真东西、还能燃烧起一团火的中年男人真不多了。特别是当了十几年领导,心里始终还有一团火炙灼着那点真东西的男人,更少。他能算一个。也许今天再去找找他,他会不会嫌烦?不能太着急了。不能像个没头苍蝇似的,瞎嗡嗡。她想着,眼皮渐渐地沉重起来。睡了不多一会儿,单昭儿来叫她吃早饭。"才几点?穷折腾!"她一边嘟哝着,一边从被窝里伸出腿来,在床边直晃悠。田曼芳的皮肤白得耀眼,她那两条腿的线条简直可以让所有的模特儿忌妒痛苦得自杀去。所以她每回有意无意地从被窝里把那两条腿"晃"出来时,都会引得单昭儿一通极"痛苦"极"愤怒"的吼叫:"老表姐,你又故意来气我了不是?"昭儿脸长得极秀气,但可惜皮肤黄黑了点,腿也稍嫌干瘦了点。夏天她永远不穿短裤,特别是和这位"田表姐"在一起的时候,更看不得"田表姐"穿短裤和短裙来故意"气"她。平时,单昭儿这么"愤怒"时,田表姐有时会索性把被子全掀开了,高高地把腿举起来,在空中划动,还高兴地叫着:"气你气你,气死你这个小气鬼!"然后两人便打作一团、扭作一团,直到累成一摊烂泥,直到把平日里在那些"浑男人"面前必须伪装"淑女"时积下的窝囊气全都发泄出来了为止。但今天田表姐却完全没了这个兴致,

139

只是苦笑笑，撩过被子，乖乖地把自己那两条圆润而富有极大诱惑力煽动性的腿盖上了。

"吃饭吧。"她叹了口气道。

早饭还刚吃了个开头，电话铃突然响了起来。田曼芳忙扑了过去，拿起电话："哪位？"电话是夏志远打过来的："别激动，是我，不是您想象中的那一个。"田曼芳马上把电话递给单昭儿："找你的。"

夏志远忙叫道："喂喂喂……我找的就是你……"

田曼芳冷冷地："别搞错，别把谁都当单小姐。"

夏志远忙说："田经理，我奉黄市长之命通知你。"

田曼芳狠狠地："再没正经，我挂了！"

夏志远嘿嘿一笑道："你愿挂就挂吧。反正跟你通过话，我就有跟黄市长交代的了。"

田曼芳无奈了："快说。"

夏志远却说："请记录。"

田曼芳还真做了记录，说话的语气也越来越恭敬，连连应道："好的好的……我会准时赶到的……"

单昭儿不解地问："又什么事？"

田曼芳匆匆放下电话。

"谁啊？"单昭儿催问道。

"快把那个化妆盒递给我，我得马上出去一趟。"田曼芳推开面前的稀饭碗，伸手去拿湿毛巾。

"去哪儿呀？快说嘛！谁那么大魔力，一招呼你就去……真是个大鬼佬？"

"你才大鬼佬一招呼就去哩！"田曼芳弯腰去套长筒丝袜。

"那是谁啊？"

"夏志远。"

单昭儿生气了，转身向外走去。

田曼芳说："你瞧你瞧。真是夏志远打的电话，不过他只是传达某人的指示。别嘟着小嘴了，放心吧，你那个夏志远，白送给我还不要哩。跟你说实话，公司里来了几个人……"

"去去去，没一句真话。公司里来一百个人，也不会把你急成这样，我还不了解你！"

田曼芳拿起唇膏在单昭儿脸上重重地画了一道，笑道："对，你了解我。对，跟你就是没一句真话。"

几分钟后，田曼芳飞快地把车开到豪华的金城饭店门前，规范的泊车位只剩下最后一个了。黄江北也已经在大厅里等着她了。田曼芳气喘吁吁地带着小跑，向黄江北伸过手去："我没迟到吧？在哪儿谈？大厅里？您怎么找这么个地方，乱糟糟的，跟个骡马市似的！"

黄江北正色道："我们只有二十分钟时间。二十分钟后，我在这儿见韩国的一个商务代表团……"

田曼芳向四周瞟了一眼，而后对黄江北说道："您等着。"

她匆匆走到总务台前，不一会儿，拿着一把钥匙回来了，对黄江北说："请吧。"

她把黄江北请进楼上一间空无一人、陈设幽雅而又恬静的小宴会厅。

"这儿是不是要比下面你那个大过厅里强？"她一边说着，一边脱掉大衣。她今天又换了一件本色的粗纺毛麻时装大衣，那特别圆大的领子和根本是直统的腰身，使她一走起来，就带起一股飕飕的风，风里总带着一丝丝淡雅的香味儿。黄江北心想，这家伙还有多少件大衣可换？他同时也想到了尚冰，真该再为尚冰买件大衣了，但尚冰不会同意的。尚冰总觉得，一个女人一生能有一件大衣就蛮好的了。那唯一的一件大衣，每穿一次，她都要细细地刷好半天，往大大小小的口袋里装上各种各样的樟脑丸、防蛀片、保鲜丹，再往大衣柜里挂。这家伙会那么精心地对待她那"无数"件大衣中的任何一件吗？这家伙还真会办事，一下就找来了这么个小宴会厅。

黄江北淡然一笑道："看不出来，你还挺有本事的。人头挺熟啊。"

"嗨，这算个啥嘛。这要算有本事，那有本事的人就海了去了。说吧，有什么事，赶得那么急？"她笔直地站着，故意做出一副洗耳恭听、必能为君赴汤蹈火的样子。

黄江北做了个手势，请她坐下："今天时间不多，再说，我们也比较熟悉了。不管谈什么，我们不能再弯弯绕了，对吗？"

田曼芳点点头："绝对应该这样。"

于是黄江北说道："今天我要先给你提一个问题。对我的这个问题，你可以不回答。如果你回答了，就必须是真话。由于这个问题对我来说关系重大，所以，如果你今天对我说了假话，以后让我查出来了，那么，我要对你说，你田曼芳在我黄江北这儿就算是彻底完蛋了。只要我黄江北在章台一天，我就不会让你潇洒起来。听清楚我这个申明了吗？"

田曼芳笑道："别吓唬女人。女人都胆小。"

黄江北不笑："请你正面回答我的问题。听清楚了没有？"

田曼芳忍不住还是想笑："快说吧。挺干脆利索的一个年轻市长，今天咋变得那么腻腻懦懦的了！还剩几分钟了？"

黄江北继续正色道："好。我问你，昨天你说，万方公司是什么人的小金库，万方公司成了什么人的私家祠堂。这话是经过慎重考虑的，还是不负责任的牢骚怪话？"

田曼芳端直了坐着的身子，答道："我对我在市长先生面前说的每一句话，都负责到底。"

"你愿意和我一起来把万方公司搞成全省全国最出色的一个现代化企业吗？"

"这话说得……是不是有点太严重了……"

"正面回答。"

"市长先生能视我为同盟军，我当然求之不得，但是……"

"打住。愿意就是愿意，不愿意就是不愿意，别说什么'但是'。"

"愿意。但我还得说个'但是'……"

"很好。请你告诉我，到底是谁要把万方变成他个人的小金库？"

"一个足以左右你我命运的人。"

"谁？"

田曼芳一时语塞。

"是谁？"

"别逼我。"

"你答应我不说假话的。"

"我没说假话。"

"可你没回答我的问题。"

"你说我可以不回答你的问题。"

"为什么不回答？"

"我不想害您……"

"田曼芳，你是不是怕我知道那个人的名字以后，会找那个人去动刀子？我不是那种白痴吧？"

"那当然不是……"

"那你怕什么？"

"让我再想一想……"

"你觉得我没这个能力解决这个问题？"

"不是……真的不是……"

这时，黄江北看了看手表，宣告道："只剩两分钟了，我再问一次，你愿不愿意帮助我？"

田曼芳没答话。

"好吧。田曼芳同志，能见到你，很愉快。再见。"黄江北起身向门口走去。

田曼芳顶不住了："等一等……"黄江北立即停下脚步。田曼芳直直地看着黄江北的眼睛："如果我说了实话，到时候您会咬着牙把该做的事做到底吗？"

黄江北板起脸："说到最后，你还是不相信我啊！"田曼芳全然不凛地说道："请你正面回答我的问题。"

黄江北默然一笑："把球又踢回到我这一边来了。你真是一个厉害的谈判好手。我早就说过，对于任何一个章台市长来说，当务之急，恐怕都会是确保万方早日投产。万方一日不出汽车，当章台市市长的一日寝食不安。在这种情况下，你说，我会不会坚持把该做的事做到底？"

"不要跟我搞什么理论推断，我要你正面回答我。"

黄江北扭动了一下自己的身子，让自己站得更舒服一些："我当然会做我该做的事，并且把它们坚持做到底。"

田曼芳紧逼道："我得罪了他们，作为一个女人，今后我还能依靠谁？"

黄江北正色道："依靠党，依靠人民呗。"

田曼芳冷冷地哼了一声，转身就向门口走去。一直走到门口，手都伸到门把上了，才听到黄江北不紧不慢地又说了声："当然了，我这个当市长的，会尽全力来保护你。你也可以绝对地相信我，依靠我……"

田曼芳马上站住了："真的？任何时候我都能指望您？"

黄江北说道："绝对的。"

田曼芳的心一颤："好，成交，我会把详细情况写成文字材料交给您。您什么时候要？"

黄江北握住田曼芳伸过来的手，催促道："当然越快越好。"

同时他真切地感觉到，松软温热、被莫名的汗浸湿了的小手痉挛地抖动了一下，并很快地从他那有力的大手里抽了回去。

六十四

黄江北从长途车站回来后，冷静地想了想，觉得老夏的分析不是没有一点道理。章台复杂，复杂就复杂在上下左右盘根错节。区区一个曲县长，居然敢小觑新任市长，一方面仗着他自己是个老资格，但也别排除他还倚仗背后有大树硬木杆儿在支撑。浅水蹚河尚且得闹清河底儿的情况，何况要彻底解决一个市的问题，不理清上下左右的关系，就急于脱鞋下河，显然急躁了些。老夏是对的，千万别干自投罗网的傻事。林书记都说过董、于两案可能跟上头的什么人牵扯着，田曼芳又一再说有人要把万方变为他私家小金库……他们不会是虚指虚拟虚晃一枪而已吧？他考虑再三，还是选择了田曼芳作突破口。战术上先扫外围，再突破中心，永远是一个可供选择的良策。在会见韩国商务代表团前，他还要请葛会元办一件事。几分钟前，葛会元已奉命赶到金城大饭店，四处打听黄江北在何处。小高此时也焦急万分地在四处找黄江北。他知道市长已经到了这大饭店里，但不知田曼芳把黄江北带到二楼去了。而会见韩国客人的时间又到了。这是章台市第一次接待韩国商务代表团，牵涉以后很长一个时期能吸引多少韩国投资的大问题，黄市长是实在不该迟到的。小高急得鼻尖上都开始冒汗珠了，这小伙子办事就是认真。

葛会元在宾馆大厅里碰见小高，喜出望外地问："黄市长在哪里？"

小高一皱眉头："我也在找他。您有急事吗？他今天恐怕没时间见你了。"

葛会元解释道："是他约我来的。"

小高疑惑地只说了句："是吗？"他非常想问问黄江北此刻把葛会元找到此地，到底为了什么事，但又没张嘴。小高是个非常懂事的年轻人，非常懂得机关工作人员的基本守则，那就是"不该问的绝对不问，不该看的绝对不看，不该说的绝对不说，不该知道的，那更是绝对别去知道"。他和葛会元正为无处去找黄江北而一筹莫展时，黄江北却匆匆走来了。

黄江北先热情地招呼了葛会元，然后马上又问小高，韩国客人到了没有。小高告诉他，客人都在三楼宴会厅等着了。

黄江北看看表，对小高说："别急，再让他们等几分钟，我和葛总说两句话。"

黄江北先问了问重修总装试验台的情况，而后就对葛会元说："老师，我找您，是想求您帮我一个忙。"

葛会元的脸马上红了："快别这么说，我不给你添乱就算好的了，还能帮你什么忙？"

黄江北说："咱俩就不说客套话了，我请您派个房修队到梨树沟去，帮着把小学校的危房修一修。我答应过他们，四十八小时内解决问题。"

葛会元皱起眉头："四十八小时……这都什么时候了……"

黄江北说："今天天黑以前，您要能让修建队的人带着修房子的材料赶到梨树沟小学，我想那儿的孩子和老百姓还是会非常高兴的。您要替我办了这事，明天我一定让市报头版头条发这条消息。"

葛会元想了想："头版不头版的，我无所谓。这件事……真得赶这么急？"

黄江北说："上学时，您常教导我们，为人师长者言必信，行必果。梨树沟是我上任章台给老百姓许下的第一个诺言。四十八小时之内不见行动，我枉为一市之长！"

"由我来派人给你去办这件事，你……觉得合适吗？"

"一般说来，这么做是不合常规。但孙子兵法不也提倡出奇制胜之举？站在梨树沟老百姓的角度，他们将举双手欢迎我们这么做的。您说呢？"

犹豫。

"您还有什么难处吗？"

"不……难处倒没有……我……这件事……我包了。"

黄江北马上紧握住葛会元的手："老师，谢谢您了。"

葛会元缓缓地握住黄江北的手，诚恳地请求道："什么时候，找个时间，咱俩再细细地说说万方的情况……"

"好的，好的……"

"万方领导班子的问题，你也应该考虑起来……我挑这副担子，的确有些力不从心……"

黄江北用力握着老师的手："今天咱们不说这事，改天吧。"

葛会元直直地看着黄江北，说道："考虑万方问题的时候，别顾忌我。老师老了……真的太老了……"黄江北心一热，他忽然想到，有一天，他黄江北也必须对一个后来的年轻人说我江北老了……真的太老了？他忙安慰老师道："您别这么想，我会全面考虑的……"葛会元立即回万方安排此事去了。黄江北这才放心地由小高引导着，去见韩国客人。

寒暄过后，在开始正式交谈前，黄江北又想起了两件急事要让夏志远办，便写在了一张便条上，让小高去交给夏志远。小高答应了一声，拿着字条便下楼去了。

傍晚时分，黄江北送走那些韩国客人，正想打个电话问问葛会元那边的情况，葛会元气冲冲带着一辆小车、一辆大卡车直奔宾馆而来。车到宾馆后，下来二三十个人，他们都是万方基建队的人，由葛会元带着要进宾馆。宾馆的门卫不让他们进，双方便大声争执起来。黄江北急忙迎了过去。黄江北以为葛会元他们还没去梨树沟，却没想到，他们是在去梨树沟的路上，让两个市委机关的人拦回来的。

"这两位是你派去的？"葛会元急赤白脸问。

"您说可能吗？"黄江北反问。

"我看了他们的工作证，的确是市委机关的。"葛会元气呼呼地说，"这不是拿我们涮着玩吗？一会儿让去，一会儿又不让去。"

"他们说哪个领导指示他们这么干的？什么理由不让你们去梨树沟？"

"他们只说是市委的领导让他们来截的。具体是谁，不肯说。具体理由也不肯说。这到底怎么回事？不是你，那就是别的市领导？在这件事上你们市领导的意见还没取得一致，你就急着办？为什么给山区小学修房子这么好的一件事，都……不一致？是不是我又做错了什么……给你添了什么麻烦？"葛会元睁大了眼睛惶惶地问。

"这事跟您没关系。您一点错也没有。您办得挺好。我会查清这件事的。"黄江北竭力安慰，让小高通知宾馆给葛老师和他带来的那些工人安排晚饭，自己立即坐上车，去医院找林书记了。从种种迹象看，这事又是林书记出面干预的。这位书记同志真是一点面子也不给。

但奇怪的是，林书记是怎么得知今天这档子事的呢？这件事，除了我自己，就只有小高、志远和葛老师，还有就是那一群工人才知情。我觉得这么点小事用不着再拿到"常委"或"书记"面前去请示讨论。我一个市长（就算是代理的），还没有一点权力派几个工人去给一个山区小学修修危房？退一万步说，今天修的是我自己的住房，恐怕也没错。市长（就算是代理的）也不能住危房啊。他为什么要阻拦？为什么要这么决绝地不让我替梨树沟小学把教室修起来？又是谁向他报告的？看来在章台，我的一举一动都处在严密的加倍的"爱护"和"关注"之中啊。

车快速地开上大街，却没向医院方向开去，拐了一个弯，开到一条很幽静的小马路上，不一会儿便停在了一家装潢十分别致的个体美食城门前。黄江北疑惑地刚想开口询问，只见路边有个人向这边匆匆跑来，拉开车门，钻进车。

是夏志远。

不等黄江北开口说话，夏志远对司机说了声："走。"

车又继续往前开去。但没开多远，就在一个街心花园的拐角处停了下来。这儿更加幽静，更看不见行人，只有一幢幢新落成的住宅楼在傍晚最后一抹余光中，肃然地耸立着。周围的路灯还没安装，电线杆儿上的电线耷拉在晚风中，悠然地晃动着，有时也会在狂风中突发一阵痉挛。

夏志远说："你不用去找林书记查问这件事了，是我让人开车把葛老师他们截回来的……"

黄江北一怔："你？为什么？"

"别上火。我先问你，今天上午，你让小高交给我一张你亲笔写的便条，要我按你的吩咐，去办那两件事。这档子事，你跟林书记说起过没有？"

黄江北说道："我在便条上不是写得清清楚楚明明白白的吗？这两件事，你先和下面的同志商量一下，认为确实可行，我再正式去征求市里其他领导的意见。"

夏志远说道："这就是说，在你给我写便条的时候，林书记并不知道你要我办这两件事。是这样吗？"

黄江北用力拍了一下车座背："你真是够婆婆妈妈的了。我已经说了，对这两件事，我自己还没十分把握，怎么可能先去跟林书记谈？"

"以后呢，以后你又和林书记说过这件事儿没有？"

"没有。我一直在接待韩国的那一帮子商界人士，根本没脱开过身。"

"那就奇怪了。我从小高那儿拿到你的便条，刚回到市政府大楼，还没来得及找人论证你交办的那两件事，林书记就派人来把我叫到医院里去了，叫我别去办这两件事……"

"他怎么会知道的？"

"是啊，问题就在这儿，他在医院里待着，怎么会知道你那儿刚发生的事的？他还让我立即派人去把葛老师追回来。他说，他正在做曲县长的工作，梨树沟的这点事，还是得让曲县长出面去解决。一定要给老同志留这点面子，千万别伤了和气……"

"还是林书记让你去截葛老师的嘛！你怎么说是你自己的主意？"

夏志远一时语塞。

"不要说了。去医院。"

"江北……"

"去医院！"

六十五

　　林书记料想黄江北会"杀"上门来的。他等着,连茶都给准备好了。他早估计到,他和黄江北之间会有一个"艰难"的"磨合"过程,但他相信能磨合好。对于这一点,他非常从容。"坐,坐下说,少安毋躁。待会儿听我慢慢给你解释(转身问夏志远)。葛会元带到梨树沟去的那一帮子人,追回来了?"

　　夏志远恭敬地折起身,答道:"追回来了。二位领导,你们谈着,我上外头待一会儿。"

　　黄江北生硬地说道:"没事,你坐你的。"

　　林书记笑笑:"你们还没吃晚饭吧?"

　　夏志远回道:"别说晚饭,黄市长连早饭都没正经吃过几口……上午低血糖病又犯了,差一点晕倒在……"黄江北不耐烦地挥了挥手,没让夏志远再"噜苏"下去。

　　"没什么要紧的吧?"林书记真诚地探问。

　　"抓紧时间说咱们的事吧,一点头疼脑晕的小病,过去了。"

　　林书记忙说:"还是别大意。改日我让人民医院的院长亲自给你检查检查,现在先安排吃饭。老夏,你去,让护士长赶紧安排两个人的饭来。这儿的饭菜虽然算不上有什么特色,但口味还过得去。有几个小炒还够水平,特别是那个五柳鲜鱼和酸菜肉丝汤做得还挺有点正宗川菜馆的川味。还有点意思。不妨尝尝。"

　　但因为黄江北执意不肯在这儿吃,只好作罢。

　　林书记无奈地笑笑:"好吧,不吃就不吃,反正挨饿的不是我。这两件事,我本来是准备先跟你交换一下意见以后,再让老夏去办的。可上午你正在接待韩国那批客人。我不想打扰你,就直接找了老夏……"

　　黄江北毫不客气地打断了林书记的话:"林书记,我这会儿匆匆赶来,不是要跟您谈这些问题的具体处理上的得失。我不想打扰您的休息,我今天也太累了……我只是想知道,我让葛总去梨树沟,让夏助理去办那两档子事,您怎么知道的？是志远上您这儿来报告的？"

林书记笑着摆了摆手："别冤枉老夏，他跟这事可一点都不沾边儿。"

黄江北追问："那请您告诉我，到底是谁上您这儿来报告的？放心，我不会追究那人的责任的，说不定我还会奖励他。难得有这么个同志这么尽心地监督我的工作……"

林书记还是带着一种从容的笑容回答："不是监督，没有监督你市长同志……都是为了把工作做得更好……"

"是我那位高秘书来报告的？"黄江北执意"咬住青山不放松"，一心只想澄清个中内幕。

"不要再追问了，你让老夏、让葛会元去办的这几件事，事情都是应该办的，就是稍稍有点操之过急。我没有一点责备你的意思，就说你让老夏去办的那两件事中，有一件要他去人事局打听一下，给中外合资企业的高级职员进行文化和技能考核必须办理哪些报批手续……"

黄江北还是在追问："是我的那位高秘书来报告的？"

林书记不乐意了："江北，你冷静下来，先听我说完嘛。你要再这样不依不饶地追问下去，我可真生气了。黄代市长，别人就不能向我这个市委书记报告一点你的情况？你就不需要接受一点别人的监督？"

黄江北说："可以报告，我也需要接受监督，但是采用这种方式……"

林书记语调一下也变得稍稍强硬起来："什么方式？我们到底怎么你了，黄代市长？"

黄江北一时语塞。

林书记缓和下口气说道："好了好了，我跟你明说了吧，这件事都是我让小高这么办的。我没有别的意思，就是想让你在这个市长的位置上干得更稳当些，能不出或少出点大的纰漏。江北啊，章台的情况比你能想象的要复杂得多，你又初来乍到，我一直担心你年轻气盛，操之过急，树敌太多，反而做不成事。你是一个能成大气候的人，我不愿意看到你因为某种不谨慎而耽误了自己的政治前程，委屈了自己这块好材料。有句话我可先说在头里，这件事过后，你千万不能去跟小高较劲儿。我再说一遍，这件事小高是按我的意思去办的，是我让他在必要的时候跟我多通通气。小高这青年，年纪不大，为人挺稳重，嘴巴也挺紧。他非常佩服你，总在我面前说你好话……这件事，回头你千万不能去责怪他，更不能给他小鞋穿，就算是给我的一点面子。你要是追究他，我可轻饶不了你。这件事就这么说定了。老夏，你也别上外头瞎叨叨去。"

夏志远淡淡一笑："嗨，跟我八竿子打不着的事，我犯得着跟人叨叨吗？"

林书记回头问黄江北："怎么样，还有什么不痛快的？"

黄江北阴沉地一笑："算了算了。不说了。"果然再不提这档事，只谈亚洲开发银行和韩国商务代表团，还谈了给万方筹款的事。对这几件事的处理，林书记都给了高度的评价。上了车，他吩咐夏志远道："一会儿到金城，你去招呼葛老师和他带来的那些工人同志。没吃饭的，赶紧吃。没喝水的，赶紧喝。吃了喝了的，给他们放录像看。留住他们原地待命，一会儿我还有事要请他们办。"

夏志远忙问："你去哪儿？"

黄江北板起脸："我嘛，得去会会那位可爱的高秘书。"

夏志远忙说："江北，刚才林书记的话已经说到那个份儿上了，你……不看僧面，还得看看佛面。小高的事，就忍了……"

"忍了？你说，我们千辛万苦地回章台来究竟是要干吗的？"

夏志远低声说："江北，你先别冲动……"

黄江北大声说："我已经够不冲动的了！开车。"

晚上，大约九十点钟光景，林书记接到小高打来的电话。小高急促地说："林书记……对不起，这么晚了还来打扰您……黄市长刚才找我谈了话，他不要我给他当秘书了，他让我从明天起就别到市政府大楼里来上班了……他说他今天晚上要亲自带着葛总手下的那些人去梨树沟修房子……林书记，您不是说，有您担待着，黄市长不会对我怎么样的吗？林书记，我……我是完全按照您的吩咐去办的……"而后发生的事情就是，林书记在电话机旁愣了好大一会儿。他当市委书记这么多年，还没遇到过这么"各色"的合作者。

"怎么这么意气用事！"他心里一阵气憋上来，胸口一痉痉地疼起来。稍歇了会儿，他便匆匆走出医院大楼上了专车，专车立即风驰电掣般冲出医院大门，驰进那一片浓浓的黑夜之中，直奔梨树沟方向而去。不一会儿，发

151

现在车的前方，大约二三百米的地方，有一些快速移动的亮点正向着同方向驰去。林书记便催促司机加速。车很快追上了那些亮点，但它们不是黄江北和葛会元的车，只是一个运煤的车队。

车颠簸着终于开进了梨树沟村。看来，黄江北和葛会元还没到。算时间，算里程，算车速，他们应该先到啊。但村里一片沉寂，一片黝黑。后山黑黢黢地耸立，融和了那些个破旧的土房和歪歪倒倒的柴草垛，偶尔发出的狗吠声和时起时伏的风声，使眼前的一切显得越发地寂静空阔。

司机迟疑地回过头来看看林书记。林书记默然地考虑一下，决定让车从原路返回。车折回到大公路上，开到一棵大槐树近旁，林书记突然叫停车，熄火，并关闭车上一切灯光，不再作声。林书记裹紧了大衣，靠在椅背上，直直地打量着路的正前方。不一会儿，正前方有个光点迅速地向这边扑来，是小车的灯光。

林书记忙坐起毅然下令："开灯。"司机迟疑了一下。

林书记催促道："开灯。"司机只得开亮车前灯。

雪亮的光柱中，看得出从对面开来的也是一辆奥迪。看到这边开灯以后，它立即放慢了车速，并关闭了车前灯，驰到离那棵大树不到四五米的地方，慢慢停了下来。

那辆正是黄江北的车。车停下后，他依然一动也不动地在车里坐着。林书记也一动也不动地在车里坐着。

黄江北的司机悄悄地从后视镜里窥视着黄江北那铁板的神情。林书记的司机也从后视镜里悄悄地窥探了一下林书记生气的脸。两位司机都没敢出声说什么。

过了好大一会儿工夫，黄江北才走下车。林书记也走下车。

六十六

"你没去梨树沟？跟我玩什么招呢？把我调动出来，想在那荒山野地里跟我这老汉干一仗？"

"不敢……"

"您还有什么不敢的？"

"林成森同志，我一直有个问题要请教您一下，我一直搞不清楚。省委让我到章台来，究竟干什么？"

"黄市长，别说笑话了……"

"我是个市长吗？"

林成森一时语塞。

"林成森同志，您从三十八岁起就进入章台市的领导层，副区长、区长、副局长、局长、副市长、市长，一直到市委一把手。请您回过头去细细地品一品，在您这几十年里，在哪个位置上，是像我这么尴尬的？您要觉得我黄江北不称职，您可以向省委反映，可以把我免了撤了，可以光明正大地让我滚蛋嘛。如果您承认我还是个市长，即便还只是个代理市长，即便还不是个市委常委，您总得让我干点事。我就是市容清洁队的大嫂，您老先生是不是也得发我一把笤帚？我知道跟您比起来，我黄江北绝对地年轻，绝对地没经验，绝对地不行。我的年龄还没您的党龄长，我应该尊重您，方方面面地配合您……但我毕竟不是幼儿园里的孩子。就算是像您说的那样，饭得一口一口吃，那也得让我吃，路得一步步地走，那也得走起来，您总得让我在干的中间一步步成熟起来、一步步称职起来。您什么都把着不肯放手，您什么都不让我干，您说我在这儿算个什么？我哪一天才能成熟、才能称职、才能不辜负了你们这些老前辈对我的种种期望？"

林成森一时语塞。

"我今天不是要跟您争权。要是跟您争那个，我就上省委组织部去闹了。我只是想跟您挑明一句话，我不能在我自己的秘书监视下，在这儿当这么个傀儡市长！您得给我一句明白的话，您到底要我怎么干？"说到这里，黄江北太激动了，他大步向路坡下走去，让坡下的风猛烈地吹击自己，眼角也即刻湿润起来。风，同样猛烈地扑击着林书记。他久久地凝视着黄江北，忽而低下了头去。

随后的一段时间里，两个人谁都没再说话。

六十七

　　热茶在黄江北手里袅袅地冒着热气，热茶也同样在林书记的手里袅袅地冒着热气。林家客厅一角的那个老式立地大座钟，当当地敲响了十一下，两人自从回到林家以后，这样一语不发地沉默，已经过了好长一段时间了。

　　林书记端起那杯茶，慢慢呷了一口："还有什么气儿，要冲着我撒的，赶紧。都十一点了。"

　　黄江北此时显然已经冷静下来，赧然地笑了笑："我刚才那样子……一定非常可笑……当着两个司机，就乱喊乱叫，太不像样了。小高的事，我……的确有些太冲动。好在这档子事还没捅到人事部门去，还可以补救，我让他回我身边来……"说着，伸手去拿电话。

　　林书记压住电话："先不说小高的事。我想咱俩先得消除一个误会。或者这么说，先允许我发表一个声明：章台市市委书记林成森，从来没有想过要变着法儿地，在背后搞阴谋，施诡计，监视控制章台市市长黄江北，把他变成自己身边的一个傀儡……"

　　黄江北说："别再提这些了……刚才我太冲动了……"

　　"请你别打断我。刚才你冲我发了那一大通，我没打断过您老人家。现在也请您老人家耐着点性子，听我把话说完。江北，你可能知道，你这个章台市代理市长，是田副省长力荐的。但是，你知道不知道究竟是谁把你推荐给那位田大人的？我告诉你，这个人就是我，林成森。我注意你，不是一年两年了。从那一年你和夏志远、方少杰考上清华的那一天起，我就看中了你们这几个章台才子。我早就吩咐过市里的有关部门，要一刻不停地追踪你们几位。可以这么说，坚持不懈二十年啊。我这人，回过头去看看，一生也就为章台老百姓办了那么有限的几件好事吧。在这几件算得上好事的事情里，我自认为最得意、也感到最欣慰的一件事，就要算是把你要回来当章台的市长这一件了。我推荐你的时候，知道不知道你老弟比我年轻？知道。知道不知道你脑子比我灵活、腿脚比我灵便、嘴巴比我灵巧？知道。知道不知道有一天这章台市第一把交椅可能落到你的屁股底下？可以说是更知道。那么我为什么还要推荐你？如果说我找你回来，只是为了让你在我身边做个傀儡，我完全可以找一个只会对我点头哈腰的人嘛。我身边不是没有这样的人嘛。这样的人，我一抓一大把嘛。你也做过好些年的领导工作，你也应该明白，一个领导身边的工作人员，要全是刺儿头，谁也没法当这领导。谁当领导都得在身边用几个听话的人嘛。这些同志也不都是像漫画笑话里说的那样，一个个都是三脚踢不出个闷屁来的二百五，他们中间有的是怀揣大专文凭、能说会道、能写会画、吃苦耐劳、精明强干的人。但我为什么偏偏要选你这么个愣头愣脑会冲我大发脾气的家伙，来和自己一起主政章台？是我活腻歪了，还是真老糊涂了，还是怎么的？"

这时，林书记的老伴端了两小碟点心，悄悄走了进来。林书记立即不耐烦地对她挥了挥手，她马上知趣地出去了。客厅的门又重新关上了。但林书记并没有急着往下说。他怔怔地看着黄江北，好像执意要黄江北回答这两个显而易见的问题似的。黄江北根本没想到平时表面上看起来并不擅长言谈的林书记，今晚竟如此慷慨激昂起来。他不再插话，决心沉默到最后。

林书记见黄江北不作声，便继续说了下去："和你，也和所有那些认定我们这些只是个不中用的老糊涂的人想的正相反，我要的就是比我强的年轻人来接替我。我想着，他应该是很有头脑、敢说敢干又敢想、的的确确能把章台一市四县几十万老百姓的事当回子事但又办事稳当的人。我在这个位置上没几天好待的了，我快要退了。我在章台干了几十年，虽然，自认还是辛辛苦苦勤勤恳恳，也是清清白白的，但是，我明白我的胆儿太小，有许多该我做的事，都没做。不是想不到，而是想到了，没敢做，做不了了……做不动了……做不到了……经的事越多，胆子越小……明知该做，也不敢去做了……"

黄江北犹豫了一下，还是问道："那您为什么还要挡着不让我去做呢？"

"为什么？两个字：害怕。不想知道我怕什么？"

黄江北一时语塞。

林书记在一张纸上写了一个字，刚要拿给黄江北看，有人轻轻地敲门。林书记忙把那张纸翻扣过来，厉声地问："谁？"

林书记的老伴轻轻地推开一点门："茶杯里要续点水吗？"

林书记立即呵斥道："行了。你！"

林书记老伴忙诺诺地带上门，退了出去。林书记这才把纸放到黄江北面前。

黄江北轻轻拿过那纸，看到纸上写了一个大大的"田"字。黄江北愣了一下，很快也拿过笔来，在纸上写了如下几个字："田副省长？"

林书记不作声；只是挺直了上身，瞪瞪地看着黄江北。过了一会儿，他就把那张纸烧了。

两人沉默了好大一会儿。

黄江北低声地："他和万方公司，他和林中县挪用教育基金款，他和董秀娟、于也丰的自杀……有没有关系？"

林书记不作声。

黄江北低声说道："如果有证据，我们应该尽快上报省委上报中央！"

林书记叹了口气："问题就在于，我们手里没有掌握足够的证据……"

黄江北忙问："郑彦章那儿呢？"

林书记摇摇头："别跟我提他。事情就坏在他手上了……"

"此话怎讲？他查办董秀娟一案，不是很有成效吗？"

"刚拿到董秀娟受贿的证据以后，我就直觉，这档子事不简单。董秀娟这女同志我太了解她了，内向，本分，但生性特别倔强，轻易不肯认输。她突然自杀，除了她个人那点事以外，一定有天大的冤屈在里面。我直觉是和上面哪位大人物瓜葛上了……"

"哪位大人物？田？瓜葛上什么问题？生活作风问题？"

"别往那方面想。小董在生活问题上不胡来。"

"那……是什么问题？"

林书记不置可否地看着黄江北，过了好大一会儿才又说道："我让这个郑彦章先别往外捅，先稳住董秀娟，等从她嘴里掏到一点背景材料，再见机行事。那时我不好跟老郑明说这里可能还有上头什么人的事……我更不好说，这人可能就在咱省……省委省政府的班子里……我一个劲儿地给他暗示，别捅别捅，他还是耐不住，捅了出去。行了吧。董秀娟一下吃不住了，自杀了。于也丰也吃不住劲儿，跟着服毒……重大线索全断了……"

"于也丰作为公安局局长，怎么跟这档子事搅和上了？"

"田副省长的大公子田卫明，帮着咱们市公安局办了个搞房建的三产企业，于也丰的儿子做了经理，在万方承包了好几万平方米的基建任务。后来具体在什么事情上，于也丰自己又怎么跟市住宅总公司的肖长海和主管万方公司的董秀娟闹到一块堆去了，就说不清这里的关系了。"

"看来，田跟这些事情都有关系？"

林书记没答话。

"这里只有你我两个人。"

"没有确凿证据……"

"查，派人查啊，咬一口也是咬，咬十口一百口也是咬，索性咬他个水落石出！"

"他是副省长，没有确凿证据，谁敢组织人查？"

"你不组织人查，怎么能得到确凿的证据？"

"他是省委常委。省委分工，他管着我们章台，他是你我的顶头上司。他在章台当过很多年的市长和市委书记，章台有不少干部，包括我在内，都是他一手提拔起来的。到现在为止，调动这些人，还得得到他的点头才行。他过去在章台住的房子、使用的办公室，一直到现在为止，都还替他保留着，空关着，没他发话，谁都不敢把它们拨给其他同志使用。查他的问题……谈何容易啊……"

"看来郑彦章希望把这件事尽快捅到上面，让上面派人从上往下来查，倒也不失为一个解决途径……"

"别提这个不听话的郑某人。"

黄江北无奈地激动地摊开双手急问："那您说怎么办？咱们就这么听之任之干耗着？"

林书记不说话了。

待了一小会儿，黄江北把上身往前一探，突然问道："您……有五十五了吗？"

林书记叹口气："五十五？下辈子吧。我都五十九了，明年就该退了。"

黄江北马上说道："您快耗出头了。可我……才四十二……如果要耗着过的话，还得耗十八年啊。"

林书记苦笑："我想……我相信，总有一天这些问题是要解决的……中央不会不管的……"

"可咱们要不反映情况，中央怎么下决心？他们凭什么下决心？"

"江北，你不会也像郑彦章那样，在这件事情上背着我去做什么大动作吧？请你答应我，在这件事情上，你不管想干什么，事先一定要跟我商量，一定先来征求一下我的意见。一定不许胡来，一定管住自己。你我万一扳不动他，却又把他得罪了，这后果就很难设想……听到没有？"

黄江北呆呆地看着对方，只是不作声。这一瞬间，他突然感到了一种从未感受过的严峻。纯属政治的严峻。谁曾想到过，即便在和平建设时期，政治居然也有如此严峻的时刻。

是得想一想……静静地……静静地……

六十八

这一夜，好大的雨。

六十九

老式的蒸汽机头牵引着长长一列货车，往西北方向开了三四百公里，终于开出了雨区。天虽然还阴着，但确实不再有雨了。有雨没雨，有时往往只是一线之隔。而地狱天堂，有时也只相距一步之遥。这一点，葛平在这几天里大概是体会得最深刻最真切了。

在敞口的货运车厢里。一块厚重的防雨苫布突然动弹起来，接着它被重重地掀开，从这块苫布底下钻出四五个脏兮兮的男人。他们显然是一伙偷乘车的流民，年龄都在二三十岁之间。只有一个孩子，也有十五六岁了。他们以为这儿再不会有其他人了，便放肆起来。其中一个年龄比较大的，扯开裤子，掏出那玩意儿，冲着车外就要方便，忽然间看到在车厢的另一角，有一块平铺着的黑色胶皮雨篷簌簌地动弹。他忙系起裤子，对同伙做了个警戒的手势：保持肃静，甚至掏出管儿刀，那是仿美国海军陆战队用的现代兰博式匕首。

不一会儿，那块黑胶皮防雨篷被慢慢地掀开，葛平从篷布底下钻了出来。她此时完全是一个男孩儿打扮，剪了个短发头，身上同样脏兮兮的。

那个想方便一下的家伙失望地道："呸，我以为是什么玩意儿哩！"其他的几个也立即放松了下来，收起刀，但领头的那个却好像看出了什么破绽，不怀好意地慢慢向葛平挪去。葛平惊恐地护着身边的小箱子和桶式包，簌簌地向后退。她退到了车厢壁上，再无处可退了。那个凶神恶煞般的男人阴笑着打量着葛平，慢慢地把手伸到葛平的脚上。葛平忙缩回脚。那边几个已经掏出一副很旧很脏的扑克牌。叫道："嗨，跟那臭小子逗个什么劲儿，快来，等你起牌哩！"那家伙阴笑了一下，一把拉过葛平的那个桶式包，慢慢地从里面往外掏着东西。葛平好几次扑过去想抢回来，都被那家伙打了回去。那家伙终于从包里掏出一件女式内衣，接着又掏出一个文胸，直至女孩子的卫生用品。那边几个家伙一看，先一傻，接着惊喜万分，扔下牌，扑过来。只有那个十几岁的孩子，待在一边。

那个领头的家伙手里晃着女内衣和文胸："小雌货，说给哥哥听，你到底是干什么的？"一个家伙伸过手来抓葛平："说呀！"葛平一下从包里掏出一把水果刀，对准了那个家伙。那家伙哈哈一笑："嗨，好啊，想跟我们玩玩？"说着，嗖的一下，从身上掏出那把管儿刀。一刹那间，那几个家伙手里都端上了明晃晃的匕首。那家伙眯细了眼，挑逗着："怎么玩？一帮一一对红？还是大开胡？三番四落？"说着，突然一下，便把葛平手里的刀打飞了。另一个家伙便向葛平扑了过去。

那个男孩儿惊叫了一下。一个家伙恶狠狠地冲过去，劈头盖脸就给了那孩子几个大嘴巴。那男孩儿手一松，手里的牌便被风吹了起来。五颜六色的牌在空中像惊散的鸟群一样，飞舞着，飘零着。几只肮脏的大手使劲儿地撕扯着葛平的上衣。葛平护住自己的前胸，死命地翻滚着，挣扎着，绝望的泪水无声地从她脸上往下淌着。那个领头的家伙，这时却阴笑着站在一旁，一面慢慢地掏看着葛平包里的衣物，看看有没有什么值钱的东西，一面欣赏着同伙肆意欺辱葛平。

过了一会儿，他突然叫了起来："别闹了！"他的同伙一时间不明白他是什么意思，都愣在了那儿。

他翻到了葛平的工作证和身份证。他推开同伙，走到葛平面前："看不出来，你还是个女教员。当老师的怎么也上这儿来偷乘了？"

同伙中一个三十多岁的家伙嬉皮笑脸地说道："兄弟，你管她是什么员哩！先让她脱给咱哥儿几个瞧瞧……"说着便张狂地扑过去，又要辱弄葛平。

那个领头的家伙一把拦住了他。那家伙十分不高兴地道："兄弟，她是你姐还是你姨？"那个领头的家伙扑过去一把卡住那家伙的脖子："她是个教员。你他妈的耳朵长在裤裆里了？"那家伙挣扎着："他妈的教员又怎么了？只要是女的……"那个领头的家伙手里猛地一使劲儿："我让你他妈的知道知道教员又怎么了……怎么了！"那家伙眼睛开始翻白："松……松手……松……"那些同伙也赶紧开口相劝。那个领头的家伙这才松开了手："脱了，把你那件褂子脱了。脱啊！"那家伙喘着，不敢再违抗，脱下了外衣。领头的那个家伙把那件外衣扔给葛平。葛平身上的衣服此时除了她死死捂住的胸前那一块衣襟外，其他地方，几乎都给扯成了碎片。

七十

因为天阴，电厂又限电，窑中的礼堂里显得特别昏暗。几个年轻的女教员蹲着侍弄一条在地上长长铺开的白布横幅。她们要把"四十八小时，四十八天，还是四十八年……"几个大字粘贴到这条横幅上去。一会儿，他们要打着这块横幅，到市里找领导说话。找黄江北。找说话不算话的黄江北。邵达人带着几个男老师在礼堂外头的那块空地上，在机修厂的两位师傅的指点下，正在修理一辆破旧的卡车，想用它载着大伙儿，去市里说话。他们还准备请梨树沟的娃娃跟他们一起去市里。梨树沟那头的事当然由随随去办。一个多小时后，车修好了，突突地能响了，居然还颠颠地能走动了，引来不少教师学生看热闹。邵达人用汽油洗掉手上的油污，换下身上那件同样满是油泥的蓝布大褂，看看手表，跟随随约定的时间快到了，不知为什么，一向办事都特别麻利也特别守时的随随，今天却偏偏迟迟不到，真让人着急上火。多等一会儿，倒也没啥，就怕天不争气，一会儿哗哗地下起雨来，这一大帮人，干啥都不是个事。又过了二十来分钟，随随骑着一辆旧自行车，气喘吁吁地飞快地来了。但只有她自己，不见孩子们。

邵达人不解地问她："怎么只有你自己？"

华随随气颤颤地："别提了！"

"什么叫别提了？昨天说得好好的，带着学生和他们的家长一起去市里找领导谈，那才有说服力。光我们去，好像只是为了咱们自己闹工资去的……"一个男教员说道。

"闹工资怎么就不能？几个月不给开支，怎么就不能去跟他们说说理儿？"一个女教员愤愤地说道。

"好了，别扯那个了，让随随先把她那头的事说清了。"邵达人说道。

华随随擦了把脸上的汗说道："头天我都跟孩子的家长说得好好的了。说实在的，不少家长心里也窝着火哩，包括村长，他自己也早想找领导掰扯掰扯这档子事了。有我们挑头，他们当然愿意跟着进城。没料想，今儿个一大早，村长又不知道犯了什么劲儿，挨家挨户去做反工作，不让孩子和他们的家长出村。村长说，解放前那会儿，梨树沟压根儿就没个学校，现在好歹还有个学校了，你们还想上天怎么的？"

教员们嚷嚷起来："这叫什么话嘛！"

邵达人想了想："可能有人给村长发了话了。走，看来咱们还得先去找那位村长聊聊去。"

由一个教物理的老师开着那辆破卡车，不大一会儿，他们就到了五里之外的梨树沟村。他们把车停在老祠堂前的大空场上。乡亲们还没散去，依然沉默着，既不散去，也不应和。村长继续在训斥着："别刚吃上盐巴，又去馋人家碗里的肉汤。有盐巴吃就蛮不错了！"他指着一个家长问："你那会儿有学上吗？"又指着另一个家长问："你呢？现在好歹还给咱村派了个华老师，要惹恼了县里乡里，把华老师收了上去，咱还不活吞驴粪蛋只有干瞪

161

眼儿的份？你有脾气吗？县里乡里那些个主儿，我不比你们清楚？那都是些得哄着来的货，你跟他们戗着试试？反了！"风一阵阵从山村吹过。村长生气了，谁还敢吱声？更别谈挺身而出与村长争辩。只有风敢呜呜地叫嚷。

过了不大一会儿，一个粗壮的汉子低着头，走过来把他的一个女孩儿领走了。女孩儿哀怜地看看华随随，无奈地一步一回头向外走去。

接着便有第二个、第三个、第四个……家长走出来领自己家的孩子。有一个男孩儿犟着不肯走，那个看起来挺瘦弱的父亲，竟然一脚把孩子踹翻在地，大吼一声："还给我添乱？走！"血，立即从男孩儿磕破了的嘴角边淌了出来。孩子并不敢出声，只能无声地哭着，乖乖地从地上爬起来，低下头跟着父亲走了。一点点血的流淌，便使这群不大点的孩子中再没敢公然反抗的了。很快，所有的孩子都被各自的父母领走了，小小的院子变得空空荡荡。

这时，院子的一角传出一阵轻微的抽泣声。华随随、邵达人等忙循声看去，只见那个五大三粗的村长此时却不知为什么蹲在院墙旮旯里，独自捂着脸抽泣起来。华随随一阵心酸，眼角也热辣辣地湿了起来，忙低下头，走了出去。

七十一

小高整理好全部的文件杂物，把它们分门别类地包扎起来，一捆一捆地摞好，等待着移交给新来的秘书。地毯吸过了，桌子也擦过了，所有的茶杯都洗了。报架上的报纸，一概只留三天之内的。当然，最重要的还是那些黄市长交办的事项，他把有关这些事情的材料，分门别类地归总到三个厚厚的牛皮卷宗里，一个已办，另一个待办，第三个正在办。这都是要向新来的秘书认真交代的，一点不能马虎。在家里他也是这么精细。他那刚跟他结婚一年多的妻子说，咱俩换个角色演演吧，你当妻子，让我来当丈夫。他也只是笑笑。他不埋怨，从不埋怨。他本想对妻子说一句，你以为男人就那么好做？但他没说。多余的话嘛。多余的话，不说也罢。即便像今天这样的事情，本来错并不在他这边。林书记要他这么做，黄市长又讨厌他这么做。他作为夹在中间的一个下属,还能怎么样?最后由他来承担事情的全部责任,似乎也是顺理成章的。他不埋怨,不生气,只是即将要离开这个设备齐全、阳光充足、任何时候都能一呼百应的办公室了,隐隐地隐隐地从心里泛滥出一种说不清道不明的苦涩和留恋,他沉重地、也真正感到疲惫地坐倒在沙发上。

过一会儿,黄江北回到办公室,他又强打起精神,忙站起来,拿起那三个卷宗,等着黄江北跟他做最后的谈话。但大步行走的黄江北好像没看到他似的,直接就进了里间。

黄江北神情疲惫,脸色苍白,一边脱掉大衣,一边按了一下桌子下面特设的一个电铃。铃响后,过了一会儿,不见有人应声,便走去对小高说:"没听到我叫你?"小高惶恐地应了声:"啊……"忙拿着那三个卷宗,也进了里间。黄江北从身后的一个小铁皮柜子里拿出那包奶粉扔给小高:"给我冲一杯热牛奶。谢谢……"小高犹豫了一下,拿起黄江北的那包奶粉,去外头冲好后,端了进来。

黄江北接过牛奶,仍不提移交的事,甚至连正眼也没看小高一下,只是低着头问:"有什么要我马上签字过目的电报和急件吗?"小高愣了一下:"有……有……"黄江北一边翻阅着那些电报和急件,一边吩咐道:"通知外经办的马主任,让他约个时间,把所有申报产成品进出口权的那些单位领导,请到我这儿来,我要见见他们。"

小高在一旁站着没作声。

"我跟市财政局和市银行要的本市财政金融情况每日一报,送来了没有?"黄江北继续吩咐。

小高应道:"银行的送来了。财政局刚打来电话,说是可能得九点半左右才能送到。"

黄江北说:"你马上给财政局那个耿局长打个电话,每日一报,必须在八点钟我到办公室前送到。我需要的就是在当天开始工作前,掌握头一天全市财政情况。九点半我已经工作一个多小时了,还要看他的什么情况?"

小高仍没作声。

"怎么了?有何高见?"

"没有……没有……"

163

"那就去办吧。"

"黄市长……再由我来打这样的电话……不太合适了吧……"

"为什么？"

小高一时语塞。

黄江北这才想起了什么："打去吧，我改主意了，不换秘书了。当然，如果你自己不想留下来干，那咱们另说。你愿意继续留在我这儿干吗？"

"我……我知道自己错了……我对不起您……我以后再不这样了……"

黄江北苦笑："这件事也不能全怪你。去吧，忙你的去吧。"

小高没动。

"怎么了，怕以后我给你小鞋穿？那怎么办，要不要我给你写个保证书，保证不给高德和同志穿小鞋？"

"不是这意思……我……"

"德和，我也是个普通人。我也有自尊心。市长的工作不好做，我希望自己身边的工作人员能跟自己心贴心，这点要求不过分吧？这点最起码的愿望，你能谅解吗？"

小高心一热，眼泪立即涌了出来："您别说了……"

"好了，忙你的去吧。我昨天晚上一夜都没合眼，想稍稍歇一会儿……"

小高忙说："派个车送您回家歇一会儿吧？"

黄江北说："不用……我躺五分钟，还得去开会。"

小高立即把窗帘放了下来，在长沙发上放个大靠枕，伺候着黄江北喝了牛奶，让他在沙发上躺下后，最后又把两部电话机全都关掉，这才关掉灯，拿起空牛奶杯，轻轻关上门，走了出去。

回到外间，小高呆站了好大一会儿，简直不相信刚发生的事是真的。又过了好大一会儿，才慢慢平静下来，轻手轻脚地把那刚整理出来的一包包东西，又一一地重新放回到铁皮文件柜里。黄江北却怎么也静不下心，头一阵阵地胀痛。他只得用两只手按住两边的太阳穴，轻轻地按摩。这时外间突然发出很响的一声，把里间的黄江北吓了一跳。本来就被头的胀痛和连日来一系列不顺心的事折磨得心烦意乱的黄江北，恼怒万分地冲出来，叫了一声："怎么回子事嘛！"小高手足无措地呆住了："信……"

"什么信那么重要？"太阳穴还在一痉一痉地跳痛。

刚才小高回到外间，一边整理着那些大包小包的卷宗，一边想着怎么去办理黄江北托付的那几件事，突然想起还有一封挺重要的信差一点忘了交给黄市长。信被压在一大包卷宗的下面，取信时，不留神将卷宗碰掉在地上，惊着了黄市长。

黄江北看完信，看看被小高碰掉在地上的那一包文件，再看看愧疚万分的小高，立即平缓下口气，只说了声："以后小心点……"又回到了里间。小高再不敢收拾东西了，他慢慢地脱下皮鞋，轻轻走到最近的一把椅子那儿，再轻轻地坐了下来，就那么一动也不动地坐着。过了一会儿，有人敲门，是夏志远。小高没顾到穿鞋，扑过去，轻轻把夏志远带到门外，对夏志远说道："黄市长昨晚一夜没合眼……这会儿在里屋躺着……"

"林中县来了十几位教员，想见见黄市长……"

"让他再歇一会儿吧。"

夏志远拿出当日的日程安排给小高看："今天他只有这会儿有点空，这会儿不去见，就更没时间见了。"

"可这会儿不让他歇一会儿，不也没时间歇了。"

"那你说怎么办？"

"你说呢？"两人犹豫着，正举棋不定，难下决心时，办公室门开了，是黄江北，手里还拿着小高的皮鞋。

黄江北把夏志远请进办公室，对他说："今天没时间见达人他们了，有人要见我。"

说着，把刚才小高递给他的那封信，递给夏志远。信是一个叫"田卫东"的人写的。

"田卫东？"夏志远疑惑地看看黄江北。这名字耳熟，但一时半会儿又想不起来在哪儿听到过。

"谁是田卫东？"

"田副省长的二公子。"黄江北低声说道。

"他……他来找你干什么？"夏志远想起来了。

"我必须马上去见他。你把今天的日程重新安排一下，能顺延的顺延，不能顺延的就拉倒……"

"窑中的那些教员你不见了？"

"你看今天还有时间吗？日程不是你安排的吗？"

"田家老二比窑中的教员代表还重要？"

黄江北稍稍犹豫了一下，便先把小高打发了，关上门，这才对夏志远说："刚才林书记特地来了个电话，要我认真接待这位田家二公子，千万别怠慢了。要我用接待副省长的同等规格，去接待他。"

"有病！"

黄江北匆匆地说："好了，别发牢骚了。就这么安排，你替我去向达人他们好好解释一下。几分钟时间，就是见，也解决不了任何问题。"

夏志远坚持道："但你能见他们，对他们也是个安慰。"

黄江北苦口婆心地说："该说的，那天我在达人家里都跟他们说了。有些问题，时机还不成熟，等到我真正能解决他们的困难时，再安排这样的见面。"

"江北……"

黄江北做了个坚决的手势，打断了他的话："上次我让人查葛平的那个电话，有结果了吗？"

夏志远答道："有结果了，查出是在省城内河码头街邮局打出的。"

黄江北问："派人去那一片找了吗？"

"找了，没找到。"

"请省城公安局派人协助。"

"请他们协助了，也没找到。"

"你估计平平会往哪儿跑？"

"说不好。"

"她跑出去想干什么？"

"不知道……"

黄江北不作声了。

夏志远还不甘心，说道："平平那儿，我再派人去找。可……你今天无论如何，得见见达人和随随他们……"

黄江北有些不耐烦了："不要再为难我了，行吗？你还不明白我的意思？我不是不想见，为了这个梨树沟，昨天晚上我跟……某位大人大干了一仗！"

"跟谁？"

"还能有谁？"

"怎么回事？"

"详细的你就别再问了。"

夏志远不作声了。

黄江北苦笑着拍了拍夏志远："昨天晚上从林书记家回来，我整整一夜都没睡着，想过来想过去，我觉得，我……有时也包括你，的确把很多问题都想简单了……我们的确要把所有那些要办的事排一下队，看看哪些是我们能办得到的，哪些又是我们一时半会儿还不可能办的……我们还是要实事求是一些，先去办那些我们能办的事……"这时电话铃响了起来。是林书记打来的。接完电话，黄江北告诉夏志远："你看，林书记又来催问，接待田卫东的事，落实好了没有。"

夏志远说："我去接待那个田老二，你抽点时间，见见林中县来的那些教员，这样行不？"

黄江北说："这位田卫东先生要见的是章台市市长。林书记打电话来反复关照的也是让我这位市长亲自去接待这位二少爷。"

夏志远扭头就向外走去。

黄江北一把拉住他："别这样……"

夏志远长叹一口气："江北，你还是让我离开市政府机关吧，这地方真的不是我待的地方，别等到你讨厌我、烦我、想方设法地要赶我走的那一天，我再走，那样，对你我都不好……"

黄江北无奈地笑道："行了行了！走，跟我一起去会会那个田公子。"

夏志远说道："江北，请你考虑一下我的要求，我这人实在不适合坐机关，更不适合待在首长身边。"

黄江北突然叫了起来："你能不能让我安静一会儿！"

夏志远愣住了。一时间两人都有些难堪，都不作声了。过了一会儿，只听黄江北说了声："对不起……"便拿起大衣向门外走去。

七十二

列车驰近梁家湾车站，那几个"流民"跟葛平的关系似乎已经挺融洽的了。那个领头的家伙问葛平："前面快到梁家湾了，那是个挺大的中转站。怎么着，你是继续跟这趟车往东走呢，还是换个车换个方向走……"

葛平说："恐怕得换个方向了。"

那个家伙笑道："什么叫恐怕要换。到底是换还是不换？你到底想去哪儿？我不是要掏你的老底儿，我对你们那些党国要事不感兴趣，只想帮帮您个人的忙，别让您绕远了，耽误您的事。能告诉我您的终点站是哪儿吗？"

葛平犹豫了一下，答道："北京。"

那家伙异样地打量了一眼葛平，一声不响地转身回到他那些同伙中去了。

不一会儿，列车进站，渐渐减速。几个拿着警棍的路警在站台上晃悠着。车厢里，那几个家伙帮着葛平跳下车厢，一起向一边的煤栈跑去。他们跑到煤栈背后，才发觉，葛平的脚刚才跳车时崴了一下，有点瘸。那个领头的家伙把葛平的小箱子放在她脚边："你在这儿先把衣服换了，我一会儿再过来。"

他走了，并把那些同伙也都赶走了。葛平还是不放心，四下里转了一圈，确认那些家伙真的走开了，这才慌慌地打开小箱子，开始换衣服。

那个领头的家伙走到一大堆废旧枕木的背后，对自己的同伙说："把你们的口袋都掏掏，别抠抠搜搜，给我都掏出来吧。我说了，今天这钱算哥哥我借你们的。你，还有你。掏吧掏吧。痛快点……"那边，葛平刚慌慌地换上了自己的衣服，见那个领头的家伙拿着一大把钱走了过来，忙拉上牛仔裤的拉链。

那家伙把钱递给葛平。葛平一愣。那家伙说："我们就不送您去北京了，北京我都去过好几回了。再说，有我们这帮子人跟着，您心里也不踏实。咱们就在这儿分手吧。"

葛平说："钱我不要。"

那家伙说："北京挺老远的。"

葛平说:"那我也不能拿你的钱。"

那家伙说:"嫌我人脏,还是嫌我钱脏?"

葛平说:"没那意思……"

那家伙不高兴了,眉毛一竖:"那你什么意思?"

葛平说:"没什么意思,我……只是觉得你们也挺困难的……"

那家伙两眼一瞪:"你他妈的,自己都到了这一步了,还想着别人,有意思吗?"

葛平脸一红:"我以后怎么还你这钱?"

那家伙嘴一咧:"还我钱?哈哈……"

葛平认真道:"我一定会还你这个钱的。你给我留个地址吧。"

那家伙苦笑:"您真是个女呆虫,问我们这一号人要地址。我们这一号人有什么地址?火车站,汽车站,桥洞底下……"

"那也总有个落脚处吧……最后的……"

那家伙一撇嘴:"最后的落脚处?有啊,劳改队,刑场,五花大绑,啪……齐活儿。"

葛平心一颤,不作声了。过了一会儿,她索索地把钱压在一块石头底下,怯怯地对那家伙说了声:"对不起……"拿起自己的箱子和桶式包,转身就走。

那家伙突然上前一把抓住葛平,把她摁倒在一段土墙上,吼道:"给脸不要脸,我花了你!"葛平惊恐万状地看着那家伙。那家伙突然松开了手:"我也是章台人,也曾读过几年书,也想一辈子做个挣干净钱的人,也到北京告过状,可没等我跑到北京,就让人逮住了。以后的日子,就是抓了又跑,跑了又抓。现在我已经没那个脸再去北京了,我自己浑身上下也没一点干净的地方了。当年,我身边要是有这么些钱,我也就不会让他们抓着了。我也不会落到今天这地步了。我看你面善,恐怕是头一回往北京跑,还是个干净人,带上这点钱走吧。可惜我大舅子没在中南海,我帮不了你别的什么忙,剩下的,全靠你自个儿了。到北京好好地找个能给老百姓主持公道的大官,把咱们章台的情况跟他白话白话,把我们一直想说的话跟他好好说说。你能这么做了,比还我什么钱都强。女教员,走吧。快走,走!"

169

七十三

　　黄江北一上车，他那辆黑色奥迪就飞快地向市内西北角一个高级住宅区驶去。这是一幢老式的洛可可风格的小洋楼。透过那不算高的栅栏墙，可以很清楚地看到那精心侍弄的小花园，林木蓊郁，特别是那几棵名贵挺拔的水杉树，给这幽静的小环境更增添了几分高雅的情调。稍有些异样的是，它所有的窗户都严严实实地被质地厚重的窗帘密封着。黄江北轻轻推开硬木雕花门，走进小楼，一间空关着的硕大的门厅，便出现在他面前。门厅里光线比较暗，但还是可以看出，这里的一切陈设是那样的精美豪华阔绰。由于长时间没有进人，此刻，它又显得是那样的冷清空落。也许是为了防尘，所有的家具上都蒙着白布，宽大华丽的硬木雕花楼梯扶手上，也厚厚的落上了一层灰尘，甚至空气中都浮游着过多的尘埃，呼吸起来有些呛人。这幢带花园的别墅小楼，是当年田副省长在章台当市长和市委书记时居住的，后来他调走了，但这幢小楼一直还替他留着。他虽然不止一次捎过话来，让章台的同志把这幢小楼分给更需要的同志住，但是"章台的同志"却一直替他留着。其实，田家每年还是有人回来使用这幢小楼的。当然，回来使用这幢小楼的，更多的是田家的下一代。田副省长本人来得已比较少了，即便来，也不住这幢小楼了。他喜欢住到郊区去，那儿还有一幢带花园的小楼，虽然要更小一些，但他喜欢那儿房顶上带有北欧风格的铁皮尖顶和窗沿上精细的铸铁花饰。花园的中心花坛上高耸着的是一棵极名贵的紫玉兰。黄江北呆呆地看着这棵只待早春风一到，便会放出千百朵玉脂般花苞的"树王"，想：田家二公子突然赶到章台来见我，会不会跟这一段章台发生的这一连串的事情有关？

　　不大一会儿，又来了两辆"小面包"，送来十一二个男女勤杂工。带队的是市政府一位管后勤的处长。黄江北向处长一一作了交代后，他们从地下室里搬出各种各样的清扫工具，开始清扫小楼。又过了不大一会儿，小高坐着车飞快赶来，向黄江北报告，邵达人华随随他们打着"四十八小时？四十八天？还是四十八年？"的白布大横幅，乘着那辆破卡车也向这边来了。

黄江北很不高兴地问："他们怎么会知道我在这儿？"小高忙涨红了脸解释："绝对不是我告诉他们的。"

说话间，邵达人他们便赶到了。紧跟着，田家小楼大门外的马路上便聚集起不少围观的人。人们打量着那条醒目的白布横幅，同情地窃窃议论。

黄江北匆匆跑上楼，打电话问夏志远："是你把达人他们鼓捣到这儿来的？"

夏志远撇撇嘴应道："真人不说假话，是我。"

黄江北急得直跺脚："你怎么可以这样？这样……搞得我非常被动……非常难堪……"

夏志远收敛起脸上的笑纹，正色说道："我这是为你好。我要强迫你今天见他们，见一面、见一分钟……否则你会被动一辈子，难堪一辈子；一辈子都会有人为这件事戳你的脊梁骨……"

"糊涂！"黄江北大声叫道，"见了面，三五分钟能打发达人他们吗？那样做不是就显得更不恭敬了吗？田卫东这时候急着来见我，不排除是他父亲的安排，甚至还可能跟解决万方公司的问题和董、于两案有关联……冲着这一点，我想的确不能怠慢了他，真得认真地接触他。甭管他是什么身份，咱们都先别抱成见。志远，这两天我心里挺烦，有许多想不通的东西，很想找个时间好好地跟你聊一聊。但你要相信，你这个老同学绝对还没堕落到见了个副省长的儿子都要赶上去拍的地步。要拍我也不拍他啊！现在章台问题成山，我需要时间，要容我一件一件地去解决。这句话，你去对达人他们说，比我自己去说，要有力。我不是推卸，但我确实需要时间……需要你替我去向这些朋友们、老同学们说明这一点，请他们给我一点时间。"

这时，大门外围观的人越聚越多。小高上楼来建议："要不要先通知附近派出所。来几个片儿警帮着维持一下秩序？"

黄江北瞪了他一眼："哪儿学的毛病，动不动就出动警察？他们是教员！看看动静再说。"

小高忙下楼去了。过了一会儿，他又突然兴奋地跑了回来，叫道："撤了……他们撤了……"

黄江北一愣，忙跑到窗前，小心地撩开窗帘，往外看去，果不其然，一些教员代表正在往那辆破卡车的车厢里爬去。原来夏志远赶来，对邵达人、华随随等做了工作。只见华随随回转身来冲着黄江北所在的那个窗户，微笑着举起拳头，用力地晃了几晃，便和邵达人等爬上车走了。黄江北松了一大口气，颓然坐倒在一把硕大的皮转椅上，电话铃却响了。这时夏志远上楼来，想着，黄江北准要跟他"电闪雷鸣"一通，也想好了怎么应对；一推门，却看见刚接罢电话的黄江北正匆匆穿着大衣，对他说："来得正好，走，马上跟我出去一趟。"

夏志远一愣："不见田公子了？"

黄江北说："出了点事，先跟我去处理一下那件事，回头再来见田卫东。"

黄江北先去后门口等着，让夏志远又去查看了一下小楼整理打扫情况，等夏志远匆匆赶到小楼后门口，黄江北已经坐进车里了。车启动时，黄江北向他解释道："刚接到郑彦章的一个电话，他那儿好像出了什么事，让我马上去取个重要东西。这东西他必须亲自交到我手上，而且让我马上去……"

夏志远问："什么东西？"

黄江北说："也许是跟解决董、于两案有关的重要证据吧。"

夏志远疑惑道："他怎么又愿意把这么重要的东西交给你了？这两天，你跟他私下里接触过？"

黄江北说："没有。"

夏志远说："那他的态度怎么突然间发生那么大的变化？前两天他不还很不愿见你的吗？"

黄江北说："不清楚……"

夏志远说："不会有什么蹊跷之处吧？"

黄江北说："有什么蹊跷？难道他还会骗了我去做人质？嘁！据观察，郑彦章这老头儿，纯粹是个凭直觉办事的人。他有个非常厉害的直觉。也许……这几天他觉出我一点什么来了，觉得还是可以信任可以依赖的……你说呢？"

郑彦章家住的是一个独门独户式的小院，院门虚掩着。他俩敲了两下门，里头没人应答。又敲了敲，还是没人应答。夏志远狐疑地问："他说让你上他家来取了吗？"

"是啊，电话里说得很清楚嘛。"一时间黄江北甚至觉出空气里似乎浮动着一点不祥。夏志远四下里巡视，忙叫黄江北看地上。小院门前的湿地上有两道非常明显的车轮印。

夏志远判断道："好像是刚留下的……有人抢在我们的前面来过这儿……"黄江北一怔，忙用力撞开小院的门，两人急急忙忙地往里走去。走过一段幽暗的过道，粗大的柱子和厚重的墙壁，都给人一种年代非常久远的感觉。他俩在一处墙上，发现了新鲜的血迹，接着又发现地上有很明显的拖擦的痕迹，一些瓷盘花盆的碎片。客厅里桌椅板凳都被掀翻在地，抽屉里的东西都被扔出，柜门一个个也都大开着。明显一副被查抄过的景象。他俩忙走进一个卧室，卧室里同样地凌乱不堪。地上倒着一个瘦弱的老太太。黄江北忙扑过去，抱起老太太，大声向夏志远喊道："快去找郑彦章！"夏志远赶紧推开其他房间的门，所有房间里都不见郑彦章的人影。黄江北抱着老太太，找到电话，却发现电话线已被割断。于是他俩赶紧又抱起老太太，小心翼翼地放到车上，飞快地送到医院急诊室。

在急诊室里，老太太战栗着，紧握着双拳，不让任何人碰她。夏志远似乎觉察出一些什么，便对那些大夫、护士们说："你们先出去一会儿，让我们单独跟老人说说话。"

待大夫、护士们刚走开，老太太突然扑倒在黄江北的肩上，大声号啕起来，并立刻松开一只拳头，哆哆嗦嗦地伸到黄江北面前。只见老人的掌心里握着一张小字条，字条上写着几个字："快去找苏群。"字条是老郑写的，老太太说是在他被人带走前，悄悄塞到她手里的。

黄江北让夏志远马上坐他的车去找苏群，自己则赶回田家小楼里，还去等那位迟迟不露面的田家二少爷。夏志远当即驱车赶到反贪局，反贪局传达室里的一个老人告诉他："苏群？调走了。郑局长一下台，他们跟着也把他给撵走了。可惜了这么能干的一个小伙子。"

夏志远急问："他调哪儿了？"

老人说："不太清楚……听说去了西门外一家电影院，当什么人保干部。"

夏志远又找到那家电影院，那电影院的经理室跟个工匠间似的，堆满了各种修理电影放映机的工具，贴满了各种各样的彩色电影海报。经理是个三十来岁的秃顶汉子，不知为什么，十个手指的指头尖上都贴满了卫生胶布。

他对夏志远说:"小苏子家可不太好找,我也没去过。他欠你钱了还是怎么的?最近经常有人来找他,他老躲着人……您……"夏志远立即掏出工作证。这位经理马上换了副脸,用百倍的殷勤说道:"是夏助理,您别急,他好像留了个地址在我这儿。别急,我给您找找。夏助理,你是市长身边的人,跟你们工会的头头说说,上我们这儿来包几场电影。我们八折优惠,要是包月,还能优惠多些,还能给您个人一点回扣,决不让您大哥吃了亏……"夏志远懒得搭理这位秃顶经理,只是催他快找。经理热情万分,不仅给了地址,还给"夏大哥"画了张简单明了的"地图",同时一再请夏助理帮忙联系包月的生意。夏志远哼哼着出了电影院,按图索骥,出租车慢慢开进一条狭窄弯曲的小胡同,然后就进了一个老旧的大院,院里到处晾着刚洗出来的床单。院里很静,被雨濡湿了的房顶,在微弱的阳光下柔和地发着亮。苏群住八号房。

四号……五号……六号……突然,他听到女人的说话声。

根据方位判断,那声音应该是从八号的门前发出的。但被晾着的大白床单挡住了,看不见说话人。但声音很熟,甚至让他心跳加快。他迟疑了一下,往前走了两步,轻轻地撩开被单,终于看见那两个女人了。

她俩刚走出八号,正背对着夏志远,在给八号的门上锁。毫无疑问,是田曼芳和单昭儿,但一时间又不敢相信。怎么会是她俩?她俩上这儿来干吗?哦,这世界真是太小了!他愣怔了一下,只见她俩锁了门,转过身便向外走去。他忙闪到一个床单的后头,屏住气,听着她俩橐橐的皮鞋声走远,才紧跟着那二位走出胡同口,远远地看见她俩上了那辆蓝色的马自达,飞快地开走了。他赶紧找到一个公用电话亭,给黄江北报告,走进去一看,电话坏了。走了不少路,才找到一个能用的公用电话。

黄江北说:"你看到她们俩从苏群家出来,为什么不赶紧上去拦住她们,打听一下苏群的下落?这还有什么可请示的?"

夏志远着急地解释道:"不行,单昭儿已经有好长时间不理睬我了。我这么突然地找上去,反而会把事搞得更僵,还是另派一个人去的好。你不知道单昭儿这两年里有多恨我……而且,我也闹不清,田曼芳和单昭儿这会儿怎么会出现在苏群家?她俩和他怎么又会瓜葛上了……真是越闹越复杂了。"

黄江北打断了他的话:"现在没有别人可派。再说,这件事也不能再让第三个人知道。你无论如何要赶紧找到这个苏群,东西一定已经转移到他手里去了。而且,那帮搞走老郑的人,发现东西已经不在老郑手里,就会很快去找苏群……不尽快通知苏群,这小伙子也可能会有危险。"

夏志远突然问道:"郑彦章会不会就是你那位田公子搞走的?"

黄江北说:"现在不讨论这档子事。不管是谁搞走了郑彦章,现在首先得保住他转移到苏群手里的那包东西。要保护好苏群,也许通过单昭儿和田曼芳能很快找到苏群,你去找找这二位。"

夏志远无奈地叫道:"妈爷子!你干吗非要我去跟这两个女人打交道!"

七十四

黄江北放下电话,小高便来报告:"黄市长,田先生来了。"

黄江北立即做了个手势,让小高请客人进来。自己则安坐在皮圈椅上,缓缓放眼看去。随小高走进房间来的那个年轻人,大约二十七八岁的样子,脸形清秀,身材修长,穿着十分普通,加上披着的那件旧军大衣和脚上那双圆口黑脸布鞋,简直就跟外头刚练了几天摊儿、还没怎么发起来的小年轻似的。但只要稍稍仔细地一看,便可明显地发觉,他的眼神和一举手一投足之中,都潜意识地流露着从骨子里往外溢出的那种自信和优越感。但他又和我们将在后面一些章节里见到的他那位哥哥田卫明不同。他那位兄长田卫明,压根儿就没想到过要压抑自己这种"天生"的优越感,相反,怎么让这种优越感表现得更充分更明显,他就怎么来;而这位做弟弟的,却明显让人感到,他一生的挣扎,也许就在于如何才能深深地藏起这种潜在地来到他生命意识深处的"优越感"。他一生的痛苦,也许就产生在对自己这种潜意识的极为艰难的反抗上。他身上的那件军大衣和黑脸布鞋,虽然都很旧了,但都十分干净,质地也很不一般。比如那件军大衣绝对是少见的人字呢面料的,纽扣也是早已绝迹的黄铜制作的八一军扣;而那双布鞋更是地道的千层底手工纳制皮滚条镶边黑芝麻呢面子。他一手提着的那个真皮旅行包,看起来既陈旧又粗犷,但细心的内行,便可看出它绝对出自"雅仙娜"或"黑豹"皮革行的著名工匠之手。

第一眼的直觉，不错。有气度但不张扬，质朴却又很显身份，是那么一回子事。黄江北向前迎了几步，伸出手去，微笑着自我介绍道："黄江北。"

田卫东笑得很朴实，又绝对地真挚，紧紧握住黄江北伸过来的那只手，同样简单地只应了个："田卫东。"

黄江北指着沙发："坐。请坐。"

田卫东笑道："在这儿，这句话好像应该由我来说更合适。是吧？"

黄江北也笑了："对对……这楼……你是主。"

田卫东从皮包里拿出一个牛皮纸大信封："这是我爸爸让我带给您的，也算是介绍信吧。"

黄江北一边拆信，一边笑道："你来，还用得着这一套？"

"我说也是。可我爸非要我带上。"田卫东一边说一边很大方地拿过茶杯，咕咕嘟嘟地喝了两口，说道："很早以前，我就想见您。您恐怕还不知道，从我小时候起，各种各样的人就老在我面前用各种各样的方式提到您……"黄江北故意地说："是吗？"

田卫东笑道："我是在章台上的小学和中学，也是五公区三中的，老师们经常在周会课、晨会课上，还有那无数次的个别谈话中，用您的种种事迹来鞭策我们这些劣迹斑斑的差生。我爸爸就更不用说，他老人家脾气暴，只要我和我哥一做错什么事，就准拿着藤条，一边抽我们屁股，一边吼：'瞧瞧人家黄江北，那么刻苦，那么听话，家里那么个条件，都上了清华。你们还算是个人？'不瞒您说，到后来，只要一听见您这'黄江北'仨字，我哥俩就浑身发紧，头皮发麻，屁股上就火辣辣地开疼……您的大名对我哥俩就像风油精、红花油……啊！"黄江北忍不住大笑起来："哈哈哈……"田卫东却不动声色地继续说道："有一回，我哥急火了，真找了把刀，悄悄跟我说，他妈的，找几个哥们儿，把那狗日的姓黄的，骗了……"黄江北笑得前仰后合："好。都想跟我动刀了。"

过了一会儿，黄江北问道："这回准备在章台住多长时间？"田卫东想了想："看吧。三天五天，十天八天，难说。"

"有什么事情要我们办，别客气。"

"您放心。有什么事，我一定会找您的。您……您……请看看我爸的那封信……"黄江北看完信，说道："太感谢你父亲的关心了。我这儿的工作……应该说，还是顺利的。市里的同志还是挺支持我的工作。一般来说，都很正常……"

田卫东说："是吗？可我们在省里听到的情况，好像跟您说的还有点出入。听说您几次下令让他们把梨树沟那两间破房子给折腾起来，都没人理。您要调查一下万方公司中方高级职员的素质，建议重新考核一下这些人员，也没人理。有这种事吗？"

黄江北的脸微微地烫热起来，他不明白这个田卫东为什么要这么"揭"他的底儿。这举动，使黄江北越发觉得，他来者"不善"了。过了一会儿，田卫东又问："听说，章台有不少人在背后说我爸爸的坏话。"

黄江北说："是吗？我怎么没听到过？"

田卫东笑道："黄叔叔，您这就不地道了。这一两年章台出了一些问题，有人就千方百计地把这些问题，跟我那位老爸挂起钩来。您说挨得上吗？我爸走了都这么多年了，难道能因为他曾经在这儿工作过，就该让他永远地对这儿发生的一切问题负责？这不公正吧？"

"有这样的说法吗？没人向我反映。"黄江北稳稳地坚持道。

"当然，我不是说我父亲在章台工作期间以及他调离后又分管这一地区的工作以来，每件事都办得十分妥帖。我也不是百分之百地赞成我爸爸的许多做法。他这人对那些跟过他的、常年在他身边工作的人，太讲情义，总是下不了手。造成了这些人中的一些不良分子，到处打我爸爸的旗号去干不正当的事。章台的许多问题，都是这么酿成的。我对我那位哥哥，也是很不感冒。他老兄带着那么个洋妞，到处招摇，我看这种活法，不比马戏团的小丑高明多少。当然，我也不赞成郑彦章的某些做法……"黄江北不动声色地抓住这个话题追问："你认识郑局长？"

田卫东说："章台市的这些老同志，没有一个不是跟我们家有深交的。"

黄江北冷不丁地说："郑彦章刚才突然从他家被人带走了。"他想瞧瞧这位田公子的反应。想不到田卫东对此真的很意外，甚至都有些吃惊。

黄江北进一步试探道："关于郑彦章的失踪，你有什么更确切的消息吗？"

田卫东眉毛一扬："您不是在怀疑我绑架了郑某人吧？"

黄江北微微一笑道："那怎么会呢？"

这时，小高走进来，附在黄江北耳朵旁，低声说了句什么。

黄江北对田卫东说了声："对不起，我去接个电话。"便立即走了出去。电话是公安局的有关负责同志打来的。他们查了一下，公安系统今天没有人去找过郑彦章的麻烦。这么大一件事，他们绝对不敢自说自话地就动作。这也是黄江北让夏志远去查问的。黄江北回到那个大起居室来的时候，却不见了田卫东。小高告诉黄江北，刚才有一个人慌慌张张地跑来，把田卫东叫到另一个房间去说事去了，好像出了点什么事。

不一会儿，田卫东也回到大起居室，神色有些紧张地对黄江北说："郑彦章出事了……"黄江北一惊："你怎么知道的？"田卫东说："先别问这个了，您现在能抽空跟我一起去瞧瞧吗？"黄江北忙问："他怎么了？"田卫东犹豫了一下："可能是脑溢血……已经昏迷了……"

七十五

出租车开到水上大酒家门前。夏志远在车里犹豫了好大一会儿，才鼓起勇气走下车去。正在酒家大堂里主事的单昭儿，看到夏志远迟迟疑疑地往里走来，忙对一个领班吩咐道："我上后头有点事，别让任何人来打扰我。"

夏志远看到单昭儿突然转身往里走了，赶紧加快脚步，追了过去。那个领受了旨意的领班忙上前去拦住夏志远。夏志远却友好地拍拍他的肩膀，并在保持那友好微笑的情况下，把他一把拨拉在一边，照直走了过去。

单昭儿跑进经理室，关上门，忙取下衣襟上那枚纯白色的骨雕莲花胸针，锁进抽屉。这时，门外面已经响起了夏志远的敲门声和叫门声："昭儿……昭儿……"单昭儿屏住气，不吭声。夏志远着急了，用力擂了几下门，声音特别响。声音传到大堂里，让许多顾客都吃了一惊，领班只得带着两个男服务员匆匆赶来干预。

夏志远继续用力敲门，喊道："昭儿，你是不是想让所有的顾客都上后头来看一场好戏？"

单昭儿只得开开了门。

夏志远很有礼貌地对那几位男服务员说："你们几位是不是可以回到各自的岗位上去了？这儿没有发生战争，不需要维和部队。"

领班看看单昭儿。单昭儿无奈："你们在外头等着吧。"

夏志远说了声："谢谢。"便插上门，把那几个服务员关在了门外面。"在谈正事前，我想请你帮我澄清一个小小的疑问，可以吗？"他对单昭儿说道。

单昭儿往桌后退了两步，冷冷地说道："我很忙，有什么你快说。"

夏志远说："就一个小小的疑问。刚进大门时，有一刹那，我看见你胸前仍然戴着我当年送给你的那一枚白莲花胸针，这是真事吗？"

单昭儿冷冷一笑道："夏先生，您眼花了。"

拉开抽屉，拿出好几个极为精美的首饰盒子，"哗"的一声扔在夏志远面前。"这里任何一个胸针，都要比你那个只值四五元钱的玩意儿，昂贵一百倍一千倍。别自作多情！"

夏志远迟疑了一下："那……可能是我看错了。"

"你到底有什么公干，请快说。"单昭儿催促道。这时门外的那几位听到他们的副经理在里头大声嚷嚷，怕她吃亏，便一个劲儿地拍门，要进来。夏志远笑道："你是不是先让你那些人安静下来，这儿没人要对他们的副经理施暴。"

单昭儿说："你擅自闯入我经理室，不是施暴是什么？"

夏志远微笑笑："好吧，你不嫌闹得慌，我更不在乎。"说着，抄起双手，泰然地在一张沙发椅上坐了下来。单昭儿等了一会儿，有点不耐烦了，冲到夏志远面前说："你到底想干什么？"夏志远只是翻看茶几上那两本香港时装杂志，根本不理会单昭儿的责问。单昭儿狠狠地啐了一句："赖皮货！"只得到门外对那几个下属低声说了句什么，那几个人乖乖地走了。单昭儿回转身用力甩上门，对夏志远说："现在总可以说了吧？"

夏志远说："我出来找苏群。"

单昭儿说："你走错门了。"

"我亲眼看见你和田曼芳从苏群家出来。"

"是吗？有这么回子事吗？"

"昭儿，这件事人命关天……"

"关天关地，不关我单昭儿什么事！"

夏志远一下站了起来："你……怎么可以这么说！"

单昭儿一下也提高了声音："我为什么不可以这么说？"

"单昭儿！如果你没得什么健忘症的话，我想你应该还记得自己几年前还是一个市委机关的优秀干部，一个十分虔诚的共产党员，一个非常狂热的集体主义者，你应该清楚章台目前的状况。你应该明白，组织上今天让我来寻找苏群，究竟是为了什么。我想你还不至于为了一点个人之间的恩恩怨怨小事，置章台几十万老百姓的大事于脑后。我告诉你，苏群他现在的处境很危险。"

"哼，告诉你他的下落，就不危险了？也许更危险？"

"不是告诉我，而是告诉组织。"

"哈哈，组织？那年我们一起去重庆参观过白公馆、渣滓洞。我想你还没忘记当年出卖江姐、把她送进敌人虎口的，不是别人，正是她的顶头上司重庆地下市委书记！你也别忘了，当时在渣滓洞坐牢的那些共产党员们，在被枪毙前，千方百计地让人送出几条遗言中，有一条就是告诫所有那些还活着的同志，要警惕领导成员腐化，对组织也不要迷信，不要太理想主义了！这还是你老夏同志在给我们这些幼稚可笑的小年轻上党课时一再讲、讲得嘴上都起了泡的！"

夏志远反驳道："当领导的有甫志高这样的人，但毕竟还有许云峰嘛！"

单昭儿冷笑道："您是许云峰？太伟大了吧。"

夏志远冷笑了一下："我不是许云峰，但我还知道做一个人怎么也得给自己给别人留点良心，不像你……"

"我怎么了？"单昭儿一拍桌站了起来。

夏志远又冷笑了一下："你怎么了？仔细瞧瞧吧。整个儿一个丑陋的小富婆。整个儿一个肮脏的阔太太。你以为我爱找你呢？戴着你那些几千几万元的胸针，上那些大款大腕儿面前去扭你的屁股吧。告诉你，没有你这个单屠夫，夏志远照样不吃活毛猪！我就是打一辈子光棍，也懒得再瞧你一眼！"他气愤地一甩门，大步地走了出去。

七十六

田卫东开着自己的那辆天霸车，带着黄江北一直向郊外驰去，最后停在圆觉寺疗养院门前。不一会儿，院长和几位主任医师领着已经换了白大褂的黄江北和田卫东匆匆走进急救室。郑彦章处在深度昏迷之中，五六位大夫和护士正忙着在抢救。

黄江北问："是脑溢血？"

院长说："典型的脑溢血症状。"

黄江北问："他身上有没有被人殴打的痕迹？"

田卫东忙说："没人打他……"

黄江北问："你怎么知道？"

田卫东支吾道："我……"

院长说："我们还没有做这方面的检查。"

黄江北问："做这样的检查会不会加重他的病情？"

院长说："那要看怎么查。如果只是做一些外观上的检查，还不会造成什么不良的后果……"

黄江北说："如果你们没有把握，我就派法医来检查。"

院长忙说："不必不必。这点把握，我们还是有的。"

黄江北说："那就查清楚，要做记录，写正式报告。注意他有没有别的内伤。"

院长说："是。"

黄江北说："不惜一切代价抢救。"

院长说："是。"

黄江北说："听着，没有我的允许，不准任何人来干扰你们的抢救工作。不准任何人随意挪动郑局长。有你赵院长在，就得有郑局长在。丢了郑局长，我唯你是问！"

院长说："是。"

圆觉寺疗养院大门外，夜色浓重，山影幢幢。

黄江北问田卫东："苏群现在在哪儿？"

田卫东依然支吾："不知道……"

黄江北正色地："是不是要等再闹一个脑溢血了，再来告诉我？"

田卫东忙说："我确实不清楚他在哪儿……"

黄江北追问："绑架郑局长，是谁的主意？"

田卫东忙说："我并不清楚这到底是怎么回事……真的……"

"卫东，我去过郑局长家。郑局长是怎么被带离他自己的家的，我看到了现场。我想你应该清楚，你现在是和章台市的一个市长在打交道，他是不会同意在他的责权范围内一而再再而三地出现这种完全无视党纪国法的恶性事件的。我曾问过你郑局长的事，你说你不知道。可几分钟后，你却来告诉我他昏迷了。你匆匆领我来这儿，现在又推得什么都不知道，你说我能相信你吗？"

田卫东一时答不上来。

"我要说一句难听的话，你以为你是副省长的儿子，就可以在我眼皮底下为所欲为？"

"真的不是我干的。"

"谁干的？"

田卫东没作声。

"要我惊动你的父亲来跟你谈？"

田卫东没作声。

"刚才是谁来向你报告郑局长昏迷的消息的？"

田卫东仍旧没作声。

"你知道不知道，非法绑架反贪局前局长，已经严重触犯刑律……"

"不是绑架，只是想请他到圆觉寺来休养一段日子……"

"请？我让人也这么请你一回，你愿意吗？你再不说实话，我只能给你父亲打电话了！"

"这件事的确不是我干的。我奉我父亲之命来章台，完全只是为了见你，跟这件事没有任何关系。"

"卫东，你听着，你们都是一些神通广大的人。你们在章台市以外的什么地方想干什么，我这小小的章台市市长干预不了，但你们到我章台地面来，不能这么干。章台市已经够乱的了，你们别来逼我，逼我做出什么对不起你父亲和你们家的事。我必须跟你把这档子事的利害关系说清楚。章台已经死了两位局以上干部了，为这二位，已经惊动了省委和中央，如果郑彦章死在你的手里，我告诉你，你爸爸就是政治局委员，也保不了你！你马上通知你的人，停止搜捕苏群，有天大的事，来找我这个章台市代市长，你们别直接插手这个案子！"

田卫东脸色灰白："黄叔叔……这件事的确跟我没有任何关系。"

黄江北厉声道："快去！"

七十七

夏志远走出水上大酒家，潮湿的地气蒸腾上来，弥漫成一片浓浓的雾团，把紧邻着水上大酒家的那条林荫大道，整个都封锁住了，远远地看去，只有那一团团昏黄的路灯光在雾里游动着漂浮着。他呆呆地仰起头，站在空无一人的林荫道上，让稠密的浓雾无声地从自己身边涌动而过。他大步向前走去，树干的黑影不时从他身边擦过，但走着走着，却放慢了脚步。他又有些不知所措了，他潜意识地回过头去寻找，身后依然只是一片灰白的寂静。他低下头，又无奈地站了一会儿。他知道自己得罪过昭儿，但不知道竟会得罪得那么深。他更没想到，自己说了那么一番大义凛然恳切肺腑的话，都没能打动昭儿。两年多的疏远，竟在两人之间产生了那么大的隔阂，对此他真感到有些不寒而栗。女人，你怎么就那么容易变？他沮丧万分。

这时，他似乎听到了一阵引擎的低鸣声向这边逼来，等他抬起头，一辆蓝色的马自达私家车已经开了过来，而且嘎的一声停在了他身旁。

车是田曼芳的，但此刻开车的却是单昭儿。单昭儿冷冷地下令道："上车。"

夏志远还没醒悟过来单昭儿到底想干啥，只听她又在厉声催促了："上车！"他本能地不想违抗，赶紧上车。一路上单昭儿一声不吭，只管把车开得飞快。夏志远也不问,随她开去。不一会儿,马自达开进市内的一个工厂区,停在一个炼钢厂的料场外头。单昭儿带夏志远穿过堆满了废钢铁的料场,五十吨的天车从他们头顶上隆隆地开过,单昭儿又带夏志远翻出一段残缺的围墙,一个老式的蒸汽机头,喷吐着浓烟,拉着还暗红着的热钢锭,从他们身旁驰过,即刻间,从蒸汽机头里喷出的水汽和浓烟把他们完全淹没。走到厂区背后,单昭儿把夏志远带进一个拥挤着很多排红砖平房的大杂院里。她敲了敲其中一间的门,并低声地叫了声:"嗨,是我。"

门迟疑了一下,才吱呀一声启开。开门的竟然是苏群。他一看单昭儿身旁还站着个男人,而且是在黄市长身边工作的夏助理,很吃了一惊,就想往外跑。眼明手快的夏志远一把用力地把他推回屋去,关上了门。两个人怔怔地相对着呆站了一会儿,夏志远把郑彦章写的那张小字条拿给苏群。苏群看了字条,眼眶一下湿润了,神色黯然地坐了下来。

单昭儿忙说:"你们谈,我给你们烧壶水去。"

夏志远问:"能先告诉我,你们之间……还有田曼芳,怎么回事?"

单昭儿反问:"这也跟良心有关?"

夏志远说:"当然……不一定……"

单昭儿说:"那就请你免开尊口。"说着便拎着水壶,走了出去。

夏志远苦笑,轻轻叹了一口气。

苏群着急地问:"郑局长现在在哪儿?得赶紧找到他。他那身体,肯定经不住那帮人折腾。"

夏志远说:"现在先解决你这儿的事。告诉我,郑局长让我们来找你,是不是有什么东西藏在你这儿了?"

苏群说:"是的……"

"有关董、于两案的证据?"

"也可以这么说吧……"

"快把东西拿出来……"

"东西还不在我这儿……"

"别再跟我们捉迷藏了,东西到底在哪儿?"

"你听我说……"

这时，单昭儿慌慌张张地跑了进来，告诉他俩："有人来了。"

夏志远忙问："什么人？"

单昭儿说："不知道，开着吉普车来的。"

苏群忙说："肯定是你们把尾巴带我这儿来了。"

单昭儿急问："怎么办？"

夏志远催促道："还傻站着干吗？取东西呀！"这时，大杂院里，几个身穿半旧的军大衣的中年男人，神情阴郁地大步向这边走来。苏群这才搬来一张板凳，从顶棚里取出一小包东西，交给夏志远："你们快走，包里的东西，你们也许不一定看得明白，我以后再给你们解释……"说话时，那几个大汉杂沓的脚步声越发地逼近过来。夏志远忙问："怎么会看不明白？"苏群一边说，一边推着夏志远："现在没时间解释了，你们快走，快走！"单昭儿和夏志远从后窗翻出那小屋，气喘吁吁地跑出钢厂，快要跑到那辆马自达私家车近旁时，发现后头有人追了过来。夏志远一把把单昭儿摁倒在一个旮旯里蹲下。单昭儿慌慌地问："怎么办？"夏志远说："我去开车，引开那些家伙，你再想法带着这包东西离开这儿……"单昭儿说："不行不行……我一个人带着这么重要的东西，不行。还是我去开车，引开他们，他们不认识我，不会对我怎么样。"

夏志远感激地拉住单昭儿的手："谢谢你……"单昭儿用力推开夏志远的手："别碰我这个肮脏的富婆！"夏志远犹豫道："昭儿……明天晚上，你要是愿意，在工人文化宫二楼西餐厅……"单昭儿忙虎起脸："不必了。"夏志远颇有些尴尬地挠了挠头，干笑了两声，自嘲道："好吧好吧，那就不必了……"说着，便转身向一个小窝棚后头走去。单昭儿忽然低低地叫了一声："嗨，小包。"

夏志远回头去接那个小包，他的视线却落在了单昭儿伸过来递小包的那只手上。那手是那样的圆润细巧，离自己又是那么的近，在白嫩的皮肤下，隐隐地透出蓝丝线般的微细血管，显得如此的文静而姣好。真是久违了。夏志远的心一热，不由自主地又把目光落到了昭儿的脸上，恍惚间要躲开昭儿那似乎是生着气，但又似乎并没在生气的目光，竟把视线落在了昭儿那微微隆凸起的胸脯之上。单昭儿脸一红，嗔道："你要不要？讨厌。"并缩回了手，还转过了身去。

夏志远的脸顿时也微微红起，但狡黠的他，趁接包时，竟一下握住了单昭儿的小手。单昭儿忙缩回手。好大一会儿，两人都没说话，心都跳得很厉害。那些跟踪追过来的人，因为没有找到他俩，径直到马自达车那儿等着了。

单昭儿啐道："你要不要呀？"夏志远忙说："要……要……"单昭儿再一次伸手去递包时，夏志远不仅握住了这只小手，还不顾一切地把昭儿搂了过来，紧紧抱住了她。他实在太想她了。单昭儿却被他的这一举动完全吓坏了，痉挛着一边推拒一边又漫无目的地敲打着夏志远背部，不一会儿，便变得温顺起来，热烈起来。也许是十秒……也许是二十秒……那窒息般的喘息声突然中止了。夏志远松开了昭儿，头都没敢再回一下，便躲进了那个旧窝棚的后头去了。他在窝棚后头不知所措地大口大口地喘着。单昭儿一时间也不知所措地喘着。

夏志远怕刚才自己的鲁莽，惹恼了昭儿，以后更不理睬他，便在忐忑地犹豫了好大一会儿后，悄悄地走出窝棚，想去跟单昭儿道声歉，但探头一看，单昭儿已经走了，马自达也不在了，马路边空空荡荡的，天空阴得厉害，似乎在拼足全部力气，酝酿一场空前绝后的暴风雨。

七十八

做得晚饭，一直等到饭菜凉透，还不见小冰回来，尚冰真有点急了。桌上的、五斗柜上的闹钟都嗒嗒地走到了七点，院子里，家家户户都传出了《新闻联播》那明快而庄重的开始曲，小冰却还没有回来。尚冰关掉电视机，想上外面找找小冰。刚走出门，却看见小冰抱着她那大书包，呆呆地坐在门口的房檐下。

尚冰眼圈顿时红了，心疼地扑过去一把拉住女儿的两只手，跺着脚叫道："我是你的妈呀，傻闺女，你这是干什么嘛……妈到底怎么得罪了你？你说呀！你要急死我？"

小冰只是流着泪，不说话。

七十九

田卫东心里不安，很不安。郑彦章不是他抓的，但他知道这事是谁干的，一猜就猜到了。除了他哥哥田卫明，没人会干这种蠢事。

只有卫明这种蠢家伙，他性子急，脾气火暴，吃他的喝他的哥们儿朋友又特别多。这伙子人在一起，总觉得这世界上没有他们办不了的事，更没有他们不能办的事。前两年，卫明从万方"借"了不少的钱，上境外一些地方搞劳务输出，易货贸易，合资办厂……他怕郑彦章把董秀娟和于也丰的死跟他联系起来，早就想找郑彦章好好地谈谈。他那帮子哥们儿跟他一起哄，他绝对能干出这样的事来。但万一郑彦章真要有个三长两短，怎么交代？怎么收场？再牵累了老父亲，又怎么得了？想到这里，田卫东不禁打了个寒战。

红色天霸车无目的地在郊外的公路上飞快地跑着，雨点像疯狂扫射的机枪子弹一样击打在他那漂亮的车身上。他刚才又去看过郑彦章，但圆觉寺的那些家伙得了黄江北的"旨意"后，把郑彦章"封锁"了，谁也不让见了。他赶紧去找黄江北，黄江北偏偏又去参加常委会了。他不是常委，参加什么常委会啊！大概是列席。他想让黄江北同意他从省医学院再找一个（或一组）他信得过的高明大夫来参与对郑彦章的抢救。

在章台目前这种复杂的形势下，不能排除有人会为了扩大、恶化事态嫁祸于他们田家，而故意搞死郑彦章。郑彦章不能死，死了就真说不清了，田卫明脱不了干系，他和他一家人都可能长时间地卷到这个泥潭里。即使最后查清了具体责任者，他和老爸也会被搞得声名狼藉而再没法在这块地盘上存身，更不要说求什么新的发展。想到此，他又打了个寒战，不禁又恨起那个二百五的哥哥来。那辆火红色的天霸车，飞快开到一幢乡村小别墅门前停了下来。他按了两下喇叭，门开了。

田卫东大步走进小别墅，问："我哥在哪儿？"那个被问的支吾道："他……他没回章台……"田卫东冷冷地瞟了那雇员一眼，就向楼后走去。那雇员忙一转身，想从另一个门里跑出去给田卫明报讯儿，田卫东早料到他会有此举，便一把摁住他。这时田卫明正在楼后小花园里一个新挖的土坑边，悠然自得地烤着羊腿。田卫东由那雇员领着，匆匆走过去，一脚就把羊腿踢飞了。田卫明跳起来吼叫道："谁他妈的欠揍！"田卫东没等他再吼第二声，上前揪住他衣领，责问道："是你带人去抄了郑彦章的家，又带走了郑彦章？"田卫明反问："你怎么也到章台来了？"田卫东说道："我问你哩！"田卫明瞪大眼："我的事，你少管。"

田卫东说："你在爸爸面前怎么做的保证？"

田卫明说："爸爸，爸爸，你烦不烦呢？你我都不是三岁小孩儿了……"田卫东说："你是不是三岁小孩儿了。郑彦章脑溢血，已经报了病危，你老哥居然还有心在这儿烤羊腿。我看你跟三岁孩子没什么区别！"田卫明一惊："谁脑溢血？郑彦章那老小子？不可能。我送他去圆觉寺时，还好好的。"

"你自己去瞧呀！你他妈的不明白带人查抄反贪局局长的家是什么问题吗？"

"谁是反贪局局长？郑老头儿？屁！他已经不是反贪局局长了。"

"这你就能胡来了？"

"我说你今儿个怎么了……"

"怎么了？爸爸明确说过，章台这边的事，由我来收摊儿。他让你别再到章台来瞎搅和！"

"你们来收摊儿？你们收得了这个摊儿吗？"

"收得了收不了，爸爸也不让你再到章台来！"

"当着你的面他是这么说来着。背着你，他又跟我说了些什么，你知道吗？"

"他说了些什么？"

"不该你知道的，你就别问。黄毛小子，这点规矩都不懂！"

"我是不懂。但郑彦章今天要真狗屁了，告诉你，今儿个你吃的这条羊腿就会是你这一生吃的最后一顿好饭了！"

"有谁证明郑彦章是我抓的？嘿。"

"你要真出了事，你以为你那些哥们儿会真的替你把黑锅背上？反了！是不是你干的，他们都会推到你头上！"

"这也就是你！你从来就没有过真正的朋友，从来也不知道什么是真正的哥们儿！你从来就像是一只孤独的野兔……"

"苏群你们也抓了？"

"苏群？苏群是什么东西？"

"别跟我装蒜。你这么干，有你哭的时候。"

"放心吧，我的好兄弟，阳光明媚着哩，小风儿飕飕着哩。伟大领袖咋教导我们来着？形势大好，不是小好，而且越来越好。悲观是没有道理的，惊慌更是没有前途的。"

这时，田卫东身上的"大哥大"响了。他拿着机器上外屋去说，是黄江北打来的。他刚才留了个电话号码在小高那儿，让黄江北散了会，给他回个话，现在黄江北回话了，可以马上见他。

八十

夏志远和单昭儿分手后，拿着那一小包东西，叫了辆出租，直奔自己家而去。下车，上楼，匆匆走到自己单独居住的那个房间门前，掏出钥匙，刚把门开开，突然从楼道两边拐角暗处蹿出两个大汉，没容他挣扎、喊叫，就一把把他推进了门。

一个大汉态度非常友好地说："夏助理，我们是省扫黄办的，我们得到报告，有个叫苏群的小子窝藏了一些黄带，刚才他把一包东西交给了您。如果方便的话，我们想看一看他的那一包东西，希望您能支持我们的工作。"

夏志远斜了他们一眼："扫黄办？大概是绑架办的吧？"

那个大汉说："别逗闷子，我们有介绍信……"夏志远笑笑："介绍信？这年头要几张介绍信还不好办？除了中南海的，哪儿的办不出来？"

那个大汉说："您要这样，那……咱们可就不好办了……"夏志远忙向一边闪去，叫道："你们要搜身？"

那个大汉说："别说那么难听，咱们摸摸，不搜身。"

夏志远脱掉大衣，故意把大衣扔得远远的，张开双手："搜吧。"

那个大汉笑了笑:"咱们想看看您那大衣里的东西。"

夏志远忙向大衣扑去:"大衣里的东西不能动,这是黄市长的东西。"

那个大汉拿起大衣:"行了行了,我的夏大助理……"夏志远冲过去要夺大衣,却被另一个大汉拦腰抱住。夏志远用胳膊肘狠狠地给了身后的这个大汉一下,这个大汉哎哟一声,松开了手。夏志远再一次向大衣扑去。那个大汉小使了个擒拿术,一下把夏志远摔出去老远,他的嘴角立刻出血了。

这时田卫东也进了黄江北的办公室,刚列席了市委常委会回来的黄江北正在办公室里等着他。两人稍一寒暄,即入正题。黄江北拿起一盒火柴,在手里慢慢摆弄着,问:"那么,你现在能告诉我是谁去抄了郑彦章家,他们为什么要死盯着郑彦章不放?"

"郑彦章千方百计要证明万方公司的凋敝,董、于的堕落以至畏罪自杀这一系列重大问题的出现,都应归罪于我爸爸一人。这完全不是事实,是不公正不公平的。"田卫东一开口就显得有些激动。虽然他不想如此激动。此行前,父亲也一再关照他,说话做事,一定要三思,一定要平心论处。

黄江北说:"公正不公正,公平不公平,最后组织上会作结论的,你们自己怎么可以这么乱插手?再说,你怎么知道这不是事实呢?你一面如此着急地参与,一面又再三声明眼前发生的事跟你无关,怎么能让我相信你说的都是真话?"

"这件事跟我家里一个人……当然不是我爸爸……有点关系……"

"谁?"

"我说到这个程度,希望你能谅解我不能说得更具体了。我希望按公平法则来解决这些问题。昨天晚上我去看望了林伯伯,向他转达了我爸爸的一番话。这话我本来不该对您说,说了,好像在向您表功什么的。但我觉得还是得跟您说一说,可以证明,我,特别是我爸爸从心里希望章台能好起来,希望您这样的年轻领导能把章台往兴旺发达的路上带。我爸爸让我对林伯伯说,要支持黄市长把梨树沟的事办好。让我转告林伯伯,像林中县的老曲同志那样,故意为难新上任的年轻同志,是绝对不能允许的。他让林伯伯给曲县长打个电话,转告我爸爸的话,林中县要是三天之内解决不了梨树沟小学的问题,请市委考虑另派个年轻一点的同志去当县长。另外,他也支持您重新考核万方高级职员的想法。他对万方公司居然不问素质、资才、能力、品性，搞进去那么多姓田的人，非常恼火。他说这个问题一定要很快解决。这件事他已经提过多次了，请林伯伯真把它当一回事来办。这些话都是我爸的原话，没一句是我添油加醋加出来的……"

"谢谢。"

"我有确凿的证据证明，章台这些问题的出现，跟另一些人有关。"

"谁？"

"请您谅解，我现在还不便说。一两天之内，等我拿到确凿的证据，我一定来找您。"

"一两天？等你们把郑彦章和苏群、把章台市所有的知情人全都搞昏迷以后？"

"求您别老是'你们你们'的，我和这档子事没有丝毫关系。我回章台，就是要搞到这些确凿证据，澄清外界强加在我们田家身上的那些不实之词。当然我和我家里的人也不希望在我们拿到真凭实据前，由着郑彦章那样的人四处去乱说，我想这大概就是有人要控制住郑彦章和他的那位助手的原因……"

"用这样的非法手段来对待一个前反贪局局长，你……他们就错上加错了！"

"郑彦章一个劲儿地要利用那些似是而非的材料把问题引到我父亲身上，利用社会上对领导干部的某种不正常心态，来哗众取宠，就不是错上加错？"

"怎么证明他在哗众取宠？"

"您给我四十八小时，我一定能向您充分证明这一点。"

"又是一个四十八小时。哈哈。"

这时，单昭儿气喘吁吁地闯进门来，把刚才她和夏志远所遭遇的情况，简要地报告给黄江北。黄江北立即转过身来对田卫东说："夏助理是我的高级助手，你们搞到我头上来了！"田卫东脸涨红了，正要解释，黄江北桌上的那部内部紧急情况时才使用的红色电话机突然响了起来。打电话的是夏志远。

夏志远那儿，两个大汉要夺那包东西。夏志远死命地抱住那包东西不放，于是桌子被撞歪了，椅子被撞倒了，一大盆名贵的变叶木摔碎了，夏志远的衬衣领子被撕掉了半拉。夏志远的老父亲闻声刚要跑出去叫人，一个大汉一把把老人堵在了屋里。夏志远冲过去护住父亲叫道："你们……你们……谁敢动我老爹一根汗毛！你走，爸……"一个大汉忙上前喝道："夏助理，您要让您爸去报信儿，这就逼得咱非来硬的不可了。"

夏志远说道："那好，咱们君子动口不动手，你们把我爸爸放了，咱们再商量别的。"

那两个大汉松开手，夏志远拿着大衣，陪着父亲向另一间房间走去。两个大汉警觉地紧跟在后头，也走了过去。走到房间门口，夏志远突然用力把父亲往里一推，自己也飞快地冲进房里，并随手锁上了门。夏志远正是利用这点空隙，赶紧跑到电话机旁，给黄江北拨了这个电话。

夏志远急叫道："他们要拿走您的那包东西！"

黄江北急问："他们是什么人？"

夏志远说："我也不认识，但可以肯定地说，是跟田家有关的人！"黄江北回过头来指着电话，对田卫东说："你听到了吗？"

田卫东说："黄叔叔，能允许我单独跟您谈一会儿吗？"

黄江北气愤地说："还要说什么？让你们的人走开！你们这样做，是往你们的老子脸上抹黑！"

"黄叔叔，我求您了，为了您自己，也为了章台，当然也为了我父亲，您给我几分钟时间……您让老夏把那几个人叫来听电话，我来跟他们说，我来查清他们到底是谁……"夏志远把那几个人叫来接电话。田卫东一听，知道是卫明的那帮哥们儿，他心里暗自叫苦。他一面吩咐那些哥们儿不得在夏家胡来，一面再次恳求黄江北能和他单独谈一谈。

黄江北同意了。单昭儿退了出去。

田卫东说："为了让您相信我下面要说的话都是真心话，我先告诉您，非法查抄郑叔叔家，还有现在在夏助理那儿纠缠夏助理的，都是我哥哥田卫明的人。"

黄江北问："你哥哥？在独联体做生意的那个？他干吗要插手这件事？"

"他这两年，跟万方有一些经济上的往来……但我可以肯定，他不会做什么太出格的事。"

"什么叫太出格？"

"这您还不明白？"

"既然没出什么大格，何必那么害怕郑彦章？"

"不是害怕，是不希望他到处胡说八道。"

"心中没鬼，更不用怕鬼敲门。"

"这么多年这么多事实已经证明，心中没鬼也要防着鬼敲门。即便你是清白的，让鬼敲的时间长了，也能敲得你身败名裂、家破人亡。'文革'期间许多老干部遭受不白之冤，不就是这样？现在又有人搞这一套怀疑一切、打倒一切……"

"这么说，可太夸张了……你们现在到底想怎么样？"

"给我四十八小时……"

"你总说四十八小时四十八小时，四十八小时之内你到底要我怎么样？"

"四十八小时之内，您让苏群、夏助理……别往外抛郑彦章的那些材料，别再制造新的混乱。"

"这是你父亲的意思？"

"这一点，您是不是就别深究了。市长先生，有时候知道得少一点，比知道得多一点会更安全更自如。"

"我如果不同意给这四十八小时呢？"

"您为什么不同意？您为什么要毫无根据地去得罪一方而去偏袒一方？我其实本来完全可以去求林伯伯让他给我这四十八小时。市委常委分工，他老人家管政法管目前的这几起大案。但我想了想，还是来求您的好。一方面，夏助理是您的人，苏群和郑彦章手下别的一些人可能也更愿听您的。另一方面，我希望您能让我爸爸觉得，是真正在公正地解决章台问题。能不能给我爸爸留这样的印象，对您来说，并非一点都不重要。黄叔叔，许多事情不用我说，您应该比我更清楚，章台连着发生这些事，都有很复杂的背景。其实事情本身往往很简单。这一点，我想您已经有所体会了。我知道您是想成就一番大事业的人，我爸爸特器重您，这一点我想您也一定深有感觉。我爸爸认为，现在对您来说，最重要的是把方方面面的关系捋顺了，如果能做到这

193

一点,您的前途确实是不可限量的,甚至可以说是极其辉煌的。就是说,在您代理市长这一阶段,得让方方面面都认可您,接纳您。您现在什么也不缺,就缺这一点。有些政绩十分辉煌的人,干到后来,还是干不下去,提不起来,究其主要原因,恐怕还是因为他们在位的时候伤害的人太多,总有一些方面不认可他,不愿接纳他,这就使得上面很难下得了决心,把他放到更重要的岗位上去。您这样一个平民的后代,在没有任何背景、没有任何外援的情况下,完全靠自己的拼搏挣扎,付出了巨大的代价,才走到了这一步,恐怕不会希望最后再出现那么个结局而把九百九十九步的辛苦毁在这最后一步的疏忽上……"

黄江北淡然一笑:"你很懂为官之道。"

田卫东正色道:"刚才的那一番话,完全是我爸爸的原话。"

黄江北微微一笑道:"想威胁我?"

"如果您是这样来理解我爸爸的好意,那我就没办法了。"

"开个玩笑……"

"黄叔叔,我爸爸的确非常器重您,完全出于爱护您的心才这么让我来跟您打招呼。我们都是章台人。您应该相信,天下之大,不会只有郑彦章一个人才是真心为章台几十万老百姓着想的。林伯伯不希望您介入董、于两案,我爸爸提醒您对郑彦章要有所戒备,他们的用意都是出于爱护您,为章台留一个人才。"

这时,那个红电话机又一次响了起来。还是夏志远。他催着黄江北作答复。

田卫东忙捂住电话的送话器,急切地低声对黄江北说:"黄叔叔,我只要您再给我一天时间,行不?这一天时间,您都不能等吗?为了这一天时间,您愿意把这一边所有的关系全得罪完吗?如果郑彦章错了,如果郑彦章提供的证据不能说明问题,如果事后证明他只是一个年龄上成熟,而在做事为人上很不成熟的老小孩儿,您这一宝押下去风险是不是太大了点?我还有些话没说完。我希望您不要一下就把我们之间的关系彻底搞僵了……这也是我父亲所希望于您的。"

这时,夏志远在电话里催促道:"你在跟谁说话呢?你快回答呀,那包东西是给他们,还是不给?你说话呀。"

黄江北犹豫着。

夏志远在电话里喊道："给不给？那帮家伙刚才还打了我……"另一个大汉在门外吼叫："你他妈的胡说！"夏志远说："那包东西是我从图书馆给你找的资料，你听清了没有？是我给你找的资料，跟什么苏群根本没有任何关系。你说呀，到底是给还是不给？"

黄江北拿着电话，沉默着，可以看得出，他内心十分矛盾。

夏志远说："你说话呀！"黄江北回头来问田卫东："你刚才说，你没参与这些事吗？"

田卫东说："人的确不是我抓的，但我需要这一两天的时间，我会澄清这一切的。"

电话里夏志远的声音道："黄江北……黄市长……"黄江北咬了咬牙："志远，放聪明一点，先把东西交给他们，让他们把东西带给我。"

夏志远一惊："你……为什么要让他们带给你？为什么不是我？"

黄江北压低了声音："给他们，不要多说了，我在开会。"

夏志远震惊地道："我的黄市长……你怎么了……你怎么了……"黄江北陡地变色："给他们！"说着，"啪"的一声，挂断了电话。

夏志远大吼一声："黄江北……"把电话机向墙上砸去。

八十一

第二天，市扶贫办的同志向黄江北汇报林中县部分乡的脱贫情况，夏志远应该到会，但他没到。下午，市工交口的几个领导同志向黄江北汇报国营大中型企业扭亏增盈情况，照例他也应该到会，但他还是没到。黄江北让小高找，也没找到。家里，不在。单昭儿那儿，也不在。

找田卫明、田卫东，这哥儿俩对天发誓，他们的人（确切地说是田卫明的人）绝对没有带走夏志远。

"我们真不要脑袋了？我们的智商真的就那么低？"田卫明脸涨得通红地说。夏志远的父亲也证实，事发当场，那两个大汉并没有带走夏志远，夏志远是在他们走后很久，才独自出门去的。后来，尚冰还证实，那天晚上很晚了，夏志远还打了个电话到黄家来找黄江北，因为黄江北没在家，他什么也没说，就把电话挂断了。

夏志远的老爹说："甭理他，四十好几的人了，还跟个小孩儿似的，算个啥呀。还怕人截他？又不是十八九的黄花闺女！噴！"但黄江北急于要找到他，他知道，他伤害了这位老同学，他要向他做解释。但不管他怎么努力，还是找不着夏志远。

章台市市长助理夏志远就这样突然失踪了。

八十二

夏志远处于极度的沮丧之中。他一直在担心的事，终于发生了。他一直不愿看到的事，还是发生了。忐忑中认为能终止的事，到底还是没能终止。

江北啊，你早就该听我老夏的话，别去当这个官的！

只有单昭儿自信能找到夏志远。傍晚，蓝色的马自达车向郊区驶去，开车的是田曼芳。她问单昭儿："你可以肯定他在那儿？"单昭儿说："大概吧，过去他就那样，一跟我闹别扭，觉得受了委屈就往那儿跑。也许这两年有点长进了。不要这小孩儿脾气了，不往那儿跑了，咱们试试吧。我瞧着，他好像还是老脾气，没怎么改。但愿他没改。咱们今天就能在老地方'逮'住他！"

车驶近郊外的一个大木料场。这里已经过铁路南货场老远的了，远远看去，那一堆堆黑褐色的木楞堆像一匹匹巨鲸残存在地平线上的脊背，高低不平地排列。渐渐灰暗下来的天空，层云堆垒。就在那云层的下面，木楞堆的上空，孤零零地飘着一个橘黄色的风筝。

单昭儿在车里叫了起来："他！就是他！"田曼芳放慢了车速："哪儿啊？"单昭儿指着远处的天空："风筝！"田曼芳笑道："风筝怎么了？长这么大，还没见过风筝？"单昭儿叫道："那就是他！过去他就这样，心里不痛快了，就一个人躲到这儿放风筝。全章台市，就他一个人放的是橘黄色的风筝。"

田曼芳把车停了下来:"快去教教你这位傻哥哥吧。我一会儿再来接你们。"

单昭儿下车跑了两步,忽然又想起了什么,忙把衣襟上那个白莲花胸针取了下来,交给田曼芳。田曼芳用力拍了她一巴掌:"小姐您哪,就甭跟我脱裤子放屁,多此一道了。戴上吧,别再跟自己的命运捉迷藏了。"单昭儿微红起脸:"那不行,现在还不能轻饶了他。"田曼芳故意叹道:"行行行,你厉害!"

单昭儿跑到木楞堆上:"快别放了!"说着,上前去夺风筝线。夏志远忽然一撒手,风筝立即带着长长的线,自由自在地向远处飘去。单昭儿着急地跺着脚:"它跑了……跑了……"夏志远木呆呆地看着远去的风筝。风筝渐渐变小了,在风里挣扎着,飘忽着,被云团裹挟了去,再过一会儿便只剩下一个很小很小的黄点点,很可怜地向依然还在目送它的这二位晃动着柔弱的细长的飘带。

夏志远突然转过身,向公路上走去。风越刮越大了。夏志远说:"你搭个车走吧,我想一个人走走。"

单昭儿说:"我也想一个人走走。"

夏志远说:"要下大雨了!"单昭儿说:"雨就不淋你?"夏志远说:"我又不是三岁小孩儿。"单昭儿说:"我看你就是个三岁小孩儿!"夏志远说:"天哪,你们为什么都要来烦我?为什么为什么为什么?"

激烈地要赶走主动偎依过来的昭儿,这在他俩交往的这些年里,还是头一回。受到夏志远如此"凶狠"的对待,居然没生气,还那么耐心,继续"死乞白赖"地纠缠,这在她,好像也是"史无前例"的头一回。

已是掌灯时分,田曼芳给黄江北打了个电话,说是想见他。黄江北没心情见任何人,便说:"不行,我正忙着,一屋子的人。"

田曼芳说:"您屋里连个灯都没开,你跟谁在开黑会?市长先生,请您抬起尊臀,走到窗前,向左前方看一看。我这会儿,就在路边那辆蓝色的小轿车里看着您的窗户哩。我有急事要找您。"

黄江北说:"过一两天,咱们再找个时间,我现在没有心情……"田曼芳说:"我又不找您谈情说爱,心情什么!您有心情帮着田家的人搞走郑

197

彦章，有那心情帮他们劫了夏志远手里的东西，就没那份心情来见一见我这样的平民小女？"黄江北哭笑不得地说："你到底有什么事？"田曼芳大声说道："什么事？就是想跟您说道说道。"

黄江北只得下楼去了。黑夜里小雨在沙沙响着，四处飘洒，一片寂静。黄江北走到马自达车跟前，气愤地用力敲敲车窗玻璃："田曼芳同志，您觉得这样死缠着，合适吗？我今天太疲倦了。我已经好几天没有好好睡会儿觉了，我想回家去歇一会儿，可以吗？"

田曼芳摇下车窗，说："我要跟你谈谈。"

黄江北愤愤地说："我是市长，还是你是市长？是你听我的，还是我听你的？"

田曼芳固执地道："我要跟你谈谈。"

"那好那好，谈吧，就在这儿谈。"

"你这是什么态度？"

"我什么态度？你开着车到处跟踪我，是什么态度？"

"你想把全世界的人都吵醒来看你当市长的跟一个女人斗嘴？"

"女人？你还有点女人的样子吗？"

田曼芳一下闷住了，不作声了。她怔怔地打量了一下黄江北，一按电门，就要关车窗。黄江北自己也觉得，最后那句话说重了，便一把按住那车窗，说道："对不起……请你在市政协院里等着我，我一会儿就到。"

八十三

郊外的公路上，小雨沙沙地变大了。

夏志远由着雨水从额头往下流，流经嘴角边时，他感到一阵苦涩。他说："昭儿，我不想干了，我上你那儿当个跑堂的去吧。"

单昭儿说："对不起，我可不收你那样的跑堂。"

夏志远说："我连个跑堂也当不了了？"单昭儿说："你现在不能打退堂鼓！"夏志远急了："为什么？为什么你们都能打退堂鼓就不许我打？你

们都变了，为什么不许我变？你们都换了个活法，就不许我换一种活法？为什么我就得吊死在这一棵歪脖子老树上？为什么就不能给我一点公平给我一点公道？为什么？为什么？"他吼叫道。

雨哗哗地越下越大……是的，这世道谁没在变？包括黄江北。为什么我还要按原样活着？为什么为什么为什么？

八十四

黄江北的车开进市政协那个不太大的院子里时，便看见那辆马自达车早已在一边拐角的阴影里等着了。他随便找了个理由，把司机和车打发了，便向马自达车走去。等他一上车，马自达便飞快地开出政协大院。

等车再一次停下来时，城市朦胧的高大的背影，已然远远地落在了他们身后。乡村里稀疏的灯火，犹如星星点点的荧光，透过雨幕，在起伏不平的地平线上，似隐似现着。周围是那么静，静得除了雨声风声，便只有车里这两个男女的呼吸声。默坐了一会儿，黄江北忽然听到一阵低低的啜泣声。他去开开车内灯，看到她脸颊上闪着泪光。未及发问，田曼芳却探过身去，马上把车内灯关了。车内重新陷入一片绝对的黑暗之中。心境的黑暗。间隔着的啜泣声变成了久久的抽泣声。

黄江北似乎有些不知所措了。他保持着异样的沉默，一会儿惶惶地看看田曼芳，一会儿又去惶惶地看看车外那一片黑黢黢的世界。过了一会儿，那抽泣声渐渐由低微而平息而寂静。黄江北犹豫一下，终于掏出一块手绢，递了过去。两人又沉默了一会儿。

"对不起……"田曼芳说。

"没什么……"黄江北说。

"也许……你会觉得我是在演戏吧？"

"我还不至于那么残忍……"

"谢谢。"

"刚才我那句话，说重了……惹你这一番心酸……"

"跟你刚才那句话没关系。"

"出什么事了？"

"田副省长的大儿子田卫明，昨天也到章台来了，田卫东跟你说了吗？"

"说了一点……"

"前两年，田卫明从万方挪用了一大笔公款，到境外跟人合资办厂，在独联体的乌拉尔还办了个老大不小的飞机修造厂。他本来打算今年之内能还清这笔挪用的公款的，但最近好像情况很不好，那几个合资厂非常不景气，很有可能要倒闭……"

"他挪用了多少？"

"具体数字我还不是太清楚，可能有上千万……"

黄江北一惊："上千万！你为什么到今天才告诉我？"

"这情况，郑彦章和苏群一直在查，我想他们一定会告诉您的，我就别再瞎掺和了。可是，今天您却下令让夏志远把已经到手的证据又全交了出去，我才感到你可能还不知道这情况……"

"一千万，怎么能让他拿走那么多？"

"他每次来拿钱，都带着董秀娟的批条。"

"你们是合资企业，有合资企业法保护你们，不符合规章要求，谁的批条都可以不理嘛！"

"哼，规章要求。请问，党章规定，每一个党员干部都必须是人民的公仆，可实际上咱们到底有多少公仆？"

"这一千多万是经你们公司谁的手给了田卫明的？"

田曼芳一时语塞。

"快说，谁？"

"说了，你不许往起跳。这钱是经葛总的手出去的……"

"胡说！"

"我也希望我在胡说，但的确不是。您应该能想到，田卫明带着董秀娟亲笔批的条子，有时候还带着他老爹的口谕来要钱。这两个人，一个当时是主管全市工交财贸口的市长，一个是分管章台这一片工作的省委常委、副省长，都逼到葛总面前，你让他这么一个老实巴交的知识分子怎么顶得住？"

"田卫东可没跟我说那么详细……"

"有些情况，他也不一定十分清楚。从前，他不太过问他们家的事，他跟他们家不很融洽……"

"有句话不知道我当问不当问？"

"您代表党代表人民，没有您不当问的。"

"你怎么……好像……对所有的内幕都那么……清楚……"

"那是，因为我也是这个黑帮的一分子嘛！"

"我不想跟你开玩笑……"

"我没跟您开玩笑。到时候，我会彻底向您坦白交代的。"

黄江北不作声了。他有一点透不过气的感觉。这时，车掉转头来，向回开去。

田曼芳问："送您回哪儿？"

黄江北愣了一下才反应过来，忙说："送我回办公室吧……"

田曼芳说："还是先回家瞧瞧吧，这会儿，有人正在您家演一出好戏，去晚了可就连谢幕都赶不上了。"

八十五

黄江北匆匆走进家里一看，大吃一惊。家里好像刚被抄过一样，原先的那几件旧的大件家具一件也不见了。衣物杂件，全堆在了床上和旧沙发上。另外却又搬进来一套全新的红木雕花家具，因为还没有安置就位，只能在过道和门厅里散放着。

不知道是因为太累了，还是因为心情忐忑的缘故，尚冰呆呆地坐在一大堆衣物中，发着愣。这一夜连着发生的两件事，都让她耗尽了气力。傍晚时分，好不容易把小冰"请"进了家门，小冰却怎么也不愿理会这个可怜的妈妈。后来夏志远打电话来找江北，匆匆又挂断电话后，就让她更不安了。她料定江北那儿出了大事。她一放下电话，小冰就开始追问："是爸爸的电话？"尚冰说："不是。"小冰又问："又是那个姓满的家伙？"尚冰耐心地解释道:"是夏叔叔的电话!"小冰却说:"哼,谁知道!"尚冰忍不住了,脸青白着:"那……那你说是谁?你说是谁……小冰,我这个做妈的到底怎么了?"尚冰头晕起来,摇摇晃晃地打着战,想回自己的房间去,却一个趔趄差一点摔倒在地。

小冰忙冲过去,想搀扶她。尚冰推开女儿,走进房间,关上了房门,低声地抽泣起来。小冰害怕了,在门外连声地叫道:"妈……妈……您怎么了……妈……"过了一会儿,门里的抽泣声渐渐地消失,门,终于开了。

小冰扑了过去:"妈……您没事吧?"尚冰擦去了泪,强忍住,对女儿说:"小冰,你坐下。妈最近是经常去找那个满风叔叔,可你知道那是为什么……"说到这里,尚冰又哽咽起来,一时间竟无法再说下去。过了好大一会儿,等这一阵哽咽慢慢平息,尚冰战栗着从一个很旧的木板箱底儿翻出一个牛皮纸大信套交给小冰。小冰迟迟疑疑地倒出信套里的东西一看,里头全是病情诊断书。尚冰又拿出一封信,给女儿,是医院催尚冰住院动手术的通知书。

小冰大惊:"您怎么了,妈……"尚冰说:"一个多月前,我们单位给全体女同志做肿瘤普查,在我身上查出了这种病……"小冰抱住妈妈:"您为什么不说!您应该马上住院……"尚冰说:"这个病,进了医院,有可能顺顺当当地出来,也可能就……永远……再也出不了医院了……我怕出不了医院……"

小冰的眼泪一下就涌出了眼眶:"不会的……妈……您不会的……"尚冰说:"所以,在进医院前,我得做好出不了医院的准备。我放心不下你,还有你爸……按说,你爸已经当上了市长,他年富力强,各方面都不用我再操心,可是……我现在最放心不下的正是你爸……论能力人品气质才识,他都有许多过人之处。但是……这两年,我发觉他变了……"小冰一惊:"他……他外面有人了?"

尚冰愠恼地:"你们这些孩子怎么都这样?除了男男女女,你们脑子里就再没别的什么了?"小冰忙问:"那您说他还有什么可变的?快说呀!"尚冰想了想:"怎么跟你说呢?我总觉得,你爸……现在太看重自己的政治前程。"

小冰一愣："这有什么不对？"尚冰长叹一口气："你不懂……"小冰急切地说："妈，再不会有焦裕禄了，您别这样要求爸爸了，他够好的了。"

"我不是要求他做焦裕禄。我根本没有这种想法。我只是……只是担心他内心潜在的一种软弱……"

"我爸软弱？您太逗了！从来没有人说爸软弱过！他有一千个一万个弱点，就是没有软弱。我太佩服我爸这点了。他太有男子汉气质了！"

"小冰，你了解的只是你爸的表面。你……你们都没有也不可能到他内心深处去看上一看……我总在替他担心，万一有一天他干不下去了怎么办……他从前搞业务时，写过一些东西，我想请满风叔叔帮个忙，替他出版了。这样，他就是在现在的岗位上干不下去了，在学术界还有条路可退，掉过头来还可以去做学问、搞研究、写文章……"

小冰撇起嘴："嗨，我说您就是瞎操心。爸现在已经是市一级领导了，将来就算是这市长当不下去了，他那市一级干部的待遇也是跑不了的。小车、小楼、小秘书，一样也少不了他的……全世界的人都水深火热了，也没他什么事。"

尚冰激动地说："所以我说你还不了解你爸。到那一天，让你爸爸那样被人养着，凑凑合合地活着，他会非常非常痛苦的！你不了解他，你们都不了解他！我希望我能为他准备一条退路。满风叔叔有个残废的儿子，他把时间用在为你爸爸修改书稿上了，你说我该不该花一点时间为他照顾他那残疾的孩子？"

小冰心一热："妈，您早该跟我说明这些的……"尚冰感慨地说："我告诉了你，你会马上告诉你爸的。但我不想在事成以前，让你爸知道……"小冰偎依进妈的怀里："妈，我对不起您……您去住院吧……"母女相拥着说一会儿话，又默默地掉一会儿眼泪，掉一会儿眼泪，又小声地说一会儿话，早把吃晚饭的事忘了。还是小冰想起来了，说："妈，从今天起，家务事您再别管了，都由我来干。您赶紧去瞧病，一天也不能再耽搁了。爸爸我也会照顾的，您只管放心。"

说着，母女俩相拥着又哭了一会儿。忽然听到有人敲门，以为是江北回来了，忙擦掉眼泪，开门一看，却是两个陌生的中年男人。说是收购旧家具的……

黄江北听说了情况后迫不及待地问:"收旧家具,怎么收出这么一套昂贵的新家具?"

小冰极其兴奋地插嘴道:"爸,您听着呀,这两个收古旧家具的人,一下看中了咱家的那几件破烂玩意儿,愣说它们是特名贵的古董,要用他们这样一套新家具跟我们换。缠来缠去的,最后让他们缠得实在没辙了,妈妈只好同意换了⋯⋯"

"幼稚!你们啊⋯⋯"黄江北着急地叫道。尚冰忙说:"这件事要怪我,当时我⋯⋯我觉得也有些不对劲儿,但⋯⋯"小冰不解地问:"怎么不对劲儿了?又不是我们要换的⋯⋯"黄江北说:"你懂什么?我没当市长那会儿,怎么没人来换?"回头问尚冰:"那两个人,你以前见过没有?"尚冰摇了摇头:"没有⋯⋯"黄江北又问:"你给人留了什么字据了吗?"尚冰犹豫了一下:"字据⋯⋯当然⋯⋯我给他们写了个收条⋯⋯"黄江北一惊:"你还给人家写了收条?"尚冰说:"我想⋯⋯我想⋯⋯不给人收条,人家回去怎么到财务上报账⋯⋯这么一套硬杂木家具,怎么也得好几千吧⋯⋯"黄江北说:"硬杂木?好几千?"他指着家具上钉着的小铜牌:"这是三洋商城刚从泰国进口的全套红木家具,一共就进了两套,每套售价四十六万港币!"尚冰脸又青白了:"红木的?四十六万港币?我不知道。真不知道。怎么能收人家这么昂贵的东西?那怎么办?"

黄江北沉静了一下,问:"那两个人留地址了吗?"尚冰说:"没有⋯⋯"黄江北背转身去想了想,也许他从田曼芳事先能得知这件事要发生这一点上,悟出了一点什么,便毅然决然地转过身来吩咐道:"你们别再动这套东西了!"说着向外走去。

尚冰忙追出去:"这么晚了,你还上哪儿去呀?带上把伞吧。"

八十六

雨越下越大了。田曼芳和黄江北分手后,就开着车来接昭儿和老夏。她在木料场附近,不停地按着喇叭,把车速放得很慢,来回地转着圈,寻找这两人。单昭儿和夏志远却在远离木料场的一个窝棚里躲着雨。窝棚是漏雨的，当然更加灌风。单昭儿打了个寒战。夏志远脱下外衣，递了过去。单昭儿好心地推拒着："不用……"夏志远把外衣往单昭儿手里一塞，大步走出了窝棚。单昭儿叫了两声"志远……志远……"见夏志远连头都不回，一径地在雨夜里远去，便咬了咬牙也冲进雨里，想去拉回夏志远，但没料想跟跟跄跄地刚跑了几步，大雨就打得她睁不开眼睛，不仅找不见夏志远，连脚下的路都看不清了。她慌乱地大叫起来："志远……志远……我看不见路了……志远……"夏志远站住了。其实他离她并不远。

过了一小会儿，他走了过去。单昭儿一下扑到他怀里，紧紧地抱住了他。这时，他们听到了来自公路上的汽车声。从车前灯漫散开的余光里，他们认出那是田曼芳的车。于是两人大声叫着，挥着手，急忙向公路上跑去。但他俩的这点叫声，在这浩大的旷野里，刚喊出口，就被那地崩天塌般的风雨声吞没了，根本无济于事。他俩眼睁睁地看着田曼芳的车从自己面前慢慢地开走了。

追了一段，单昭儿实在跑不动了，只得大口大口地喘着，站了下来。这时他们才发现，刚才是手拉着手在跑的，而且一直到这会儿，还在拉着。单昭儿不好意思地低下了头去。但她并没有要把手抽回去的意思，只是轻轻地说了声："我冷……"夏志远捧起单昭儿的手，把娇小而匀称的她整个儿地拥进了自己的怀里，用自己那宽厚的肩背、用自己整个的身心替她抵挡着这天地间一阵紧似一阵的风雨……风雨飘摇着慢慢升起……升起，旋转……旋转。它们让我们看到黑暗，看到阴湿，看到动荡和孤独……也看到了这一对年届中年的男女，毫无顾忌地相拥在这天地之间、旷野之上……久久地……久久地……风雨不息……

田曼芳好一阵找不见夏志远和单昭儿，以为他俩在风雨变大以前，就已经找到便车回家了，也就掉转车头小心翼翼地加速，往城里驶来。

车慢慢驶进水上大酒家后院的车库，她刚下车，原先黢黑一团的车库，突然自己亮了起来。她看见田卫东在灯光下，脸色铁青地站着。她一惊，刚想叫喊，就被田卫东推进了车里。车门重重地关上，并立刻发动了。田曼芳扑过去，想打开车门，冲下车去。田卫东用力再次按住了她，恶狠狠地问："你找黄江北说什么去了？"田曼芳挣扎着："我跟他说什么，你管不着！"田卫东手里又使了点劲儿："听着，我再问一遍，你跟他说什么了？"田曼芳喘着气："你想知道吗？好，我告诉你，我要他把你们全家都抓起来，都吊死、掐死……"田卫东一甩手，狠狠地抽了田曼芳一个耳光。

田曼芳疯了一般地扑了上去："你打，我叫你打……"田卫东一把卡住田曼芳的脖子，使她再也叫不出来。不一会儿工夫，田曼芳便咝咝地被憋得透不过气来。田卫东这才松开了手。田曼芳忙坐了起来，惊恐地往后缩到一个角落里，大口大口地喘着。田卫东也微微地喘着。过了一会儿，他拿起一瓶矿泉水，递给田曼芳。田曼芳猛地推开田卫东的手，扑过去拉车门。车门果然一下被她打开了。她冲下车去，也许由于惊恐，也许由于挣扎后的疲软，她没跑两步，脚下一绊，便摔倒在地上。田曼芳惊恐地看着一步步逼近过来的田卫东，在地上索索地往后倒退着。田卫东慢慢走到田曼芳跟前，却站住不动了，脸上突然显现出一种叫田曼芳无法理解的愧疚和沮丧。他把手伸给田曼芳，想把她拉起来，但田曼芳却没理他，躲开他那只手，从地上跳起，快步跑出了黑洞洞的车库。

这时，有人跑了过来，急慌慌地对田卫东说："卫东，乌拉尔那厂子的账算出来了，两位会计师请您去看结果。"田卫东二话没说，撇下田曼芳，就向停在车库外一个暗处的红色天霸车跑去。

田卫东回到那幢乡村小别墅。小别墅的楼下大门厅里，灯光幽暗，墙上那个德国进口的装饰挂钟滴答滴答地走得特别响亮，屋里却显得特别安静。田恩富和好几个万方公司的人，都略有些紧张地坐在那一圈靠墙放着的真皮大沙发里，屏息静气地似乎在等待着什么。田卫东大步走进门厅，那几个人立即站了起来。田卫东理都没理他们一下，就直接向那两位会计所在的房间走了过去。

田卫东在答应黄江北四十八小时内拿出证据证明章台的问题和他田家无关之前，已经雇了两个高级会计师，在这幢别墅里住着，替他查账。已经查了好几天了。这件事他没有告诉任何人，没告诉卫明，也没对他爸爸说。预感告诉他，他那位做什么事都蛮不凛的兄长，在章台，在万方，多多少少会有一点麻烦事。要不留下一点麻烦，也就不是他田卫明了。但他觉得不会闹什么大的纰漏。他这位同父异母的兄长，还不是捅大娄子的人。说白了，让他当大坏蛋,他还没那种胆识哩。他觉得是这样。

田卫东匆匆走进楼下一个房间,房间里的电脑打印机正哗哗地打印着,不一会儿,田卫东取过打印结果,急急地看了一下,脸色当即变了。他拿起打印结果,跑了出去。这时,田卫明正在楼下另一个房间里打电话:"萨金卡,你现在在哪儿?在机场?你上那干什么?宝贝儿,你大点声。我听不清楚……你怎么了……你想走?坐下一班飞机回乌拉尔?"

田卫东一下冲进门来。

田卫明恼怒地说:"敲门,为什么不敲一下门?你他妈的是条狗?"

田卫东上前一把夺下田卫明手里的电话,把那份计算结果扔在他脸上。

田卫明来夺电话:"那个小婊子养的要跑了,带走了我的信用卡,带走了我全部的金银细软,带走了我这十年里收集的全部宋瓷、古砚。别的不说,就那把宋窑青瓷提梁壶,拿到香港、伦敦随便哪个拍卖行,绝对能卖好几十万美元。"

田卫东一把揪住田卫明的衣领:"别跟我再说你那些宋瓷、古砚了,睁开你的狗眼看看吧,这是你吹嘘的那个你在乌拉尔办的飞机修造厂的全部明细账,去年实亏八百八十九万瑞士法郎。你还指望它给你赚回钱来填上万方这边的欠账哩。"

田卫明一愣:"不可能!昨天我还和萨金卡的老爸通了长途,老头儿说得挺好的,乌拉尔这个厂子今年赚了,有钱给我填补这边的亏空。还说钱一两天内就汇出。"

"给你汇钱?给你汇逮捕证!你还没转过鹞子来呢?他父女俩合伙在坑你这个冤大头。"

"不可能不可能……我这就赶到机场去,把那小婊子养的弄回来。"

"别再跟我说你那个小婊子养的了。我问你,这两年你做生意所花的那些钱,都是从万方账上搞出来的?"

"我用这些钱办厂子,我能赚回更多的钱……我会还给他们的,连利息一起还!我决不会让他们吃亏的。"

"我在问你,你花的那么些钱,是不是都是万方的?"

"我说过要还他们的。"

"你别跟我绕弯子，我问你这些钱是不是挪用了万方的？"

"是的……"

田卫东的眼睛一下瞪大了："你从万方挪用了一千四百多万，我的天！一千四百多万，是不是？"

田卫明没有答话。

"问你话呢！是，还是不是？"

"是……"

"我的天！你真敢拿。这么多钱，是谁替你从万方搞出来的？"

"这跟你没关系。"

"别再嘴硬了！好好想想吧，这一千四百万的账怎么还？该醒醒了。挪用公款一千四百多万，这意味着什么，你明白吗？照着这一千四百万，人家就可以判你一百年刑、再枪毙你十八回。我的傻哥哥！"这时，有人跑进来："黄市长来了。"

田卫东、田卫明不觉都一愣。田卫明气急败坏地说道："他怎么知道我们在这儿？又是田曼芳这婊子！你刚才没狠狠教训她一顿？"田卫东啐道："你给我闭上你的嘴！"马上又过去对两位会计师说："辛苦您二位，赶紧再算一笔账，把我哥在境外的那些不动产都作破产清理，看看还能拿回多少钱。一点也别落下，一分一厘全给我算上……"田卫明忙问："干什么？"田卫东刷白了脸叫道："干什么？看看还能不能救你一条狗命！"田卫东不敢怠慢，吩咐完了就大步走进楼上小客厅。黄江北正在那儿等着他。

黄江北直截了当地问："那套红木家具是怎么回事？"

田卫东佯作不知："哪套红木家具？"

黄江北冷笑笑："哪套？还有哪套？你一共玩了几套？"

"红木家具……我没有啊……"

"好吧。那我就只有把它交市纪委和市检察院查处了。"黄江北说着就要走。

田卫东笑着去阻拦："别急别急。红木家具……我想起来了。是这么回事，这两年不是到处都在兴什么收藏热吗？收藏这收藏那，我有两个朋友别出心裁，想收藏名人使用过的旧东西，特别想收藏名人家里的旧家具。找我琢磨这件事,我就推荐了您……他们找您去了?拿一套红木家具换了您的旧东西?这两个家伙出手还真可以。"

"让他们马上来把东西拉走。"

"这是干吗呢?嗨,您跟我那些朋友讲什么客套?这些家伙这两年玩原始股赚大发了,钱烧得都不知道怎么办才好,一套两套红木家具对于他们算个什么嘛!没事,拿着,送礼庸俗,受贿卑鄙,可这……既不是送礼,也跟受贿压根儿沾不上边儿。是收藏交换,合理合法,您甭紧张。任建新、张思卿都管不着。"

"别跟我扯那些,我再说一句,让他们立即去把东西拉走。"

"黄叔叔……"

"顺便请您的那两位哥们儿,把收条也给我捎来……"

田卫东一惊:"他们向您夫人要收条了?这些狗娘养的,真不会办事!您等着……等着……"说着,便火急火燎地走了出去。不一会儿工夫,便拿着那张收条回来了,满脸歉疚地连声说道:"该死该死。这件事我不知道,确实不知道,绝对不知道!怎么着也不该向您夫人要收条……见外,太见外了……"黄江北不再理睬田卫东,揣起收条,转身向楼下走去:"明天早上七点半,我等着你拉东西的车。七点半你车不到,我就自己雇车,往检察院、市纪律检查委员会送。"

田卫东愣了一下,忙追了出去。这时,外面的雨正哗哗地下得跟捅破了天似的。别墅的大门外,停着黄江北来的时候乘的出租车。田卫东抢先一步赶到出租车跟前,掏出一张一百元的大票子,塞给司机:"不用找了,也不用开票。您赶紧回吧。"司机愣了一愣。田卫东忙替他关上车门,催促道:"快走吧你!"黄江北想上前阻拦,田卫东又推了一下司机,叫道:"嗨,哥们儿,你还等什么呢?走吧!"车这才猛地向前一冲,开走了。

黄江北追了两步,没追上。

田卫东上前说:"黄叔叔,一会儿我用车送您,求您再待两分钟,我还有几句话要对您说。第一,我跟您保证,明天早上七点半以前,我派车把那套东西给您拉走。第二,我现在向您承认,这套家具是我搞的鬼,是我的馊主意,是我的幕后策划。您不想听听田卫东为什么要在背后搞这鬼吗?您不想听听，田卫东这一次回到章台，这么样地上蹿下跳，一会儿是人，一会儿又做鬼，到底是为了什么吗？您不想让我跟您亮亮我的底牌？"

田卫东追下来时，就没顾得上拿雨具。这时，被大雨浇得透湿的他，好像对雨毫无知觉似的，两眼灼灼闪着亮，急迫地恳求着。黄江北似乎被说服了，起码也是被田卫东这一时的气势吸引住了。他犹豫了一下，慢慢地把自己手中的雨伞，向田卫东头的上方倾斜了过去。

八十七

田卫东走了之后，田曼芳这才跟做了一场噩梦似的跑出车库，浑身就像在发着高烧，瑟瑟颤抖，呆站在夜空下，由着大雨哗哗地浇淋。她木了，她不知道自己为什么还要活着。一次又一次的屈辱，难道就没有一点法子来让这帮子人不高兴不舒坦不如意一回吗？几百年前的窦娥冲着苍天叫过：天地也，做得个怕硬欺软，却原来也这般顺水推船。地也，你不分好歹何为地？天也，你错勘贤愚枉做天！在过了这样几番轮回后，难道还要让另一个女人，面对着这样一场风雨，再这么喊叫一番吗？

八十八

夏志远和单昭儿后来在半道上截了一辆便车才一身狼狈地回到了水上大酒店。夏志远正犹豫着要不要开口提出送昭儿回房，单昭儿却已经开口了："不进屋去坐一会儿？喝杯热饮料祛祛寒。"夏志远忙问："会让你那位田表姐看到吗？都这么晚了……"单昭儿脸一红，说道："你管人家看到不看到哩。"夏志远不再多嘴了，只觉心剧烈地跳得慌神。他俩悄悄溜到单昭儿房门口，单昭儿掏出钥匙，轻轻地开了房门。

单昭儿说："进呀，还傻站着干啥呢？"夏志远略有些不好意思："你……先进屋换衣服……"单昭儿心里一热，觉得这家伙还真有点"可爱"，便趋前一步，踮起脚尖，刚想去亲吻他一下，旁边一个小房间的门突然开了。这小房间是她们自备的一个小药房，陈放着各种各样常用药品，以应酒店里员工们不时之需。田曼芳从那里走了出来，她手里好像还拿着一点什么东西。单昭儿忙松开手，倒退了一步，叫了声："曼姐……"田曼芳似乎有些慌张，把什么东西往身后藏去，匆匆地应了声："回来了……快进屋去吧……"说着，便头也不回地拿着那东西，径直进她自己的房间去了，并立即碰上了门，"咔嚓"一声，从里面把门锁上了。

单昭儿迟疑地打量着田曼芳的背影，总觉得有些不对头，感觉要出事，心里挺搁不下的。进了房，一边打开衣柜，翻找替换衣服，一边依然疑惑地想着刚才的事。忽然，她停下手，急急地对夏志远说："快陪我上那边去看看。"

夏志远还穿着湿衣服，却捧着杯热茶，忙问："怎么了？"单昭儿只说"快走！"脚已出了门去，一头就进了隔壁那个小房间。打开那两个雪白的小玻璃药柜，使劲儿地翻找起来，把夏志远直闹了个丈二和尚摸不着头脑，问："你找什么呢？"单昭儿说："安眠药……"

"安眠药？这会儿，找什么安眠药啊？"

"哎呀，你叨叨个啥！快找。一大瓶刚买的安眠药不见了，你没觉得刚才曼姐的神色挺不对头的……她从这个小屋里出来时，手里拿着一样什么东西……"

"你怀疑她上这儿来拿安眠药了？就是拿药拿个几片儿不就得了，拿一大瓶回去干什么？"

"我就问她今晚干吗要拿这一大瓶安眠药，到底要干什么！"单昭儿急急地说。夏志远有点发愣了。这个挺精明的汉子，一到单昭儿面前，常常就要发愣。

"你没发现，她今天晚上穿得特别整齐吗？她穿着晚礼服。

天哪，她干吗穿着晚礼服？"单昭儿的脸突然发白了。夏志远似乎也悟过来了一些什么，大叫了一声："快！"两人冲到田曼芳房间门前。这时，田曼芳在房间里刚打开瓶盖，正用小剪刀取着瓶口的软木塞，单昭儿在门外使劲儿地擂着，叫着。田曼芳只是不作声，终于取出了那个软木塞，便哗哗地往外倒药片儿。单昭儿急得都快要哭了，田曼芳还是跟没事人似的，从容

211

地把一整瓶的安眠药全部倒在一张白纸上，把一封已写好的遗书端端正正地放在梳妆台的正中央，然后又给自己倒了一杯红葡萄酒。她在做这些事情时，显得特别平静沉着，格外地有条有理，一丝不苟。这时，夏志远开口了，他说："田曼芳，听我说，你再不回答，我就砸窗户了！"田曼芳拿起一粒药片扔进嘴里慢慢地嚼着。夏志远在门外叫道："你别以为我来不及阻止你吞药，你现在手头没有剧毒物，至于安眠药，你就是把那一瓶全吃了，我也能让大夫上上下下地替你都插上管子，把这些安眠药从你肚子里灌出来。你想遭那罪吗？还是乖乖地开门吧，你死不了，别找那罪受了。你也没必要死，你就是什么也不为，只为了让那些死活跟你过不去的家伙多难受两天，你也不能现在就死……"夏志远最后这句话说到了田曼芳心坎上。让那些家伙多难受几天！酒杯在田曼芳手里哆嗦了起来。

　　单昭儿哭着喊着："曼姐……曼姐……"田曼芳终于放下了酒杯。又过了一会儿，她走过来开门，很平静地站在门口那一缕鲜黄的灯光之中，装作若无其事的样子，看着单昭儿和夏志远。桌上的遗书和药片都不见了，只有那杯猩红色的葡萄酒，一动不动地在原处放着。她淡淡一笑说："干吗呢？哪儿着火了？瞎嚷嚷！"夏志远推开她："躲开，例行检查。"田曼芳叫了声："夏志远，这是女人房间！"夏志远冷笑道："查的就是你女人房间！"不一会儿，那包药片和那个空瓶就全给找了出来，脸色苍白的单昭儿一把抢过那两样东西，没容田曼芳做任何解释，就像扔一颗即将爆炸的手榴弹似的，用力扔出了窗外。最后又去翻床。夏志远刚要把手插到枕头底下，田曼芳扑过去，用力按住了枕头。夏志远不由分说推开田曼芳，从枕头底下掏出那封遗书。平静的微笑立即从田曼芳脸上消失了。顷刻之间，她好像老了二十岁，颓然坐倒在那把十分讲究的磨砂真皮美人榻上，脸色变得那样的青白，浑身止不住地颤抖着。紧接着，两颗硕大的泪珠便慢慢地、慢慢地从她合起的眼缝里滚动着闪烁着，流了下来。过了好大一会儿，田曼芳才把刚才田卫东打她的事说给了他俩听。单昭儿说："曼姐，我觉得你还是有什么瞒着我们。就算田卫东这畜生打了你，也不至于就……就要去吃安眠药！"田曼芳苦笑："别追问了。过去的事情都过去了，灰飞烟灭。刚才我就是一时想不通，一口气憋在那儿了。幸亏你们来得及时，来，为我们都能在这个世界上继续存在着,干一杯。"单昭儿夺下田曼芳手里的酒杯,追问:"曼姐,到底还有什么事,你说呀。"田曼芳突然歇斯底里地叫了起来:"别逼我了……别逼我……"单昭儿吓呆了,甚至都倒退了一步。夏志远忙去握住单昭儿的手。

田曼芳颓然地坐了下来:"你们走吧。"她从梳妆台的一个小抽屉里取出那枚白莲花胸针交给单昭儿。"你们也该去换换衣服了。我不会再有事了,真的过去了。让你们看到我这么脆弱,真不好意思。回你们房间去吧,我向你们保证,今晚的事情绝不会再发生了。还是老夏你说得对,对付那些折磨过你、诽谤过你、抛弃过你、一心一意要加害于你的王八蛋,最好的办法就是,活下去,而且拼着命地活得比他们还要好。走啊……"她把他俩推出门去,然后又把他俩推进单昭儿的房间,用力带上了门。单昭儿赶紧去拉门,田曼芳已经在门外上了个反锁。单昭儿在房里一个劲儿地拍着门,叫"曼姐"。田曼芳在外面只是不搭理,她无力地倚靠在外头的门框上,默默地哭了起来。

第二天一早,夏志远还在床上睡着。单昭儿醒来后,忙披上睡袍,去试着开门。门居然吱呀一声被拉开了。门把上还插着一束极漂亮的鲜花,花丛中夹着一张小小的卡片,上面写道:"小昭儿,真诚地为你这非法的新婚之夜祝福,甜蜜吗?"这时,夏志远也醒了,揉揉眼睛:"谁送的花?"单昭儿脸一红:"你别管,赶紧把被子叠好!听到没有?"说着,忙带上门,抱着花冲到田曼芳房里。房门开着,房间收拾得异常的整洁,但人不在了。单昭儿心一紧,忙四处寻找,找到车库,只见田曼芳穿着一件杏黄色的紧袖口的尼龙绸短风衣,一条浅色牛仔裤,裤腿塞到高筒胶靴里,打扮得跟个"西部帅姐"那般精神,正在用一根长长的橡皮管子冲洗车子。看见单昭儿惶惶地跑来,便调皮地歪了歪脑袋,举起右手,对单昭儿做了个特欧化的"OK"手势,好像昨天晚间压根儿就没发生任何事情似的。"我算是服了你了。"单昭儿感慨地松了一大口气,正要向田曼芳跑去时,夏志远慌慌地也找来了。他只裹着一件单昭儿打扫卫生时穿的蓝色工作大褂,那大褂太小,紧绷绷地遮了上遮不住下,露着光腿杆和光脚面。单昭儿羞得无地自容,田曼芳却开心地哈哈大笑起来。

八十九

应该说，单昭儿昨晚的感觉是准确的。田曼芳那样的女子要自杀，绝不会只是因为在车库里受到的那"一点"屈辱。如果她脆弱到那等地步，那么她早就死过十次了。但她没死，说明她不是那种脆弱女子，她能忍受。在必要的时候，她能说服自己，她能等待，能东山再起，能一步步地"再塑自我"。在一个拥有悠久历史和强大文化传统的天地间，忍是一个精妙的必需机制。忍者龟啊。忍，就能长寿。忍才能从容，忍便是那刀枪不入的自我保护的"硬壳"，一座绝对温暖自恋的小屋。昨天晚间田曼芳是实在忍不了了。田卫东的那一巴掌，勾起了她一生所受过的全部屈辱的记忆，想起了自己做过的种种"坏事"，勾起了她对自己的深恶痛绝。一个人只有在彻底痛恨自己又无法对抗对别人的痛恨时才会陷入人生的绝望中。昨天晚间那一刻，她是真绝望了。

在打了田曼芳后，田卫东着实后悔了一晚上。听着乡村别墅里那个巨大的老式木壳立地钟嗒嗒的走动声，听着小花园林中空地上沙沙的雨声，听着厨房里自动打火的燃气灶上咖啡壶突突的沸腾声，如果不是因为急于要跟黄江北谈这些有关田家身家性命的大事，他绝对会去找曼姐认错。他会恳求曼姐照着他脸上，也这么打一巴掌，或者打十巴掌、一百巴掌，只要曼姐能原谅他这一次（头一次）的粗野和荒唐就行。老式的木壳立地钟敲十二点的时候，有人给田卫东和黄江北房间里又送去了两小碗粟米百宝羹，取走了那两只咖啡杯。

而田卫明在他的房间里，已经抱着电话机，睡着了。等他一觉醒来，已是第二天的早晨了，慌慌地去找卫东。田卫东趿着拖鞋，正疲惫地向楼下走来。"你跟黄江北说了些什么？"他问。

"我把该说的都说了。"

"你把什么都告诉他了？"

"他是你瞒得了的那种人吗？他总有一天会从万方那边搞清楚这一千四百

多万资金的去向的。与其被他查出来，还不如主动跟他说清了，能求得他的帮助。"

"求他帮什么？"

"暂且别追究你的刑事责任，容我们一点时间，把这一千多万的亏空补上……"

"补上这亏空，他就能不追究我的刑事责任了？"

"判死缓也比立即执行强吧？"

"他怎么说？"

"他说他要考虑考虑……"

"什么时候能给个答复？"

"兴许今天晚上，兴许明天上午。"

"要不要我出面再去跟他谈谈。我自己的事，兴许我去说，会更有效一些……"

"你？"田卫东冷冷地瞟了卫明一眼，"您老就给我歇着吧。"说完就向楼下走去。田卫明忙追过去叫道："卫东……"田卫东停下来，补充说："还有件事，你听着，从现在开始，到事情得到彻底解决为止，不许你下楼，不许你见任何人，不许你往外打任何电话，更不许你接触你那些狐群狗党……这是昨晚，我和黄江北达成的唯一的协议。"田卫明的脸一下涨紫了："你们要软禁我！"田卫东说："软禁是客气的。"

田卫明吼叫着扑过去："田卫东！你把我当啥了？"田卫东指着田卫明严正地说："听着，要不想在这楼里待着，就上市局拘留所待着去。你现在只有这两条路可走！懂吗？这是黄江北昨晚临走时最后丢下的话，要我转告你。而且是没有任何讨价还价的余地。你给个痛快话，到底想待在哪儿，是这儿，还是市局拘留所？"

田卫明蔫了，呆了一会儿，才咝咝出了口气问道："那我得在这楼里待多久？"

"待多久？待到这个世界上所有恨你的那些人，都把你忘了为止。"

"那萨金卡……萨金卡咋办呢？"

"你他妈的，我们全家都要断送在你手上了，你还有心想萨金卡呢？"

你再跟我提那小骚货一句,我立马让章台市检察院那帮子人来修理你!你还不明白挪用一千万元公款等于什么吗?还要叫个小学生来给你上一堂刑法课吗?"

这时,有两个大汉匆匆走来。他们昨晚找了个地方,"审讯"了苏群,发现所得到的那包东西,完全没用,上当了。那包里,除了一只穿旧了的女鞋,一把老式的刮胡子刀架,就只有一本完全空白的笔记本。完全让苏群这小子耍了一回嘛!

"怎么可能是空白的?郑彦章和苏群费那么大劲儿跟我们周旋,能是为了一本空白本儿?"田卫明不信。

田卫东拿过那个笔记本,从头翻了一遍,果然看不出一点字迹。他收起那几件东西,对那两个大汉说:"别的那些哥们儿呢?"

"都在楼下门厅里等着哩。"其中的一位答道。

田卫东说:"走吧。"

田卫明忙问:"你要干吗?"田卫东说:"你回你的房间去。"田卫明说:"他们是我的人。你想干吗?"田卫东说:"你要真替这些哥们儿着想,就别再把他们往泥坑里拽了!"转身问那个大汉:"苏群放了吗?"大汉答道:"放了。"

田卫明又急了:"笔记本的事还没闹清怎么能放人?"田卫东说:"卫明呀卫明,你以为你是什么人?就可以在章台随便抓人随便审人?昨晚,黄江北已经明确提出,再不许在章台市随便抓人。他可不是说着玩的。我们现在需要他帮忙,不能再惹他,要给他一点面子!"

"黄江北算个倭瓜!"田卫明叫道。田卫东说:"你给我闭嘴!"回头问那个大汉:"给你的这新差事明白了吗?"那个大汉有些为难地:"这……"田卫东鼓励地拍了拍他肩:"还这什么这?就按我说的办!"田卫明疑惑:"你又叫杨子他们干什么?"田卫东说:"干什么?让他们看着你!"说着,便往楼下走去。田卫明一下扑过去:"田卫东,你他妈的还来真格儿的了!田卫东……田卫东……有种的你别走啊……"却被那大汉死死抱住,半点也挣脱不得,只能跺脚暴跳乱骂。田卫东头都不回一下地走了。

楼下门厅里,田卫明带来的那些人都有些拘谨地坐着。田卫东抱起拳,对他们作了个揖，说道："这两天，各位帮了我哥不少的忙，耽误了各位不少时间。现在这儿的事办得差不多了，就不再耽误各位了……"楼上，田卫明大声叫道："田卫东，你他妈的有什么资格打发我的人……你这时候放过苏群，就等于是由着他们来栽赃陷害我……你应该明白，他们要搞我，最终还是为了要搞垮我们的老爸。事情已经干到这一步了，已经容不得我们退让，是死是活，必须把苏群手里的那批东西搞到手……要不然，你就是补上那一千多万的亏空，也还是脱不了一场致命的官司！你救不了我，也救不了老爸！"田卫东不想再跟田卫明辩嘴，还不到三十岁的他已经非常明白，这个世界上有许多事许多人，都不是靠嘴能打发调理得清楚的。他只向那两个大汉使了个眼色，大汉们立即围上去抱住疯了似的田卫明，用最温和的言语劝说，同时不管他怎么地蹦跳，努力把他"搬"回到楼上去，锁了起来。

下一步，田卫东急于要找的人就是田曼芳了。

九十

而黄江北急于要找的人，当然便是夏志远。

那天黄江北走进老城区的古文物市场，恰好是上午九点来钟光景。

狭窄的小街两旁，经营古董的小店一家挨着一家，黄江北历来对这些古玩不感兴趣，他觉得刨去史学价值，这些东西一文不值。中国人太好收藏，一旦发迹，手中稍有些余钱，便赶紧地往古董店跑，以为这便是风雅，这便是高尚。太多的人把太多的精力和钱财花费在这些"旧物"上，却不把功夫继续下在更新改善自己周边的生存环境上，比如……先不去说大的方面，只说那些大衣柜、热水瓶、桌椅板凳、锅碗瓢勺等的样式功能，都是几十年上百年以至几百上千年一贯制地因袭着沿用着忍受着，实在是我们这个古老民族的一个"能耐"，但也可说是"弊病"。一个民族如果总是沉湎在自己往日的陈迹之中，并以玩弄这些陈迹为乐，且乐此不疲乐而忘返，无论如何也是民族的一个悲哀。黄江北意外的是，一向以来跟他一样对这种"旧货"不感兴趣的夏志远，这些天，却也整日价地泡在这文物一条街上了。黄江北是在寻找他多日后，才得到这个"情报"的。

看来情报是准确的。黄江北走进文物街不远，就看到夏志远正在一家专营古瓷器的小店里，百无聊赖地把玩着一个小口广肚的青花瓶，装模作样似乎很懂、很专心。黄江北走到他身后了，都没知觉，一直到从他手里夺过那只青花瓶，才惊觉。夏志远刚想表示一点"抗议"，黄江北不分青红皂白，便把他拽出小街，并推上了车。司机一边笑着，一边忙按早安排好的计划，发动了车。夏志远当然要继续表示抗议，继续发表"强硬声明"："我现在歇病假，你干什么？"黄江北只是微笑，不一会儿，车已经到了夏志远家门前。上楼，进房间，夏志远撒开了叫："黄江北，我俩的缘分已经到头，你听到没有？你别再跟我说什么！"黄江北笑道："吼，吼得好！我今天就是来听你吼叫的。"夏志远却往床上一躺闭上眼睛，不出声了。

黄江北说："好，你不说了，现在我说。"夏志远立即从床上跳起来："我不想听！"黄江北也从沙发上跳起来："听着，今天你不想听也得听！"

"黄先生，中国有十二亿人，愿意跟着您这位当市长的去升官发财的主儿千千万，您发发善心放了我，行不？"

"志远，昨天田卫东亲口告诉我，这两年，他那位兄长田卫明，从万方挪用了将近一千四百多万公款……"

"一千四百万，一亿四千万，跟我夏某人没有任何关系！"

"志远，我的同志哥，你想一想，想一想哪，这说明什么？说明彻底解决章台市问题的关键时刻到来了。"听黄江北这么说，夏志远才冷静了下来，虽然一时仍没作任何表示，只是凝重地打量了江北一眼，但可以看得出，他开始关注黄江北的话了，并一心等着他继续往下说。

"章台的老百姓、章台的干部都是相当出色能干的，事情坏就坏在那一小部分人手上。他们滥用手中的权力，搞得大家伙儿没心在这块土地上好好干，现在是揪出这些蟑螂臭虫的时候了……"

"你说田卫明是妨碍章台发展的关键？"

"你觉得我的智商有那么低吗？"

"我想也不至于啊。"

"一千四百万不是一百四十万，更不是十四万、一万四……"

"大实话。"

"小小一个田卫明是怎么从万方把这一千四百万公款搞走的？必定是通过一个庞大的关系网，这张网里恐怕还不止已露头的董秀娟和于也丰。"

"你是说……通过这就能澄清董、于二案？"

"不仅仅如此。董、于为什么会跟着田卫明转？怎么会胆大包天到那么一种地步，把一千四百万公款挪给一个什么也不是的田卫明？"

"他是田副省长的大公子！"

"好！你开始涉及问题的要害了……"

"你是说……这一千四百万和田副省长有关？"

"我可没这么说……"

"滑头！"

"我想郑彦章很可能已经找到了这里的关键证据。也就是说，他掌握了这一千四百万是怎么出溜到田大公子手里去的重要证据……"

"因此，田卫明才那么迫不及待地不顾一切地要对付郑彦章和苏群，就是为了保住他背后的那个人。只要他背后的那个人不倒，他就不会出大问题，就是出点问题，也不会有大的妨碍……"

"我看此推理成立。"

"他要保护的就是他那个身居重位的父亲？"

"我可没这么说。"

"别绕圈子了。你今天找我来，到底要干什么？"

"替我再去找找苏群……苏群交出的那个本子，是个空白本。真正的证据还在他手里。郑彦章昏迷了，如果真是很严重的脑溢血，即便抢救过来，也可能会失去记忆，或者说不了话写不了字。严重的还可能成为一个植物人。因此，事发前他留下的这点证据很可能是目前解决问题的关键。千钧系于一发，保留在他个人手里，是很危险的，也是非法的……"

"为什么一定要我去找他？让我去坐蜡？他现在不可能再信任我们这些人。那个笔记本甭管是空白还是不空白，总是从我们手里交出去的！这让他太失望了，也让我太失望了！"

"当时我需要稳住田家的人。我手里没掌握任何证据，我还不能和他们把关系搞僵了……"

"所以你就采取了明哲保身的做法，宁可屈从田家人，而不愿冒任何风险去保护这个小本子？"

"没有拿到确凿证据前，我们不能采取公开和田家人对抗的做法，他们有那种特殊身份。不考虑这一点，在我们这块土地上同样是不明智的！"

"但是，你的这种'明智'，使真正掌握证据的人，再也不敢把证据交给你！再也不敢信任你！"

"志远，我已经说过了，事情并不像我们早先想的那么简单！"

"是的。我不懂。我也不想懂。"

僵持。

几乎在这同时，田卫东突然闯进水上大酒家后院的田曼芳房间。几近于半裸的田曼芳正在换去刚才冲洗汽车时穿的那套衣服，见田卫东闯进，忙拿起一件外衣遮住自己身子，让他"立即滚出去！"田卫东忙背过身去道歉。却"死皮赖脸"地不肯走，只说要带她去见个人，"一个你特别想见的人"。一边说，一边便拉开大衣柜的门，把衣服一件一件地扔给田曼芳。田曼芳叫道："强盗！"田卫东嬉笑道："对对对，我就是个强盗。快穿，你要再不穿，可就别怪我非礼了。您老那么半裸着，就是圣贤老头儿也顶不住。我早就想非礼你一回，这一点你应该是十分清楚的！好了快穿吧。今儿个我是完全为了您才来的。如果您还算有良心的话，应该承认我田卫东从来没有做过任何对不起您曼姐的事。过去，现在，以至将来，我都不会做任何对不起您的事。我宁可对不起我自己，也不会对不起您曼姐。这是实话吗？如果您承认这是句实话，那么就请快跟我走。"

田曼芳不作声了。这是实话。

二十分钟后，田曼芳跟田卫东来到交际处老楼。这交际处是五十年代市内唯一的一个接待外宾的场所。当年它既神秘又显赫，不经特别的介绍，根本进不了它的大门。这些年，它正式对外营业，原先的地位也早已为后起的星级宾馆代替。但一些习惯怀旧，或身份特殊的人，却还是喜欢上这儿来"饮上一杯"。在一定的圈子里，仍把约上几个朋友到这儿来小聚一顿，当作高档次的雅兴。这一刻，粉红色的西餐自助餐厅里，由于不到用餐时间，几乎还没什么客人。但背景音乐却一直在放着，柔曼得很。那是一首流传很久的美国著名爱情歌曲《ONLY YOU》，用中文说，就是《只有你》。田卫东把田曼芳带到一侧半敞式的包厢里，田曼芳问："人呢？"田卫东微笑道："跟你说实话，今天我只是想请你吃顿饭，弥补一下我那天的过失……"田曼芳立马掉下脸来，站起就走。田卫东忙拉住她："您瞧您瞧……随便开个玩笑，就急成这样。见，肯定让你见个人。他一会儿就到。"

田曼芳仍不肯坐下："谁？说清楚。"田卫东打了个盹，慢慢说道："黄江北，满意了吧？"田曼芳一下挣脱田卫东的手，向外走去："无聊。"田卫东拦住她，并低声威胁道："曼姐，别逼我在这儿撕破脸。我没想要你。我的确约了黄江北，我要让你看看真实的黄江北，一个让我为之大失所望的黄江北，一个并不值得你暗自钟情的黄江北。"

九十一

黄江北在夏志远家最终未能说服自己的这位老助手为他再去找一下苏群，只得走了。他不想把事搞僵，留点余地，待明后天再来做工作。再者，田卫东那儿也在等着他，容不得他在这儿逗留太多的时间。他悻悻地走了出去，夏志远脸色很难看地留在房间里，竟然没出来送。这几乎是他们交往几十年间从来没有过的事。刚才夏志远曾劝黄江北："我心平气和地不带一点情绪地说句心里话，江北，你也别干了。你不觉得你……"

"我怎么了？"

"你真的不觉得，这些年，你……也有了很多变化吗？"

"我变贪了？我变馋了？我自我膨胀，我好色好利，我独断专横，欺上瞒下，无法无天？"

"这倒还没有……"

"那你说我怎么变了？"

夏志远一时语塞。

"好吧。咱们以后再谈。"

黄江北走了。他走得很沉重。走着走着，便在楼梯上站了下来。他一直是很相信夏志远的感觉的。夏志远不如他聪明，没有那些必要的机敏、热情和行政能力，但他的确很正直，心很善，心很细，愿意在幕后奔走，尤其能对他说真话、说直白的话。黄江北这些年并不是没有觉出自己也在变，但他自信是在向好的方向变，变得老练、沉稳，是向成熟的路上走。怎么可能变得让这个老同学担心起来，以致担心到都不愿跟他一起再干下去了？可能吗？究竟发生什么了？黄江北想着想着，决然地又转过身来，进了夏志远的房间。

两人又稍稍沉默了一会儿。

黄江北迟疑地问："志远，我……我……到底怎么了？"

夏志远恳切地说："江北，不说那些了。我们过去是好朋友，今后还是好朋友。不管你怎么样，我相信，你会永远是从前的那个黄江北。我们之间的友谊永远不会贬值，我会永远珍惜我们之间曾有过的一切，永远……但请你为了这一切，放我走。我真的不能适应正在发生的这一切。如果你这么死活拽着我不放，我真不知道在你我之间还会发生些什么。我很怕再发生这些，我不愿意发生这些，但你要硬留我，就很难避免。你愿意看到我俩有一天真的变得非常非常陌生和对立？让我们在还留有真诚和美好的时候分手，是最明智的……"

严格地来说，不是田卫东约的黄江北，而是黄江北约的田卫东到这儿来见面，为的是那套红木家具，田卫东对田曼芳说："待一会儿，我跟黄江北谈话的时候，您先上里面回避一下，先在里头听一会儿……"田曼芳警觉地问："你又想设什么圈套？"田卫东笑笑："什么叫又设圈套？好像我这一生给人设过多少圈套似的。我今天只不过是要让您曼姐看看，黄江北跟我一样，也是个吃五谷、拉臭屎的凡夫俗子！不是我要毁你这个心爱的男人，但事实就是如此。"

接下来，田卫东告诉田曼芳，黄江北突然收下那套红木家具了。"他不仅收下了，还收得非常高明，郑重其事地提出两点要求。一，先把这套家具从他家拉走。二，再由我亲自替他把这套家具卖了，换成现金交给他。绝对不许由我以外的任何人插手这件事……聪明啊。周到啊。的确不愧是清华北大的高才生，玩什么，都滴水不漏。"田卫东冷笑道，"其实我原来对他也是寄予很大希望的。在这一点上，甚至不比您曼姐差到哪儿去。"

田曼芳根本不信，淡然一笑道："瞎掰！"田卫东不动声色地说："这些都是他今天一早打电话通知我的。实话对您说，我当时在电话里都呆住了，好一会儿都不知跟他说什么好。一会儿他上这儿来，就是要跟我谈这件事。我的话您可以不信，但如果我诓您，怎么敢把您叫到这儿来当面听证？"

田曼芳的心剧烈地跳动起来。她竭力装得平静，问："干吗要让我知道这件事？想有一天，让我到法庭上去为你作旁证？"田卫东苦笑了笑说道："我真要找个证人栽黄江北一下，也不会找您啊。您曼姐会为了我去作证伤害黄江北？你恨我们田家的人，这一点我比谁都清楚。所以，我今天找你来一起看看这场戏，丝毫没有害谁的意思。我只是心里憋得慌，我想找个人说说话。我跟你一样，打心眼儿里佩服这个黄江北，敬重这个黄江北。多少年来，我实际上想做到的，就是要像这个黄江北曾经做到的那样，清华，北大，工程师，政策研究室，最后走上市长宝座……闪光灯，麦克风，指挥千军万马，掌握亿万经费。但最后又绝对潇潇洒洒、清清白白留一世英名，撒手而去……可我没能做到，我对所有真正能做到这一点的人，不管他是什么样的，都愿意三跪九叩头地叫他一声爷……可没想到这个我最敬重的爷，也顶不住几十万港币的诱惑。曼姐，你说，人这个东西，他妈的到底是个什么玩意儿！啊？你说，人心里还有没有真东西？啊？"说到这里，他的脸涨得通红，好像一口气灌了一大瓶六十度的二锅头似的。

看来，这事不像在骗她。田曼芳脸色变得十分难看，一时间不知该做些什么才好。

"得阻止黄江北上这儿来。不能让他被这几十万港币毁了。人总有一时的糊涂一时的软弱，但他不该有。得想办法……得想办法……"她暗自想道，紧张得直冒冷汗。首先得想办法离开这儿，拦住黄江北，别让他上这儿来。"假招子！谁闹得清你们兄弟俩是咋回子事……"田曼芳一边说，一边拿起小皮包，就向外走去。

田卫东忙上前一步拦住田曼芳："上哪儿去？……想去给黄江北通个讯儿？想赶我头里去做好人？想踩着我田卫东的肩膀去显摆你自己？"

田曼芳挣扎："我要回公司去……"

"田曼芳，你只要敢在黄江北到来之前，踏出这门槛一步，我立即打电话告诉你所有的熟人，你，田曼芳，到底是个什么玩意儿。你，不光跟我哥，还跟我那个老爹，都睡过觉！"

"流氓，流氓，去说，去说呀，有种的上广播电台去说，上电视台去说呀！"

"我还要告诉黄江北，就是你，田曼芳，唆使田卫明到万方支钱。也是你，田曼芳，一次又一次到董秀娟那儿，说动了这个缺乏从政经验的女劳模，让她批条给田卫明，到万方支钱。你现在又缠上了这位英俊潇洒的新市长……"

"是的，就算这些都是我做的，那又怎么样？我就是要让你们田家垮台，就是要看着你们田家所有的人最后都一个个的没有好下场！我就是要把你们全送进监狱去！全送进去，全送进去！"田曼芳的脸色顿时变得跟纸一样苍白，浑身哆嗦着，拿起小皮包，猛地推开田卫东，跑了出去。田卫东仓促追到电梯门口。电梯已经开了。他冲到楼梯口，等他大喘着气跑下楼来，田曼芳的那辆马自达已经开出宾馆大院了。田卫东赶紧冲到自己的天霸车跟前，刚打开车门，还没来得及上车，却看见黄江北的车缓缓驶进了宾馆大院。看来田曼芳没能截住这位黄市长，他俩是"失之交臂"。他待自己稍稍喘定，用力关上车门，整理了一下自己的衣着，匆匆向黄江北走去。

田曼芳出交际处大门时，心里太慌张，没有留心黄江北的车正往门里开。这一错过，她当然就不可能再找到他了。找了一大圈，只得赶回水上大酒家。冲进后院，从小皮包里掏出钥匙串，由于太急，连使了几把，都没能把门打开。最后一使劲儿，又把钥匙别断在锁眼儿里了。她急得直跺脚，正在没办法的时候，单昭儿走了过来。她一下冲过去拉住她："快，开你的房门。"单昭儿说："又哪儿着火了？"田曼芳直跺脚："别贫，快开门。"

田曼芳冲进单昭儿房里，拿起电话就往市府机关各办公室里打。打一圈也没找见黄江北。最后，还是单昭儿出了个好点子："找找老夏啊。他是他的助理，只有他知道他去友谊宾馆前那一段时间会去哪儿。"

田曼芳一下高兴得抱起昭儿直转圈。单昭儿轻轻地拍着田曼芳潮红的脸，说道："嗨，人家可是有老婆的人，那身份地位……也不允许他拈花惹草，别耽误人家远大政治前程。"田曼芳一开始还没听出那话里的味儿来，后来愣了一下，忽然推开单昭儿，呆站了一会儿，沉着脸走了。

她俩找到夏志远，夏志远却慢条斯理地劝田曼芳不用着急。田曼芳火了，陡地站起："他从田家人手里收下那四十多万元港币，后果是什么，你不清楚？"

"放心放心，他不会收的。他是谁？他是黄江北！"

"黄江北又怎么了？比黄江北还黄江北的人我都见过，结果怎么样？不照样身败名裂！"

"我了解江北。"

"这是田卫东亲口对我说的！"

"告诉你们，他值得我们着急的地方不在这儿。他绝不是区区几十万、几百万就能打倒的人。他绝不会为了一点钱、一点利，丢了自己的政治前程。他要的不是这种东西。如果他说他要收那份钱，也一定另有安排，有好戏。告诉你，田卫东斗不过他。在这一方面，你们放一百个心……"

"那你说，他还有什么地方需要我们为他担心的？"

"无可奉告。"

"不屑于告诉我们？"

"对不起，无可奉告。"

单昭儿不高兴了："瞧你，跟曼姐还卖什么关子呀！她这不也是在关心您那位老同学吗？"

夏志远异样地瞟了昭儿一眼，那意思是：关于党政领导人的私生活习性和心理变异，从某种意义上来说，也是一种党内机密，也是不容随便瞎传的，特别是不允许我们这种长期在领导人身边工作的人在外头随便乱说。田曼芳没在机关待过，不知道这里的利害关系，你在机关待过那么长时间，怎么也跟着瞎起哄？单昭儿懂那眼色的意思，便乖乖地不作声了。田曼芳更是一个聪明人，也知趣地不再问了。过了一会儿，田曼芳长长地叹了一口气，走到窗前呆站了一会儿，忽然转过身来说："夏志远，我有件事想单独跟昭儿商量一下，能请您上外头稍稍待一会儿吗？"夏志远忙说："可以，当然可以。"

夏志远走后，田曼芳却好长时间没说话。单昭儿好奇地看着这位总是能做出许多让人感到意外的事情来的表姐，耐心地等待着。又过了好大一会儿，田曼芳才叹了一口气，忽然说："没意思……真没意思……昭儿，我要走了，要离开万方，离开章台。我太累了，干不动了，我想找个地方，去好好地休息一段日子。你愿意不愿意把这个酒家全部接过手去彻底地管起来？"单昭儿一怔："喂，老表姐，又想跟我们玩什么新招？"田曼芳低下头沉默了一会儿，笑道："没有任何阴谋。只要你愿意接，我会到公证处去办妥一切过户手续，一切都无偿移交。"说着从皮包里拿出一个极精美的首饰盒子，盒子里放着一对极昂贵的钻石戒指："这是给你和夏志远的……"单昭儿忙推开那对钻戒："你又想怎么了？又想跟我玩吃安眠药游戏？曼姐，你一直是特别自信的人。你一直教导我，做个女人最重要的一点就是要自己相信自己，要学会咬着牙齿对人，咬着牙齿过日子。你这牙齿咬不下去了？我知道你这些年过得特别不容易。可是，你要相信章台的问题一定能得到最后解决的。你也一定能找到一个好的归宿的……"田曼芳低下头又沉默了一会儿，叹道："昭儿，你想哪儿去了。归宿不归宿，对于我已经没什么大的意思了，我也不会再吞安眠药的。我真的只是想走得远远的休息一段日子……真的，我要歇着去了……真正的歇着去了……"

九十二

　　黄江北在交际处的那场"交易"进行得十分干脆，前后加起来没超过十分钟，一切都谈妥了。黄江北今天一早给田卫东的电话里是这样谈的，红木家具他要了，但不要东西，要现金。先把家具拉走，换成现金交给他。田卫东问他："钱怎么交？是交现金还是交存折？"黄江北说，这事得见面再谈。见面后，黄江北交给田卫东一张纸片："我不经手现金，请如数转到这个账号里。"田卫东揶揄了一句："黄叔叔，真没想到，您在这方面也……也挺精通的……"黄江北笑笑，就没再说什么，只问了问田卫明的情况，随口问了一句："那一千四百万，你估计最后能追回来多少？"

　　田卫东把他算账的情况又细说了一遍，表示要尽最大的努力多追回些款子，让万方少受些损失。"反正请您放心，除了给我哥留下身上一条小裤衩，我什么也不给他留。他自己也明白，不管是我爸，还是您黄叔叔，这么做，都是为了救他一条命。"黄江北不紧不慢地补了一句："再给留一件上衣，留一双鞋子。天冷了，还得留一顶帽子。"

后来，田卫东又提出两点。一，先不要把卫明的事捅给检察院方面。一往那儿捅，事情的性质就变了，将来再要往回收，就难了。二，卫明在林中县曲县长的老家六道河乡，还办了个汽车刹车管厂，主要的机器设备都是进口的，还花了一大笔钱，购买了外国的工艺技术。原本这个厂生产的刹车管，就是想给万方配套使用的，现在已经试投产了。"我想保留下这个厂子，用它的产品，来抵我哥哥所欠的部分债务。这样，既替林中县保留了一个企业，对万方的早日投产也不无好处。"

黄江北想了想，回答了两点。一，关于你说的第二条，我看可以考虑。但万方公司最后用不用这么个乡镇企业的产品，这还得由公司方面做最后决定，别人不能包办，也包办不了。二，至于你说的第一条，田卫明挪用了一千多万公款，这么大一件事，我知道了，你要我不跟检察院方面说，要我瞒着他们，这不是把我往火坑里推吗？至于将来怎么处理，还处理不处理，可以商量，首先看这一千多万的公款能追回多少。但这个问题最后也得由检察院方面做决定，咱们不能以权代法。你说对不？

田卫东不再说话了。他心里挺不服气，心想，你收了我四十多万港币，还说那种面面俱到的漂亮话。做婊子，还立牌坊！但事已如此，气儿再大，也只能掖着藏着，踩在脚底下，千万不能当面戗戗。这点场面上的"规则"，田卫东还是很懂的。他只是有些怀疑，怀疑这位黄先生难道真的只是一个高智商的"混蛋"？

田卫东回到那幢乡村别墅，把情况跟卫明一说，卫明高兴坏了，狂喜地大叫道："他到底还是收下那些港币了。黄江北啊黄江北，你狗日的跟我田卫明也没什么两样。从现在起，我可以自由行动了……"田卫东却说："谁说的？"田卫明说："他已经收了东西，还怕什么？"田卫东说："头脑放清醒点，那几十万港币的事，我总觉得不那么简单……"

"简单不简单，他收了我四十多万港币，就是我的人！"

"住嘴！"田卫东喝住了田卫明，默默地想了想，突然回过头来问边上那个叫"杨子"的大汉:"杨哥,章台银行系统里有熟人吗?""杨哥"歉疚地说:"特铁的没有。"田卫东说:"有说得上话的吗?"杨哥想了想:"那样的还有几个吧。"

田卫东便把黄江北交给他的那张小纸片交给杨子,纸片上写有黄江北的那个银行账号。田卫东让杨子马上去查查,搞清楚这个银行账号究竟属于哪个单位的。田卫明在一边听得都不耐烦了,说:"你也真够'苕'的!还查什么查,给他把钱转过去不就齐了?那黑锅就算让他黄江北背上了!"田卫东不客气地回了他一句:"你懂什么!"

当然,这一天,让田卫东最心烦的一件事,还在那两位会计师那儿。他们用电脑查算田卫明在境内外所有资产账,发现一些新问题。账上好像还有几百万的缺口。

"一千四百万以外,还有缺口?"田卫东急问。

"好像是这样。"其中的一位会计师说道。

"这就是说,他在一千四百万之外,还拿了别的钱?他说全交清了!我找这个混球儿去!"

"您先别冒泡,让我们再算一遍再说。"

一千四百万以外还有暗账?这个不要命的哥哥。你到底想干什么?

九十三

田卫东自己也说不清,走着走着,怎么又来到水上大酒家。他在后院的门前停下车,犹豫了好大一会儿,才决定向院里走去,正遇上单昭儿和田曼芳一起走出单昭儿的房间。田曼芳一眼瞧见田卫东,忙又跑回屋,顶住了门。她不愿见他。田卫东用力推着门:"曼姐……曼姐……你听我说……"单昭儿急了:"人家不愿见你,你怎么这么耍赖!"田卫东大声地对单昭儿说:"这有你什么事!"这时夏志远走了过来,护着昭儿对田卫东说:"嗨,年轻人,怎么这么对女士说话?"田卫东忙笑道:"对不起……我有点急事要找曼姐。"一边说着,一边暗中使着大劲儿推门。田曼芳在房里死死地顶着门,默默地流着泪。终于，她不敌田卫东的力气，门被一下推开了。田曼芳拿起自己的小皮包就往外冲，被田卫东一把拉住。

单昭儿和夏志远上前制止。田卫东倒是松开了手，但仍堵着门，对单昭儿和夏志远说："二位，我和曼姐要谈一点私事，你们可以问问曼姐，她愿意你们二位在一边旁听吗？"

单昭儿叫道："她当然愿意。"

田卫东温和地笑了笑，回头问田曼芳："曼姐，那我就当着他俩的面说了？"田曼芳无奈地看看单昭儿和夏志远，只得说道："……你们俩……忙你们的去吧……"待昭儿和老夏走后，田卫东关上了门，田曼芳离田卫东远远地坐着，说："你还想说什么？还要设什么圈套害什么人？"田卫东苦笑说："曼姐，你是看我从小长大的，我是那样的人吗？你……干吗总要用这种口气跟我说话？你恨田家人，但你清楚，田家人并不都是混蛋，起码我就不是。你清楚，我和你一样，也恨我这一家人……"田曼芳冷冷一笑："是吗？"田卫东说："你不知道我不是我妈亲生的？"田曼芳一惊："你又瞎编什么！"田卫东也意外了："你真不知道？我哥……我爸和我妈真没跟你说过？"

"他们干吗要跟我说这个？到底是怎么回事？"

"愿意听？愿意听，我就说一点给您曼姐解解闷……我生身母亲是章台六公区区供销联社的一个小会计，那时候，我爸恰好在六公区当区长。他俩爱得死去活来的时候，他跟田卫明的母亲、也就是那个我一直必须管她叫妈的女人结婚都好些年了。他和我生身母亲之间的这段恋情当然是非法的。但也要实事求是地说一句公道话，这也是我这位父亲一生以来真正动了情的唯一的一次恋爱，可惜来晚了几年。他本可以采取法律允许的手段来调整这里的关系，但您也知道，在章台这个老区，历来有个传统，对离婚再娶的干部都'深恶痛绝'。这么做了的，一般都会影响仕途的通达。这一点不能不让我那位把政治前程看得高于情爱的父亲迟疑。要知道他那会儿，政治上正春风得意，他绝对不会屈从于感情，而让自己毁灭在这种所谓的生活问题上。他终于还是服从了事业的需要。事情发生后，他们本来也可以像这个世界上许多人都干过的那样，把我这个小生命消灭在萌芽阶段，然后便悄悄地分手，装作什么事也没发生过，让时间老人来慢慢销蚀他们心底产生的那份真情……其实我父亲本来是想这么做的，却遭到了我生身母亲的坚决反对。她可以离开章台，离开这个曾真心喜欢过她的男人，因为这一切，作为她这么个小会计是无法操纵的。但孩子在她肚子里，这是她唯一能表示自己意愿的事。她坚持到底了，不顾一切生下了我，并把我送到了田家。正因为我从一出生就给这个家带来'麻烦'，就一直没被田家的人喜欢过。十岁以前他们把我扔在外婆家，都不许我和我妈妈在一起。外婆家住在淮河边上的一个小镇子里，吃的大麦饭，住的茅草房。我小时候吃过的最好的零食，就是我外婆腌的黄瓜条。一直到十岁那年，我才被接回到自己家里，才开始上学。我总是被那些比我小好几岁的同班同学叫作'傻大个儿''傻骆驼'。上到初中，我说什么也不愿再上下去了，为这件事，我跟我家里大吵了一场，这也是后来他们越来越不喜欢我的一个重要原因。我宁愿去工厂当学徒，后来又当了两年兵。有一件事情，不知道你还记得不记得？那时候，你刚到我家来帮忙不久，有一天，我在房背后洗头，当时家里都不让我使家里的澡缸，说我太脏。我洗着洗着，突然觉得有一只手伸到我头上帮我搓洗我那脏得不像样子的头发。当时我心里一紧，你要知道从五六岁起，就再没人帮我洗过头，洗过澡，十岁以后，就没人帮我洗过衣服。我抬起头，一看，是你……你知道我当时是一种什么感觉吗？除了想哭，就想狠狠地大叫一声。我想让你们所有的人都滚得远远的，我不要你们任何人的可怜。你还记得吗？当时带着满头的肥皂沫，我转过身来就走了。但那晚上，我一直也没能睡着，怎么也摆脱不了那种感觉，好像你那一双手一直在揉着我的头……"

沉默。

过了好大一会儿，田卫东才接着往下说："这个家里，再没有人像你那样对我这么好。后来的那些年，你就是我的妈妈，我的姐姐，我心目中唯一暗暗依恋着的女人。我偷偷地把你该干的重活儿都替你干了。我偷偷地亲你的鞋子，偷偷地亲你换下来的衣服。躲在门背后，偷偷地听你说话的声音……只是不敢当面对你说出这一切。一直到那一天……那一天我突然看到田卫明在欺负你……把你按倒在长沙发上……我当时觉得自己脚底下整个儿都好像塌了一样。当时，只要你叫一声救命，我一定会冲进去，一刀把那个畜生给宰了。可你没叫……一直到今天，我还是想不通，你当时为什么不叫？我看见你在推他打他，可你就是没叫。为什么？"

又是一个令人难以忍受的静场。

风声。

院子里，夏志远和单昭儿显得十分心神不定，总担心着田曼芳那儿要出什么事。

静默了好大一会儿，田卫东又问："你能告诉我，这是为什么吗？"田曼芳一下从椅子上跳了起来："如果你今天只是为了从我这儿找点隐私来开开心的，那么我现在请你立即出去！"田卫东激动地："曼姐，你还不明白我吗？"

"我永远也不想明白你们这一家人！"

田卫东拿出一份出国护照："我早就办妥了出国手续，也早得到了签证，可你知道我为什么迟迟不走？"

"我不想知道！"

"所有的人，包括您那位黄江北，都以为我这次来章台是为了我这个家，是为了替我那个混蛋哥哥，还有我那个糊涂爸爸抹平问题。你应该知道，我对他们没感情。我来章台只是为了你！"

"哈哈。为我？我有什么要你为的？"

"你真没什么要我为的？"

田曼芳一时无语。

"你怂恿田卫明上万方挪用那么多公款，挪用公款的该吃枪子，怂恿者、策划者，就可以不负任何法律责任？"

"负呀。判呀！判我二十年，三十年，五十年。只要能把你这混蛋哥哥送上断头台，让你们家破人亡，坐多少年牢，我也认了！"

田卫东冲过去，一把揪住田曼芳："傻姐姐！你知道德国有个叫约翰娜·克万特的女人吗？她掌管着德国最大的一个汽车公司——宝马汽车公司。去年，正是因为在她的领导下，宝马终于超过奔驰，成为整个德国，乃至整个欧洲最重要的一个汽车公司。你聪明，你有足够的才智和热情，你又能吃苦，你还好学肯干。只要有人帮助你，以万方为起点，总有一天你能成为中国的约翰娜·克万特……"

"我现在只想把你们一家人都送进监狱！"

"那你也得先保住你自己！"

"干吗？在接受了你父亲、你大哥的欺负以后，再来让您这位二少爷耍弄？"

"你觉得我在耍弄你……我在耍弄你？你！"田卫东用力一推，"轰"的一声，田曼芳一下撞在了床角上，并且带倒了床前的一把椅子，嘴角立即流血了。夏志远和单昭儿闻声立即冲了过来。夏志远大声呵斥："田卫东！"田曼芳在单昭儿扶持下，挣扎着站了起来。她却说："二位……请回你们的房去……这儿没你们的事。"

夏志远和单昭儿不解地看看田曼芳。田曼芳仍坚持要请这二位走开。单昭儿想了想："那你们开着门说话……"田曼芳说："我们之间那点臭事，是不能见太阳的。听话，上外头待着去，别让这儿的臭气熏了你们。走吧，求求你们了。"夏志远和单昭儿迟迟疑疑地又走了出去。

田曼芳默默地擦去嘴边的血迹，去关上门："卫东，我现在只求你一件事，不要把黄江北拉进这档子事里面，给这个世界留几个干净人……你我都是从章台这块土圪里蹦出来的土人。章台这地方出这么一个有头脑有学问又能干还干净的男人不容易，你别去招他……"田卫东说："你喜欢他？"田曼芳说："我没那个资格，也没那个福分。"田卫东说："那你操那份心干啥？"田曼芳说："这样的心，你是不会懂的。你们田家人是不会懂的。你们不懂！不懂！"

这时，苏群骑着一辆破自行车，不紧不慢地向水上大酒家蹬来。把车锁在后门外的那棵大榆树下，就进后院，一抬头，正和夏志远照了个正着。他扭头就跑。夏志远喊了声："苏群……"拔腿就追。单昭儿这时也听到动静跑了出来，得知是苏群，也跟着四处找。找了一圈也没找见。夏志远低声地说："别出声，他没跑远，你瞧，他那辆破自行车还在哩。哎，昭儿，你和田曼芳好像跟苏群挺熟的。上一回我看见你和田曼芳去找过苏群……"单昭儿说："那回我是陪曼姐去找他的。"

夏志远问："田曼芳为什么要找苏群？"

单昭儿说："她好像是有什么事要找郑局长。"

夏志远问:"什么事?"

单昭儿说:"她没说。"

夏志远说:"你们俩之间还有不说的事?"

单昭儿叹道:"人嘛,都有一块不能让任何人进入的心灵禁地。你没有?"

夏志远说:"对你没有。"

单昭儿娇嗔道:"就一张嘴!"

夏志远拉起昭儿的手:"真的。"单昭儿忙甩掉夏志远的手:"光天化日之下的,谁跟你真的假的!"两个人说着话,便悄悄地躲一边等着。果不其然,过了一会儿,苏群终于出现了,不知从哪儿一下蹿了过来,掏出车钥匙,开开车锁,推起车就跑,却让久候在此地的夏志远和单昭儿拽住。夏志远见田卫东和田曼芳还在里头谈着,两人好像也平静多了,便让单昭儿进屋去跟田曼芳打了个招呼,赶紧把苏群请到背静地方的一个小饭馆里说话去了。

得知夏志远和单昭儿不再为她守在门外,田曼芳心里反倒一下松快了,便对田卫东说:"听我的话,离开章台,离开你自己的那个家,离开我……走得远远的。你会有出息的……"

"我……"

"你从小没有得到过母爱父爱,你对我的感情,只是一种变态了的男女之情。你只是想从我身上补充得到这样一种母性的温馨……"

田卫东激烈地说:"不是的……"

"是的。"

"我了解我自己。"

"不,你不了解你自己。你不明白,人一生所可能产生的最大的误区,往往就是他自己。我就在我自己设下的误区里徘徊了二十年。我为了了解我自己,所付的代价,只有我自己才知道有多么沉重。卫东,我是过来人,我了解你们男人,在我们这个父系专制社会里,几千年来,男人所遭受的扭曲,绝不亚于我们女人。女人怯懦,似乎是名正言顺的,她可以公开求助、呼吁。男人怯懦却只能把由此带来的种种痛苦深深地包藏在自己内心的深处。他们无法公开,也不敢公开,他们往往只能求助于身边挚爱的情人,下意识地在自己的异性爱人身上寻找着第二母亲的影子。我可以给你母亲那样的爱,也会像一个最称职的大姐姐那样爱护你。我可以给你那样的温馨，但我不可能再给你别的。但对于一个你这样的男人仅仅有那种母性的温馨是远远不够的，你需要一个真正女人的爱。但这个，我不能给你……"

"为什么？"

"卫东，不要强迫我……"

"为什么？"

"我在你面前没法撒娇。不是你不让我撒，而是我撒不起来。实话跟你说，很长一段时间见不到你的时候，有时我也会想起你。但那绝不是撕心裂肺的思念。我从来没有因为你不理我而恨你。我从来没有因为你而忌妒过另一个女人。我的心也没有因为马上就要见到你而狂跳过。更没有在你面前失去过本该失去的清醒……说白了，你从来没能让我丧失过理智去处在一种必要的迷乱之中……而一个女人如果不能撒娇，没有思念，没有刻骨的恨和要死要活的忌妒，没有疯狂的心跳，没有迷乱，她就白做了一回女人。不管别的女人怎么着，反正我不能这么做女人……"

"不用说了……我明白了……说正事吧。"

"卫东……"

"说正事！"

"说吧。"

"请帮我尽快找到苏群！"

"你们不是刚放了他？"

"这你就别管了！"

九十四

要了一盘京酱肉丝，一碟白切肉，又要了一碗南方口味的梅菜扣肉，给昭儿要了一个芙蓉玉米羹。又要了两罐椰汁。苏群今天不想喝酒。

夏志远说："上一回的事，要解释的，能解释的，我都解释了，请你相信我们。"

苏群只是低头不作声。

夏志远说:"出了上一回那事后,我精神上的确是被彻底击垮了。好长一段时间缓不过来。这情况,我想你也一定都清楚。我已经下决心不再管这些操蛋事了。但想想,实在不甘心。干吗呀,干吗要让这些家伙平白无故地嘬着咱大家伙儿的血汗蹲他自己的膘?中国还没到这一步嘛。不管别人怎么样,我们自己得有主心骨。能干多少算多少,到干不了的那一天,再去他妈的!上一回我是奉命找你取那包东西,又奉命交出了那包东西。我不是我自己。这一回不是,我想通了,我要凭着我自己的良心干。有人说现在不能凭良心办事了,那是他妈的他自己,是他自己没把自己当真正的人。这一回是我自己要来找你,要来帮助你……"单昭儿忙说:"不是帮助,是一起来办这件事。"

"对对对。"夏志远忙应道,"还是昭儿说得好,是和你一起来做这件事。我这个坐机关的,说话做事,总是改不了居高临下的习气。这一回我的确是想跟你一起来把这件事做好。"

苏群还是冷漠:"我已经说过了,我手里没有别的东西了……"

"苏群,这种话连小孩儿也蒙不过去。郑局长在那样的危急关头,写了字条让我们来找你,只是让我们来取一个空白笔记本的?如果真是这样,他老人家是不是也太幽默了点?"

"他的确幽默过分了。自己的命都保不住了,还想这想那,可有谁在替他想一想?"

夏志远不作声了。

过了一会儿,见苏群的态度仍没有什么改变,夏志远只得无奈地说:"好吧,你自己保重。在没有得到你手里那点真东西前,那些人是不会放过你的。万一发生什么情况,你还信得过我和单昭儿,随时可以找我们,再见。"

苏群这时却说:"昭姐,您能稍稍地留一小会儿吗?我有两句话,想单独跟您说一说。"

待夏志远走后苏群问昭儿:"昭姐,冒昧地问一下,您跟这位夏助理,是什么关系?"单昭儿反问道:"你看是什么关系?"苏群试探道:"不一般吧?"单昭儿笑道:"同志加兄弟呗。"苏群说:"恐怕还不止这一点吧。"

单昭儿笑道："嗯……你说是什么关系都行，反正就那么回子事。"苏群犹豫了一下："你非常了解他？"

"怎么说呢，除了他的妈妈，我大概要算最了解他的人了。"

"那么，您觉得他刚说的那些话，真实吗？"

"哪些话不真实？"

"您觉得他说的都挺真实？"

"他什么都会，还就是不会说假话。这一点挺让我担心的。"

"真是这样？"

"你信不过我？"

"我要信不过您，就不来问您了。"

"那好，苏群，我们一起来冒一次险，好吗？就把他当一回说真话的人。假如我们失败了，你失去的只是一次成功的机会，而我失去的将是半生的幸福和一个女人大部分的寄托。起码来说，你不会比我损失更大。怎么样，试一试。咱俩一起在这个夏志远身上押一回宝！"

九十五

中午时分，最后一节课的下课铃响过之后，女学生们一齐拥向饭堂。小冰领了份儿饭，小心地把菜和饭分别装进一大一小两个塑料饭盒里，然后用一个塑料兜装起它们，提着向外走去。她给妈妈送饭去。一个女生追出来说："小冰，你在我这儿吃几口再走吧，要不，怎么受得了？"小冰探过头去吃了一口就匆匆骑上车走了。但尚冰不在办公室里。跟尚冰同一个办公室的那个时髦姑娘，一边哧溜哧溜吸着刚泡开的方便面，一边指着对马路那个小咖啡馆，故意刺激小冰说："嗨，孝顺闺女，别费心了，你妈她有饭局了，早让人叫走了。"

今天满风粗拟了一份修改提纲，还没让他们社领导过目，先来征求尚冰的意见。两人都还没吃午饭，各自要了一杯最便宜的饮料，借这地方说话。小冰气呼呼地走了进来。尚冰知道要出事，忙站起来招呼。小冰虽然听妈妈解释过，但看到满风又拉着自己的妈妈上馆子，心里本来就不太舒服，加上刚才那个时髦女孩儿的冷言冷语一激，她更是气不打一处来。即便能强忍住不发作，语调还是变得相当生硬："打扰您二位了。"尚冰忙说："叫人啊，这位是……满风叔叔……"小冰冷笑了一下，放下饭盒，再也没说什么，转身就跑出小馆子。尚冰一阵眩晕，脸色变得苍白，虚汗淋漓，摇晃着直要倒。满风忙扶住她，叫道："小冰……小冰……"小冰拨开满风搀扶尚冰的手，抱住尚冰，赶紧去拦车，送到医院。没想院方要他们先交五千元押金才肯收治。小冰呆了："五千元？"满风忙拉拉小冰说："可以可以。我们马上回去拿钱。您……能不能先治起来？"

大夫很有原则也很坚定地表示："先付押金。"小冰急了："总得先救人啊！"大夫依然很坚定地表示："先付押金！"满风态度一直非常和善："我们交……我们一定交（掏出口袋里全部现金，又摘下表）可……可……身上只有这一些……"

"请赶快回去取。"大夫帮着出点子。小冰快要哭出来了："我家里哪儿来五千元现金？"大夫说："那怎么办？都不带钱来看病，这医院还怎么维持？"

这时，一个护士匆匆走来："张大夫，又来个肝昏迷病人。"大夫问："手续都办了吗？"护士说："办了。押金也交全了。"大夫断然决定："送过来。"护士探头看了看："可里面的床位不是让那个女病人占着吗？"大夫说："把她暂时挪到走廊里来……"他们商量着要挪的就是尚冰。小冰一听，急了，上前拦阻。这时，满风支吾着，觉得不能再含糊了，便对那位大夫说："大夫，大夫……有一点事，要跟您说说……"大夫一甩手："别这样拉拉扯扯，咱们这儿不兴这一套，交押金去，交了押金，怎么说都行。"

满风强硬地把大夫拉到一边，低声说："有个情况刚才我不好意思往外亮。这位女病人并不是我的亲属，我只是这母女俩的朋友。这位女病人，是咱们市新来的那位黄市长的夫人。"大夫嘿嘿一笑："真逗！想拉着头骡子当马呢？黄市长的妈也不行！"满风忙让小冰把尚冰的手提包拿过来，从包里翻出尚冰的工作证、身份证，递给大夫，请大夫马上给市政府秘书处打个电话证实这一点。大夫这么一听，嘴里虽然还在叨叨："市长夫人……那也得交押金啊……"但口气已经软多了。满风见有了转机，忙说："押金当然要交，一定交，但请你们先抢救……"大夫迟疑地打量了一下满风和小冰，不敢再怠慢，果然拿着尚冰的工作证，进办公室打电话核实去了。不一会儿，他从办公室出来，脸色完全变了，先对护士说："我这儿没床位了。让那边二室想办法收了那个肝昏迷病人吧。"

护士说："那边安排不下，才让送这儿来的。"大夫说："我这儿马上得抢救那个女病人！别啰唆了。快去准备器械。"

不一会儿，黄市长的夫人送本院抢救的消息传开了，医院的院长、党委书记也匆匆赶来了。满风这才真正松了一口气，这才发觉自己的衬衣早让背上的冷汗濡湿，才看到小冰歉疚地看着自己，把一包原先带给她妈吃的点心递了过来。他也才感觉自己此刻的确饿了。他揭开饭盒盖，捏了两块土豆吃了，便把小冰带到急救室门外的走廊里，对她说："小冰，我知道你讨厌我经常来找你妈妈。但是不管有什么怨气，你只能冲着我发，而不该像今天这样，伤你妈妈……"小冰红着脸，刚想回辩，满风苦笑笑继续往下说道："你妈妈是这个世界上最好的女人。当年在学校里，我的确追过你妈妈。但当时，你爸和你妈还没结婚，他们之间还没有任何一种法定的契约关系约束。我和你爸爸之间的竞争是合理合法、光明正大、人人皆知的……后来，我在这场竞争中输了。我虽然并不很服气，但也觉得输得有理，因为当时在学校里，你爸爸的确比我出色。毕业分配时，我和你妈妈都能留北京，但我们俩都没留。她没留，是因为要追随你爸爸。我没留，是想换一个战场去寻找新的人生坐标点。以后这么多年，我们一直没再联系，我有了我自己的家。你爸和你妈也有了你。这么多年过去了，我回章台，并不是来找你妈妈的，我妻子死了，我孩子是个残疾，我需要有人帮我照看这个孩子。章台有我的亲属，我悄悄地在章台生活了两三年，我从来没有去打扰过你们。这一点，想必你小冰也是可以作证的……后来……后来应该说是你妈妈先来找的我……她完全是为了你爸爸的这部稿子……"小冰说："这……我已经知道了……"

"看来你妈并没有根治你的过敏症。其实我是不愿意接这个活儿的，我不想干，多多少少还是因为多年前的那笔老账的关系。这些年，你爸爸一直比我发达，我心里挺不是滋味，也很惭愧。但我觉得在做人这一点上，我和你爸并没有什么差别，我们都很堂堂正正。你爸爸这部手稿，今天看来，在专业理论方面的确已经很陈旧了，要让它具备出版的价值，就得做很大修改和补充，这得投入相当大的精力，简直比自己写一本新的书还要费劲儿。我觉得我没必要这样巴结你爸爸，为你爸爸花这么大的气力，除非你爸爸亲自来求我，而这又是根本不可能的。所以我一直冒天下之大不韪，抗拒着你这位当了市长夫人的妈妈的请求。一直到有一天你妈妈终于对我说了实话……"

"我妈妈说什么了？"

"你妈妈给我看了一张医院催她去肿瘤科复查的通知……"

"她也让您看了？"

"你已经知道了？"小冰点点头。满风说到这里，长叹了口气道："在你妈妈心目中，你爸爸一直是一个天才。她一直觉得你爸爸如果当初不从政而坚持搞专业研究，一定会在国际上填补空白的。你爸爸这一生如果不能留下一本专业方面的书，她就是死也不会闭上眼睛的。她说她一生都没求过人，现在快走到生命的终点了，为了她孩子的父亲，来做唯一的一次请求。她给我送来最昂贵的吉林野山参。她愿意强忍着肿瘤的疼痛，替我买菜，洗衣服，照顾我那个高位截瘫的儿子，来换取我为你爸爸修改书稿。面对这样一位人妻，这样一个完全没有她自己的女人，你说我还能说什么？面对着这样一位圣洁的女人，我还会产生任何一点邪念吗？难道还要我对你说，这个满风叔叔即使是个魔鬼，也早就在你妈妈面前弃恶从善，皈依正果了……"小冰呜咽着恳求道："别说了……别说了……"满风的眼圈也红了。

黄江北得知尚冰被送进医院抢救而赶到病房来看望时，尚冰已经被转送到特护病房里了。尚冰一苏醒，对黄江北说的头一句话竟是："你们……你们爷俩还没吃晚饭吧？"黄江北心一酸，忙扶住她劝道："别说话了……你就别说话了……"

入夜，夏志远提着一大兜水果和营养品，匆匆来看尚冰，尚冰刚睡着。小冰在一张特设的陪客床上也睡着了。只有黄江北疲惫地靠坐在沙发里，假寐着。黄江北听到脚步声，忙翻身坐起，请夏志远坐。夏志远只是站着，伤感地看看尚冰，然后就同黄江北一起上外头说话去了。

走到医院主楼后的大花园里，黄江北问："还在生我的气？"夏志远摇摇头，也问："我的辞职报告，你看了吗？"黄江北说："志远，你觉得你这时候撂挑子，应该吗？"

"我无足轻重。"

黄江北诚恳地说："我真的很需要你……再说，你还有一些话没跟我说透……"夏志远问："什么话？"黄江北说："你倒忘得快。你说我变了，你跟我说清楚，我黄江北到底怎么了？真的青面獠牙、很难共事了？"

"我不是这个意思。你怎么总听不明白我的话？你没发觉，现在要跟你说些体己话，是越来越累了……"

"你还累？"

"今天咱俩别吵。我来，也不是为了你。咱们另找时间再谈好吗？要不要我上省里去找几个专家来给尚冰会会诊？"

"我已经请了。他们明天到。"

"我来安排接待。这事，你就别操心了。"

"你不辞职了？"

"两码事！"

这时，他们看到一辆专车开了过来，是林书记来看望尚冰了。黄江北忙说："走，上前去迎一迎。"夏志远说："我就不去了。我问你件事，苏群的那个空白笔记本，据说已经交到你那儿了？"黄江北问："你问这干吗？想瞧瞧？可以。什么时候来拿？"夏志远忙撇了撇嘴："我要它干吗？随便问问罢了。"

在林书记之后，又来了不少人，方方面面的领导，非领导，朋友，非朋友，熟人，非熟人。夏志远便知趣地"退隐"一旁，又稍稍地待了一小会儿，便走了。他没回家，也没回单昭儿那儿，而是直接去了市府大楼门前、十字交叉路口当间的那个街心花园。苏群早就在那儿等着他了。一见老夏，苏群便问："打听到了吗，那个小本儿在黄市长手上拿着吗？"

"没错。"

夏志远把车锁好，放进树丛深处，就耐心地等着天全黑、大楼里全走空的那一刻到来。过了一会儿，大楼上许多窗户里的灯光相继灭去。最后，秘书小高办公室的灯也灭了。时机到了，他俩大方地向大楼走去，苏群告诉夏志远，郑局长的确掌握了一批有力的证据，并从市保险公司租用了一个保险柜来存放它们。开启保险柜的一组密码挺复杂，它们就记在那个"空白"笔记本里。

"记在了那空白笔记本里？是空白的，什么数字都没有。"夏志远不解地问。

"取到笔记本你就知道了。现在我跟你也说不清。"苏群笑笑道。

进大楼前，夏志远对苏群说："你就在这儿等着。"苏群说："我跟你一起上楼。"夏志远说："不用。你在下面替我看着点。有你跟着，反而累赘。"

市政府大楼长长的走廊上，空无一人。夏志远刚用钥匙打开黄江北办公室的门，苏群却快步地跑了过来。夏志远赶快把他推进办公室叱责道："怎么不听话？"苏群掏出副手套来戴上："我是干这一行的。搜查个房间、翻找个东西，我比你有经验！"夏志远说："这是市长办公室。我进来找个东西，是合理合法的。你在这儿算哪门子事？别搅和了！"苏群说："要走，也该你走。万一出什么事，由我来承担责任……"夏志远说："气儿还挺粗。你承担责任！你头大？告诉你，真要出了什么事，你我都承担不了！快走！上传达室那儿替我看着点。要是黄江北回来了，赶紧地往楼上打个电话。"

苏群犹豫了一下，摘下手套，递给夏志远，悄悄地带上门走了。虽然说助理进市长的办公室取个东西，可以自我安慰是"名正言顺"，但毕竟干着的是"蒋干盗书""时迁偷鸡"之类的事，又是出娘胎头一回干，夏志远手多少有些哆嗦，气儿多少有点喘不上来。他略略地镇静了一下，平时总嫌办公室里的柜子不够使的，怎么一到这时候，就觉得太多，翻不过来。打开每一扇柜门时，仿佛身后都即刻会响起一声："不要动！"没有……没有……还是没有……夏志远有点急了。在黄江北办公桌的左下面的小柜里倒是摸到了一包东西，但打开来一看，却是一双女人的高档软皮手套。这小子在自己办公室里藏着一副女人手套干什么。这么一副得卖到八九百元的进口手套，绝对不会是尚冰的。打死尚冰，她也不会给自己买这样的手套。是别人送给市长夫人的礼物，他还没来得及往家带？这解释倒还说得过去。但是，这手套怎么看也是使过的，在那个小指头上居然一不留神还染上了一点点紫红的唇膏。他藏着一副女人用过的手套干什么？夏志远真愤怒了，这小子居然还

241

藏着这么点"猫腻"！心里正想着怎么带着这个意外的"猎获物"，找黄江北兴师问罪时，苏群匆匆跑来报告，田卫东提着一只鼓鼓囊囊的包，向这边走来了。

九十六

田卫东半个小时前得到报告，黄江北给他的那个银行账号竟然是市教育基金会的。黄江北玩着花招，让他给教育基金会"捐款"哩。一种被愚弄的感觉，一刹那间差一点让他暴怒起来。但接着，却茫然了。黄江北不要钱，四十多万港币也打动不了他。田卫东茫然了，尴尬了。田曼芳是对的，他田卫东又错了。黄江北赢了，他田卫东又输了。但……真的按黄江北设的"圈套"，把这笔钱划到那基金会账号上去？我他妈的还不是那种大款，搞几十万港币，也要我半条命。就这么捐给基金会？我疯了？但不给行吗？顶着不给，以后黄江北面子上怎么说？卫明的事还要他帮忙……捐！四十万，捐了！大丈夫，舍不了孩子套不着狼。但也得让黄江北清楚，他田卫东是明知这笔钱的真正去处后，大大方方拿出手的。他决定带着这笔钱，直接找黄江北，当面说清了，再堂而皇之地驱车去基金会"捐"款。有些富商捐款，固然数额巨大，情景动人，但他们毕竟只捐了自己财产的九牛一毛。他这可实实在在在割肉了……进了市政府大楼，只碰见小高。小高知道黄市长这会儿在医院，他不愿意这一刻有人去打扰黄江北，便只推说不知。田卫东说："我有包东西是黄市长急要的，能请你替我找一找他吗？"小高说："我不知道他在哪儿，怎么找？如果你觉得可以的话，东西可以由我转交。"田卫东说："不行。不是不相信你，是这东西太重要。""那请便。"小高说着又要走。田卫东说："你知道我是谁吗？"小高说："你是谁我也没办法。"小高心想，你是谁也不能上这儿来卖横，喷！田卫东只得说："那……我借你办公室的电话用一用，行吗？"小高说："那当然可以。"于是，小高开开黄江北办公室的门，田卫东把那盛满钱的真皮的绅士手提包放在黄江北的桌上，打完电话，又说要给黄江北留个便条。小高说那你上我那儿写吧。田卫东跟着小高去那边写便条。这一切当然都让躲在暗处的夏、苏二位看得清清楚楚。他俩心想，田卫东这么晚了上这儿来给黄江北送什么东西？这一大包。得看看！等小高把门一关，他俩赶紧蹑手蹑脚地出来，打开那包，一看，两人全惊呆了，花花绿绿一提包全是大面额的港币。田卫东给黄江北送"硬通货"来了，好几十万！

老天爷！

十几分钟后，田卫东提着包走了。又过了一会儿，小高也走了。大楼的这一层真正静了，也暗了。苏群拧亮钢笔式强力小手电，只见田卫东留的便条上写着：我查清了那个银行账号的底细。我可以把你要的钱转到那个账号上去，但有些话必须当面说清。我等你的回话。

果然是黄江北向这小子要的。夏志远顿时蒙了，小小的便条在他手里竟然哆嗦起来。他都不想再找那笔记本了，恨不能立马找到黄江北，把这张便条拍到他面前，让他做出切实的"交代"。这时候，倒还是苏群沉着，催着夏志远赶紧找出笔记本，再作计议。而夏志远这会儿却变得异常的迟钝，完全心不在焉，只想去找黄江北澄清这一提包"硬通货"的底细，甚至苏群终于把那个"空白"本找了出来，也没能引起他的兴奋。

"快走。"苏群精细地恢复了办公室各物件的原貌后，催促道。夏志远却不想走了。他想在这儿等着黄江北回来，请他说明那一提包钱的事。苏群却说："那也得回去把小本子藏好了，再来找黄江北说事嘛。你老夏怎么这么死心眼儿，非得这会儿说？明天说，黄江北就跑了？""明天？明天，这一大包钱的事就成了既成事实了。"夏志远心急如焚地叫道。在反贪局工作了两年的苏群说："如果这一包钱确是贿赂款的话，他这位黄大市长已构成犯罪事实了。"夏志远申辩道："现在还没有。黄江北还没有拿到手。拿到手和没拿到手，我想是不一样的。""钱虽然还没落到黄江北手里，但从便条上写的内容看，黄江北已经答应收下这笔款，主观上已经有犯罪倾向了……"苏群强调道。"犯罪倾向和犯罪事实，还是有本质区别的。"夏志远也强调道。

两人你一句我一句地为黄江北是否已构成犯罪而辩时，黄江北匆匆走来了。

九十七

　　黄江北料想夏志远今天晚间会上他办公室来取这个"空白"本儿。他打算好要来堵这位老兄的，只是被林书记耽搁住了，才来晚了一步。

　　林书记探望完了尚冰，又拉着黄江北谈了好大一会儿六道河乡那个刹车管厂的事。据说是曲县长亲自给他打了电话，请他务必出面，为这个刹车管厂说说话。据说这个刹车管厂经营正常了，每年都能为六道河乡的乡亲们每家每户挣回一台"小手扶"的钱，两三年光景就能保着六道河乡全体乡亲进入小康胜境。曲县长说，我当县长几十年，从来没为自己老家的人谋过什么，六道河乡一直是林中县最穷的几个乡中的一个。我说话就要退了，这一回怎么也要赖上你们市领导，为老家的父老乡亲谋一回"私"。不管咋样，万方就是得使我六道河乡刹车管厂的刹车管。万方要不买，我就让六道河刹车管厂把他们的产品全运到你们市委市政府大院去，你们说怎么办吧？碰到这样的老同志，你说怎么办吧？林书记笑道。不过他的心情也是可以理解的，也是为了乡亲们嘛。林书记又非常有同感地喟叹道。据说他老家的乡亲也常来找他批个条走个后门什么的，也常使他感到棘手，难办。

　　"夏志远啊夏志远，你是当面请着不来，背后偷着来，什么时候学会这一手的？那本笔记本呢？在你们二位谁身上？"

　　夏志远和苏群都不作声。

　　黄江北淡淡地笑了笑，从自己的公文包里取出一个牛皮纸大信封。这大信封里放着一本跟夏、苏二人刚取走的那本一模一样的笔记本。"拿出来吧，你们拿走的那本是假的，这才是原来的那本。"

　　夏志远和苏群忙拿过那本来对照，真是一模一样，没半点差异。

　　黄江北笑道："笔记本里的秘密到底在哪里？快说。"

　　苏群不语。

　　黄江北从原先的那本笔记本的塑料封皮里掏出一片很薄很小金属片状的东西，说道："秘密是不是这个？开始我不相信笔记本真会是空白的，但在请专家做了反复鉴定后，我相信了，它的确是空白的。聪明而又狡猾的主人利用人们认知上的习惯差，没用它来记录东西，却只用它来藏起一个东西。它藏着的就是这么一个可爱的小不点。专家告诉我，这是一片特殊保险柜上用的电子磁卡。这类安装有电脑控制装置的保险柜，必须对它输入两组密码，再插入这片磁卡，才能打开。郑彦章掌握的那些重要东西，没有记录在这本笔记本里，实际上是藏在了那样一个保险柜里。专家还告诉我，这样的保险柜，目前，只有在保险公司里才能找得到。于是我让检察院和市纪监委一起派人马不停蹄地从省城一路又找回章台，终于在市保险公司的地下保险室里找到了这个保险柜。但是负责保险柜出租业务的同志告诉我，密码是租柜人自行拟定的，除了他本人外，没人再打得开这个保险柜。而这样的保险柜是受法律保护的。在没有确凿的证据，证实它的确藏有危害国家安全的东西之前，绝对不允许任何人、任何组织，用任何借口、任何方式去擅自打开它。现在我需要你们二位、特别是苏群同志告诉我，这个保险柜里到底藏着什么东西，开启它的那两组密码到底是什么？"

苏群说："我不知道。"

黄江北说："是郑局长让我来找你的。这一点我的夏助理一定已经跟你谈过了。"

苏群说："郑局长一定搞错了，他没跟我说过密码的事，而且这样的密码一般都很长，即便随口说了，我也记不住。"

"这密码是不是也记在这笔记本里了？"

"如果您这样认为，笔记本在您面前，您尽可以寻找。"

"看来，这本笔记本就一点用处也没了，是吗？那我们就废了它！"说着，他从桌上拿起一本笔记本就向窗前一台新买的碎纸机里扔去。苏群顿时大惊失色地扑过去要制止黄江北，但已经晚了。笔记本已经落到碎纸机里，那从日本进口的机器疯狂地旋转着，笔记本一眨眼工夫就变成了碎屑。

苏群呆住了，叫道："天哪……全让你给毁了……没人再能打得开那个保险柜……没有人再能得到那些东西了。"

黄江北立即关掉碎纸机。

苏群叫道："没用了……已经没用了！你为什么要这样……为什么……"

"那么，密码的确是记在这个所谓的空白笔记本里？"

"是的，它就记在这本被你们愚蠢地认为空白的笔记本里，可你把它毁了！"

"就记在笔记本里了？不可能。"

"不可能不可能，它的确就记在这笔记本里。"

"那你说给我听听，到底是怎么记的？"

"现在说它还有什么用！"

黄江北往皮转椅上一靠："你还挺顽固。你们俩夜闯市长办公室进行偷盗，已经触犯刑法，而且人证物证俱在。只要我愿意，你，还有这位总是喜欢自作主张的夏助理，就得穿着黑衣服，老老实实去啃几年窝窝头。但这件事我不怪你，要惩罚，我也只会惩罚这个夏志远，他年龄比你大，职位比你高，身处要害部门，受党的教育时间比你长得多，却做出这种幼稚的行动。你说怎么处罚他？"

苏群说道："是我让他来取笔记本的。要处罚，尽管冲着我来，跟夏助理没有任何关系。"

黄江北淡然一笑："你还护着他？"

夏志远说道："江北，你别呛气了，这件事跟苏群一点关系都没有。事情发生时，他在马路对面站着哩，根本不在这儿。有啥，你全冲着我来。"

"团伙义气，你以为我会放过你？"

"黄市长，您别……"

"你可以走了。"

"黄市长……"

"还要我派人押送你下楼？"

苏群走后，夏志远说："说吧，准备怎么发落我和苏群？"

黄江北说："我会发落你的，你小子等着。现在你去找苏群，跟他好好地谈一谈。那个密码到底记在这个本子的什么地方了？"

夏志远说："那个本子不是已经让你毁掉了吗？"

黄江北拿起桌上没被粉碎的那一本："这才是原来的那一本。"

夏志远吃惊地道："哦，天哪……黄江北，你真该去耍魔术！"

黄江北说："你快去找苏群……"

夏志远说："别急，我还有事要找你哩。你向田卫东要了几十万港币，干什么？"

"你消息挺快。"

"请你跟我说实话，刚才田卫东来这儿找你的时候，我和苏群也在这儿。我们都亲眼看到他那手提包里的钱了。"

"田卫东上这儿来了？"

"这是他留给你的便条！"

"苏群这小伙子会不会出去乱说？"

"你自己干了亏心事，还怕什么人乱说！"

"哈哈，什么亏心事，我只不过跟田卫东那帮子家伙，随便玩了个小招子，替金库空虚的市教育基金会找了点财源……"

"给教育基金会的？"

"啊！不给教育基金会，给谁？我把教育基金会的银行账号给了他，让他把钱直接划到那账号上。谁知这小子挺鬼，派人去查了一下，就不愿意了。刚才提着钱来找我，他在这儿给我打电话那会儿，你们也在吧？我在电话里劝他，还是把钱交给基金会，这也算替他哥赎一部分罪。我让他就把钱给基金会送去。怎么，想查一下电话录音吗？看看我是不是这么对这个田卫东说的？"

夏志远犹豫了一下，还是去小高办公室听了一下电话录音。黄江北果然是这么对田卫东说的。他松了一口气，高兴得用力捶了黄江北一拳。

"快去找苏群。这小伙子本质不错，今后我要起用他的，但现在看来还稍稍欠点火候。你要多给他提着点醒，帮助他逐步成熟起来，别倒过来，反而让他牵着你干些偷鸡摸狗的事……"

"我们怎么偷鸡摸狗了？"

"好了，别争这个了，你要帮我协调各种各样的关系。郑彦章、苏群不了解我，还有林中县的那些教员急于求成，你应该去替我说话。要告诉他们，这个黄江北是绝对可以信任的，他绝对轻饶不了这帮吃老百姓刮老百姓、爬在老百姓头上拉屎拉尿、还要代表党代表国家来教训老百姓的家伙。

但要给他时间，得让他先把自己的脚跟站稳了，到时候会发力的。你老兄倒好，不仅不做这些事，反而跟我为难……躲着我，绕开我，还煽动某种不良情绪……"

夏志远说："你老说站稳脚跟站稳脚跟，怎么才算站稳了，怎么站才能站稳了，你心里有个明确的打算吗？也许，这是你个人的秘密，我不该问。"

黄江北说："你说我怎么才算是站稳了脚跟？"

夏志远反问："你说呢？"

黄江北说："你说我怎么才算真站稳了脚跟？"

夏志远说："我不说。首长的心事岂能是随便什么人乱猜得的？"之后果然不再作声了。其实他非常想问，非常想知道黄江北的具体打算。他知道，黄江北一定已经有了一套具体的打算，他这个人不是个只说大话、只放空炮的人。他知道，连着几个日日夜夜的"磨难"之后，黄江北心里一定已经折腾出一套新"招数"来了。这是个绝不轻易认输、甚至都不肯轻易讲和的人。甚至可以这么说，生性散淡的夏志远忧虑担心的正是黄江北身上变得越来越突出的这一点：他越来越看重政治上一朝一夕的得失，他举手投足、一颦一笑之间显现出那种越来越浓重的政治色彩……在政治大狂潮的裹挟揉搓之中，许多人都对政治厌烦了退缩了，他居然越发地津津乐道，越发地津津有味。怎不令人担忧？怎不令人焦急？夏志远不由自主地打了个寒战。但是，理智地反问一句，难道黄江北错了？在今天的中国，越来越多的"知书达理"的男女，越来越标榜远离政治，或钟情于人伦皈依宗教，或放纵自我沉湎于物欲，或商海浮沉敛财于一握之间，或书舟涉津徜徉于未知界地，指谈论社会责任为"浅薄""媚俗"，视所有的政治为"污浊"，难道真是这样吗？政治要改善，但真能躲得开它、排除得了它吗？十几亿人的存在，在这个并不算大的星球上，本身就是一个巨大的政治实体，一团依然在用令人头晕目眩的速度旋转着的政治星云，这是任谁想回避也回避不了的，又岂能以区区"浅薄""媚俗"而"一言以抹杀"之？但是……但是什么？夏志远又打了个寒战。

"还是让我来给您老兄透一点风吧。"黄江北笑笑，在一张纸上写了几个字，递给夏志远。夏志远拿过来一看，只见黄江北写的是："进常委，当正式市长。"

　　这也许是这一段黄江北纵横捭阖痛苦辗转反复权衡得出的"唯一"的结论！他的确是痛感自己人到了章台，却又未能真正把住章台"启动器制动阀的开关大权"，处处事事受掣肘而往往一事无成。奈何它碧落皇天夕阳景。也是逆水行舟，不进则退！章台一役必须取胜。对于自己来说，取胜的关键似乎就在能不能掌握得了更大的"启动和制动"的权限。必须进常委，必须摘掉头上这顶"代理"帽。只能这样，要么就别干！

　　"这么跟你说吧，我觉得明年的市人代会，是一个相当重要的契机……"

　　"市人代会？你还怕你这个市长得不到市人民代表的认可？"

　　"当然不能掉以轻心……"

　　"嗨，你几时听说过，人民代表把上头圈定的市长候选人选掉的？"

　　"几时？这两年，不少城市的人代会上，已经不止一次发生过人民代表否决上头推荐的市长候选人这样的事情了。"

　　"在章台还有谁有那个实力跟你竞争？"

　　"我有实力？我有什么实力？箱子底儿压着两张早已发黄的文凭就算是实力？老哥，千万不能掉以轻心。掉以轻心，就得重演'失空斩'的悲剧哦！街亭既失，马谡掉了脑袋，诸葛孔明也落个兵退汉中、官贬三等的下场。轻心不得！一定要赶在这次人代会之前，扎扎实实地做一两件让上下都拍手称道的大事……为上上下下对我的确认做充分的准备。咱们不能演'失空斩'！"

　　"所以你才那么起劲儿地给梨树沟的孩子翻修校舍？"

　　"不。孩子们的事是应该做、必须做的，如果有谁做这样的事只是为了要拿它到官场上去做筹码，那这种动机就太肮脏了。从另一个角度看，这件事也小了点，区区一个梨树沟，还不足以引起我所需要的震动！简单地跟你说吧，我想在万方身上做点文章。"

　　"万方？这块骨头啃起来是不是有点太硬了？"

　　"我要的就是这效果。啃一块软骨，何以引起震动？"

　　"万方的问题太多太复杂。从现在到人代会开幕，不会有太长的时间，你来得及赶在开会前，彻底解决万方的问题？"

　　"全面解决万方的问题，肯定办不到。不求全面解决，而是在这一段时间里,排除一切干扰,集中精力只做一件事,让万方尽快地生产出汽车来。你想想,这几年,全省上下,以至中央,可说是众目睽睽注视着万方。在这种情况下,我们如果在市人代会前,能让万方生产出一百辆……不,哪怕是五十辆、五辆万方牌汽车,披红挂绿,敲锣打鼓,在全市大街小巷里这么转上一转,然后,再带着人民代表们去省城大街上美美地转上一大圈,向省委省政府送上个大红喜报,你说,那会造成一个什么局面什么影响?"

"什么影响?大家伙儿就会说,哎呀,还是黄江北这个小子行啊,就选他当正式的市长吧。别再委屈他代理了。"

黄江北嘿嘿一笑:"再给你亮个底,你就不会老跟我闹别扭。处理田卫明那边的问题,也要跟这个大目标挂起钩。这小子肯定有大问题,但是现在不能抓他。不是抓不了他,就是让我抓,我现在也不抓他。为什么?因为一抓他,他挪用的那一千多万资金全泡汤了。万方白白受那么大损失,就别想在短时间里出汽车。我现在拢着他,先千方百计让他把那一千多万公款给我吐出来。即便吐不了百分之一百,我也要挤得他给我吐个百分之八九十。我要用这笔钱,让万方赶紧地造出汽车来。造不出来,我用这些钱攒也攒出个汽车来。等到人代会开过以后,我成了人民代表确认的市长,而不是哪一级领导委任的代理市长,到那时候,你再看我怎么收拾这帮王八蛋。我让他在章台再无法无天胡作非为!我跟你说过一千遍,黄江北绝轻饶不了那些往老百姓眼里揉沙子的家伙!"

"如果要这样,你得及早设法调整加强万方的领导班子……"

"这个我已经在考虑中。"

"你准备换掉葛老师,还是给他另加个得力的副手?"

"今天不是讨论这个问题的时候。你先去说服苏群,不要再给我添乱。告诉他,这本笔记本放在我这儿,比放在他那儿要保险得多,他自己也会安全得多。他现在要做的唯一的一件事,就是把他所知道的秘密通通告诉你,然后就老老实实地在一个小单位里待着,跟个蠹虫似的,什么也别干,什么也别说。到时候,我会起用他的。对我还有什么信不过的地方吗?"

夏志远犹豫了一下:"我在你那个小柜里还发现了一副女人手套,浅紫色的,高档的进口货。这样的手套绝不会是尚冰的,这手套到底是谁的?你为什么要藏起它？"

"女人手套？你开什么玩笑。"

"就在那个纸包里。"

黄江北微笑着弯下腰，取出那个纸包给夏志远看。纸包里已经没有那双手套了。夏志远忙四处寻找，真奇怪了，哪儿也找不见那手套。

夏志远急叫："黄江北啊黄江北，你这样可不行……你什么时候学会玩魔术的……你要这样，我可要找尚冰，让她来跟你算账了。"

"哪儿有过什么女人手套？你他妈的别乱诬陷栽赃！"

夏志远一下子又给闷住了，过了好大一会儿，才回过一口气来，急赤白脸地说道："你这样可不行……你这样可不行……"

九十八

圆觉寺疗养院拥有章台地区绝无仅有的一片竹林。护士长办公室就挨着这片罕见的竹林。因为工作上的关系，卢华常来这儿，送病人，或接病人，或其他业务上的往来。卢华不像其他女人，她不喜欢竹子，更不喜欢它们成林，她觉得它们单个儿时已然矫情，小气，挤在一块儿更显矫揉造作，摇摇晃晃地叫人难受。她今天来，是要求见郑彦章。她原以为她要来见个人，还不跟玩儿似的？没料想，通报进去都快二十分钟了，还没让她进门，说是要"请示"。见政治局委员哩？您说这叫什么事嘛！真有病！

好不容易，那位瘦骨嶙峋的高个子护士长终于"请示"回来了。

"我以为您去生孩子了哩！"卢华忍不住地挖苦道。她跟她挺熟，一起开过好多次会。那护士长忙笑笑："实在很抱歉，郑局长还处在深度昏迷中，还不能让任何人探视……"卢华失望地说："还昏迷着？能不能让我在病房门口，远远地看一眼……"护士长说："卢大姐，咱们是同行，您应该比谁都懂咱们这一行的规矩，您就别再为难我了……再说，黄市长早丢下过话，不管谁来见郑局长，都得有他的批条才行。"卢华无奈地说："那好吧……什么时候郑局长醒了，就请你带句话给他，我女儿葛平从外头打回长途电话

251

来，有十分紧急的情况要向他报告。"

卢华一走，几位院领导马上把这位护士长召到院长办公室。几个领导都对卢华今天突然提出要见老郑觉得可疑，分析了半天，也没分析出个名堂，于是他们又一起匆匆向郑彦章的病房走去。郑彦章的病房设在疗养院侧院一个孤零零的小楼里，这儿的气氛似乎显得过于紧张，小楼的门从里面锁上了。院长敲过门以后，守候在门厅里值班的两名男护士和两名女护士立即跟触电似的跳了起来。其中一位男护士透过玻璃门，看清了外头确实是院长和书记，才稀里哗啦、喊里咔嚓地打开门上好几道锁，把他们几位放进楼去。

卢华转身出了圆觉寺，并没回万方，而是打了个的，直奔苏群家而去。还是扑了个空。她这才努着劲儿地往家赶，因为，她跟平平约好了通话时间，不能错过。自从平平到了北京，从通话时的情况来看，好像是平静了许多，再也没哭过，只是还显得焦虑，仍然拒绝透露她具体的住址，拒绝透露她去北京的"原因"。但从她这一两天频频地急着要找郑彦章和苏群联系来看，她去北京似乎负有"重大使命"，这使命肯定不是别人委托的，肯定是出了什么事，把她逼到了那个份儿上，使她不得不这么做，又必须这么做。

哦，我可怜的平平。

九十九

经过两位高级经济师的再三核算，现在可以落实：除了那一千四百万以外，账上的确还有一个一百七十几万的缺口。田卫东不等会计师把话说完，拿起那份计算结果，就去找田卫明。这时，田卫明在他自己的房间里，一手端着一杯红葡萄酒，一手掐着一支烟，把脚伸得远远的，正窝在沙发里，看一出挺无聊的国内电视剧中一帮"大腕明星"矫揉造作地在一幢假兮兮的豪华小楼里调侃。

田卫东不由分说地冲过去关掉电视，又冲到田卫明面前，问："还有一百七十万，干什么用了？快说。"

田卫明的神情跟前些天明显不一样了。他显得疲惫，沮丧，惶惑，灰暗，濒临精神崩溃的边缘。那端酒杯的手不停地在颤抖，脸色苍白地看着高大壮实的田卫东，有点不知所措地说道："什么一百七十万？谁给过我一百七十万？"

田卫东把那份计算结果扔到他脸上："你狗日的非得戴大盖帽的拿枪对着你，才肯说真话？"

田卫明惶惶地说："没有……确实没有了……就那一千四百万，再没有了。你别这样对待我……请你们别这样对待我……别这样！"说到最后一句时，他歇斯底里地叫了起来。

而这时，夏志远和单昭儿把苏群请到了水上大酒家，跟他谈那个密码的问题。在郑彦章身边干了这么两年，苏群几乎没进过这么豪华的酒家，所以，上第一道菜时，苏群就特别不自在。单间里两个身穿紫红色金丝绒旗袍的侍应小姐始终在一旁伺候，更令他拘谨。据说这儿炒的每根绿豆芽里都"注射"进了蛋清或蛋黄。据说那一小碗经不住他一口喝的燕窝羹，列在那本烫金封面的菜谱上，牌价是一百八十元。

苏群说："夏助理，单姐，你们……这是干什么？"

夏志远说："没事，今儿个昭儿请客。咱俩都是客，吃她，就是吃资本主义，绝对没事。"

单昭儿脸红了："谁资本主义？"

夏志远笑道："你说在座的这三位中，谁有那个荣幸代表资本主义？"说笑了一阵，菜上了有七八道。苏群放下了筷子说："夏助理，再上菜就浪费了，咱们不是外人，您要有什么事，就痛痛快快地说。"夏志远给单昭儿使了个眼色，单昭儿上外头看了看，回过头来对夏志远摇了摇头："没事。"

夏志远这才从里面衣服的口袋里掏出一个牛皮纸口袋，并从那个牛皮纸口袋里倒出了那本笔记本，问："你仔细瞧瞧，是不是你们原来的那本？"苏群迟疑了一下，忙拿过笔记本，翻开某一页，看了一下某一个记号，便满脸红涨地站起来问道："你怎么得到这个本子的？"夏志远细细地把黄江北要他带过来的那一番话说了一遍，苏群这才沉静下来，而后急急地说："不吃了，走，咱们上屋里说去。"说着就撂下碗筷和满桌精美绝伦的菜肴，先自往外走了，搞得单昭儿发愣，真是没见过这种"客人"。但夏志远却满心喜欢，忙对那两个侍应小姐做了个手势，让她们收拾残局，自己便拉了昭儿，也赶紧跟着苏群往后院去了。

苏群一进单昭儿房间，就对夏志远说："密码就记在这本笔记本里。"夏志远说："没有啊。"

苏群打开笔记本，翻到第三页。第三页的一个角上，有一点点很小的缺损，几乎要用放大镜才能看清。仔细看，这个缺损却是个规则的三角形的口子。然后在以后第九页的一个角上，又可以看到这样一个毫不起眼的小缺口。苏群在一张纸上记下了3、9两个数字，以后，每隔几页，便能找到这样一个小缺口，又记下那相隔的页数的数字。苏群指着那在纸上渐渐增加起来的数字说："这就是密码。查完所有的缺口，记下所有它们相隔的页数，密码数就完整地显示出来了。"

单昭儿说："那我们现在就可以去把郑局长留下的东西取出来了？"

苏群说："不行……"夏志远说："怎么还不行？你不是说凭这片磁卡和这两组密码，保险公司是不能阻止任何人去取东西的。"

苏群说："跟着田家干的那帮子人，会不会也派人在监视保险公司？我们去，不正好自投罗网？现在最急人的是，这些证据里，有一件东西千万不能落在那帮人手里。"夏志远忙问："什么东西？"苏群说："葛平的一盒谈话录音。她离家出走的前一天，曾很痛苦地找郑局长长谈过一次，郑局长利用一些设备，把她的这次谈话录了下来。"

"知道她说了些什么？"

苏群摇摇头："谈话没让我参加，录音带我也没听过，只是听郑局长跟我说过一点。葛平手里好像掌握着上面一些人的批条，当然也包括董秀娟的一些批条。田卫明就是凭着这些批条，一次又一次地从万方搞走了一千多万的……"单昭儿叫道："妈爷子，这太重要了！葛平就是因为这才出走的？"苏群说："好像还不完全为了这一点。她曾经遭到过什么人威胁，不许她说出她知道的一些情况。而且她还很可能遭受过田家什么人的强暴……"夏志远一惊："什么？"单昭儿脸都气白了："什么时候的事情？"苏群说："具体情况还不是很清楚……我只是从郑局长嘴里随便听了这一耳朵。"

夏志远再问："这也是那盘录音带里的内容之一？"苏群说："不是。

葛平自己当然不会跟人说自己遭强暴的事。是有人给郑局长写了一封匿名信，说到这件事。"夏志远忙问："收到举报信后，你们找葛平谈过吗？"苏群说："郑局长秘密地单独去找过一次葛平。据郑局长谈完话回来告诉我，谈话当场，葛平显得非常痛苦，但又不肯承认这件事。就在郑局长跟她谈话后不久，她就出走了。"夏志远再问："这件事，葛总知道不知道？"苏群叹口气道："我想还不知道。要知道的话，他老人家绝对挺不到今天，早跟那些人拼了。"夏志远说："你们找过那个写举报信的人没有？他一定是个十分了解内幕的知情人。只要下决心，匿名信的作者也不会找不到。"

"我们找过。费了老鼻子劲儿，可以说基本上找到了这个写信的人。"

单昭儿忙问："谁？"

苏群说："可能就是田曼芳。"夏志远一惊，竟然大叫起来："田曼芳？"单昭儿忙说："你轻点！"夏志远问苏群："你们认定是田曼芳，找过她没有？"苏群说："找过，她一口否认写过这样的信。"夏志远问："以后再没找？"苏群说："郑局长说，她一定有什么为难的地方，先别逼她，就这么搁下了。"

夏志远又问："你们到万方去找过那些批条没有？这样重要的字据，万方财务上肯定会保存起来的。"苏群说："郑局长也想到了这一点。但等我们下手时，他们早派人从万方把批条取走了。"夏志远问："谁取走的？"苏群说："董秀娟。"

夏志远问："在清理董的遗物时，发现了这些批条没有？"

"可以说使用了一切能使用的手段来找，也没找见。"

"她销毁了？"

"郑局长的判断是，有人又从她手里把那些批条取走了。"

"为什么？"

"郑局长的判断是，根据董秀娟一贯的作为，她不可能自作主张要万方拿那么多钱给田卫明。田卫明一定是带着更上层什么人的批条，逼董秀娟向万方要钱。正是这个指示董秀娟让万方给田卫明钱的人从董的手里取走了这些原始批条。"

"这可能是什么人？"

苏群不作声了。

"田副省长？"夏志远直截了当地问。

"除了他，你觉得还可能是谁？"苏群反问。

夏志远咬咬牙："这批现代流氓！按你的意见，我们现在该怎么做？"

苏群说："找葛平。"

夏志远诧异道："你知道葛平在哪儿？"

苏群说："她很快就要回章台来了。"

夏志远忙问："你怎么知道？"

苏群说："她已经和我联系上了。"

一百

葛平回章台的当晚没回自己家。不敢回。但立即让妈妈和小妹找到苏群，让他到约定的地方去看她。第二天黑早，章台市的南门外官石桥桥头路灯灯光幽幽地暗亮，周围的居民区一片寂静，苏群已经在这儿等了一会儿了。他搞来一辆旧得不能再旧的客货两用车。黎明前逼人的寒气使他在没有安装任何送暖设备的驾驶室里，冻得瑟瑟发抖。等了一会儿，夏志远匆匆赶来，于是，那辆破车一路放着炮，艰难地向城外开去。

"没记错吧？"夏志远匆匆往开车的苏群嘴里填着面包，自己也大嚼着问。"怎么可能！"苏群艰难地咽下一口答道。他俩都显得有些兴奋紧张。葛平的出现，无疑会给一直停滞不前的破案带来一线生机。

车刚开近市郊一个地处半山半平川处的村子，他们看到一辆老式的北京吉普车从村子的另一条土路上钻了出来，开上公路，快速地向城里驰去了。苏群疑惑地盯着那辆北京吉普看了一会儿，加快车速，开到村口，把车停在村口的一个大草垛旁，便带着夏志远悄悄地往村里走去。

他们走进一家村办的暖气片厂后院，那个曾经在火车上欺负过葛平、后来又保护过葛平的年轻男子忙迎出来，语调中很有些不高兴的意思，嗔责道："你们怎么才来？葛平都等急了。"说着便领着他俩走出歪歪斜斜的侧门，穿过寂静的村道，走到村卫生所一侧的一个独家小院门前。他迟疑了一下，不好意思地挠挠头，指指夏志远，问苏群："这位先生怎么称呼？在哪个单位开支？"夏志远让他看过工作证，他让他们二位在门口等着，自己一个人先进去给葛平报信去了，俨然一个葛平保护人的角色。

他和葛平分手时，葛平让他留了他家的地址，当时是想回来还他钱的，没想这一回在这里她还找到了个暂时的庇护所。

不一会儿，那男子却慌张地跑了出来，说道："小葛……让人带走了。"夏志远一听，没等他再说二话，一把推开他，就冲进了院去。

这个小院显然是个女工宿舍。三五个木呆呆、胖乎乎的外乡女工不无紧张地看着这两个陌生人。夏志远喝问道："那人什么时候把葛平带走的？"一个女工说："不知道……俺们又没有表……"那个年轻男子问："大概什么时间？"一个女工说："俺让尿憋醒了。还在炕上躺着，想叫俺村跟俺一块儿来打工的小菊火陪俺一块儿去，还没等俺开口哩，就听见有人在窗户外，谝谝地跟葛平姐说话哩……"另一个女工（大概就是那个菊火）说："你一叫俺，俺就爬起来穿裤子了……"那个女工嗔责道："你穿什么裤子呀。葛平姐进屋来跟大家伙儿告别那会儿，你还没找到裤腰带哩。"菊火说："裤腰带我一直系着哩。那会儿我找的是鞋子，哪里是找裤腰带哩。"

那个年轻男子说："我的姑奶奶，就别争你们的裤腰带还是鞋腰带了，你们看见没看见那个把葛平姐带走的人？"那个女工说："我反正没瞧见。"菊火说："我就知道他是个男的。听声音，不年轻。"第三个女工说："你们上那屋去问问桂香，她一早起来送她男人回老家，兴许能见着带走葛平姐的那个人。"

那个男子一听，赶紧让人把桂香叫了过来。

据桂香说那个带走葛平的男人是个老头儿，还是一个小老头儿。所谓小老头儿就是个头挺矮的老头儿，头有点秃。听口音，是章台本地人。有一个特征，胳膊好像特别长，肩膀头一边高一边低，好像老扛着一个肩膀头在走路。嘴挺大，鼻子挺尖……越说越详细，不等她描述完，苏群和夏志远一致认出，这个来此地带走葛平的人，就是郑彦章。

但这怎么可能？这些日子，他们一直在密切关注着郑彦章的病情。得到的报告都说他依然昏迷不醒，处于植物人状态中。

不是郑彦章本人，那就是郑彦章的鬼魂了？夏志远叫了一声："妈爷子。"说着便推了苏群一把："快走。"两人跑到车旁，苏群却又说道："会不会是这帮子打工妹在耍我们，葛平就在她们屋里躺着哩。走，再去瞧瞧。"

夏志远一把拉住他。因为他刚才去那些妹子的屋里看过，屋里没人。葛平肯定被那老头儿带走了。而据这些打工妹的描述，这个老头儿肯定就是郑彦章。一瞬间，夏志远心里闪过一个念头，他沉吟了一下，让苏群发动着车，等车上了路，再问苏群："这一向以来，你亲眼看到郑局长没有？"苏群说："我去了几次，大夫都堵着门，不让进。昨天我在门口探了一下头，瞧见一大帮穿白大褂的人围着郑局长的病床在忙乎着。我清清楚楚看见，郑局长在床上躺着……"

"你能说那在床上躺着的真是你那个老郑头？"

苏群一愣："你这是什么意思？"

夏志远笑了笑："送你一个字——傻。"

"傻？"

"全世界的人这回都让郑彦章这老家伙耍了！"

"耍了？"苏群张大了嘴，还没等这两个字声落地，机敏的小伙子马上悟过来了，大叫道："傻。太傻了。他娘的我们全傻到家了，全都是他娘的一帮子傻蛋！咱们怎么从来没往那儿想呢，圆觉寺疗养院那么些大夫、护士，包括他们的院长党委书记，都在帮着郑彦章作假。老郑头压根儿就没得什么脑溢血。这太妙了！"夏志远激动地说："这么多人一起来掩护一个下决心跟贪官污吏死磕到底的前反贪局局长，太棒了。这是咱们章台的光荣。这件事一定要载入章台市市志。光荣属于你……辉煌属于你……"扯开他小公鸭似的沙嗓子，竟唱了起来；没唱两句，忽然地，他又镇静了，想了想，说："这就是说，郑局长他一直没闲着……他一直和葛平保持着联系。他一直在通过其他的渠道，做最后的取证工作。说不定，葛平就是他派到北京告状去的。我怎么从来没想到过这一点？姜还是老的辣啊！郑老头儿，我算是服了你了！"

突然，夏志远大叫一声："小心！"只见一辆黑色的豪华型奥迪车突然超了上来，并一打横，在他俩前面不到一两米的地方，跟客货两用车擦身而过。苏群赶紧踩刹车打方向盘，总算没撞上那辆车，但自己的车已经失控，一颠一跳地向公路旁的路沟里滑去。没等车颠稳了，夏志远、苏群急忙跳出驾驶室，追上公路。但那辆奥迪早已飞也似的跑远了，很快便消失在公路拐弯处的那一片紫褐色的尘雾之中。显然这是一起故意制造车祸的恶性事件。好大一会儿过去了，他俩的心还在怦怦地跳着。

后半截路，两人谨慎起来。但再也没车来撞了。带着那满身的泥巴，他们艰难地把车开进圆觉寺疗养院大门，下车时，夏志远悄悄对苏群吩咐了几句，苏群便独自向疗养院后院走去。

果然不出夏志远的预料，疗养院院长根本不认这个账，还一个劲儿地跟他们玩"猫腻"："夏助理，您是市政府机关的要员，有什么情况，我们还能不跟您汇报？郑局长到今天早上为止，都还没有完全清醒过来，大小便还失禁着哩。昨天晚上有一阵子连人工呼吸机都用上了，抢救了好大一会儿，才缓过来，怎么可能开着车去北郊找人？"

夏志远故作遗憾的样子："那就是我看花了眼，认错了人。"

这时，外面走廊里响起一阵嚷嚷声，不一会儿，苏群便被几个大夫、护士拉扯着簇拥着，进了院长办公室。原来，夏志远在这儿和院领导周旋时，就让苏群偷偷上后院那小楼里找郑彦章去了。突袭查看的结果，病房里是空的，根本就没有老郑。

院长窘困地说："我们为郑局长刚换了一个套房……"

"不要再跟我们玩游戏了，院长同志，为了找老郑，我们差一点让人用制造车祸的方法给送上西天。请您告诉我们此时郑局长在哪儿？我们有重要情况向郑局长汇报……"

"没有黄市长的批条……我们真的不能随便告诉您关于老郑的消息。"

"黄市长的批条？要不要去找找黄市长，告诉他，你们欺骗了他。郑彦章根本就没昏迷过，是你们帮郑彦章制造了一起假中风事件，掩护郑彦章，去暗中调查省里某个大人物。要不要向黄市长揭穿这个真相？怎么了？干吗又不说话了？"

苏群装出一副和事佬的样子上前劝说道："别耽误事了，快告诉我们，郑局长去哪儿了？"

院长还是不说话。

夏志远诚恳地说道："李院长，我敬佩您。敬佩您手下的这些工作人员。你们保护了郑局长，帮助了他，是好样儿的。但现在我们有紧急情况必须马上跟郑局长汇报……"院长仍然固执地沉默着。这时，一个值班大夫慌里慌张地跑了进来，报告道："黄市长来了。"在场的所有人都一惊。值班大夫说："他提出要把郑局长转移到省人民医院去治疗……"另一个大夫瞟了夏志远他俩一眼，不冷不热地说道："哼，那还不是有人走漏了风声？"

一个小护士厉声地对夏志远说："就是你们闹的！你们供出郑局长，对你们有什么好？你们还算是章台人吗？"院长忙喝住那小护士，又忙回过头来问夏志远，"黄市长不是您二位请来的吧？"夏志远说："如果我们要坏您这儿的事，在北郊发现郑局长后，我们就直接带着黄市长来找人了，干吗还先上您这儿来闹一通？真是在演戏哩？"院长沉吟了一会儿，转身问那个值班大夫："你看黄市长那样子……像是很生气？"值班大夫说："生没生气，倒是看……看不大出来，就是……挺着急……"院长说："你怎么跟他说的？"

"我说……郑局长正在理疗室做治疗，一时半会儿，还不能动弹。"

另一个大夫着急地说："这也拖不了多大一会儿，怎么办？"院长叹了口气道："实在不行，那就只有跟他说实话呗。"

"说实话？那还不彻底坏事了！郑局长不是说了，还得一两天，他才能把要办的事办好。"院长无奈地问："那你们有什么好招？"夏志远凑上去建议道："黄市长那儿我去说……"

"你怎么说？"

"放心，我肯定不会把诸位给卖了的，更不会把郑局长给卖了。至于你（故意指着那个小护士的鼻子）这个小丫头，记住，这么骂坐机关的，老天爷总有一天要罚你嫁给个坐机关的做媳妇。"然后又回头对院长说："我先去见黄市长，你过几分钟再来。有两点我俩先统一下口径。一，老郑还没清醒，情况不太好，根本不能移动；二，我是昨天晚上来的，已经在这儿待了一夜了。"院长默诵道："一，老郑还没清醒；二，你是昨天晚间来这儿的……"夏志远接着安排道："现在得赶快请郑局长回到病房去躺着。"

260

院长认真地道:"郑局长这会儿真不在这儿……"夏志远问:"能找到他吗?"

院长迟疑了一下,没作声。

夏志远说:"李院长,都到这份儿上了,您还跟我藏着掖着?"

院长面带愧色地看了看夏志远,这才转身对身边的一个大夫说:"徐大夫,麻烦你带夏助理的人去见郑局长……"夏志远立即转身吩咐苏群:"你跟着徐大夫一块去安置好郑局长以后,立即带着葛平,先上我家待着。你一步也别离开葛平,千方百计保护好她,等着我回去。我这就去黄市长那儿。"

一百〇一

即便是午觉,曲三春的习惯,也还是要舒舒服服地脱了衣服,躺到大床上,盖上厚厚的棉被,拉严实了窗帘,里外三道都不许出一点声音地睡。为了使这怎么也不可少的午觉睡好,他甚至午饭都吃得很简单,只是象征性地点上一点。等到午觉睡起后,再由老伴给炒上两三个菜(不能多了。多了,浪费),烫上二两老白干(自觉上了年纪,听说不能再喝凉酒。喝凉酒,手颤),蒸上一个四两重的白面馍馍,最后最多再来一碗蛋羹,蛋羹上稍稍地(也不能多了)浇上那么一两勺蒜泥、一两勺辣油、一两勺老陈醋、一两勺自家腌的韭菜花。用手里最后一块馍用力擦去碗边最后一点蛋羹,去喂了被他取名为"黑子"的那条大狗,悉心地摸着黑子那软软和和的肚子和奶头,笑着骂一句"你狗日的今儿个又多吃多占了,去吧去吧",便打着响响的饱嗝儿,慢慢地向县政府走去。

他坚决反对县领导坐车上班,"你摆啥谱呢?县城就屁股那么点大,一泡尿,都能从东城灌到它西城,这点路都走不动,你别跟我当这个县领导。"

这时候,一般情况总是三点二十五到三点三十。所以,林中县县政府下午的会议,一般都安排到三点四十五分左右开始。再晚了,也得挨他骂:"都四点了还不干活儿,想啥呢?上机关来等着开晚饭?"

今天,不到两点,他就被那两个"火烧了屁股"的家伙,从床上叫了起来。你说他恼火不恼火。岂止恼火,胃里还直泛酸水。照往常,他非得拍着桌子骂,但今天盘着腿坐在床上干恼了一阵,也只是哼哼一声"什么一点破事,刹车管怎么了?那个葛会元又怎么了?"那两个火烧屁股的家伙都是他老家六道河乡刹车管厂的业务员,其中的一个还是他老伴姑家的一个小外甥。那小外甥告诉他:"我们拉去三卡车货,他们一车都不要,愣说质量有问题。"

"质量有问题,就好好查查嘛!"他瞪起眼嘟哝道。

小外甥说:"哪儿跟哪儿啊。咱们这管子多少人都用了,都攒出多少辆车了,从来都没听谁说过咱做的这管子有问题。"

他说:"万方跟那些攒黑车的家伙不一样,这是正经的大公司,要创自己的名牌,质量标准都是跟着美国的条文搬过来的,要求就得高一点嘛。这点道理都不懂?"

小外甥为难地说:"可二舅……我们早把舆论造出去了,说我们的刹车管让万方选用了。许多单位一听,连万方那样的大公司都买咱这刹车管,都上咱这儿来订货。要是万方把咱的货给退了,这影响可大了,那就会有一大批客户也会跟着退货。这一股风刮起来,那我们这个完全由您二舅一手辛辛苦苦扶持起来的厂子,真可得给刮垮了。您是不是……给葛总打个电话,请他老人家无论如何要照顾这一回。六道河乡是您的老家,他们这么较真儿,不是在打您的脸吗?"

"就你们这个小破厂子事多。"他哼哼地出了一阵滚烫的粗气,披上老伴递过来的外衣,趿上小保姆递来的布鞋,小外甥忙把电话机递了给他。

葛会元不想接这个电话。他正在和几位总工程师研究这档子"棘手"的事。特地从城里赶来参加研究的田曼芳也在场。凡是涉及林中县的一些事,葛会元总要把田曼芳请回来。人们不理解他为什么那么器重田曼芳。那些人除了并不了解田曼芳实在的能力以外,也不明白葛会元是在借助田曼芳沟通那"田家方面"的关系。他知道,在这一方面,没有任何人能代替这位田曼芳。没接曲县长的这个电话,他一下午都不得安生。曲三春不断地往葛会元办公室打电话,一直打到晚上,葛会元刚回到家,客厅里的电话又响了。葛会元知道这个曲某人把电话又追到了家里,便神情紧张地对卢华说:"告诉他们,我不在……我不在……"卢华真的非常想不通:"老葛,你坦然一点,你是万方名正言顺的总经理。你有权对刹车管的质量问题做出最后裁决。国家有企业法保护你和你的公司！别躲着，去接电话。顶他们一回，看他们能把你脑袋揪下来不！"葛会元的手索索地战栗："你把事情想得太简单……公开顶他们……他们这些是容得了你公开顶撞的吗？"葛会元说着就往自己卧室里走去："你就别再来逼我了……去告诉他们，我不在……去呀，告诉他们，我不在……"卢华心一酸，眼泪扑簌簌地涌了出来，忙转身走了出去。回到卧室的葛会元忙找出药来，赶紧地吞了两片，不一会儿，神情才慢慢地安定下来。

一百〇二

等夏志远去见过黄江北，帮着疗养院的领导把事暂时抹平，急忙地赶回家，一推开门，果然看见苏群已经把葛平带回到他房里了。一见夏志远，葛平眼圈刷地便红了，眼泪忍不住扑簌簌往下滴落。夏志远也着实难过了一阵。

"还没回过家吧？"夏志远问道。葛平只是摇了摇头。

"郑局长怕她一回家，左右邻居传出去，又招那帮人跟她过不去。"苏群解释道。

"那就住我这儿吧，我这儿有空房。"夏志远说。

苏群说："我已经安排好了，还是上我老舅那儿，吃的住的都现成。再说，那儿离圆觉寺也近，跟郑局长谈个事什么的，也方便。葛平把许多重要情况告到北京，着着实实立了一大功。听说，中央和省委特别重视，立马要派工作组来章台解决问题。"

夏志远即刻兴奋起来，正要详细探问上头的动静，电话铃却响了。苏群拿起电话问了一句后，忙把电话又交给了夏志远。电话是郑彦章打来的，让夏志远和葛平马上去他那儿，一会儿车就来接他俩。

而这时，田卫东又一次在和那两个高级经济师反复地核实、验算，希望能改变他俩的核算结果，因为那结果太不可思议了。那无处可查的一百七十多万元到底是谁挪用了呢？一百七十万啊，拿麻袋装也得好大一堆哩！怎么会说没有就没有了呢？怎么就是找不着下落了呢？田卫东最着急的是这会失去黄江北的最后一点信任。失去这最后一点信任，就会失去最后一点"和平解决"问题的可能性，所以必须搞清这一百七十万元到底是怎么回子事，争取时间，在黄江北得到这个消息前，先上他那儿说明问题。

两位高级会计师对田卫东的反复追问已经无可奈何，只有苦笑的份儿了。"我们已经反复核对了三遍，你说……你说……"

"你们又找卫明核对过没有？"

"根本就没法跟他谈这件事嘛。一谈，他就跳脚，就骂娘。他说只拿了一千四百万，除此以外，他一分钱没多拿。"

"可是从万方的账上看，他拿走的是一千五百七十万，所差的这一百七十万到底怎么回事？再去问！一定要他说清楚！"这时，那个叫杨子的大汉神色慌张地跑了进来，叫道："卫明……卫明跳楼跑了！"别墅后头是一大片旷野，旷野上有起伏的缓坡，有收了秋庄稼就只呈现一片黑褐的土地，有小片的丛林，有古老的钟塔。白色的或灰色的，棕色的或灰色的，蓝色的或灰色的，灰色的和灰色的……甚至还有一个多年废弃了的小教堂。它也是灰色的，只不过是近似黑色的那种灰色，那是从前那种砖的本色。这种砖已然有许久没有人烧过了。据说，那种青砖，在出窑前，在它们尚未冷却的时候，还得往里泼水。这就有个很难的技术问题，一旦掌握不好，水泼进高温的窑里，是会爆炸的。现在不泼水了，图个便当利大，烧出来的砖，一律是浮躁干热的那种土红色，没有了从容和沉稳，少许多宽容和平静……

当即，田卫明从一个灌木丛里跃出，向荒草岗跑去。他不知道自己要往哪儿跑，只知要跑。他绝望了，连自己的亲弟弟都在落井下石。一千四百万就是一千四百万，为什么还要给他加这一百七十万呢？田卫东带人追上去时，田卫明跑进一个废弃了的小教堂。田卫东追进小教堂。田卫明跑上塔顶。田卫东追上塔顶。田卫明一脚跨出栏杆，回过身来威胁道："田卫东，你他妈的再往前一步，我就跳了！"田卫东忙收住脚步："你冷静些……别乱来……"田卫明完全失控地喊道："田卫东，今天我才算看透了你，你他妈的有刀就净往死猪身上砍。你想着还要往我身上栽多少赃？我错了，我挪用了一千四百万公款，我他妈的该枪毙、该杀头……我他妈的彻底算完了……可我只拿了一千四百万，多一分钱我也不承认！我不知道还有什么一百六七十万的黑账！我还没掉到井底哩，你要落井下石，太早了！你就这么对待你这个哥哥……当年家里的人都把你看作外来的野种时，你以为只有田曼芳那婊子待你好？你想想，我这个当哥哥的是怎么对待你的！你狗日的恩将仇报，不得好死！"田卫东做了个手势，让跟他一起追上塔来的大汉们走开，而后，他疲惫万分地在楼梯板上慢慢地坐了下来。

沉默。

老鼠索索地从积满尘土的大梁上溜过。

灰暗的氤氲中，我们可以看到两行眼泪，慢慢地慢慢地从田卫东脸上流淌了下来。他恨田家。但他的确不希望田家有朝一日居然要落到这样一个下场。如果真的走出田家这个圈子，今后等待他的又会是什么？什么？什么……

一百〇三

我们说不清田曼芳是怎么得知中央要派工作组来章台的。她经常能得到这种只有省委常委们才能及时得知的消息。她说她能把电话直接打到好几个省委常委的桌子上。而这一点，许多地县级干部还不一定能办得到。因此，对于这种话，你听了也就听了，不必全当真。但今天，她的举止证明，她的确得到了内部消息。你看她此时在万方公司本部的办公室里，竟然清理起存放她私人物件的抽屉来了，该销毁的销毁，准备带走的，便一一放进一个皮包里。最后，她走到那个挂在墙上的大电钟面前，犹豫了好大一会儿，还是拔去电源插头，让电钟停了下来。她想表示什么？她生命的最后一刻？还是她作为万方副总经理而存在的最后一刻？还是做了某种重大决定的那一刻？还是……什么也不是，她只是想把时间停下来，静静地（自欺但欺不了人地）不再让那人类基本的存在方式之一的"时间"，来催促自己。够了，她拥有过时间，这就够了。可任何一个活过的人，又有谁没拥有过时间？但时间就像爱情一样，当你拥有它的时候，往往觉不出它的珍贵，只有你一旦要失去它时，你才会觉出，你曾经是多么的富有光彩而今日已悔不可及……她呆呆地看着那停走了的电钟，心里一阵阵翻涌，她忙闭上了眼睛。

这时，有人敲门。她忙睁开眼，又把电钟的电源插头插上。她藏起皮包，关好所有的抽屉、橱柜门，捡起掉在地上的纸片……略略整理了一下自己的头发，这才去开门。

门外站着田卫东。她一愣。

"能进来吗？"

"请便。"

"曼姐，我查了卫明挪用款的数字，但始终和万方的亏空数对不上头。怎么算，也还差一百六七十万，您能帮着回忆一下吗？"

"我没什么可回忆的。"

"曼姐……"

"我实话告诉你，你哥当时从万方取走的每一笔钱，我都有记录，但是，在我的账上，没有这一百七十万的记录……可以肯定地说，这笔钱不是你哥拿的。"

"那还可能是谁呢……"

"我不知道，也许董秀娟知道。找她去吧。"

一百〇四

小高今天已经是第几次借口进黄江北办公室来要跟黄江北说一说那件事，他自己也记不清了。走到办公室门口时，还挺有勇气的，但一走到黄江北面前，他就泄气了，他就会对自己说，算了，这又不是我分内该说的，多管这闲事干吗呀？要是按他过去的脾气，这事也就这么过去了，但今天却怪了，他怎么也放不下这件事。他总想"干预"一下黄江北的"命运"。说实话，这也是黄江北一大"超人"之处，他就是有能耐吸引住自己身边的工作人员，让他们渐渐地变得跟自己同心同德同呼吸同命运。夏志远嘴上吵着要走，但你看到了吗，在走与不走，真走假走，走得潇洒走不潇洒，即便走了心里到底是一股什么滋味等等一系列并非不重要的问题上，夏志远还有许多未能克服、甚至不一定能克服、即便克服了心里也不一定舒服的难关在等着他。前天，市人大打了一份报告，说是要提前召开新一届的人民代表大会，林书记特地把这个报告圈给了黄江北阅。文件从小高手里过，他自然也就看到了。从来不为自己手里过的那些公事动心的他，这一回可正经地怦然而动了。提前召开新一届人代会，从另一种意义上来说，意味着要提前解决章台市市政府班子的问题。是要让黄市长当正式的市长，还是要把他换掉？小高不安了。年龄虽说不算大，但在机关已待了不少年的他，早已习惯了领导的换届换班，习惯了不动感情地在不同的领导手下工作，为不同的领导跑腿，这是他无法选择的。经验告诉他，甭管新上任的那位为人水平怎么样，你只有一条，听话，实干，大事情上要憨厚老实，小事情上要机敏灵活。能把这两点结合得完美无缺者，方为好秘书，所以他从不为领导的去留动感情。但这一回他确实非常不应该地动了感情，他希望黄江北留下来，希望黄江北从代理变正式。而且他也感觉到，这一点并不是不可能的。但多年坐机关的经验又告诉他，许多特别有把握的事，也有到最后一刻却发生了戏剧性变化的，希望变成失望。因此不能坐等机会成熟，要努力攻关。可那份文件送到黄市长桌上已经两天了，没看到他有任何动静。怎么了？不关心？他不是那种不关心自己政治前程的领导啊！怎么提醒他一下呢？他拿着几份卷宗，一边反复考虑着，一边第八次走进黄江北办公室。

"这是财政局的每日一报。这是税务局的每日一报。这是银行的……还有工交口的……"

"谢谢。听说你老婆下个月生孩子？"

"是的……"

"预产期在什么时候？上旬中旬？"

"中旬十七八号吧。您放心，我不会影响工作的……我已经安排好了，把她送回我老家去……"

"送回老家去？你不跟着去伺候一段？女人生孩子时，自己男人不在身边是最痛苦的事，做丈夫的也会留下终生遗憾。一定要请假，为生孩子，影响什么都不为过。生命，一个新生命，没比这更重要的事了，你说呢？"

"是的……"

黄江北淡淡地一笑。他发觉这一句"是的"是小高在他面前使用率最高的一个口头语,说来自然而圆熟,得体而动听。一开始,他挺烦他老那么说,后来听着听着,倒也觉得顺耳了,现在居然觉得还挺好听。

"前天,我给您送来的那份市人大常委的报告,您看了吗?我知道,这几天,尚老师住院,不该催您,可……那边已经打了几次电话来问结果……"

"你瞧这几天忙的。给双城子煤矿子弟学校新落成的教学楼剪彩。又到井下转了一圈,看了看刚上岗的一帮合同工。下午又去看了几个老矿工的家,看了几位前任矿长。晚上还去市规划局听他们谈了谈今后十年市政建设方案。那也是准备提交下次市人代会讨论的主干文件,回来就挺晚了。这么吧,今天我一定把那份报告看了。"

"要是实在安排不过来,我给那边再说一下,随便找个理由,推到明天或者后天……"

"不。跟他们说。今天一定看,一定给结果。那份报告呢?"

小高立即从一大堆文件中找出那份报告。

"没事了吧?你现在替我把门锁上,把电话掐断。来人来电话,你都替我挡驾。我马上把这份报告看了,并且争取利用这半天时间,把这一堆东西都处理了。"

这时,小高也微微地笑了笑。他喜欢黄江北有时显露出的这种傻劲儿,说要干什么,就不顾一切地干。这样的人做领导,总要吃大亏,但这种人身上心上的真意和火力,总能使小高为之心动。这样的领导倒也能办成大事。

"林中县的曲县长还在等着您呢,他说他一早就来了,已经等了您四十多分钟了……"黄江北懊恼地说:"对,还有这位曲大人……"他好像知道这个日程安排。

"我……找个理由,请他明后天再来?"

黄江北摇摇头:"明后天,明后天再谈什么?昨天晚上从市规划局回来,都后半夜两三点了,他来找我,缠了我两个多小时,一直谈到天快亮了才走,该说的我都说了。六道河乡刹车管的问题,纯属生产经营方面的问题,按全国人大通过的中外合资企业法,这一类问题,得由万方公司自行决定取舍,谁也不能搞行政干预。对合资企业是这样，对其他企业也应该是这样，这是符合经济规律的，道理十分简单明了，但你跟他就是说不通。他总觉得我是在跟他打官腔……说我一心只向着合资企业，不替老区的乡镇企业……不为老区的人民着想。这纲上得够高的了。"

"或者……您再跟他谈一谈，回来再处理这些文件。"

黄江北坚决地说："不，不谈了。我要按中央制定的企业法办事。他曲某人也该按中央的决定办。说我向着资本主义也罢，向着反革命也罢，谈不通，就只好不谈了。"

"不谈也成……不过……"

黄江北扬起眉毛，追问："干吗呢，吞吞吐吐的？"

小高说了句："没什么……我去送文件……"就赶紧在自己非常的懊恼之中，走了出去。他再次懊恼自己没勇气去提醒一下这位代理市长。

出了办公室，他显得有些沉重，环顾左右，一时间竟然不知去哪儿。犹豫了一会儿，咬咬牙向楼道尽头的一间小会议室走去。小会议室里空空的，因为没有开灯，也很暗。勉强能看到在办公室一角的一个椭圆形茶几上，放着一部电话机。小高轻轻锁上门，快步走到茶几边上，拿起电话，但没等拨号，他却又迟疑起来，额头上细细地渗出了一层汗珠。呆站了好大一会儿，这才下定决心去拨号。他想给林书记说说这件事，让林书记出面"提醒"一下黄江北。但林书记病房那边电话刚接通，他却又慌慌地放下了电话。他不知道自己在这时候该不该给林书记通气儿，不知道这么做会造成什么样的后果。出了上一回那事情后，他确实得谨慎谨慎再谨慎。在电话机旁呆站了一会儿，把自己狠狠地骂了一通，才沮丧地往外走去。

林书记拿起电话喂了两声，只有嘟嘟的忙音，以为是串了线，嘟哝了声："这电话局也真该搞搞质量万里行了。"便放下电话，又去问宋品三："你说什么？田卫明带来的那一帮人，都回省城了？全走完了？"

宋品三答道："就留了两个人。一个姓杨，还有一个小个儿。"

"有人监视他们的活动没有？"

"放心，一直是二十四小时监控着。"

林书记回过头来问张检察长："你那头，人选定了没有，什么时候能进驻万方？"

张检察长说："大概还得五六天吧……"

"怎么还得那么长时间？"

张检察长为难地说："找不到合适的带队的……"

林书记不满意地说："这么大个检察院，找不到个带队的？"

张检察长解释："这人一方面得熟悉万方情况，另一方面还得有比较丰富的办经济案子的经验，在关键时刻还得稳得住阵脚……"

"你是不是说，离了郑彦章这样的人，章台就办不了万方那样的案子了？"

"绝对没这个意思……"

"我就不信，没了郑彦章，你检察院就拿不下万方这个案子！三天之内，工作组一定要进驻万方。等上面的人来了再进驻，那就被动了。先不要公开亮工作组的牌子，想个别的理由进去。等查出点名堂来了以后，再正式打工作组的牌子。"

"还有个情况，就是……黄市长这两天多次和田卫东有往来……"宋品三吞吞吐吐地报告道。

林书记一下瞪大了眼："谁让你汇报黄市长的行踪了？谁让你们去监视黄市长了？"

"不是故意的……这是我们在监视田家兄弟时，偶尔发现的……"

"偶尔也不行。"

这时，秘书走了进来："市人大常委有个急件。"

林书记一边戴上老花镜，一边从秘书手里拿过文件，并对那两位说了声："对不起，我先看个急件。"

小高回到黄江北办公室，黄江北在埋头处理那一大堆文件。他犹豫着，只是在边上假装着收拾文件什么的，在那儿磨蹭，黄江北觉察出来了，便头都不抬地问："干吗呢……磨蹭来磨蹭去的……"

"没事……"

"没事你老在我眼前磨蹭什么？转来转去转得我头晕。"

"我这就走……"

黄江北突然抬起头："高德和，到底什么事？"

"有句话，不知道该不该我说……"

"你这人怎么这样？"

"市人大的那个报告，您看了吗？"

"看啦，怎么？"

"没怎么……"

"我看还是有什么的吧。"

黄江北把面前的文件往一边一推，把上身往大皮转椅靠背上一靠，端起青花茶杯，咕嘟咕嘟地连着喝了好几口，直直地看着那位有些不知所措的高德和，说道："我好像跟你说过，在我身边工作，有个最基本的要求，就是有话直说。"

"您说过……"

"你做不到，还是不愿意做？"

"不是的……"

"到底怎么一回事？"

小高咽下一口唾沫："我是想说……关于林中县曲县长……"

"曲县长怎么？你觉得我还是跟他攀个亲戚为好？开玩笑。你认为我还是找他谈一下，对不？别把关系搞得太僵了。是不是这样？"

"是……快要开市人代会了。我想……您最好还是把方方面面的关系都搞顺畅了……林中县不少参加市人代会的代表都是他一手提拔的，他的态度会影响这一部分代表的态度。我们……不能不考虑这一部分选票……"

"好啊，你已经在考虑帮我拉选票了。就这么点事，你刚才哆嗦什么呀！"

小高脸一红，低下头没作声。

黄江北问："还有事吗？"

小高说："没了……"

黄江北笑道："你这建议很好。听你的，去告诉曲县长，让他再等我一会儿，我看完这份市人大常委会的报告，就去见他。"

小高应了一声，却依然没走。

黄江北疑惑不解了："嗨，你这小伙子，今儿个到底怎么了？"

小高鼓足勇气突然说道："黄市长，从今以后，我绝不会再做什么对不起您的事……"

黄江北完全不明白了："你这是什么意思？"

小高突然变得很痛快地说："没什么意思，您忙。"说着，赶紧出了门。

黄江北看着小高的背影，莫名其妙地微笑着摇了摇头。

小高夹着那几份卷宗走到门外，擦擦头上的冷汗，却轻松地长长吐了一口气，转身向楼下走去。他忽然觉得，在领导跟前说一点自己认为应该说的话，有时也不算太难嘛。他太高兴了。他径直走到市政府大楼长廊里坐了一会儿，哼哼某一首流行歌，其实他哪一首流行歌都唱不下来，都没敢公开唱过，有时机关团工委举办卡拉OK晚会，特别邀请他们这些身居"要位"的年轻党员加盟，他也只是在晚会会场里挺稳重地转一转，那旋转的彩灯撩拨得他心慌意乱，但每一回到最后他都依然只是"稳重"地一走了之。没敢去拿过话筒。其实很有几首"流曲"的旋律在他心里来回倒腾过。比如那首《我并不是什么都没有》，还有别的什么，等等等等。五分钟过去了，头上的汗也下去了，小高这才轻轻松松起身向办公室走去。

黄江北看完市人大的那份报告果然激动起来。他立即翻了翻桌上的台历，计算了一下日子，激动地在办公室里来回踱着，而后，伸手去拿电话，但想了想，还是放弃了打电话的想法，便大步向门外走去。刚走到电梯口，电梯开了上来。门一开，从电梯里走出林书记。

黄江北忙说："我正要去找您哩！人大常委的那个急件您看了吗？"林书记笑道："我就知道你这个急性子，看了这个文件肯定坐不住。没猜错吧！"他俩回到黄江北的办公室里。

黄江北给林书记沏茶。林书记喜欢喝茉莉花茶。黄江北说："提前这么多日子召开市人代会，筹备工作相当紧张了……"林书记笑笑："你不希望提前开？"黄江北竭力平静地说："当然提前开也有提前开的好处……不过很多准备工作能来得及吗？从这个角度讲，稍稍晚个一两个月，也许更稳妥些……"林书记笑了笑："你怎么也学得跟我似的了，一开口就是稳妥稳妥的。"黄江北也笑笑："稳妥好。"

林书记突然不说话了。

"我……有什么说得不妥的？"黄江北试探着问。

"江北，实话跟你说，提前召开市人代会的想法，是我酝酿已久的。前一阶段市委常委为此开过一次会，没请你参加，专题讨论了市政府领导班子问题。常委们都同意我的看法，及早解决你的这个'代理'问题，及早稳定市政府的班子，不这样，也难以打破章台这几年工作上的僵局。根据我的建议，市委常委向省委、省人大常委会打了报告，要求提前召开市人代会。没想到省委和省人大常委会这么快就批准了我们的报告，看来他们也觉得我们应该尽快解决这个问题了。这样很好嘛，上下一条心，问题就好解决了。"

"我不知道我会不会辜负各级领导的期望……"黄江北谦虚了一下。

"有一件事，不知你考虑过没有。人代会前，总得做一件什么大事，让与会的全体代表、也让全市老百姓都觉得，你这个'临时政府首脑'是有资格转成正式首脑的……"

"这方面，您有什么具体的考虑吗？"

"你有什么具体的考虑？"

"我想一下，再向您汇报。"

林书记站了起来："好吧，时间不多了，有什么想法，尽快提出来。另外，有一件事我不该问，但我还是要问。听说你最近跟田卫东来往很多。"

"不算很多，只不过有一些接触。不是您也同意了的……"

"是的是的，是我让你接待他的……"

"有什么不妥吗？"

"没事没事。我只是随便问问……随便问问。"

林书记走后，黄江北好长一段时间不能强迫自己重新坐到办公桌前，再度埋首于那一堆亟待他处理的文件之中去。不知道为什么，每次跟林书记谈完话，他的心绪都要这么纷乱一阵，说不上来是一种什么滋味混杂着。他闭上眼，稍稍地歇了会儿，这才重新坐到了办公桌前，做了两件事：一，给万方的总工室打了个电话，侧面询问了一下，本月底前拿第一批成品车的可能性有多大；二，让人立即把夏志远找来。

二十分钟后，两件事的答复几乎同时报来：一，本月底前拿出成品车的可能性几乎等于零；二，夏助理不知去向。

273

一百〇五

焦急。

三天来全部的忧虑都集中在这两个字上了。焦急。他甚至有些责怪林书记了。提前召开人代会，提前解决他这个"代理"的问题，应该事先跟他商量一下啊。即便不能商量，也得打个招呼。月底前这么一点时间，的确太紧迫了。什么都还没有头绪，怎么能确保万无一失地打胜这一仗呢！一个多小时前林书记又打电话来问，对于开好这次人代会，到底有什么举措。这已经是自从三天前谈过那次话以后，林书记第四次来催问了。三天中，他多次去万方，跟那儿所有高级管理人员磋商过，排除了一个又一个障碍，但有些障碍几乎是无法逾越的。比如，有些零部件必须从一些专门的厂家订购，从订货到到货，最快的周期，怎么也得半年以上。有些要从国外进货的，那就更不用说了，光办各种各样的进口手续，恐怕就得半年，那还算是快的。少一个零件，这汽车也跑不起来啊。有一个关键部件的质量不过关，都可能酿成大祸。这几天里办什么事，好像都不顺。那天跟曲县长谈过以后，他觉得从尽快让万方拿出成品车这个总战略目标来讲，不是不可以考虑使用他那个刹车管。他请葛老师认真检验质量，请他做最后决定。他甚至还亲自给葛老师写了封信："如果不能长期地使用这个厂的产品，能否考虑目前的需要，暂且使用一下。因为无论到上海，还是长春，还是北京的什么大厂家去订货，都来不及了。我的意思是暂且用一下，使用中发现有什么问题，还可以向六道河乡的同志提出，帮助他们改进、提高，林中县曲三春同志的本意，也在此。"等等等等。但葛会元就是顶着不办，不作声，不回答，既不点头也不摇头，一天天就这样过去了。还有那个夏志远，总算找到了，也非常不听话。黄江北希望他能替他到万方坐镇一段时间，一竿子插到底，抓一下成品车这个"工程"。谈了几次，也是既不点头，也不摇头，一心只热衷于和郑彦章在一起。郑彦章完好如初，又十分戏剧性地再度出现，的确让黄江北高兴。但黄江北的想法和郑彦章又有歧异。黄江北还是那个策略：在田卫明没能吐出全部挪用款前，暂且不要动他。万方月底出车，需要一笔上千万左右的流动资金，各方筹集，多有困难，逼田卫明，也是其中一招。如果现在就动手了结田卫明一案，这小子就会觉得自己反正已经完了，死猪一头，不会再好好给你退赔这笔巨款。白损失这一千多万，绝对要影响万方赶在月底前出成品车。现在章台的工作一切都要服从这个大目标：让万方月底出车，开好新一届人代会。这应该是很好理解的，在他们身上却偏偏贯彻不下去。也许是因为听说上面要派工作组来解决章台的问题了，夏和郑简直处在失控状态之中。出于无奈，黄江北和林书记商量后，只好派人暂时把郑彦章和葛平"保护"了起来，暂时限制一下他们的活动；这又引起夏志远极度的气愤。特别让黄江北不安的是，葛会元的精神状态因此急剧恶化。但稍稍可以得到一些安慰的是，葛会元终于在使用六道河乡那个刹车管的协议上签了字。那三卡车货在万方公司仓库大院里停放了八九天之后，卸进了万方库房。

一百〇六

好几天都没来机关上班的夏志远，这一天突然要求见黄市长。

"我俩能换个地方说话吗？"他一进办公室，就提议道。黄江北犹豫了一下："上哪儿？"夏志远说："跟我走。"

夏志远带黄江北向市政府大楼的楼后走去。快走到后门口了，这儿是个废园，草深树密，颓房空关，唯闻鸟鸣，不见人影。黄江北不肯再往前走了，问："喂喂喂，你跟我搞什么名堂？""走吧，这就到了。"夏志远说着，便拉着黄江北向后门外走去。黄江北推开夏志远的手："夏志远，你到底想干什么？"夏志远一边用力拉着黄江北，一边大声叫喊："苏群，苏群……"早就在那辆旧客货两用车里等着的苏群闻声跑过来一看，见夏志远揪着黄江北，不明白究竟发生了什么事，一下吓呆了。

夏志远叫道："苏群，你他妈的还傻待着等天上掉馅儿饼呢？快帮我把黄市长请上车！"夏志远决定最后和黄江北这样摊一次牌，的确犹豫了好几天。不管怎么样，黄江北是市长，是自己的顶头上司，今后无论自己当不当他的助理，总还是要在他"手下"过日子讨生活，真惹恼了他，自己不会有什么好果子吃，面子上也难以交代。再说，各自也都是四十多岁的人了，出学校门那么些年了，人家早成了"高级干部"了，什么事没经历过？什么道理不知道？用得着你去跟人家絮叨？这么些年，从表面上看，你们二人好像一直是在一起，好像是十分了解十分知心十分的无话不说水乳交融亲如兄弟，但你真知人家内心每一个隐秘处的每一点异变？真掌握人家每根神经末梢的每次膨胀过程？你以为人家这些年心里长起了杂草，真心地想帮人家清一清，人家会不会以为你别有所图，不知天高地厚狂妄嚣张至极，是要故意伤害他？你划着一根火柴本想去烧却对方心里的"杂草"，但真点着的会不会是一个"火药筒"呢……他一次又一次地对自己说，算了，别管那么多了，爱怎么着怎么着吧。当你的平头老百姓得了，有你什么事！就算把黄江北说服了，又能怎么样？多一两个夏志远、黄江北，少一两个夏志远、黄江北，就能影响了这中国的格局，世界的前途？美得你！整个儿是在咸吃萝卜淡操心嘛。六个指头挠痒痒，多此一道，还是该干吗干吗去吧。

但……但是……什么是真朋友？什么是莫逆之交？什么是风雨同舟甘苦与共？什么是推心置腹高山流水？甭管中国怎么样世界怎么样，黄江北的事我不说谁说？我不说，我何以是夏志远？他要真恼了，只能证明他不再是"黄江北"！那以后分道扬镳各奔东西就是了。谈最后一次。最后的……晚餐……

动身来市政府大楼前，夏志远还给昭儿打了个电话，让她马上去找一下尚冰，把他今天要找黄江北谈的一些话先跟尚冰说一说。听听她的看法。夏志远希望尚冰能一起来跟江北谈。他怀疑自己一个人不能说服江北这家伙。回想起来，也是的，这么多年，自己从来没在一件重大的事情上真正地完全地说服过江北。"尚冰大姐都病成那样了，就别再劳驾她了。"昭儿劝了一句，夏志远就没再坚持。

车颠簸着开到远郊一个荒野的大河滩里才停了下来。黄江北说："你疯了！"夏志远说："我们俩还不知道谁疯了呢！"然后要苏群下车。

"让我单独跟老同学、老朋友待一会儿……"黄江北说："不谈，在这儿不谈，先送我回去。要谈，回去谈。"

夏志远一下从驾驶座下面的工具箱里抄起一把长柄的活动扳手："你还

嘴硬……"苏群一下扑过来："老夏……别乱来。"

夏志远说："你给我下车。"说着一把把苏群推下了车。苏群在车外用力敲着车门："老夏……老夏……"夏志远锁上车门。

黄江北掏出一盒高级云烟，刚想点烟，夏志远却一把从他手里夺了过去，问："你什么时候又学会抽烟了？"

黄江北一下火了："夏志远！"夏志远冷笑着点点头："对，夏志远……"黄江北说："把烟给我放这儿……放这儿！说，出什么不得了的事了？"

夏志远忽然又不知从哪里说起了。憋了好大一会儿，他问："你跟田家那一帮子人到底发生了些什么关系？"

"夏志远，在这么一种根本的问题上，你对我还有怀疑的话，我们就不用再谈了。再见，我没时间奉陪。"说着，黄江北就要下车。

夏志远一把揪住黄江北："别急！"

黄江北冷冷地瞟了一眼对方，说："松手！夏志远，这已经是你今天第二次揪我的领口了。看在我们这么多年的情分上，我不计较你，但不允许再有第三次。你要清醒，就凭你夜闯市长办公室行窃这一条，我就可以把你送去坐个三年五年牢。不要太自以为是了，不要太得意忘形了，不要把自己放在老保姆老外婆的位置上。没人需要你来当保姆，更没人需要你这个唠唠叨叨自以为好心的老外婆。好好管住你自己吧！"说着，他推开夏志远便走下车去。

他刚下了车，便看到尚冰、单昭儿乘坐的那辆出租车出现在地平线上。不一会儿工夫，车便逼近了，停在了大河滩的岸边。单昭儿扶着尚冰艰难地向这边走来。

黄江北脸色一下变白了，冲到夏志远面前："尚冰怎么来了？是你派人去挑唆的？你不知道尚冰已经不行了？你干吗要这么摧残她！"夏志远的脸一下憋白了："我摧残她？我没叫尚冰上这儿来，是她自己想来这儿跟你谈！在这儿的，都是最亲近最关心你的人，都想知道你黄江北最近到底怎么了。你口口声声说，你恨那些爬在老百姓头上拉屎拉尿的家伙，可实际上，你看着自己头上那顶乌纱帽比什么都重要。你这个代理市长，在省里不敢得罪田副省长，在市里，你也不敢得罪林书记，现在你连那位曲大爷、曲县长都不敢碰了，居然下令让万方收购他老家生产的那质量并不好的刹车管……"

"吼完了没有？"

"你居然下令软禁郑彦章和葛平！"

"如果你一定要把它理解为软禁，我也没办法……"

"那天有人在公路上，开着一辆黑色的奥迪车，要弄死我和苏群……"

"黑色的奥迪车？什么意思？你怀疑我开着奥迪车要杀死你？"

"我说是你了吗？"

"那你是什么意思？"

"什么意思？你说是什么意思？黄江北，咱俩在一起都快三十年了，从上中学那会儿起，我就当你的跟屁虫，就喜欢跟在你后头瞎起哄。虽然连我家里的人、连单昭儿也常说我这人窝囊、没出息，但我从来没后悔过。但现在我才知道我他妈的是真窝囊、真没出息！不过，我也才知道，这世界上还有比我更他妈的没出息、更窝囊、更不知道好歹的人，那就是你！你不是要逮捕我、起诉我、判我刑吗？你他妈的手里有权，来吧，我等着。"

"志远啊志远，你好糊涂！我逮捕你？你知道我昨天还在找林书记商量什么事吗？我要让你到万方去当总经理。"

"我不会去的。在没闹清你跟田家的关系以前，我不会再替你干任何事情。昨天我们才从葛平那儿得知，田家那个田老大……那个田卫明，他……他曾经把我们的小平平强暴了！你知道吗？"

这时，单昭儿挽着尚冰，呼叫黄江北和夏志远。等他俩跑过来，尚冰喘喘地只说："回家……"黄江北和夏志远把她送回医院，她也不肯进病房，只说要回家。哀哀地拉着黄江北的手，求黄江北陪她回家。

"江北……送我回家……回家……你跟我一起回家……"又是一通忙乱。回到家，当房间里只剩下了黄江北和尚冰的时候，尚冰才说："把门关上……"黄江北犹豫了一下，走去关上了房门。等黄江北回到床边，她拉住黄江北的手，轻轻地抚摸着，眼眶里顿时涌满了泪水。

黄江北说："先吃点药吧……"尚冰摇摇头。黄江北说："你要说什么，就说吧……想骂就骂……别憋在心里……"尚冰依然闭着眼睛，让泪水默默地流淌着。

黄江北握住尚冰的手说："说吧……我不会生你的气的……"尚冰突然把黄江北的手拉到自己胸前，紧紧地握着："江北，我今天拼着命来找你，不是为了要责备你。我知道，你现在挺难挺难的……我只是要告诉你，我是相信你的，到什么时候，我这个妻子都是相信你的……我相信你黄江北心里永远会把老百姓的事放在第一位……你什么时候也不会丢了老百姓的……不管发生什么，不管别人怎么看你，我都相信你这颗心……"一股滚烫的热流猛地从心间涌出，黄江北突然抑制不住地哽咽起来，把自己的脸紧紧地贴在尚冰那只冰凉的小手上，无声地呜咽着……深夜，月色朦胧，重新被送回到病房里的尚冰睡着了。月光下，依稀可见她脸上那一缕淡淡的泪痕。高高垂下的输液管里，药液还在一滴一滴无声地滴落着。黄江北坐在床边，怔怔地看着因极度疲乏而睡过去的尚冰。

门口突然发出一种微细的声响。黄江北回头去看，见是小冰。

黄江北紧紧地搂住女儿。小冰默默地哭了起来。

一百○七

一直到天快亮的时候，卢华才发现老葛昨天一夜没有回家。忙叫起小妹，两人急匆匆走到公司本部大楼，用力敲总经理办公室的门，门里没有一点反应。葛会元此时在办公室里呆坐着，他好像根本没听见门外的声响似的，只是直瞪瞪地看着窗外，脸色苍白，神情灰暗，桌上放着黄江北的那封请求他使用六道河乡那批刹车管的信。

说是请求实质是逼我，我想不通。黄江北，你一直是我最好的学生，我一直把你当作最有希望的中坚分子，你为什么也学会了这种极"庸俗"的通融之道？都来逼我，都在逼我，各种各样的"逼"，各种各样的"通融"，我真的要闷死了。你们不知道我受不了这种逼？我一生没做过任何一件对不起人的事，为什么都要来逼我？我知道我软弱，我知道我不该来当这个我本不该当的总经理。我已经下决心辞职了，能不再逼我了吗？不再逼我去做这些本不该做的事情？我做得已经够多的了，我已经对不起那许许多多至今还把我当老师看待的好人。他们叫我"老师",我对不起他们,我对不起啊。

几分钟后,田曼芳也赶了来。她敲了敲门,轻柔地劝道:"葛总……葛总……您一直是最关心我、最疼我的人,有什么事,能跟我说吗?今天总装车间试装第一辆车,这可是咱们苦熬苦想了几年的事啊。您葛总这几年不就为了这一天,才熬白了头的吗?今天这日子,您不到场还真不行……您听到了吗?"门里还是没有任何回应。

卢华只得去请了两个钳工来,强行打开门上的锁。田曼芳忙把他们拉到一边,说:"硬闯进去会出大事的。"

卢华说:"别瞎耽误工夫了,听我的,开锁。"

田曼芳知道卢华平日里挺有些瞧她不上,但此时为了葛总,她也顾不了这么多了,还是上前阻拦。这可让卢华恼火了。她直冲着田曼芳说:"田曼芳,你就别再多管闲事了,行不?万方沦落到今天,老葛沦落到今天,就有你田女士的'大功'在里头,你别再掺和我们的事情了,行不?求求您了。开锁,听我的!"田曼芳忍住羞愧的眼泪,把卢华拉到一边,压低了声音说:"您先别跟我算账,万方公司的账总有一天会算清的。您盼着这一天,我也盼着这一天。现在最重要的是葛总的安全……您是他夫人,又是从事医务工作的。葛总的状况,您应该最清楚。现在他在里面到底处于什么状况,还很难说,万一他不能接受我们这种强行闯入的方法,没等我们进门,就做出什么过激的举动,你我后悔一辈子,都来不及!您应该比谁都明白,葛总心里窝着天大的委屈……他应该跟我们一样,好好地活到那一天,等着上上下下一起来把万方这几年的账算个底儿朝天……您说呢?"

卢华说:"他没有病……"田曼芳忙说:"是的,他没有病……但是他心里不痛快……"卢华说:"就是因为你们……因为你们……"说着,她眼圈一红,泪水便哗哗地流了下来。两人正说着,门里终于有了动静。过了一会儿,门突然开了,葛会元出现在门口,他显得异常的疲惫和苍白,愧疚地看了看在门前等待着他的那些亲人和熟人,没说一句话,低下头就走了。田曼芳慢慢走进葛总的办公室。只见办公桌上、大方茶几上、长沙发上,以至地板上,都铺着他刚用毛笔写成的条幅。每幅条幅上写的都是同样的四个斗方大字:"苍天在上"。

田曼芳的心被震悸了。

这是我回到章台后,第几个不眠之夜了?天色微曦,一阵寒意袭来,把和衣而睡的黄江北从沙发上冻醒后,他这样问自己。朦胧中,他好像听到了一种不谐和的声音,一下从沙发上跳了起来,向门外冲去。

周围仍然灰蒙蒙一片。他抬起头,茫茫然地四下寻找着这个声音,但除了低微的风声和偶尔从胡同里传来的一点人力小三轮的轱辘声,四下里并无任何异常的声响。被惊醒的小冰,揉着惺忪的睡眼,慢慢地也走出门来,嘟哝着问道:"爸,您干吗呢?"黄江北这时彻底醒了,自嘲地笑笑道:"我好像听到万方总装车间试验台又爆炸了……""爸,您也真是走火入魔了。白天黑夜地,都是万方、万方、万方,幸亏您那万方不生产原子弹。"小冰说着,把那件又厚又重的旧呢子大衣递给他。

回到屋里,黄江北再也躺不住了,辗转反侧,还是放心不下,悄悄下得床来,蹑手蹑脚地把电话机拿到外间,给万方总调度室拨了个电话,询问了这几天总装试验的情况,并请他们转告几位老总,"这两天跟我勤联系着点。以前规定,每天报告一次情况,从今天起,每半天报告一次;发生情况,随时报告。对所使用的零部件,一定要加强质量检测。要有一个总工专门负责此事。"放下电话,他仍在电话机旁坐了好大一会儿。夏志远的责问,尚冰病况的恶化……更不要去说什么过问小冰的学习,抚平葛老师对自己的误解……根本没那个时间。这两天回到办公室,陪伴他的只有方便面。

当然,各方的请帖依然多得像雪片一样。庆祝……奠基……落成……开幕……剪彩……都有大盘子可揣,如果放开了去吃,一天吃六顿、八顿,以至十二顿,他也招架不过来,何至于惨到和方便面打交道的地步?他不去吃,并不是装清廉,更不是怕人背后议论。到了市一级领导,吃几顿饭,已经没有人来计较了。他只是没有那个心情。他让小高把所有这些请帖,都婉拒了。现在他两只眼睛里只有一个地方:万方。

黄江北需要它出成品车;章台市需要它出成品车。省里也都不耐烦了,方方面面都需要这一剂强心针。现在太需要锣鼓喧天、彩旗飞舞、马达轰鸣、套红的通栏标题占领主要版面的消息了。志远老兄,你怎么就……怎么就依然那么的……书生气十足?你没有听到"枪炮声"吗?已然是"大战"前夕,

"兵临城下",务求必胜。你以为这只是某一个人的得失问题吗?你以为只是某一地的成败之举吗?难道我们不是在替这个历史、替下一个世纪做着一番催生的努力?我们必须站住脚。我们是承上启下的一代,我们在结束一个世纪,又在开创一个世纪。我不只是为了我自己。"天不为人之恶寒也,辍冬;地不为人之恶辽远也,辍广。"我绝不顾忌别人在背后怎么议论。也包括你……也许这就是"明知不可为而为之"吧。

到这天下班时分,夏志远却来找黄江北了。他先进了自己那个多日没进的市长助理办公室。办公桌上已薄薄地蒙上了一层灰。他在办公室里呆坐了一会儿,不时看看黄江北的办公室。黄江北在办公室里也呆坐着,不时地看看夏志远的办公室。过了一会儿,夏志远似乎下定了决心,收拾了办公桌上的一些东西,拿起一封信,向黄江北办公室走去。

黄江北在办公室里听到了夏志远向这边走来的脚步声,神情有些振作。但脚步声接近办公室后,却突然又离去了。

夏志远就在临近黄江北办公室门口的那一刻,又改变了主意。他去把那封信交给了小高:"麻烦老弟把这封信交给黄市长。"小高希望他俩见见面,便说:"他不是在办公室里吗?"夏志远说:"对不起,麻烦了。"这是一封辞职信。已经连着递了五封了,这是第六封。

小高把信交给黄江北,小心翼翼地说:"您跟他谈谈吧……"黄江北默然不语。小高只得拿出刚从机械局资料室借来的一大包书:"这是您要的关于汽车制造方面的书。搁书架上了。"黄江北依然低头不语。小高犹豫了一下:"还……还有什么事吗?"

黄江北突然抬起头问:"小高,你说……月底前,万方到底能不能生产出第一批车来?"

小高突然一笑。

黄江北紧张了一下:"你笑什么?"

小高说:"我还从来没见过您这么不自信过。这句话您都问过我好几回了……好像我是什么汽车制造专家。"

黄江北反思:"我……我问过你好几回了?是这样的吗?"

小高心疼地说:"您看您这一段都瘦成这样了,光是汽车制造方面的书都看了一大摞了。一个礼拜总有三天坐镇在万方,机关里的人在背后都叫您汽车市长了。要是月底还生产不出合格的汽车,那就是上帝的意思了,就是不可抗拒、也不该抗拒的了。"

"上帝……上帝真会跟我们作对吗?"黄江北认真地反问道。

一百〇八

上帝真会跟黄江北作对吗?那段日子里,几乎所有的人都在这么反问。有意的,无意的,提着鸟笼的,住着帐篷的,开着摩托的,刚买了私家车的,开不出工资的,靠女人发财的,才拍了几部片子就敢动手打记者的,还有那个天天早上要遛狗的少妇,她依然穿着一身白绵绸睡衣,光脚趿着那一双毛茸茸的拖鞋,她饱满的胸部象征着某种希望。她再也没出现的身影,寄托着无尽的思念……在事情过去那么长时间后的今天,再来回顾这一段让所有章台市老百姓都永世难忘的时日,公平地说,上帝一开始并没有跟黄江北作对。

在他浑身上下瘦去十多斤以后的第十六天的上午,万方总装车间传来振奋人心的消息:第一辆汽车将披红戴绿地驰出总装流水线,驰出万方大门。

那天的鞭炮声,锣鼓声,欢呼声,至今仍为全章台市乡亲津津乐道。他们仍然记得那天有一群灰鸽在天空中慢慢盘旋着。那天梨树沟的部分山民们在村干部的带领下,排着不算整齐的队伍,也敲着锣打着鼓,向县城进发。县城中央的大街上,那辆披红挂绿的汽车缓缓行驶。

大街两旁,人群如潮,夹道观看。"高升"和"二踢脚"一个接一个地从北门鼓楼城墙的箭垛里炸起,惊散了那一群群宁静而又祥和的鸽子。庆祝的人群跟在那辆车的后头,出了城门,越走越远。渐渐地,只剩下极少一部分中学生和他们的老师,还坚持在送着。最后,连这部分最为热情的人也追踪不上了,看着这辆车继续向远处烟霭朦胧的大山里开去,一个个都迷惑不解地站下了。人们不明白,这刚驰下总装流水线的新车,怎么径直开出城去了?疑惑。鼓手们都停下了手里的鼓槌,四周变得异常安静。仍然在爬动的是从鼓手们粗壮但却肮脏的脖颈儿上往下流淌的汗珠。这时,万方公司总部大楼即将召开记者招待会的会议厅里,灯火辉煌。记者们在门厅里签到后,领上一份丰厚的纪念品,谈笑风生,三五为伍地陆陆续续进入大厅。田曼芳机敏而又极有风度地跟来自方方面面的贵宾、记者周旋着应答着,把先后到来的市领导引进贵宾室休息。不一会儿,她悄悄地从侧门溜了出去。这里是专为工作人员使用的通往后台的通道,幽暗而僻静。田曼芳从这儿走过,她那金属的高跟鞋后跟,敲击在水磨石的地面上,发出一连串脆亮的声音,显得特别让人心悸。她走进一大堆旧景片、旧道具、旧舞台装置中,我们看到,在这些蒙着许多灰尘的旧物堆里,坐着一个人,他是田卫东。

田曼芳说:"我跟你说过,你不要再来找我了!"田卫东说:"给。这是你的飞机票。这是你的护照。"田曼芳说:"我不会跟你走的!"田卫东说:"你不要再耽搁了,你得马上走。我刚得到消息,郑彦章这些日子根本没有昏迷。他一直在暗中做调查,也调查了你跟这些事件的关系。还有葛总的女儿,可能带着什么更重要的东西,把状直接告进了中南海。中纪委和最高人民检察院已经受理了这个案子,要派出联合调查组往这儿来了……"

"那不是很好吗?那我就更不走了。"

"曼姐……"

"卫东,我一直在等这一天……"

"那你也毁了!"

"我早就毁了!"

"曼姐,我要你……我需要你……你跟我走……你非常清楚,你对我是非常非常重要的。我离不开你……"

"行了……行了……"

"你……你……是不是不愿意离开黄江北。"

"别再跟我扯什么黄江北。"

"你跟我说实话……"

"卫东,我不可能再像一个真正的女人那样去对谁好。我没有那个资格,我没有那个本钱。我心里想要,但我已经做不到了。现在我唯一能做到的,唯一想做的就是让全世界的人都知道,你爸爸你哥哥是个什么样的人!我要让他们得到应有的惩罚。我要让天下的公道在我手里闪一次光,哪怕这样的闪光，可能要毁了我自己的后半生……我要在章台公开大叫一声：苍天在上！哪怕这样的大叫，同样要暴露我曾有过的丑恶，我也心甘情愿……这就是我的实话。"

"不，你是为了那个黄江北，才这么做的！"

"不要幼稚了！"她叫了起来，同时，眼眶湿润了。

这时，黄江北向后面走来，他好像听到了什么。他大声问："有人吗？嗨，谁在那儿呢？"田曼芳慌慌地走了出来。黄江北探头四下张望了一下："你在这儿干吗？招待会快开始了，可葛总到现在还没来，是不是该派个人去请一请？"

田曼芳忙说："我去。"

黄江北发现田曼芳眼圈有点红肿："你怎么了？哭鼻子了？一个人躲这儿哭什么鼻子？"

田曼芳脸一红："谁哭鼻子来着！"赶紧转身走了。黄江北迟疑地目送着她走出边门后，立即走进那一堆旧东西里察看。他怀疑田曼芳是跟什么人在一起说话来着。田卫东早已藏了起来，藏在两片旧景片中间，他没发现。

黄江北回到招待会大厅里，马上就被来自本省各报社和中央各大报驻省记者站的记者们包围了起来。他们都在打听，那第一辆车出城干吗去了？试车？校车？接人？磨合？兜风？示威？……是计划内还是计划外的行动？有一个记者这么问："请问黄市长，刚生产出来的第一辆万方牌车，你们准备怎么使用它，是要把它当历史性纪念品陈列起来吗？能不能揭一下底儿？"

黄江北微笑着说："车是万方公司生产的，而且是在美方人员撤走以后，在十分艰难困苦的情况下生产的。处置这第一辆车的权力在万方人手里。这个底儿嘛，还是要请万方公司的葛总来揭。咱们都是客人，可不能干那种反客为主的事噢！"同一个记者又问："那辆车一出厂，就直接往山里开去了，这有什么寓意吗？"

黄江北回过头去，故意微笑着问一位总工程师："梁总工，这里有什么用意吗？"

梁总工程师接过话筒，腼腆地说："用意当然是有的。具体的内容，等我们葛总来了再给大家说。"

第二个记者冲上前:"黄市长,请问,在您代理本市市长这么短的时间里,万方公司就生产出了第一辆汽车,您估计这对章台市、对您本人今后会产生什么样的影响?"

黄江北说:"咱们还是等一会儿再来探讨它对章台市今后的经济腾飞可能产生的影响。影响,我想总还是会有的。至于这件事对我个人,就像对章台几十万老百姓一样,我只不过是这几十万的一分子,如此而已。"

第三个记者刚举起手,黄江北忙说:"主人还没到场,招待会还没正式开始,各位是不是忍着点?"于是会场里升起一片笑声。因此记者们便一哄而散,分头去采访其他热点人物去了。

奉命去找葛总的田曼芳,找了一大圈儿没找到。记者们等得有些焦急了。主席台上的那些人也有些不耐烦了。但田曼芳带回的消息是,葛总一早让两个北京来的同志叫走了。黄江北、林书记都感到意外,北京来的同志?该不是中纪委和高检来的工作组吧?田曼芳问:"怎么办?"

黄江北回头问:"林书记,您说呢?"

林书记说:"那就开吧。还能怎么办?北京来的同志现在在哪儿?"

没人回答他的问题。

稍稍静默了一会儿,黄江北对田曼芳说:"你代葛总宣布那件事吧。"

田曼芳推让道:"还是你们宣布吧。"

林书记说:"当然得由你们公司的人宣布,这头功我们可不敢抢。"

黄江北说:"宣布吧。"

田曼芳犹豫了一下,拿过话筒宣布道:"在这个大喜的日子里,还要告诉大家一个好消息,在梨树沟小学新校舍落成以后,全体章台市人民为林中县山区孩子们又新建了五所希望小学,今天也同时落成。万方公司董事会经过认真研究,决定把我们生产的这第一辆汽车,捐赠给市希望工程基金会……现在我们的这辆车正向梨树沟开去,要把梨树沟小学的全体师生接到我们的会场上来,让他们和我们全体尊贵的记者朋友,和我们万方公司的全体员工,一起度过这值得高兴的日子。"

掌声再次暴风雨般响起。事后,很多人回忆,说是多少年来,在章台都没有听到过这么响亮的掌声了。这时,田卫东走了进来,田曼芳和黄江北都意外地一愣，他却泰然地向他俩招了招手，找个角落，坐了下来，并写了张字条，让人传了上去。田曼芳打开字条一看，上面写道："告诉黄江北，散会以后，我要找他。"

田曼芳把字条团掉了。

于是，田卫东又写了第二张字条。当字条传到主席台前时，田曼芳刚想伸手去接，传字条的人却把字条直接交给了黄江北。

黄江北随后宣布，休息二十分钟，因为，梨树沟的老师和孩子们，大约二十分钟后才能到达。

"会议厅外，万方公司为我们大家准备了一些点心和饮料，请各位随便用一点。"

记者们纷纷离座，三五成群地说笑着，向厅外走去。黄江北收拾了一下桌上的东西，便向侧门外走去。

田曼芳忙跟了过去，但等她匆匆走出侧门外，却找不见黄江北了。四下里找了一圈也没找见。田卫东把黄江北带到会议厅后头的一个小化妆间里。田曼芳当然找不见。

"黄叔叔，我是来向您告别的……"

"走？田家的事还没完哪。"

"剩下的事，我……已无能为力了……"

"为什么要这么说？你哥哥出了点事，并不等于你们全家都有问题嘛。"

"您就别跟我玩猫腻了。您还不比我清楚。"

"我清楚什么？"

"那最后的一百六七十万的问题……"

"也是你哥哥的账？"

"您是真不清楚，还是在这儿耍我玩呢？"

"我这些天一直在跟汽车打交道，我连我自己姓什么都快忘了，我干吗要耍你呢？"

"葛平回来，郑老头儿的复出，他们都没跟您说些什么？他们不是一直控制在您手里的吗？"

"田卫东，这会儿好像不该是你我闲聊天儿的时间吧？到底什么事？

快说。"

"是这么回事。我快要走了，国内，我没什么丢不下的，就是有一个人要拜托您替我照看……"黄江北微笑道："你要走？出国？怎么好事都让你们这些人得了？"

"我请您照看一个人……"

"别说得跟留遗嘱似的。"

田卫东一下站了起来："黄市长，我非常认真。"

黄江北不笑了："对不起……那是个什么人？"

"章台人。"

"哦，谁？"

"田曼芳。"

"照看她，你真逗！"

"能帮这个忙吗？"

黄江北迟疑了一下。

"帮她一把。她也卷进了我们田家所有的那些事情里。但她是让我们田家给毁掉的。更具体的，今天来不及跟您说了，我只求您到关键时刻，站在您有利的位置上，帮帮她。您是了解她的，她不是个坏人。给她一个好天地，有一帮子好人领着她，她是能够、也是愿意做出许多好事来的，能做出许多连我们这种男人都做不出的大事情来。别让她毁了，她对您有特别的好感……"

"行了！还有什么说的吗？"

"别的我就不求您了……田家完了……"说着，田卫东拿出几盒微型的卡式录音带："我把我自己和我这个家的故事，都录在了这些盒带里了。您闲的时候听听，也可帮您解解闷。不过，这里有两句话，是字字滴血的。一句话是，在我前二十几年的生活中，上帝给我派来了田曼芳，却没让我得到她。在我行将结束这二十多年的生活，去开辟一段新的生活时，上帝又让我结识了您，却又迫使我不得不匆匆地离开您。人生最后的圆圈总是难以画得很圆，这对于近百年前的那个阿Q是这样，对于今天的你我，大概也会是这样……当官难……当老百姓也难……好了，该走了……告辞了……"田卫东走了。黄江北看着田卫东留下的那几盒装潢精美的盒带，心里忽然阴冷得难受。这时，外面有人在急促地叫着："黄市长……黄市长……"黄江北忙迎出门去。来寻找黄江北的有田曼芳、高秘书等六七个人，他们无一不是神色慌张，气喘吁吁。只见小高叫道："黄……黄……黄市长，不好了……那辆车……车……翻到山沟里去了……"黄江北一下呆住了。

黄江北、林书记和其他领导同志坐车赶到出事现场时，这窄小弯曲而又陡峭的山道上已经挤满了从市内各医院赶来的救护车。当然还有很多辆警车、警员和警犬。大部分伤员都已经被抬上救护车，还有一些必须在现场做紧急救护处理。一些电视新闻记者在抢拍现场新闻。

那辆翻到山沟底下去的汽车，还在燃烧着，冒着滚滚浓烟。山道旁躺着华随随的尸体。她还紧紧地搂抱着一个小女孩儿。零落的彩带从她散乱了的头发上挂下来，涂着胭脂和口红的脸上又染上了鲜血。那个负了重伤的司机完全吓坏了，只是在一旁战栗，发呆。消息传开后，梨树沟的村民们跟疯了似的向出事现场跑去。两个妇女架着一个老太太，刚跑出院门，那老太太就号叫着，晕了过去。《章台晚报》当晚就发了消息，公众阅报栏前挤满了人头，看报的人一片静默。市电视台在当晚的本市要闻里，播出了事故现场的画面。播音员无法抑制悲痛，泪花一直在眼眶里滚动。她近似呜咽地播报道："由于这次事故，梨树沟小学所有在校学生非死即伤，该校市级优秀教师华随随当场死亡，受伤的司机和学生已送往市内各医院抢救。省委省政府省军区已下令省城和部队所属各大医院立即派出最强的医护力量，携带所需医疗器械和药品，赶来章台，参加抢救……"

在市委招待所里，和北京来的同志一起屏住呼吸在收看本市新闻的葛会元，没等新闻最后播完，便嗵的一声站了起来，呆傻了，嘴里不住地念叨着："刹车管……刹车管……"北京来的同志忙问："什么刹车管？"葛会元脸色铁青，只是在念叨："刹车管……刹车管……"两腿一软，便晕了过去。

事后查证，这起震撼了几十万章台人，让他们从天堂掉到地狱、心碎欲绝的车祸，确实如葛会元当时断言的那样，是刹车管的原因。

那天新车开进梨树沟村，梨树沟顿时鞭炮齐鸣，锣鼓喧天。村民们把煮熟了又涂上红颜色的鸡蛋一包包、一篮篮地往驾驶室里塞。华随随忙着给女孩子们涂胭脂口红，扎彩带，却忘了给自己打扮打扮。等她领着那二三十名孩子上了车，村里的几位大嫂大婶冲上车来非要给她打扮一下。她拗不过她们，只得由她们折腾，女孩子们立即自动站成一道人工的屏障，挡住车下那些男人的视线。大婶大嫂们赶紧从她身上扒下那一身灰蓝的衣服，七手八脚忙活一阵，等女孩子们的屏障散开时，一个活鲜鲜的山村"新娘子"似的华老师，便出现在众人面前。于是车下的男性村民中，顿时爆发出一阵山崩地裂似的叫好声。于是车上的女孩子们惊喜异常地向她们的华老师扑去。于是华随随羞怯地抱住孩子们，感激地向车下的大嫂大婶们招手。于是一阵轰鸣声中，十几杆火铳对天喷射出夹带着浓烟的火舌。几个瘪嘴老太太激动得直抹眼泪。而那些没能上得了学的哥哥姐姐和弟弟妹妹们则像鸟似的，成群结队地爬到大树上，羡慕地呆望着这些就要坐车进城的同胞骨肉。而那些七老八十的老头儿们则颠呀颠地走到祠堂里，成排地对着祖宗牌位齐刷刷地跪了下来，福分啊，文曲星啊，但他们没有看到这时一块形状古怪的巨大云团已经慢慢从大山背后涌了出来。

汽车缓缓地爬上一个高坡，开始下坡。

车厢里，那些头一次坐汽车的孩子都屏住了气，目不转睛地盯着不时从车窗外掠过的树枝和巨石。当车子在下滑中驶过一个急弯时，他们也只是低低地一起"啊"一声，始终保持着十分的拘谨和矜持。几个年龄比较小的女孩儿则紧紧地依偎在华随随身边，更是一动也不敢动。华随随紧紧地搂着她们，不时回过头来看看那些幸福而又同样显得有些紧张的男孩子们，不时给他们一些鼓励的微笑。

当梨树沟村送行的锣鼓唢呐队还在那一排片石堆砌的高台上，起劲儿地吹打着的时候，车却下滑得越来越快。司机越发紧张起来。很快，司机发现刹车失灵，他试了几下，都没法控制住下滑得越来越快的车子。

车子开始像一个暴怒的家伙，大吼着向山下冲去。车厢里的孩子们，特别是一些男孩子，开始还为这飞一般的奔跑兴奋激动，但很快就被这不顾一切的飞驰吓住了，车厢里静了下来，不一会儿便开始骚动。华随随早就觉出不大对头了。此时，她把那个最小的女孩儿交给后座上一个大女孩儿看管，自己走到驾驶座跟前，小心翼翼地问："没什么问题吧？"

司机神色紧张地告诉她："坐好，别乱走动……刹车失灵了……"华随随低低地叫了一声："天哪！有没有办法修？"

司机额头上已经在冒冷汗了："停都停不住，还想修？"

华随随快要哭出来了："师傅，梨树沟所有在校的孩子都在您这辆车上了，这可是梨树沟乡亲的宝贝疙瘩蛋哪，您可千万得想想办法啊。您……"

司机说："我还有个宝贝疙瘩在家等着我哩！去管好你那些娃娃，让他们老老实实在自己位子上坐着，别在车里乱跑乱动。现在没有任何办法，就看菩萨开恩不开恩了！"

后来的事实证明，无论是菩萨还是上帝，他们都没对章台市开恩。他们本应开恩，但他们没有开恩。面对人类五千年文明史中所曾产生过的全部悲剧，我们有权大声地问：上帝，你到底在哪里！你是真的吗？……

一百〇九

市委市政府决定，全市所有机关、商店、工矿企业、部队、学校、家属大院，一律为遇难的梨树沟小学师生降半旗。同时降下来的还有那初冬的簌簌寒雨……深夜，一只黑猫警觉地从湿漉漉的老墙根儿下溜过。

这一夜自然是会有许多许多人睡不着。当然也会有许多许多人依然在卡拉OK或KTV纵歌。期货和股票的行情都不会因这样一辆大轿子车事故，而发生任何变化。但雨声中，尚冰睡不着。命运！她脑子里完全空白了，命运！她只是木木地重复着，闭着眼睛，把哽咽中一次次涌上来的眼泪，一次次又都咽回肚里。她不想哭出声来，她不愿意再影响小冰的情绪。事故发生后，小冰和她那些最要好的女同学一起，立即赶往医院，去为那些需要输血的孩子献血。医院的大楼门前，集合着那么多自动赶来献血的人，黑压压的一大片，没有一点喧哗。那么多的军人、工人、市民、干部……一辆辆老式的解放牌卡车和一辆辆新式的黑色奥迪……刚满十六岁的她从来没有经历过如此压抑而又神圣的场面。她被感动得一直在默默地流着泪。输完了血，也不愿离开那儿。她太累了。她马上要期末考试了。她还不太懂得这件事对自己的父亲将会产生什么样的严重后果。她睡着了，趴在尚冰病床的边上睡着了。尚冰不愿吵醒她，不能再去吵醒她。而同样睡不着的夏志远，却几次拿起电话，想给黄江北表示一些什么，几次又放下了电话。表示什么呢？同情？安慰？惋惜？痛心？所有这一切对于已经发生的和将要发生的又有什么用？现在表示什么都晚了……事故发生后，市委立即召开了常委扩大会，北京来的工作组也参加了。他们跟葛会元谈话，初步了解了事故发生的原委。当时黄江北没参加会，他一直在事故现场负责处理一应善后事宜。

"老葛，你的思想包袱不要太沉重，市委和中央工作组都了解，你一直是反对使用这种劣质刹车管的，后来到底发生了什么事情，使你这个老技术专家改变了初衷，又同意使用它了？"林书记这么说。北京来的同志说："葛总，事情发展到这一步，我想您应该明白它的严重性，您应该实事求是地讲清事情的原委了。"

葛会元只是说："我有罪……"北京来的同志说："现在最重要的是，您得帮助组织上搞清事实真相。这几年章台发生了一系列稀奇古怪又骇人听闻的事，它使得人民群众改革开放的积极性受到极大伤害，妨碍了我们章台市的经济快速增长。不捋清这些问题的根源，章台市的工作就不可能真正有所改观。中央和省委下决心要捋清这个根源，市委也有这个决心，您应该完全站在中央和省市委一边，一起来解决这个问题。这应该也是您的本意。您说呢？"

葛会元说："我……我有罪……"林书记说："老葛啊老葛，你还没听清北京来的这些同志的话吗？今天市委领导和北京来的同志一起找你谈，不是要追究你的责任。在这件事情里，你当然是有责任的，但现在最重要的是搞清问题真正的根源在哪里……要从根本上解决问题。如果事情牵涉我林某人，你也应该直截了当地向北京来的同志说清楚……"

葛会元忙说："这件事跟您没关系。您一直住在医院里……您……您没有作案时间……"

北京来的同志说："听说，当时有人给你施加压力，让你一定要使用这批质量并不过关的刹车管。有这样的事情吗？"

葛会元忙说:"没有……肯定没有……"

一回到家,卢华却又跟他嚷嚷了一通:"你怎么可以把什么都往自己身上揽!二三十条人命啊!你替我、替这个家想过没有?谁都知道,你一开始是反对进这种劣质刹车管的。后来到底发生了什么事,你又同意进这种货了,你去跟人家说说清楚呀。这种事含糊不得啊!"

一百一十

当夜,在林中县的曲县长家里,从里屋不时传出女人的啼哭声。焦躁不安的曲县长呵斥道:"哭,我还没被抓去坐牢哩,你鬼哭狼嚎个啥?"这时电话铃突然响了起来,曲县长不耐烦地拿起电话:"哪位?"没料想电话里传出的是田副省长的声音。他忙捂住话筒,回过头去让妻子别吵得他都听不清电话声。"田副省长要跟我说话哩。"门里的哭声顿时消失。电话很简短,几分钟后,曲县长放下电话,从县政府叫了辆车,匆匆离开了林中县城,向市里疾驰而去。

他去找林书记。

林书记也是刚回到家。不知道为什么,今天晚上,他不愿在医院待着。他想回家来,想在那张已经使用了几十年的旧躺椅上坐一会儿。他害怕医院里的那种空寂和单调。他也没想到老曲会连夜来找他揭发黄江北。

"黄江北当时亲笔写了批条让葛总使用这批刹车管。这张批条还是经我的手交给葛总的。我们这种土老帽儿哪懂什么刹车管不刹车管,可你黄江北应该懂啊。你是大学生啊,你应该把关啊。"

林书记怔怔地盯住曲县长看着。

曲县长说:"您就别再犯嘀咕了,事情的真相就是这样。就是要让黄江北对这件事负全部责任。刚才老田还亲自打了个电话来,也说起这件事。黄江北是他在省常委会上力荐到章台来的,可这小子到章台后的表现,让老田非常失望。老田说,要抓住这个刹车管事件,很好地教育一下这个黄江北。您就别再犹豫了。我再说一遍,批条是我亲手交给葛会元的,肯定还在葛会元手里。老田的意思也是，赶紧想办法去把这批条拿到手，这就是最过硬的证据，赶紧把它交给北京来的那帮人，让他们也清醒清醒，在章台，到底应该查什么人的问题。"

林书记心里一格愣，再次抬起头，怔怔地打量了曲县长一眼。后来，他呆呆地坐了好大一会儿。突然，他起身穿外衣，也不搭理老伴的询问，只是穿着衣服，把小柜子里的一大堆各种各样的药，放进皮包里，然后拿起皮包，匆匆向门外走去。走到门口，才回过头来对老伴说："不管谁来找，都跟他们说，老林住院了，大夫不让他管事。别的，你什么也甭说。"老伴的嘴唇嚅动了一下，显然是想说些什么，但还是没敢说出来。

林书记快速地向楼下走去。大门外，他的那辆专车在等候着他。走到楼梯拐角处，他突然放慢了脚步。他突然显得沉重起来，腿脚软得迈不开步。扶着楼梯扶手，他歇了好大一会儿，心里也激烈地犹豫了好大一会儿，最后，他还是向大门外走去。

汽车平稳地行驶在空寂的大街上，他疲乏地闭着眼，一动也不动地靠坐在后座上。汽车开进医院大门，开到高干住院部楼前，停了下来。司机替林书记打开车门，等了一会儿，不见动静。林书记闭着双眼，一动不动地靠坐在后座上。可以看得出，此刻的林书记内心十分矛盾。过了一会儿，他突然坐了起来，对司机说："开车。"司机一愣，但又不敢细问，忙回到车里，很快发动着了车，按林书记的指引，向南城驰去。

他去找郑彦章。而在他之前，葛平也匆匆地赶来告诉郑彦章，林中县的那个曲县长和田卫明，带着几个人，上她家找她爸爸，希望她爸爸交出有关黄江北的一份什么东西。在得知翻车酿成大事故后，田卫明兴奋得不得了，他觉得他开禁的时刻到了，而让他兄弟"软禁"他的那个"充他妈假正经"的黄江北，反倒末日到了。真是一夜之间，已成"三十年河东，三十年河西"之势啊！够劲儿，够威猛！中央工作组一到章台便召见了郑彦章，要他尽快把他所掌握的情况，一点不漏地整理出一个书面报告。于是他在南城找了个小旅馆，图个清静，躲那儿写起他这一生的头一块"大文章"来了。

"黄江北在这起事故里得负主要责任？"郑彦章问葛平。

"不知道……"葛平担心地答道，"可我觉得有人好像故意利用这件事，把火都引到黄江北身上，转移中央工作组对他们的注意力，拿这些孩子们的血来掩盖他们自己的罪恶。"

"你找过市委那些主要领导吗？他们怎么看待这件事？"郑彦章收起他那一摞公文纸，问道。

"我打电话到林书记家，他老伴说，他住院去了。"

"什么？他又住院了？他这个时候怎么能又去住院了？"郑彦章激动地站起来叫道，"他上哪儿住院了？还在人民医院高干病区？"

"可能吧。"

郑彦章失望地说："真是什么也不耽误。位置还占着，好事还想着，你说咱们这个章台还有什么指望？"

"说谁呢？谁又没指望了？你怎么总是有那么多牢骚鬼话？啊？"有人笑着嘀咕着，走了进来。郑彦章、葛平忙回头看，竟是林书记，都呆住了。

郑彦章看看林书记，又看看葛平，最后又回过头来看着林书记说："你……你……不是住院去了？"

林书记把手里的皮包往桌上一扔，一边脱大衣，一边说："谁跟你说我住院去了？谁造这个谣？你郑彦章别的什么也听不进，只听得进有关我的坏话！"葛平忙沏杯茶过来。林书记探头看了看葛平手里的茶："我不喝你们的，我包里带着杯子、茶叶哩，用那个沏。"

"梨树沟车祸责任在黄江北？"郑彦章直截了当地问。

林书记从葛平手里接过新沏的茶，低头默坐了一会儿："我们先不谈这个。你郑彦章前一阵唱了一出好戏，可惜少了我这个当书记的给鼓掌，恐怕还嫌不够热闹吧。今天我先来给你鼓两下掌，怎么样？你别跟我狡辩，你别以为我会给你庆功，我连一个小小的表扬也不会给你。要是所有的反贪局长都像你这么干，趁早把各地市委都解散了算了。告诉你郑彦章，这笔账，我还是要跟你算的，不管你在查清董秀娟、于也丰两案中，起了多么了不起的作用，这笔账我一定要跟你算的。你别跟我翘尾巴……"

"我翘尾巴了吗？您怎么老制造冤假错案？"

"好了，不扯这个了。我现在要问你，这些日子，你对葛平提供的那些情况，到底核实得怎么样了？要给我板上钉钉地着实了说！"

"我正在写汇总……一两天里,就能拿出书面报告。"

"书面报告归书面报告。我现在要你明确告诉我,董秀娟和于也丰背后到底牵连什么人?"

"根据已经核实取证的来看,下面几点是完全可以敲实的:一,田卫明从万方挪用了一千四百万公款……"林书记立即竖起一只手掌,中止郑彦章的话:"我深更半夜上你这儿来不是要听你讲什么田卫明田卫黑,你别跟我绕弯子。你知道我想问的是谁的事。怎么,还不相信我这个市委书记?"

"林书记,我一到您面前,说话就哆嗦。您让我……平平心……刚才我说到哪儿了……田卫明……对,咱们不说田卫明。现在要说田副省长……现在可以很有把握地说,董秀娟、于也丰的死,都和那位田副省长有直接关系……"

"着实?"

"着实。"

"到底着实不着实?"

"我用脑袋担保,着实。那位田副省长通过董秀娟、于也丰,从万方公司挪用了一百七十万,从章台住宅总公司和市局办的剑锋建筑服务公司挪用了三十二万,托人带到上海、深圳炒股票……"

"到上海、深圳炒股票这件事,核实了没有?"

"我已经派苏群到上海、深圳去取证了……"

"有回音没有?"

"刚接到苏群从上海打回的长途说,情况属实,正在取证,只是取证工作难度很大,进展比较慢,有些知情人从田那儿得了好处,采取不合作的态度。但是上海检察院、公安局,包括上海市纪委,以至市委市政府领导对这件事都非常重视。在他们支持下,这些个证据肯定能取到,就是还需要一些时间。"

林书记逐渐兴奋起来:"抓紧办。"

"现在查明,田让董秀娟替他从万方和剑锋等公司挪用款子时,是写了借条的。这两份借条一份保存在董秀娟那儿,另一份则留在于也丰那儿。今年上半年,田来章台检查工作时,找了一些借口,向董秀娟、于也丰提出要把借条要回去。董、于二人碍于面子，也出于对田的信任，非常幼稚地把借条还给了田。后来眼看事情要暴露，肖长海等人找董、于二人要那两份借条，以补上他们各自账上的亏空，董秀娟就去找田，田突然变脸，反口不认账，搞得董秀娟叫天天不应，叫地地不灵。面对将近二百万的一笔烂账，从来没经历这么大的经济问题的董秀娟觉得自己只有死路一条了……她一死，于也丰预感问题将全堆到他头上，唯一的出路也只有一死……"

"没有借条，你怎么落实田的这将近两百万的问题？"

"因为要从万方拿钱，董秀娟曾经把田的借条给葛会元看过。当然，根据田的吩咐，她让葛总看了后，就很快收了回去；但她没想到一贯为人软弱的葛总，内心却是十分明白的人。他当然知道这件事的利害关系，当那份借条从他手里过的时候，他就让人把这份借条复印了下来。他怕走漏风声，引起田和董的不高兴，没敢找别人办这件事，就让自己的女儿去办。这份借条的复印件一直保存在葛平那儿。这一年多，我也一直在找这份借条，田家的人也感到有人复印了这份借条，让田卫明来纠缠葛平，还欺侮了小葛平……"林书记气愤地说："这帮家伙太坏了！"郑彦章说："现在看来，他们想先发制人，借着刚发生的翻车事件，把所有人的视线转移到黄江北身上去，最起码也是想借此争取时间，来和有关知情人串供，消灭有关罪证，以逃脱法律的惩罚……比如，他们和上海、深圳方面的人串通上了，我们很可能就取不上那方面的证据……"

葛平急问："那怎么办？"

郑彦章说："只有在最短的时间里，干净利索地了结黄江北这件事，才能避免问题复杂化所可能引起的一切恶果……"葛平的脸一下白了："您是要让人尽快处理黄市长？"

郑彦章说："平平，这种时候我们不能感情用事……"葛平叫道："这些年，到底是谁在作践章台，作践万方公司？是黄江北？"

郑彦章说："你跟我吼什么？你爸爸不交出黄江北的批条，他本人就得为这件事负责……二三十条人命，那他就得去坐牢！"葛平眼泪一下涌了出来："批条一交出去，黄市长不就要坐牢了吗？"

郑彦章说："那你说怎么办？这是法律。"

葛平忙转过身来拉住林书记哀求道:"林伯伯,您是章台一切事件的最后裁决人,您说让黄市长为这件事坐牢,这世界还有公道吗?"

林书记不作声。此时此刻,他该怎么说?他又能怎么说?难啊。

一百一十一

田曼芳深夜来到葛会元家,告诉葛会元,刚才曲县长也去找了她,也跟她谈到黄江北关于刹车管的"批条"一事,要她说服葛总,尽快地把那份批条交给中央工作组,这样对我们大家都有好处。否则,死了那么些孩子,无论是上边的人,还是章台市的人,都不会善罢甘休。

田曼芳还小心翼翼地问:"您把这批条交出去了?"

葛会元冷笑:"他们要拿它打倒黄江北。黄江北倒了,这些大人先生们就清白了,哈哈,真妙。黄江北倒了他们就清白了,哈哈,哈哈。妙,太妙了。"

"您准备怎么办?"田曼芳小心翼翼地问。

葛会元大睁双眼:"田曼芳,黄江北这个人有他让人讨厌的地方,他太想当官,但这也难怪他,不当官真是什么事也办不成啊。而且他当官有一点好,他不贪,他如一轮朗朗明月,心可鉴照天地。纵观古今中外几千年历史,当官的不贪,这实在是一个国家一个民族最大的幸运……"

"但他的确给了您一个批条,让您接受那批劣质刹车管……"葛会元跳了起来:"没有!"一直在另一个屋里注意地听着他俩谈话的卢华这时也忍不住冲出来劝老葛。葛会元涨红了脸还是叫:"没有!"没想小妹突然冲到葛会元的卧室里,不一会儿,拿着黄江北的那个批条跑了出来,说:"这是我昨天替您收拾房间找到的。"

葛会元忙上前去夺,卢华一边护着小妹,一边对葛会元说:"会元,这可是二三十条人命啊。"

葛会元疯了似的大叫:"松手!你们想把它交出去?你们愿意让那些人杀了黄江北?"

田曼芳一时也慌了手脚:"卢姐,您松手。小妹,给你爸沏杯茶……"

小妹由于过度的意外和紧张，沏茶时，手一直在抖个不停。

田曼芳把小妹搂在自己怀里，竭力让自己也平静下来，然后对葛会元说："葛总，您喝口茶。您和我，还有卢姐，还有平平、小妹，我们都不愿那些人借这件事搞倒黄市长。这是真心的。黄市长他不是一点私心都没有，但正如您说的，他不贪，他心里有老百姓。他能干，章台需要这样一位父母官。但我们同样不愿意您为这样一件事毁了您清白的一生。您一生已经够坎坷的了。您还有卢姐，还有这一大家子人。现在中央已经在过问章台的问题，你们都还有好日子在后头，所以我来跟您商量，能不能让我来承担这件事的责任……"葛会元一怔。田曼芳没等葛总开口，就接着平静地往下说道："您听我说。我不是个好人，在田卫明挪用公款这件事情上，我起过很坏的作用，没有刹车管这件事，我也要完。您以前说过，多给章台留下一个干净的人，这比什么都好。所以，我求您把这批条烧了，让我来承担这个责任，也算我最后为章台、为咱们万方做一件好事……"说着，田曼芳竟哽咽了。葛会元呆了一会儿，又慢慢低下头去。

田曼芳用自己满是冷汗的手，紧紧拉住葛会元那双一直在战栗的手，恳求道："葛总……别犹豫了……时间紧迫……"葛会元还是不作声。许久，大约总有七八分钟吧，他突然提出要单独和田曼芳谈个事。卢华和小妹犹豫了一下，走了。小妹故意让门留了个缝儿。但一向不拘小节的葛会元，这回却精细地觉察了小女儿的这点"小花招"，走过去用力把门撞死了，还"咔"的一下，把门锁也上上了。以后，门里静了片刻，便听到葛会元急促促地开始向田曼芳叙述起什么来，还听到他俩短促地议论了一会儿，好像并没有得出什么结论。十分钟后，门开了，田曼芳走了出来，脸色十分沉重，她简短地安慰了一下卢华和小妹，就匆匆走了。

当这个令人难以接受的夜晚快要过去的时候，黄江北家的电话铃突然响了。这子夜过后天亮之前的电话铃声听起来格外地惊心动魄。为车祸事件善后，几乎是刚进家门、刚在沙发上躺下、连口热茶还没来得及喝上的黄江北浑身一颤，忙折起身抓起电话。电话是小妹打来的，她找她爸爸葛总。葛总对家里人说去黄市长家。黄江北忙说葛总根本没上他这儿来过。卢华忙从小妹手里拿过电话，着急地补充道："他说他去看你，都走了好几个小时了……

一直到现在还没见他回来。"黄江北心里一紧,一种极不祥的预感袭来,这使他浑身立刻战栗起来。他忙劝卢华:"您别急,我马上就过来。"于是他拿起依然还在门背后滴水的雨衣,叫通了市政府小车班的电话。等他赶到葛老师家,卢华在门口已经等了他好大一会儿了。

卢华说:"田曼芳走了以后,他一直把自己关在书房里,谁也不让进。后来我想去劝他休息,才发觉书房门是开着的,他不见了……桌上留着一个条儿,说是去看您了……"黄江北忙走进葛会元的书房。

书桌上有一幅墨色淋漓、显然是刚写不久的真草条幅,上面写着"苍天在上"四个斗方大字。黄江北的眼眶一下湿润了起来。

卢华说:"老葛出走前,除了写了这个条幅外,还把你给他的那批条烧了……"随着卢华的指引,黄江北看到在书桌的一角的烟灰缸里的确有一大片纸灰。在烟灰缸旁边还放着一个打开的信封。

黄江北问:"他跟田曼芳说了什么?"

卢华说:"他把门关死了单独跟她谈的。"

黄江北安抚道:"师母,您别急,葛老师不会出什么大事的……"卢华呜咽道:"他会出事的……我一直瞒着你们。他身体早垮了,精神一直处在崩溃的边缘。他早就受不了了……是我不让他往外说他的病情……是我害了他……"黄江北的眼圈即刻也红了,他默默地站了一小会儿,把卢华交给小妹照看,就去找田曼芳打听情况。刚走到门口,又回过头来,让小妹赶紧把平平叫回来照顾卢华。小妹说,刚给姐姐那儿打了电话,房里没人接电话。还给小旅馆营业室打了电话,回话说,她和一些人,匆匆忙忙地坐车走了,没留下去向。黄江北只得关照小妹,不要离开家,暂时不要去瞎张扬,他会尽最大努力寻找葛老师的。说不定过一会儿,他自己就回来了。说着,他急急忙忙地下楼去。刚出楼门,只见一辆小车明晃晃地开着车灯,直扑这儿而来。待它稍稍走近了一看,竟是田曼芳那辆蓝色的马自达。

果然是田曼芳。但跟她一起来的还有郑彦章和葛平。田曼芳在听葛总跟她谈了那个"重大"情况后,觉得问题复杂了,自己一时拿不准主意,想来想去,还是去找了郑彦章。郑彦章还没等田曼芳说完最后一句话,就叫道:"快走,快去找葛老头儿!要出事!"但还是晚了一步。

田曼芳说，葛会元告诉她，真正要为刹车管事件负责的，认真计较起来，只有两个人，一个是他，万方的总经理，直接给生产流水线上下达使用这种刹车管命令的人；另一个是田副省长。

接到黄江北的信以后，葛会元很伤心。他能理解自己这个当年的学生急于让万方出成品车的心情。但他不能理解江北居然愿意冒这么大的风险，去为自己做一件"重大政绩"。他觉得自己的这个学生，过去没这个"毛病"。他不知道他为什么要这么热衷于不该有的"政绩"。如果"政绩"只能替为官的头上制造光圈而不能为老百姓谋福，何为"政绩"？这样的"政绩"一点点积多了，哪有不出事的？从来不敢对抗上级的他，那天却决定要做一回不听话的人。他把黄江北的信往抽屉里一锁，想好了，不管他什么市长不市长，决不采用那个非常不保险的刹车管。他甚至想着还要把江北找到家里来好好地"骂"一顿。江北做学生时，他都没舍得好好地骂过他，但现在得骂了，不能再惯他这些毛病了。曲县长后来一天打过八次电话给他，他也都红着脸顶住了。如果后来不是他……田副省长亲自打电话来干预，他本来是要做一回真正的总经理的。后来，他就接到了那个田副省长的电话……这件事，后来中央工作组查实：曲县长见葛老头儿顽固地顶着不用他的刹车管，连黄江北的亲笔信也不管用，急了，就找了田副省长，逼田出面，向葛施加压力。十分聪明的田当然不想掺和这种事，但曲这一回却死咬住田不放，因为这件事跟曲某人老家的利益关系太大，也跟他本人的关系太大：他眼看就要离休，离下来后，设在老家的这个刹车管厂就是他后半世的"小金库"，等闲了得！于是他"威胁"田，要他一定向葛施加压力。区区一个小县长怎么敢威胁副省长？这里牵涉田借钱去上海、深圳炒股的事。田这些事，全由曲帮着经手，个中内幕，他全清楚。他拿这件事威胁田，田只有"屈服"。田明白，儿子的问题再大，也只是儿子的问题，但自己这一百多万的事，就足以使他身败名裂、身陷囹圄。也许，因为他是个副省级干部，能饶他一死；也许，正因为他是个副省级干部而要他一死，以警天下人、警天下的副省级干部。他只得给葛会元打电话，甚至还说了这样的话："要真出了事，我来负责，你老葛就别操这心了。"让我别操这心了？这话里还藏着什么意思？葛会元忐忑不安。实在顶不住了，他毕竟只是个"葛会元"啊。

现在的问题是，葛会元拿不出任何证据来证明，他是听了田副省长的话才下令使用了这批刹车管的。而田的人现在却四处活动，到处张扬散布葛会元是根据黄江北的指令，才使用了这操蛋的刹车管，害死梨树沟二三十名教员学生。是我软弱，是我无能，是我害死了那些孩子，又让江北陷入无以复加的劫难之中。我是一切事故的罪魁祸首，一切的一切都应该我来承担，我……

听田曼芳说到这儿，黄江北明白，葛老师是肯定找不回来了……

一百一十二

傍晚时分，田卫东突然来约黄江北，约他到一个很背静的地方见面，有些不能在电话里说的事，要跟他当面谈。这儿是货站附近的一个巨大的煤场，偏僻肮脏而又冷落。这时，雨倒是停了，但灰蒙蒙的四周依然是阴湿阴湿的。黄江北穿着一件宽大的雨衣，匆匆从一辆空空荡荡的公共汽车上走了下来。田卫东夹着一个大皮包，已经在煤场后头的一段围墙跟前等着了。

"什么事电话里不好说？"

"刹车管的事给您招了这么大的麻烦，实在不好意思。"

"不要跟我再谈这件事。"

"最高方面来的人，正式找您谈话了没有？"

"这不是你该过问的。"

"黄叔叔……"

"如果没有别的事了，那请回吧，我还有别的事。"

"今天检察院突然采取行动，带走了田卫明。也通知我，暂时不准离境，等待传讯，并且冻结查封了有关田家的一切银行账户和不动产。"

"噢，你感到意外了？"

"这些情况您恐怕也不知道吧？他们采取行动前，没跟您商量过吧？"

黄江北一时无语。

"他们事先不跟您商量，就采取了这么大的行动，是不是说明有关方面已经不信任您了……"

"这就是你要告诉我的重大消息?"

"黄叔叔,您不能再犹豫了,说不定他们马上也会对您采取什么行动。有一句话不知我该不该说,如果……如果……您权衡下来,眼前的麻烦真的是很大……您又愿意……我还是可以有办法帮您离开这个国家的。我是指通过一些暗道……或者说被有关方面称之为'黑道'的办法出国……另外,这几十万港币,您还是留着,当紧儿的时候也许用得着。我没把它交给教育基金会,我搞到这么一笔钱也不是很容易的,我得给自己留一手。现在我愿意把它留给您。我这么做没有任何用意,我只是觉得,让您来为章台的现状承担主要责任,是不公平的……这是我心里话。"

黄江北什么也没说,戒备地打量了一下田卫东,打量了一下他手里的那个装着几十万港币的皮包,慢慢地往后倒退了两三步,一转身走了。

黄江北没有马上回家。他由着那一身泥水的公交车,无目的地把他带到总站。那儿有个很大的农贸市场,开阔的空间,树梢已融入暮色,近晚后,绝大部分都收摊儿了,空空的市场里,满地丢弃的都是菜帮子、烂柿子和鱼鳞、猪下水。只有一两个卖旧衣服的固定摊点,点起昏黄的灯泡,在那简易交易棚里守候着最后的生意。两个清洁女工划拉着大扫把,为明天的开市做一点必要的准备,同时也为这一刻的寂静制造着单调的声响。这儿没有人认得他,他在章台的时间毕竟还太短。而且……很可能就此就结束了……他明白,不论今后能不能查实田在翻车事件上的责任,他黄江北的责任是不能开脱的。这样的渎职,也许要判他刑,让他坐上几年牢。后悔吗?他身上一阵阵地发冷,他裹紧大衣。早就该换一件新大衣了,尚冰说过多回了。他也想过换它一件名牌的,可现在来不及换了……不甘心……不甘心啊!就这样被堵死在这儿了?四十二岁。我是为了我自己吗?……我不是为了我自己……他发现自己的脸颊上有些冷冰冰的东西流了下来。他以为是雨,但不是。摸一摸,才知道是自己的泪。他想嘲讽自己一下,但嘲讽不起来,泪却流得更痛快了,很快由凉的,变成了热的。流吧流吧,为什么不让它流?流吧流吧,无论是血,还是泪,是咸的,还是苦的,即便是男人的,是一个还当着代理市长的,也让它们流。流出来……让它们流出来吧……

一百一十三

　　林书记在黄江北家门前等了有四十来分钟，还不见他回来，真有些着急了。他会不会因想不开也去做了傻事？不会。江北内心的坚毅，他是有所感觉的。但再坚毅的人也不一定能经得住这样的打击！刚才得到消息，人们在离万方公司十来里地的一个山谷里，也就是那辆车翻车的地方，找到了葛会元。他死了。自尽身亡。他坐在一块巨石旁，用一把锋利的哈萨克小刀割断了自己两只手腕上的脉管，由着鲜红的血流出来，汩汩地把自己浸泡，并团团包围。他说他太累了。在留下的遗书里，是这样说的。他想休息。在遗书里，他又这么说。他的确像睡着了一样，神情平静，而没有显示任何痛苦，他不愿再痛苦了。林书记怕黄江北得知这消息后，心里更加受不了，便急急赶来看他，没想不遇。

　　过了一会儿，从大杂院里走出来一个老人，问："你们是市机关的人？是来找江北的吧？江北回来好大一会儿了，进了屋也不见他开灯，不见他做饭，一直黑灯瞎火的，我们大家伙儿去叫他，他也不理。大家伙儿怕他出什么事哩，正要去医院叫小冰回来。你们要是机关的，赶紧去看看吧。"

　　于是林书记急急去叫门，黄江北果然呆呆地面对着那个未被葛会元烧毁的信封，在沙发上躺着。身前的茶几上，一盒火柴被他无聊地划掉了大半盒。不管怎么样，总算没出事。林书记出了口气，赶紧拉他上外头吃饭去。黄江北说不饿，但林书记还是强行地把他拉到街边一个很干净的小饭馆里，叫了江北平时爱吃的小米稀粥、焦圈和北京酱菜，又加了一碟蒜泥白肉和一盘碧绿油光的清炒荷兰豆。

　　黄江北心里一热，一点酸涩便从鼻根儿涌起。

　　林书记心里一酸，眼圈也微微地红了。等黄江北端起碗，慢慢地把这顿便餐吃完，林书记才告诉了他有关葛会元的消息。当即，黄江北的眼泪便涌了出来。他忙走了出去，向没有路灯没有行人的地方走去。在那儿站了好大一会儿，才又回到小饭馆，听从林书记的建议，跟林书记一起回了林家。

林书记告诉他:"晚饭前,田曼芳还来找过我,她说,刹车管是她做的决定,和葛总、和你都没有关系,事情真是越闹越复杂。我准备把这两个新情况,都向中央工作组汇报……"黄江北低沉地说:"这不符合实际情况……刹车管事件,和田曼芳毫不相关。我应该去找中央工作组谈谈,把我该承担的责任承担起来……"林书记慢慢地叹了口气说道:"愿意承担责任,这还不好办?但这件事到底怎么处理对工作最有利,你让我再想一想。在我做出最后结论前,你不要轻举妄动。做什么,一定要跟我商量。我们一起来想办法,把可能造成的危害减少到最小最小。今天晚上,你就别走了,就住我这儿。"

"我还要到医院看看尚冰,然后,再去看看师母和平平、小妹……在没有免去我这个代理市长职务前,我想我还是应该、也能够把我这市长的职责担当好。即便是将功折罪,我也得这么干。"说到"将功折罪"时,他心里突涌起一股异样的酸热,眼泪差一点又涌了出来。

"今儿个,你哪儿也甭去,老老实实给我歇一晚上。"

黄江北站了起来:"林书记,我不是小孩儿,我也不是弱不禁风的林黛玉,我是黄江北。"

林书记不再坚持了。他让黄江北在他家洗了个热水澡,换了换衣服,又打给市政府小车班为他要了个车,这才目送他消失在浓重的夜幕中。

一百一十四

这一夜,黄江北既没回家,也没去市政府大楼,更没去医院。他让司机往前送了一程,就打发他回了车队,自己一人在街上漫无目的地游走。后来又到翻车的山沟和葛会元告别人世的那块大石旁坐了大半夜。

现在是需要做一个他一生以来最重大的决定的时候了。到中央工作组去承担这次翻车事故的责任,还是借故推脱掉?如果去承担责任,不仅将丢掉代理市长的位置,还可能(不是可能,而是肯定)会被以"渎职罪"起诉,移交司法部门处理。功亏一篑,八千里路云和月,半世功名血和汗,以后怎么做人？借故推脱，也是可以的。自己给葛老师写的那封信已被毁掉，没有任何证据可以证明自己发出过这样的指令。只要自己不承认，没有任何人可以来定自己的罪，最多承担一个"领导责任"。出了这样的事故，也许不大可能很快将自己的代理帽子摘掉，人代会也许会延期，多少个先例可以证明，我还会在"代理市长"的位置上待下去，待事件的风波稍稍平静一点了，最大了不起，调换个工作，但就像小冰曾说过的那样，地市级的待遇是不会少了我的。我还会有小车、秘书、小楼独门独院地住着，才四十二岁的我，照样会有升迁的机会。大多数人会忘掉这次事故，我也会淡忘……在为官史上，这么推卸责任，我不是第一人，怕也不会是最后一人……但这么做……能是"黄江北"吗？面对这样一个"黄江北"，我这个黄江北能做到日安三餐年终四时吗？这样做了，我和姓田的姓曲的有什么本质的区别？就是将来我还将做那市长、厅长、省长、部长……我还能抬起头来看人、直着腰板儿办事吗？如果我不能抬着头看人、不能直着腰板儿办事，只能做一个昧着良心的官，我何必要这么活一辈子？我曾是清华北大的优秀毕业生啊。做这样的人，能算是个"人"吗？更重要的是，现在姓田的鼓动他那一帮人，到处煽风点火制造舆论，利用群众对重大翻车流血事件的关切，利用我在这事件中的错误，混淆是非，转移上下对他们挪用公款营私谋利罪行的注意，掩盖他们自己在翻车事件中的罪责。这件事我不站出来，组织上固然也可查清真相，但这就会拖延时日，让他们争取到时间，或销毁转移罪证，或串通改变口供，或杀人灭口……逃脱中央的清查、法律的制裁。万一让田这样的人物保存了下来，依然留在副省长的位置上，伺机报复，这后果就不是一个章台、一个黄江北、一个万方、一个梨树沟的灾难了！必须尽快平息由于翻车事件所造成的混乱，尽快让中央来的同志，集中精力处理田的问题。挖出这个蛀虫，方可保一方平安，方可得一方兴旺。

我给自己留下什么？留下足以一辈子受用的教训……黄江北不当市长，但要做真正的"黄江北"！接受过"教训"以后的黄江北，仍要做真正的"黄江北"。我还只有四十二岁嘛！怕什么？

这一夜单昭儿住在夏志远家了。他俩为黄江北担心，也找了他一夜，想跟他商量一下"对策"。第二天大早天还没大亮，单昭儿先起床下楼洗漱，刚走两步，只见在楼梯口歪歪倒倒坐着一个满身是泥水的人，穿一身旧衣服，差一点把她的魂吓飞了。她飞一般又扑回到床边，结巴了半天，才把夏志远叫醒。夏志远出门去看时，那人已经走进房来了，两人定睛一看，却是黄江北。一身的泥水，一脸的憔悴，显然是一夜没睡，在门外已经等了很长时间了。单昭儿忙拿出替换的干净衣服，又赶紧给黄江北冲了杯热牛奶。黄江北捧起热牛奶，先是暖了暖手，而后咕嘟咕嘟地一口气儿喝了个精光。

黄江北是来把自己做的最后决定告诉老同学的。

"志远，我现在只有一件事要求你。万方缺一个人去当家，要有人把前一阶段我们在万方已经开始了的整顿继续下去，这件事比什么都重要。我想来想去，只有求你了，别辞职，把我们在章台已经做开了头的事情，做下去。现在我要走了，你变得更重要了，你必须留下……"

夏志远眼圈红了。

黄江北激动地说："我知道你和许多人一样不愿让官场的杂事缠住自己，但是，在今天的中国，缺了好官、清官，还是不行啊。求你了……"夏志远紧紧地握住黄江北的手，哽咽起来。

夏志远从得知翻车事件起，就知道黄江北最后一定会去交出自己的。他太了解他了。面对这样的事，让他夏志远怎么表态？同意支持他去"丢官坐牢"，还是劝说他回避自己的错误，下半辈子以一个良心上有缺陷的"残疾人"而告终？这两者他都开不了口啊！可又没有第三种选择。假如现在是夏志远处于这样的尴尬境地，让黄江北来出点子，他一定能想出十种二十种可供选择的路来走，但我不是黄江北，我没有那个能耐啊！你叫我怎么说？单昭儿甚至还为这一点跟老夏吵了一架，嫌他在这么个关键时刻，没有好好地为老同学使劲儿。昭儿啊昭儿，我怎么不着急？你应该相信，如果可以，我都愿意去替黄江北坐牢，但办得到吗？我能做什么？我还能做什么？你说。只要你说得出，能让江北免去受罚，而又在良心上不受任何责备，我一定去做！但没有啊……该安排的都安排了，还要做些什么呢？对，还有一件事是必须做的。

黄江北对林书记说："请您重新估价、重新起用郑彦章，就算我这个非常委的代理市长在职期间提的最后一个请求。"

"谁给你限期了？"

"林书记，别的问题就不要再谈了。事实证明，解决章台问题，必须快刀斩乱麻。郑彦章有很多毛病，但他是一把快刀，他有经验……"

"他有经验，却用在跟我唱对台戏上！"

"林书记……"

"江北啊，你摔了这么一大跤，还不吸取教训？你就是要想做这样的'快刀'，才摔了这么一跤的。事到今日，你还欣赏老郑头那样的'快刀'？"

"郑彦章同志比我有经验。他看起来冒失，但在关键时候，他所做的实际上是很有分寸的……"

"你这么说，他还可以当市长？进常委？"

"林书记，这也并不是不可以设想的嘛！在章台提拔郑彦章这样的人，会鼓励一大批正直奋进的人站在我们党一边，站在我们的事业一边……"

"江北，江北，我的黄江北同志！"

"好，我们不争了……"

"江北啊，你叫我怎么说你呢？我这儿正在为你的事，绞尽脑汁，让你平安过关，你却还那么不安分地想重用那些跟我过不去的人……"

"林书记，您爱惜我，是不是为了章台？"

"好好好……不谈了，休息休息……"

"林书记，我现在还是代理市长不？"

"当然……"

"对市检察院至今空缺的反贪局局长一职，我能不能向市委提出我的建议？"

"当然。"

"我这样得罪您了？"

"江北，你真是可爱……"

"您就让我得罪您一回行不？"

"你不是已经说过了吗？说过了就算了。"

"不，我还要正式向市委常委会和市人大常委会提出这个问题。"

"要跟我较一下劲儿？"

"林书记，我这样做完全没有掺杂任何个人色彩。郑彦章一直对我这个代理市长是不感冒的。一度，他甚至都不太愿意理我……"

"这样的人就不能用嘛！"

"可他对章台有用，他对章台的老百姓有用啊。"

林书记不作声了。

"林书记……"

"你提，你提！我没有封你嘴嘛。"

"我要你在我的书面提议上签字同意。"

"什么？"

"我要它作为我们两个人的提议正式提交市委常委会和市人大常委会讨论。"

"你能！"

"林书记……你对章台最有感情，最希望章台向好里发展……"

"别说好话。报告你写了吗？报告写出来我再考虑！"

"请答应我，你一定签字。"

"签签签签签！你真是个不见棺材不落泪的人！"

难道见了棺材就该落泪了？

一百一十五

黄江北决定去找中央工作组"自首"了。

那天早晨，闹钟把小冰吵醒，她急忙翻身起床一看，父亲已经把屋子收拾好了，正在厨房里择菜。小冰赶紧穿着内衣内裤，就上厨房里帮忙去了。

"快去穿上外衣，十来岁的大姑娘，光穿着内衣内裤的，像什么样！"

"老封建，就许你们大老爷们穿，不许大姑娘穿？"

"小冰，过了年，你多大了？"

"干吗？想给我找婆家？"

"死丫头，净想好事。"

"嘿，十七十八，坐轿开花嘛！"

"十七十八，得顶个大人了。"

"我才不做你们这种大人哩，太累。我永远是爸爸的小乖乖，行吗？"

"小冰，如果有一天，我们家像你许多同学家一样，重新过起普普通通的平民百姓的生活，你会接受得了吗？假如爸爸要出一次远门，这个家，还有你病重的妈妈，都得由你一个人来照顾，你不会放弃你的学业吧？"

"爸爸……您这是什么意思？"

"答应爸爸，不管发生什么事情，你都不要放弃学业……"

"您今天是怎么了？"

"没什么，随便说说……闺女一天比一天大了，不会再是爸爸的小乖乖了……要做别人家的人了……"

"爸，您今天怎么了，净说这种伤心话？"

"我一会儿去医院看你妈妈……"

"我也去。"

"今天不是星期天。"

"我要去。"

"听话，老老实实给我上课去，任何时候都不要放弃你的学业，任何时候都不能再跟人耍小姐脾气……任何时候都要记住，你已经是个大人了，你只是一个平民的后代……"

后来他又去了满风家。满风双手全沾着面粉，慌慌张张地跑了出来："黄市长……您……您……"

"你别忙，我待一会儿就走，不用沏茶，真不用。这是你儿子？"

"快叫叔叔。"

"真快，你的孩子也都有这么大了。跟我们家小冰一样大吧？"

"哪儿啊，你跟尚冰结婚那会儿，我还光棍一个哩。"

"是是是，我把尚冰争过来了，让你痛苦了好些年……"

"不能这么说不能这么说，缘分，都是缘分。"

"满风，那部书稿的事，最近尚冰才跟我透了点讯儿，实在是对不起你了……"

"黄市长，这也是为了工作……"

"我想把那部书稿拿回去……"

"黄市长……这……您这……"

"能像过去在大学里那样直呼我一声黄江北吗？"

"黄市长……书稿您可千万不能撤走……我一定抓紧时间替您搞好……一定抓紧时间……最近我一直在开夜车干着……"

"满风……"

"黄市长，我工作没做好，您可以批评我帮助我，您可不能把书稿从我这儿撤走……"

"我先拿回去看看，行吗？"

"黄市长……"

"满风，咱们是老同学，你能叫我一声黄江北吗？"

"黄……黄……黄市长……求求您了……"

后来他又来到医院，给尚冰带去一束她最喜欢的石竹花。

尚冰说："又没人管你了，是不？瞎花钱！"他笑笑。

尚冰说："你今天怎么来得这么早？好你个市长，带头破坏医院探视制度！"黄江北说："你今天气色好多了。"尚冰说："别净拿好话填补我……"黄江北说："真的……"尚冰说："你们爷儿俩这几天在家怎么穷对付的？又是拿手一个国际水平炒鸡蛋！你一进屋，我就闻见一股鸡蛋味儿！看来在我死之前，还真得先替你找好一个媳妇才行……"黄江北说："又乱说了……"尚冰说："江北，我昨天又疼了一夜……"黄江北一时语塞，露出了焦急的神情。

尚冰说："有一句话，这么些年来，我一直想问问你，可一直不敢问……"黄江北说："你说。"尚冰说："除了我以外，你还喜欢过别的女人吗？说真话。"

"尚冰……"

"我不会计较的，但我想了解，我想知道。我不想带着任何遗憾离开你和小冰……"

"我从来没有和任何一个女人有过什么……"

"这我相信，但你心里还喜欢过谁吗？"

"要是一定要算一个的话，葛老师的女儿葛平大概也许……但她在我看来的确只是一个小妹妹……"

"不用解释，我明白。还有吗？"

"尚冰！"

"江北，不管要发生什么，不管我活着还是不能活着，我一点不为自己曾和你一起有过的这些日子后悔。我永远相信你！永远！"

"尚冰，你……"尚冰挣扎着扑到黄江北怀里哭泣起来。

"你知道了？知道我要去找中央工作组去说清情况？"尚冰依旧无声地哭着。

"你支持我这样做吗？"尚冰依旧无声地哭着。

女人的哭泣，有时是让男人们永远说不透其含义的一种伟大举动。

但尚冰今天的哭泣，黄江北却是明白的。他太明白了……

黄江北走出住院部大楼的大门。当他回过头来看时，看到尚冰还在窗前目送着他。他心里一酸，眼圈便红了。他没想到，夏志远在大门外等着他。夏志远的眼圈也是红的。

"尚冰和小冰……拜托你了……"

夏志远无言地紧握着黄江北的手。

这时小高匆匆赶来，是黄江北打电话把他叫来的。

"别慌，没什么大事，今天没事了，早点回家，伺候伺候老婆。顺便问一句，我一直对你挺厉害，你不恨我吧？"

小高心一酸："黄市长，您……这……"他早看出，也对黄江北的打算有所耳闻，但没想到分手竟就在今天。

黄江北眼圈微微地红了："别恨我……小高……我真的只是想把章台的事办好，没有别的打算……"

小高连连点头："我知道……我知道……"

黄江北和夏志远上车走了，小高默默地抽泣着。这时，林书记的车快速开了过来。林书记急问："看见黄市长了没有？"小高忙指了指："他……他刚走……"林书记忙说："快上车，给我带路。"

林书记晚了一步。黄江北先他五分钟，走进了中央工作组所在的房间。

尾　声

　　一九九〇年十二月二十六日，原章台市代理市长黄江北在老同学夏志远的陪同下，就万方公司使用劣质刹车管，造成梨树沟小学师生死伤三十六人一案，向有关方面主动承担了责任。不久他被停职审查。

　　八个月后，尚冰因病死去。

　　由于种种难以想象的原因，黄江北希望夏志远去万方任职的设想没能实现。夏志远和单昭儿结婚了，婚后，夏志远一直在市政府里担任着市长助理的职务，人们问他为什么，他不说。但谁都知道，他是为了什么，他在等待着什么。

　　郑彦章和苏群都回到了市反贪局。在这一年的"人代会"后，郑彦章被重新任命为反贪局局长。

　　黄江北事发初期，林书记兼任了一个时期的市长，但不久，他就退居二线。在退下来之前，他曾就黄江北今后的安排问题，向上面打过一份很中肯的报告。虽然这份报告，在很长一段时间都没有得到答复，但不知为什么，在章台市，无论是市机关的同志，还是大宅陋巷里的平民百姓，却都传说黄江北要回来。回到哪儿？回到市机关？回到万方？回到一个街道小厂？还是郊区的种植场？鱼塘？不知道。但他们真切地希望他回来，回到他们中间……真心地盼着他回来……至于田曼芳，被免予起诉后，便去了南方另谋生路。这对于一个已过而立之年的女人来说，诚然并非一件轻松的事。在登机起飞前，她默默地对着生她养她的章台大地祈祷。她说，我一定还要回来的。

　　由于黄江北主动承担了刹车管事件中他应负的那一部分责任，田某人想乘机搅浑水，蒙混过关的企图被粉碎。中央和省委得以集中精力处理田的问题，很快查实了他挪用一百七十万元公款炒股，又直接插手刹车管事件，是酿成这一惨祸的元凶，为此，把他移交司法部门处理。这起案子成为建国以来省部级干部中涉及金额巨大、渎职严重的一起案子而轰动全国。

　　在经历了这样一场难忘的变故后，个人生活依然没有发生任何变化的，唯有那位小葛平。她默默地回到了万方公司职工子弟中学教她的英语。她在沉默中，把自己一双苍白的手伸向了未来。那是学校。那是教室。那是白鸽。那是钟声。那是一扇扇正在开启的窗户。他们。她们。

他们。她们。所有的人。

出乎所有人意料的是，在中央工作组处理章台问题的过程中，他们始终不断收到来自章台各阶层百姓的来信，有时一天能收到十几封、几十封。署名的，匿名的，联合署名的，以单位名称落款的。最重要的还有梨树沟乡的一封全体山民的签字画押的信。所有这些信都只表达了一个意思：恳求中央领导出面，让有关部门从轻发落他们的黄市长。

后　记

关于《苍天在上》，最近我顶不住也忍不住说了不少话。说实在的，挺不应该。所以，下决心不再说了。最后，把写过说过的归归总，撮其要，再为《苍天在上》罗列一篇后记，就此收住。

有人说，《苍天在上》这样的玩意儿，至多热三个月，以后就会销声匿迹不再有人理会了。我曾写过这么一段话："作家创造文本，上帝创造亚当、夏娃。他们的原意大都只在'文本'和'人'自身。后来发生的许多事，往往都出乎他们意料。"

我本来就没指望它"热"。我只希望它能见读者，能传达出我心里的一种呼喊，传达平民百姓心里的一种呼喊。即便喊出以后，它马上得匿去，我也必定要喊。如果不痛不痒，只供人赏玩，虽然许诺能在被玩之中活个百年千年，我宁可不活这百年千年，也绝不被玩。到今天为止，我一共只写了三部长篇小说。坦白说，这三部风格样式极不相同的小说，我都没奢望过"热"。但有一点是共同的，我保证，如果有人愿意花一点时间读它们，他一定能在这每一部作品里都触摸到一颗极其真诚的滚烫的心。每一部里，都有一种呼喊。我指望它是属于历史的、民族的、未来的，完全属于人民的。有一个曾在新疆兵团待过的老知青，握着我的手，告诉我，当年他们那儿的上海青年是排着队来看他们手中仅有的一本《桑那高地的太阳》（我三部长篇小说中的一部）的。他说他这一回是来买《苍天在上》这本书的。他说他感谢我为他们喊出了这一声。而后,他就哭了。我当时眼眶也热辣辣地湿润了。我想我还要什么回报呢?我作为一个小小不言的作家,足矣。就为这一点点回报,我将死无反悔地照此写下去。不管什么样的人预言我的作品只能获得多么短暂的"春天",我都要告诉他,我拥有一个永恒的"春天"。

我在一篇小文章里说过:《苍天在上》的写作初衷并非全在反腐败上。

《苍天在上》写的是我自己的一种感觉,是我自己多年来蕴蓄着的某种生存困惑,和要从这种困惑中挣脱出来的强烈愿望。文学家们这些年注重写普通人、小人物,是好事。但写小人物绝不等于局限在小情调、小品位、小恩怨、小是非里(当然,所有这些小,都可以写)。中国的确有不少这样的人,他们善良,但多少又有些窝囊;他们有点小聪明,但一旦遭遇些什么却又往往无奈;他们心里也有追求,但总以委曲求全告终。但我总在想,难道中国只有这样的人了吗?我的感觉告诉我,中国的的确确还活着另一种人,他们活着、努力着、牺牲着、付出着。他们的与众不同,就在于他们是一群有信念的人……他们中的一个,就叫黄江北,我写了他。说心里话,我是为了他,才写的这部《苍天在上》。在四处提倡兼容性的当代,我想我们可能还是得常常地像个独行者似的,背一把破伞在深山沟里踽踽踯躅。这时候,勇气来自别向后看,也别东张西望。把你齐根儿剪了,当野花采来放在桌上独自把玩的人并非肯定善良。

文学是无法拒绝人民的。这是句老话。我相信它。